社会主义核心价值观优秀文学读本

# 最美的脸

## 小说卷

赵李红　吴晓辉　主编

**图书在版编目（CIP）数据**

最美的脸：小说卷 / 赵李红，吴晓辉主编. — 北京：北京联合出版公司，2015.10

（社会主义核心价值观优秀文学读本）

ISBN 978-7-5502-6491-5

Ⅰ. ①最… Ⅱ. ①赵… ②吴… Ⅲ. ①小说集－中国－当代 Ⅳ. ①I247

中国版本图书馆CIP数据核字（2015）第251106号

**最 美 的 脸**

主　　编：赵李红　吴晓辉
责任编辑：刘　恒　王　巍
封面设计：金　刚

北京联合出版公司出版
（北京市西城区德外大街83号楼9层　100088）
北京山华苑印刷有限责任公司印刷　新华书店经销
字数310千字　710mm × 1010mm　1/16　22.25印张
2015年10月第1版　2015年10月第1次印刷
ISBN 978-7-5502-6491-5
定价：39.80元

未经许可，不得以任何方式复制或抄袭本书部分或全部内容
版权所有，侵权必究
本书若有质量问题，请与本公司图书销售中心联系调换。电话：（010）64243832

# 编委会名单


**顾　问：** 王　宁　王少峰　王敏荣

**主　任：** 王都伟

**副主任：**（按姓氏笔画排序）

马　晨　田玖龙　孙劲松　汪帮宏

靳　真　谢　静　郭启兴　黄殿琴

**成　员：**（按姓氏笔画排序）

马维利　方健康　王　萍　刘丙钧　刘　克

刘姿含　阴　宏　许焕英　张士化　张　宁

张军平　杨　洋　杨　凯　李　萌　李培禹

李雪梅　吴晓辉　林　凯　宫　文　赵李红

唐　冰　峭　岩　商德江　魏沁沁

**策　划：** 田玖龙　谢　静　黄殿琴

# 序

为认真贯彻落实习近平总书记在全国文艺工作座谈会上的重要讲话精神，积极培育和弘扬社会主义核心价值观，中共北京市西城区委宣传部与西城区精神文明建设委员会办公室及北京市西城区文学艺术界联合会共同组织策划了《社会主义核心价值观优秀文学读本》这套丛书。

社会主义核心价值观是社会主义中国的理论和精神支柱，这种理论和精神是一种理想，一种信仰，也是一种凝聚力和向心力，它是中华民族几千年优秀文化传统的结晶，是世界人类文明的伟大成果。

社会主义核心价值观不仅是理论层面的，同时又是具体、生动、看得见摸得着的。有生命力的核心价值观从来都是来自平常百姓的感人故事，融汇在普通百姓的生活点滴、一言一行中的。而这种日常生活点滴，正是社会主义核心价值观不断生发、凝聚成形的场所，是核心价值观落地生根的土壤。

中共北京市西城区委宣传部与西城区精神文明建设委员会办公室正是看准了这一点。他们花大力气、大精力组织大批作家深入基层、深入群众，与群众日常生活对接，在掌握第一手资料的基础上进行创作，用文学作品的形式大力褒扬百姓身边“模范人物”的“模范事迹”，充分发挥榜样的价值示范作用。

更难能可贵的是，这些“模范人物”就在我们身边，虽然是名不见经传的“小人物”，却用自己的平凡和义举默默践行着社会主义核心价值观，弘扬着社会的正能量。作家们通过与模范人物的心灵碰撞，用文学作品形式让广大群众深切感知核心价值观的温暖，并从中获取前行的力

量，拉近价值观与客观世界的距离，增强群众对核心价值观的情感认同，写出了一批有血有肉、活灵活现、弘扬正气的文学作品。

中共北京市西城区委宣传部与西城区精神文明建设委员会办公室还组织了一支专业的编辑队伍，从近年来出版的书山文海中，用他们的慧眼筛选出一批优秀的文学作品，并与原创作品一起编辑成了150万字的《社会主义核心价值观优秀文学读本》六卷本（以下简称《读本》），分别是：诗歌卷《温暖心河》、散文卷《爱在爱中》、报告文学卷《金城本色》、小说卷《最美的脸》、童话卷《快乐城堡》、小小说卷《那人那事》。这六卷本，卷卷感人，主要反映了北京昨天的历史和改革开放三十多年来的新气象、新面貌和新成果。

有理想、有责任的文学艺术家们继承并发扬“文以载道”的传统，是义不容辞的责任。这套《读本》正是今天文学艺术家们对“文以载道”的一种承担。这个“道”不是我们以往的“道”，是新“道”，是在我们社会主义建设和改革开放中形成的新理念、新思想，是解决遇到新问题时采用的新办法。这个新办法，是对马克思主义的继承和发展，是充满社会主义特色的新理论。



这套《读本》的作家们用文学艺术形式鼓与呼，呼唤人们关注现实、思考社会、展望未来，使人们熟识的“富强、民主、文明、和谐、自由、平等、公正、法治、爱国、敬业、诚信、友善”12个关键词24个字，具象化地走进百姓的心里；使理论化的、抽象的核心价值观变得生动、具体，变得可亲可近可学；让核心价值观走进群众生活，焕发出生机和活力，起到举精神旗帜、立精神支柱和建设精神家园的作用。

这套《读本》中无论是选编篇目，还是创作篇目，都强调文学艺术的生动性、现实性、社会性和导向性，力争做到生动活泼，有故事，有情节，有可读性，有感人的力量。拒绝说教，拒绝干巴巴，拒绝高谈阔论。要娓娓动人，循循善诱。要把无愧于时代、无愧于民族、无愧于人民的优秀作品奉献给读者，奉献给社会，奉献给我们这个伟大的时代。

著名作家<br>
中国作家协会副主席 高洪波

# 目　　录

# 火 锅 子

## （短篇小说）

铁　凝

他和她站在窗前看雪，手拉着手。雪已经下了一个早晨，院子里那棵小石榴树好像穿起了白毛衣，看上去挺暖和的。

这棵小石榴树也就一人多高。别看树不大，可不少结果，一个秋天就结了四十多个石榴，压得树枝朝地上深深地弯着腰。那时候天还不冷，她拉着他走到石榴树跟前，有点赞叹，有点感慨地说，看把她给累的！仿佛石榴树是他们家的一名产妇。

他说，我就没觉得一棵树会累。

她说，我说她累她就累。

他笑了，看着她说，你呀。

今天，她站在窗前告诉他，雪中的石榴树穿着白毛衣挺暖和。

他说，我怎么没觉得。

她说，我就这么觉得。

他故意抬杠似的说：身上穿着雪怎么会暖和呢？

她急得摇了一下他的手说，我说暖和就暖和。

他告饶似的说，好好好，你说暖和就暖和。

她乐了，就知道他得这么说。又因为知道他会这么说，她心里挺暖和。

他八十七岁，她八十六岁。他是她的老夫，她是他的老妻。他一辈子都是由着她的性儿。由着她管家，由着她闹小脾气，由着她给他搭配衣服，由着她年节时擦拭家里仅有的几件铜器和银器。一对银碗，两双

银筷子，一只紫铜火锅。

这么好的雪天，我们应该吃火锅。她离开窗户提议。

那就吃。他拉着她的手响应。

他们就并排坐在窗前的一只双人沙发上等田嫂。田嫂是家里的小时工，一星期来两次，打扫卫生，采购食品。今天恰好是田嫂上门的日子。雪还在下，他们却不担心田嫂让雪拦住不来。他们认识田嫂二十多年了，一个实在而又利索的寡妇。

田嫂来了，果然是风雪无阻。他们两人抢着对田嫂说今天要涮锅子。田嫂说，老爷子老太太好兴致。田嫂称他们老爷子老太太。

她说，兴致好也得有好天衬着。

田嫂说,天好哪里敌得过人好。瞧你们老俩,一大早起就手拉着手了。倒让我们这做小辈儿的不知道怎么回避呢。

认识的年头太久了，田嫂故意闹出点没大没小。

他们俩由着田嫂说笑，坐在沙发上不动，也不松开彼此的手。



其实田嫂早就习惯了老爷子老太太手拉手坐着。从她认识他们起，几十年来他们好像就是这么坐过来的。他们坐在那儿看她抹桌子擦地，给沙发和窗帘吸尘，把买回来的肉啊蛋啊蔬菜啊分门别类储进冰箱。遇上天气晴和，田嫂也会应邀陪他们去商店，去超市。老爷子在这些地方逛着逛着就站住脚对老太太说：挠挠。他这是后脊梁痒了。老太太这时才松开老爷子的手，把手从他的衣服底下伸进去，给他挠痒痒。田嫂闪在一旁只是乐。他们和田嫂不见外，却没有想过请她做住家保姆，或者是请她以外的什么人进家。田嫂知道，他们甚至并不特别盼着四个孩子和孩子们的孩子定期对他们的看望。那仿佛是一种打扰，打扰了他们那永不腻烦、永不勉强的手拉手坐着。每回孩子们来，老爷子老太太总是催着他们早点走，给人觉得这老俩急于要背着人干点什么。这是哪辈子修来的！田嫂叹着，一边觉出自己的凄凉孤单，一边又被这满屋子的安详感染。

他催着田嫂去买羊肉，她嘱咐田嫂把配料写在纸上省得落下哪样。田嫂从厨房拿出一张折叠整齐的白纸展开说，上回买时都记下啦，我念念你们听听。无非是酱豆腐，卤虾油，韭菜花，辣椒油，花椒油，糖蒜，白菜，香菜，粉丝，冻豆腐……田嫂念完，老爷子说，芝麻酱你忘了吧。老太太说，芝麻酱家里还有半罐子呢。老爷子又说，还有海带，上回就忘了买。田嫂答应着，把海带记在纸上。涮海带是老爷子的创新，一经实践，老太太也喜欢上了。海带是好东西。

田嫂就忙着出去采购。出门前不忘从厨房端出那只沉甸甸的紫铜火锅，安置在客厅兼餐厅的正方形饭桌上，旁边放好一管牙膏和一小块软抹布。这是老太太的习惯，截长补短的，她得擦擦这只火锅。隔些时候没擦,就觉得对不起它。上一回吃了涮锅子她还没擦过它呢,有小半年了。上一回，是为了欢迎没见过面的孙子媳妇，老爷子老太太为他们准备了涮锅子。

他见她真要擦锅，劝阻说今天可以不擦，就两个人，非在乎不可啊？

她说，唔，非在乎不可，两个人吃也得有个亮亮堂堂的锅。说着从沙发上起身坐到饭桌旁边，摸过桌上的抹布，往抹布上挤点牙膏，用力擦起锅来。



他就也凑过来坐在她对面看她擦锅。锅可真是显得挺乌涂，也许是他的眼睛乌涂。他的眼睛看着火锅，只见它不仅没有光泽，连轮廓也是模糊一团。他和她都患了白内障，他是双眼，她是右眼。医生说他们都属于皮质性白内障，成熟期一到就可以手术。他和她约好了，到时候一块儿住院。

她擦着锅盖对他说，你看，擦过的这块儿就和没擦过不一样。

他感受着她的情绪附和着说，就是不一样啊，这才叫火锅！

他俩都喜欢吃火锅，因为火锅，两个人才认识。上世纪五十年代初，他们正年轻,周末和各自的同事到东来顺涮一锅。那时有一种“共和火锅”，单身的年轻男女很喜欢。所谓共和,就是几个不相识的顾客共用一只火锅，汤底也是共用的。锅内栏出若干小格，好比如今写字楼里的隔断式办公。吃时每人各占一格，各自涮各自点的羊肉和配料。锅和汤底的钱按人头分摊，经济且节能。那时候的人和空气相对都更单纯，没有SARS，也不见H7N9。陌生人同桌同锅也互不嫌弃，共和着一只大锅，颇有四海之内

皆兄弟之气象。那天他挨着她坐，吃完自己点的那份肉，就伸着筷子去夹她的盘中肉，她的盘子挨着他的盘子。他不像是故意，她也就不好意思提醒。可是他一连夹了好几筷子，她的一位男同事就看不公了，用筷子敲着火锅对他说，哎哎，同志，这火锅是共和的，这肉可是人家自己的！同桌的人笑起来，他方才醒悟。

她反倒因此对他有了好感，就像他对她同样有好感。后来他告诉她，那天他在她旁边一坐，心就慌了。她追问他，是不是用吃她盘子里的肉来引起她的注意？他老实地回答说没想那么多，他也不知道自己怎么了。他们开始约会，她知道他是铁路工程师，怪不得有点呆。他知道她在一个博物馆当讲解员，怪不得那么伶牙俐齿。后来他们就成了一家人。在她的嫁妆里，除了一对银碗，两双银筷子，还有一只紫铜火锅。

紫铜火锅是她姥爷那辈传下来的，姥爷家是火锅手艺人，从前他们家手工打制的火锅专供京城皇宫。这只火锅，铜是上好的紫铜，光泽是那么油润而不扎眼。锅盖和锅身均无特别的装饰，只沿着人字形的碳口镶嵌了一组黄铜云朵。她没事就把它搬出来擦擦，剪一块他穿糟了的秋衣袖子，蘸着牙膏或者痱子粉擦。她是个爱干净的人，能用猪皮把蜂窝煤炉子的铸铁炉盘擦成镜子，照得见人影儿。当她神情专注地擦着火锅时，家里的气氛便莫名的一阵阵活跃，他的食欲给调动起来，仿佛东来顺似的涮锅子就要开始了。



她真给他做过涮锅子，没肉，涮的是虾皮白菜，蘸酱油。他们结婚以后迎来了食品匮乏的时代，总是缺油少肉，副食品也要凭证凭票。平常人家，很少有人真在家中支起火锅涮肉——去哪儿找肉呢？八年间他们生了四个孩子，处处更需精打细算。但是他爱吃她做给他的虾皮涮白菜或者白菜涮虾皮，当他守住那热腾腾的开水翻滚的火锅时，心先就暖了，他常常觉得是家的热气在焐着他。家里一定要有热气，一只冒着热气的锅，或者一张锃亮的可以直接把冷馒头片摆上去烤的蜂窝煤炉盘，都让他感到温厚的依恋。只是他不善言辞，不能把这种感觉随时表述给她。他认真地往火锅里投着白菜，她则手疾眼尖地在滚沸的开水里为他捞虾皮。一共才一小把虾皮，散在锅里全不见踪影。可她偏就本领高强，大海捞针一般，手持竹筷在滚水里捕捉，回回不落空。当她把那线头般的细小虾皮隔着火锅放进他的碗时，他隔着白色的水气望着她，顶多说一句，看你！

有时候，他也想把火锅里的精华捞给她吃，虽然充其量只是几枚虾皮。但他手笨，回回落空。仅有一次他的筷子钳住个大家伙，拣出水面看看，不过是一颗红褐色的大料。她叫他把大料放回锅里，一锅白开水指着它提味儿呢。他就不再和她比赛捞虾皮了，他心满意足地吃着虾皮白菜，忽然抬起头冒出一句，我老婆啊！

他知道这一生离不开她，就像她从来也没想离开他。一辈子，他们只分开过有数的几回，包括她生四个孩子的那四次住院，也还有他在那场巨大的革命中被送到西北的深山里劳动一年。后来他和一批同事提前回到城市，他们被编入一个科研攻关组，为铺设北京第一条地铁效力。虽然他远不是其中的主角，也没在真正的一线，可这并不妨碍他们的小儿子每次乘地铁时总对同学吹嘘：知道这地铁是谁设计的吗？我爸！

田嫂回来了，羊肉、调料样样齐备。她一头钻进厨房，该洗的洗，该切的切，眨眼间就大盘小碟的摆出一片。她把那些盘盏依次从厨房端出来端上老爷子老太太守着的餐桌，绕着桌子中央的大火锅码了一圈，众星捧月一般。接着，田嫂还得先把火锅子端走——老太太擦得满锅牙膏印，得冲洗干净。好比一个洗澡的人，不能带着一身肥皂沫就从澡堂子里出来。田嫂在厨房的水龙头下冲洗着火锅，发现这锅并没有像从前那样被老太太擦得锃亮，锅身明一块暗一块的，锅脚干脆就没有擦到，边边沿沿，滋着灰绿色的铜锈。想到老人的眼疾，田嫂心话，真难为您了。那边老太太又问锅擦得亮不亮，如同孩子正等待大人的褒奖。田嫂打算撒个小谎，高声应答说，亮得把我都照见啦！把我脸上的黄褐斑都照见啦！他和她听见田嫂的话，呵呵笑起来。

续满清水、加了葱、姜、大料和几粒海米的火锅重又让田嫂端上饭桌，只等清水咕嘟咕嘟滚沸，涮锅子就正式开始了。他和她欢悦地看着桌上的火锅和火锅周围的盘盏，尽管那火锅在他们眼里绝谈不上光芒四射，但田嫂的形容使他们相信那锅就像从前，几年、几十年前一样的明亮。田嫂则“职业性”地偏头看看火锅的炭口，炭火要旺啊。这一看，哎呦喂！

田嫂叫了一声，真是忙中出错，她忘记买木炭了。

这个忘记让他和她都有点扫兴，可他们又都不打算退而求其次——去搬孙子媳妇送的一只电火锅。他曾经说过，那也能叫火锅？田嫂也没打算动员他们使用电火锅。就为了已经端坐在桌上的这只明一块、暗一块的紫铜火锅,她也得冒雪再去买一趟木炭。就为了老爷子和老太太的心气儿,值。

等着我啊，一会儿就回来。田嫂像在嘱咐两个孩子，一阵风似的带上门走了。

他和她耐心地等着田嫂和木炭,她进到厨房调芝麻酱小料,他尾随着,吾吾哝哝地又是一句：我老婆啊。

他一辈子没对她说过缠绵的话，好像也没写过什么情书。但她记住了一件事。大女儿一岁半的时候，有个星期天他们带着孩子去百货公司买花布。排队等交钱时，孩子要尿尿。他抱着孩子去厕所，她继续在队伍里排着。过了一会儿，她忽然觉得有人在背后轻轻拨弄她的头发。她小心地回过头，看见是他抱着女儿站在身后，是他在指挥着女儿的小手。从此，看见或者听见“缠绵”这个词，她都会想起百货公司的那次排队，他抱着女儿站在她身后，让女儿的小手抓挠她的头发。那就是他对她隐秘的缠绵，也是他对她公开的示爱。如今他们都老了，浑身都有些病。他们的听觉、味觉、嗅觉和视觉一样，都在按部就班地退化。但每次想起半个多世纪前的那个星期天，她那已经稀疏花白、缺少弹性的头发依然能感到瞬间的飞扬，她那松弛起皱的后脖梗依然能感到一阵温热的酥麻。



一个多小时之后，田嫂又回来了，举着家乐福的购物袋说木炭来了木炭来了，不好买呢，就家乐福有。

火锅中的清水有了木炭的鼓动，不多时就沸腾起来。田嫂请老爷子老太太入席，为他们掀起烫手的锅盖。他们面对面地坐好，不约而同看一眼墙上的挂钟，朦朦胧胧的，仿佛是十一点半了吧？要么就是十二点半？心里怪不落忍，齐声对田嫂说，可真让你受累了！

田嫂没有应声，早已悄悄退出门去。她心里明白，这个时候，老爷子老太太身边别说多一个活人，就是多一只空碗，也是碍眼的。

他们就安静地涮起锅子。像往常一样，总是她照顾他更多。他们的胃口已经大不如从前，他们对涮羊肉小料那辛、辣、卤、糟、鲜的味觉感受也已大打折扣。可这水汽蒸腾的锅子鼓动着他们的兴致。他们共同向锅中投入着眼花缭乱的肉和菜。她捞起几片羊肉放进他的碗，他就捞的一块冻豆腐隔着火锅递给她。她又给他捞起一条海带，他就也比赛似地从锅里找海带。一会儿，他感觉潜入锅中的筷子被一块有分量的东西绊住了，就势将它夹起。是条海带啊，足有小丝瓜那么长，他高高举着筷子说，你吃。

她推让说，你吃。

他把筷子伸向她的碗说，你吃。

她伸手挡住他的筷子说，你吃，你爱吃。

他得意地把紧紧夹在筷子上的海带放进她的碗说，今天我就是要捞给你吃。

她感觉被热气笼罩的他，微红的眼角漾出喜气。她笑着低头咬了一小口碗里的海带，没能咬动。接着又咬一口，还是没能咬动。她夹起这条海带凑在眼前细细端详，这才看清了，她咬的是块抹布，他们把她擦火锅的那块抹布涮进锅里去了。

他问她说还好吃吧？

她从盘子里拣一片大白菜盖住“海带”说，好吃！好吃！

她庆幸是自己而不是他得到了这块“海带”，她还想告诉他，这是她今生吃过的最鲜美的海味。只是一股热流突然从心底涌上喉头，她的喉咙发紧，什么也说不出来，就什么也没再说。

他又往锅里下了一小把荞麦面条，她没去阻拦。喝面汤时，他们谁都没有喝出汤里的牙膏味儿。

她双手扶住碗只想告诉他，天晴了该到医院去一趟，她想知道眼科病房是不是可以男女混住？她最想要的，是和他住进同一间病房。

雪还在下，窗外白茫茫一片。那棵小石榴树肯定不再像穿着毛衣，她恐怕是穿起了棉袄。

2013 年 4 月 29 日

# 走进别墅

## ——保姆在北京之二（短篇小说）

刘庆邦



钱良蕴在北京和平里地区一处家政服务中心等候应聘。一说中心，好像规模有多大似的。钱良蕴来到中心一看，原来只有两间平房，还挤在两栋高大居民楼之间的夹缝里。钱良蕴把门楣上方家政服务中心的招牌看了看，点点头，心里留下了一个记号：现在什么东西都往大里说，都是以大为招徕，不过是唬人的把戏而已。钱良蕴对家政这两个字也很感兴趣。这里不说保姆服务，说成家政服务，好像带一个政字，就跟政治沾了边儿，就成了正规的事儿，严肃的事儿、有意思，有意思。两间平房里面，隔出了一个套间，套间里摆了两张桌子，是服务中心工作人员的办公室。凡是来找活儿干的人，须拿出自己的居民身份证和健康证明，到办公室入册登记，并交一点中介服务费。外屋备有简易沙发和饮水机，来人登记之后，就可以到外屋休息，等候需要保姆的雇主前来洽谈。洽谈由雇主和保姆之间直接进行，谈的项目有多种，其中主要的项目无非是服务内容、住宿条件和薪酬等。洽谈的时候，斗智斗嘴、讨价还价的情况是难免的。有一个比喻并不是贬低谁，这有点儿类似在乡下集镇的牛行卖牛买牛。买牛的总是对牛百般挑剔，目的是把价钱压低。而卖牛的总是把拴牛的绳子攥得紧紧的，价钱不合适，决不把牛出手。所不同的是，卖牛的都是牛的主人，出来应聘的人呢，主人是自己，“牛”也是自己，她们可不会把自己这头“牛”轻易被人牵走。事情一旦谈拢，雇主也须到办公室登记，交费。雇主所交的中介服务费要比应聘者交的费用多一倍。雇主还要留下电话，以便服务中心对雇走的家政服务人员的服务情况进行回访。这些手续都办完了，雇主方可把人领走。

一上午，先后有三个雇主跟钱良蕴谈过，都没有谈拢，钱良蕴都没有跟人家走。在中心等候的有好几个女人，年轻的年长的都有。别人都被雇主领走了，最后独独剩下了钱良蕴。钱良蕴跟别人不同，别人都是雇佣者挑被雇佣者，她翻过来了，是被雇佣者挑雇佣者。她在心里制定了雇佣者的标准，如果不合她的标准，她不会轻易跟人走。先是有一位中年妇女跟她谈过。中年妇女对她的评价是：我看这姑娘挺利索的。中年妇女的闺女马上要生孩子，问钱良蕴愿不愿意帮她看孩子，帮她伺候女儿过月子。钱良蕴说，她没伺候过坐月子的人，不会看孩子。中年妇女说：什么事情都是从不会到会，不会没关系，我可以教你。钱良蕴摇摇头。中年妇女问钱良蕴摇头是什么意思？钱良蕴说：我不喜欢听小孩子哭。中年妇女一听这个，脸子一下子就撂了下来，说：我看你出来不是要当保姆，你们家人给你找个保姆还差不多。

第二个跟钱良蕴谈的是一个上岁数的老爷子。老爷子像是刚喝过酒，脸膛红红的，走路也不大稳当。老爷子上身穿一件中式团花棉袄，脚上穿一双像是内联升出品的布鞋，一看就是一位老北京。老爷子的长眉毛白了，目光却炯炯着，一上来就把钱良蕴盯准了，他开门见山地问钱良蕴：我说姑娘，你一个月要多少钱？钱良蕴把老爷子看了看，像是想了一下，说：三千块吧。老爷子嗨了一声说：姑娘您好口气，我一个月的退休金是多少钱哪，满打满算才两千四，你一张口就要三千，这不是要我的盒钱嘛！咱这么说吧，我这把年纪了，说不定哪天就爬烟筒去了。爬烟筒不要紧，人人都有这一回。问题是，我儿子闺女都不在身边，两间大房子我一个人住着，哪天我一口气没了，总得有一个跟我儿子闺女报信儿的人吧。我来请保姆，就是请一个报信儿的人。姑娘不怕您笑话，我还个价，每月给你这个数儿怎么样？说着他把大拇指和食指张开，打出一个八百块的手势。钱良蕴觉出老爷子身上有一股地道的北京味儿，她对这个老爷子几乎有些喜欢，很想跟老爷子多聊聊。但她预设的服务对象里，不是老爷子这样的家庭和人物，她笑了一下，说：老爷爷，实在对不起，

您老儿还是另请高明吧。

第三个看上钱良蕴的是一位中年男人，中年男人高个子，大眼睛，身穿一件黑呢子大衣，脖子里围着红色的羊绒围巾，说他仪表堂堂完全可以。中年男人坐在钱良蕴身边，跟钱良蕴谈得时间长一些，几乎到了一种纠缠的程度，让钱良蕴心生厌烦。中年男人拿出一张名片给钱良蕴看，名片上显示，他是某国家机关的一位副处长，还是一位诗人。钱良蕴的样子有些惊奇，说：哟，您还是诗人哪！诗人眼睛乱眨，脸上竟红了一阵，说不好意思，我业余时间写诗，出过两本诗集。钱良蕴说：有机会一定拜读。诗人说：没问题，随后我把诗集送给你。钱良蕴说：一定得签上您的大名哟。诗人说：那当然。诗人低下头，以手遮嘴，压低声音对钱良蕴说：我看你气质不错，你如果愿意跟我走，我可以教你写诗，我保你在两年之内在报刊上发表诗歌。那么，诗人雇钱良蕴去他家干什么呢，总不是为了招一个女学生吧。谈到实质性问题时，诗人才说，他家的老太太前段时间得了脑血栓，如今被拴在床上了，需要请一个人陪伴老太太，伺候老太太。钱良蕴说，恐怕不行，她不会伺候病人，这个活儿她干不了。诗人说：老太太会自己吃饭，自己上厕所，你只给她做做饭，陪她说说话就行了，活儿不算重。你开个价吧，我对每个劳动者都很尊重。钱良蕴不开价，说她真的不会伺候病人。诗人说：我一个月给你一千五怎么样，另外管吃管住。钱良蕴说：叔叔，不是多少钱的问题，真的，该怎么说呢！诗人开始有些不悦，打断钱良蕴的话说：你不要跟我来这个，你们这一行我懂，不是为了钱，你出来干什么！我发现你很聪明，很会讲价钱。不提价钱的人是最会讲价钱的。这样吧，我再给你加三百，每月一千八，怎么样？你去打听打听，我出的价钱可是全北京市最高的，这下你满意了吧！钱良蕴没有表示满意，她让诗人跟别的应聘的人谈谈吧。诗人说：我不跟别人谈，只跟你一个人谈。你必须跟我说清楚，为什么不同意去我们家当保姆。如果说不出让我信服的理由，你的行为就等于出租车司机的拒载，我是不答应的。你应该清楚，这儿不是外地，是首都北京，北京是最讲规矩的地方，不讲规矩是要吃亏的。钱良蕴明白，她是遇到难缠的人了，这个人看重的可能是她的年轻和她的长相，对她很有可能是另有所图。她如果跟着这个自称是诗人的人走，如同掉进泥淖里，以后想摆脱他就难了。好在钱良蕴并不害怕，也不着急，她的神情是镇定的。她打开心里的笔记本，把这个人的表现记下了，还顺便把这个人的外貌特征略略记了几笔。同时也是在她心里的笔记本上，她很快编好了一个应付诗人的故事。她说：叔叔，真对不起，我一看您就是个好人，一个有学问的人，如果能为您服务，我应该感到荣幸。可是，有一个情况，我不得不对您说。我奶奶就是一个瘫痪在床的病人，我不能看见我奶奶瘫痪的状态，一看见她瘫痪的样子，我就手软脚软，好像自己也快要瘫痪了。就是因为这个，我才决定从家里出来，到北京来打工。叔叔请您原谅我吧。诗人有些疑惑地看着钱良蕴，问：你说的是实话吗？你不是在编故事吧？钱良蕴反问：您看我像是会编故事的人吗？诗人这才丢下钱良蕴，起身离去。走到门口，他又返回来，到套间去了。他向服务中心的工作人员告了钱良蕴一状，说钱良蕴是一个挑肥拣瘦的人，素质不高，北京不应放这样的人进来。

中午，服务中心可以给等候应聘的人员订盒饭，一份盒饭十块钱。一般来说，那些外地来的女人都不愿意花钱订盒饭，她们泡一碗方便面，或啃一个干烧饼，就把午饭对付了。钱良蕴也不吃盒饭，她背上自己的背包儿，拉上带有密码锁的拉杆行李箱，到临街一家麦当劳用餐去了。她要了一份汉堡包，一份炸薯条，还有一杯奶昔，选了一个脸冲窗外的位置，一边用餐，一边看大玻璃窗外人来人往的人流。看了一会儿，她又有了新的感悟：什么叫繁华？繁华就是人流如织。如果街上冷冷清清，半天见不到一个人影，无论如何也称不上繁华。她想掏出笔记本，把这个感悟记下来。她的笔记本就在背包儿里放着，想掏出来伸手可得。但她只把笔记本摸了一下，并没有掏出来。现在的人们多是在电脑上记笔记，用圆珠笔在纸质的笔记本上记笔记的人已经不多了，她若拿出笔记本来开记，说不定会有人把她当稀罕看。罢了，还是记在心里的笔记本上吧。纸质的笔记本容量不大，是有限的。而心里的笔记本容量很大，是无限的，比电脑还厉害。钱良蕴对自己的记忆力充满自信。

钱良蕴运气还行，下午再到服务中心，很快就等到一位让她比较满

意的雇主。雇主是一位四十多岁的女性，脸牌子很亮，穿戴也很讲究。雇主是开着一辆麻金色大排量的小轿车来的，她刚一停车，服务中心的一个工作人员便迎了出来。看工作人员殷勤有加的样子，好像来人不是一个找保姆的雇主，而是一个来检查工作的上级。工作人员把她叫成兰姐，把兰姐引进套间里去了。兰姐在套间的沙发上坐定，喝了两口工作人员递上的热茶，说了几句客套的话，工作人员就冲坐在外屋的钱良蕴招招手，让钱良蕴到套间里谈。钱良蕴欲拉上自己的箱子。工作人员说：就放在那儿吧，这里很安全，没人动你的行李。钱良蕴还是把箱子拉上了。雇主把钱良蕴上下打量了一番，欠欠身子，示意钱良蕴坐下谈。钱良蕴一坐在雇主身边，就闻到了雇主身上散发的法国香水的气息。钱良蕴很快做出判断，这个女人是一个讲究生活品位的人，也肯定是一个有钱的人，她希望进入的就是这样的人家。雇主自我介绍说，她姓兰。钱良蕴随即喊了一声兰阿姨，并说这个姓真好听。兰阿姨说：我看你不像农村出来的孩子呀。钱良蕴说：不好意思，我家是牡丹江的。兰阿姨说：这么说咱还是老乡呢，我老家是哈尔滨的。怎么称呼你？钱良蕴说：我姓钱，叫钱良蕴，阿姨就叫我小钱吧。这时工作人员插话，让钱良蕴把自己的身份证拿出来，给兰阿姨看一看。钱良蕴把身份证掏出来，双手端着递给兰阿姨。兰阿姨接过看了一下，说：噢，钱良蕴，蕴藏的蕴，我还以为是运气的运呢，这名字不错，有讲究。钱良蕴说：是我爸给我起的名字。兰阿姨说：看来你爸是个有文化的人。你爸怎么舍得让你出来当保姆呢？钱良蕴说：我自己想出来见见世面，长这么大，我还没来过北京呢，还没见过天安门呢。兰阿姨说：是应该来看看。作为一个中国人，不看看首都，那怎么行！你是什么学历？钱良蕴说：我学习不太好，只读过大专，学的是文科。兰阿姨说：大专已经很不错了，来应聘当保姆的，有的连初中文化水平都达不到。我已经来过两次，看一个看一个都不太满意，都是各方面素质太低。我看你还行，比较符合我想象中的要求。我请保姆是临时性的，或许是两个月，或许是三个月，到时候看情况吧。我儿子在加拿大留学，读硕，后天就要飞回来休假，我和我先生都上班，家里没人照顾他。我请保姆的目的，是给我儿子做做饭，每天打扫一下家里的卫生，喂喂鱼缸里的金鱼，活儿一点儿都不重。兰阿姨出的价钱是每个月一千二百块钱，问钱良蕴能不能接受。钱良蕴脑子里想象的轮子转得很快，根据兰阿姨提供的信息，她已经开始想象兰阿姨家里的情况。在她的想象当中，兰阿姨家一定是大房间，大客厅，大沙发，大彩电，一切都是大的，都是豪华和现代的，跟在电视剧里看到的上流社会的家庭摆设差不多。可一听兰阿姨出的价钱，她稍稍有些失望。以前她听人说过，越是有钱的人越抠门儿，她还不大相信，看来真是这样。但她不想错过去兰阿姨家当保姆的机会。也是在都市生活的电视剧里，她看过不少豪华版的家庭。而在现实生活当中，这样的家庭她一个都没看见过，更不要说在里面生活过。她这次来北京的愿望，就是想走进一个这样的家庭，真切地感受一下有钱人家的生活。她说：还行吧。兰阿姨见她答应得有些勉强，许诺说：第一个月付给你这么多，如果你干得好，以后还可以增加嘛。

兰阿姨的家好像是在一个很大的庄园里，车子绕过一块挺大的草地，又绕过一个湖泊，拐了好几个弯，才来到兰阿姨的家门口。时值初春，草地焕发出明亮的新绿，白天鹅和野鸭子在湖水中缓缓游动，湖边的桃树、杏树鼓起了花苞。进家之后，兰阿姨先领着钱良蕴楼下楼上熟悉了一下。一边熟悉，钱良蕴一边在心里惊叹不已。尽管她事先对兰阿姨的家居有所想象，但眼前的一切还是大大超出了她的想象。人总是认为想象大于现实，目前来看，却是现实大于想象。兰阿姨的家住的是一套连体别墅，上下三层。最下面还有一个地下室，是贮藏物品用的。钱良蕴一时记不住楼上楼下共有多少个房间，也估不透所有面积加起来会有多少平米。她在脑子里打下一个又一个问号，留待日后仔细观察，把一个个问号拉直。兰阿姨安排钱良蕴住在三缕的一间卧室，卧室里有书柜、衣柜、写字桌等，一应俱全。兰阿姨把罩了亚麻织花床罩的单人席梦思指了指，对钱良蕴说：这张床还没人睡过，你是第一位。钱良蕴说：谢谢阿姨！钱良蕴看见了，三楼除了卧室、卫生间、玻璃花房、露天平台，还有一间健身房。健身房里有跑步机、哑铃、拉力器等健身器材。健身房就属于超出钱良蕴想象的一部分。公共的健身房她见过。把健身房搬到家里来，她这是第一

次看见。钱良蕴看见过一些表现西方贵族生活的电影，在电影里，那些男女贵族生活的地方都是豪华版的。在看那些电影时，钱良蕴从没有把西方贵族的生活与中国人的生活联系起来，觉得一个在天堂，一个在地上，二者不可同日而语。简单看了兰阿姨住的别墅，她有了新的看法：若是在兰阿姨家拍电影的话，所呈现的画面恐怕比西方电影里的画面一点儿都不差。

兰阿姨带钱良蕴去首都国际机场接儿子齐志杰，先到花店买了一束鲜花。鲜花里有百合、玫瑰、郁金香、康乃馨等，花了三百多块钱。花束由钱良蕴抱着，二人站在旅客出口处，等候齐志杰出来。抱这么大一束鲜花，对钱良蕴来说是平生第一次。花香阵阵袭来，她抱花抱得有些拘谨，像是生怕其中的一朵花会落在地上。她觉出有人在看她，她把表情端着，装作这一切都很平常，尽量不看别人。但她眼角的余光还是看见了，前来接人的人群中，抱着鲜花的有好几个人，有黄皮肤的中国人，也有高鼻子的外国人。钱良蕴对花的礼仪不是很懂，等兰阿姨的儿子一会儿出来，她是把花束交给兰阿姨，还是直接把花束献给兰阿姨的儿子呢？若是由她给兰阿姨的儿子献花，她应该说些什么呢？钱良蕴不敢问兰阿姨，她怕露怯，也是怕兰阿姨嫌她没见过世面。她的做法是把敏感高度保持着，一切看兰阿姨的眼色行事。等到从温哥华飞过来的旅客陆陆续续出来了，兰阿姨才把花束从钱良蕴怀里接了过去。兰阿姨看见儿子出来了，迎上去叫着：小杰，小杰，我的儿子！儿子也叫着妈妈，母子俩隔着花束，就拥抱在一起。钱良蕴看见兰阿姨的儿子个子高高的，至少在一米八以上。兰阿姨的儿子直鼻亮眼，长得也很帅气。兰阿姨的儿子手里拉着一只旅行箱，背上还背着一只双肩挎的背包。钱良蕴凑上前去，问了声您好，想把齐志杰的旅行箱接过来。兰阿姨把钱良蕴介绍给齐志杰，说这是她新请的保姆小钱。齐志杰对小钱点点头，把行李箱交给小钱拉。钱良蕴的意思，把齐志杰的背包也要接过来背。齐志杰摆摆手，说不用了。钱良蕴看了一眼齐志杰，发现齐志杰也在看她。但齐志杰很快就把目光躲开了。留学生不过是一个大男孩儿，这是钱良蕴在心里记下的对齐志杰的第一印象。她打定了一个主意，日后要跟这个大男孩儿好好聊聊，看看能不能从他嘴里掏点儿她所需要的东西。

兰阿姨驾车去接儿子时，老齐还没有回来。待兰阿姨把儿子接回来，老齐已在家里的客厅迎候。外面已经入夜，老齐把客厅的顶灯、壁灯和落地灯全都打开了。老齐还打开了一瓶法国红葡萄酒，分别倒在三只高脚玻璃杯里醒着。儿子进家放下行李，老齐就端起一杯红酒，说来，老子欢迎儿子回来度假！钱良蕴往茶几上看了看，见上面并没有摆放下酒的菜，只有两碟干果，一碟是开心果，一碟是美国大杏仁。没有下酒的菜，喝酒怎么喝呢？这大概是跟外国人学来的，在把红酒当饮料喝。以心当笔的钱良蕴还注意到了，老齐倒的葡萄酒是三杯，显然没有她的份儿。她能够理解老齐的做法，心里没什么不平衡。她必须牢记自己的使命，把自己的地位放低再放低，始终放在保姆或仆女的位置。倒是齐志杰邀了她一下，问她要不要也喝一点。她说：谢谢您，我不会喝酒。钱良蕴觉得应该回避一下，问兰阿姨，她要不要出去买点菜。兰阿姨说：不用了，今晚不在家里吃饭，准备到七彩云南大酒楼去吃茶树菇。你休息一下，出发的时候，我招呼你。钱良蕴到三楼自己的房间去了。

钱良蕴听说过七彩云南大酒楼，知道那是一家全国连锁的高档酒楼。但她从来没在七彩云南大酒楼吃过饭，不知吃一顿饭要花多少钱呢。还有兰阿姨提到的茶树菇，钱良蕴更是闻所未闻，她甚至不知道茶树菇三个字应该怎么写。要是在家里，她需要在电脑上把这三个字搜索一下，识其字解其意之后，才能在笔记本上记下来。这次出来没有带电脑，她只能按自己的猜想，把这三个字暂时记成茶树菇。钱良蕴很想到七彩云南去见识见识，看看高档酒楼里是怎样的设施、怎样的服务。也想尝尝茶树菇的味道，品品茶树菇到底为何物。见过尝过之后，肯定会变成她记忆中的一笔资源，而且是一笔高级资源，说不定哪一天，这笔资源就派上了用场。然而，兰阿姨临招呼她出发时，她还是多了一个心眼儿，说那么高级的地方，她就不去了吧，她留在家里看家。兰阿姨说：那也行，想吃什么，你自己做点儿。老齐像是随口问了一句：小钱去过七彩云南吗？钱良蕴答：没有，只是听说过。

兰阿姨一家三口出门后，钱良蕴没有到做成酒吧一样的厨房做饭吃。吃饭对她来说并不重要，一顿晚饭吃不吃都无所谓。她也不在客厅里看电视。电视里多是一些愚弄人的玩艺儿，看多了只会让人变得越来越傻。她上楼来到自己的房间，从背包里拿出硬皮子的笔记本，抓紧时间记当天的日记。她的字写得很小很密，这样可以在有限的笔记本里增加日记的容量。她的字写得决不了草，决不缺胳膊少腿，这样可以避免时间久了自己写的字连自己都认不清。在记到关于去七彩云南大酒楼的事情时，钱良蕴得意于亏得她多了一个心眼儿，不然的话，贸然跟着人家去，人家有可能会认为她不识趣，缺心眼儿。她提醒自己，以后遇到此类事情，一定要三思而后行。

第二天早上用过早点，齐叔叔和兰阿姨都去上班，齐志杰还在呼呼大睡。兰阿姨对钱良蕴交代，齐志杰回来要倒时差，不要叫醒他，只管让他睡。时差大约需要两三天才能倒过来。那么，钱良蕴在打扫兰阿姨卧室的卫生时就轻手轻脚，尽量不发出声响。打扫卫生是钱良蕴作为保姆的一项工作，通过这项工作，她同时获得了走进齐叔叔和兰阿姨夫妇卧室的权利。这样的卧室，无疑是都市中人隐秘的一角，或者说一些家庭隐私就藏在卧室里。在通常情况下，卧室的主人是不许别人进入的，甚至连家里的老人都不可轻易入内。而钱良蕴却拿到了通向隐秘一角的“钥匙”。在一定意义上讲，钱良蕴之所以选择到北京当保姆，就是为了深入都市的内部，深入家庭的内部，以掀开都市中人隐秘的帏幔。卧室的写字台有一个抽屉没有锁，钱良蕴借打扫卫生之机把抽屉拉开了。一般来说，当保姆的不能拉开主人的抽屉，这有点违背做保姆的规矩。钱良蕴给自己的解释是，我只是看一看，又不动里面的东西，有什么不可以呢！抽屉里有两款淘汰下来的手机，三块停摆的手表，一个雕刻精美、像是用花梨木制成的小盒子，还有一口袋用束口的麻布口袋盛着的东西。钱良蕴把小盒子打开看了看，原来小盒子是名片盒，盒子里装的是齐叔叔的名片。名片让钱良蕴知道了齐叔叔的身份信息，原来齐叔叔是某能源公司的总经理。她有心把齐叔叔的名片拿走一张，想了想，还是把名片放了回去。麻布口袋沉甸甸的，钱良蕴提起口袋，口袋里哗啦一响，把钱良蕴吓了一跳。她往卧室门口看了看，才把口袋的束口打开。口袋里盛的是各种各样、大大小小的硬币，恐怕上百枚都不止。那些硬币表面所凸现的图案，有的是女人头像，有的是男人头像，还有的是一些花花草草。这些硬币大约都是外国的硬币，钱良蕴连一枚外国的硬币都不认识。这些硬币使钱良蕴又得到了一个信息，齐叔叔去过许多国家，喜欢收集外国的硬币，他从每个国家捎回几枚，攒起来就装了大半口袋。

兰阿姨的衣橱占据了整整一面墙。乍一看，不像是衣橱，而是一幅典雅的《清明上河图》。把画在推拉门上的图画拉开，衣橱的空间才显现出来。兰阿姨的四季衣服当然很多，看去很昂贵的裘皮大衣有两件，华美的旗袍有三件。钱良蕴长这么大，从没有穿过旗袍。她的个头和兰阿姨差不多，她要是穿上兰阿姨的旗袍，说不定会很合适。这样想着，她取出一件旗袍，到穿衣镜前面，把旗袍贴在身上比画了一下。穿衣镜像一个取景框，一下子把她连同锦缎质地的旗袍照了进去，她顿时显得光彩照人。她没有脱下自己的外衣，把兰阿姨的旗袍穿在身上。齐志杰的卧室也在二楼，她如果穿上旗袍还没脱下来，被万一醒来的齐志杰看见就不好了。

公司为老齐配的有专车和专职司机，他每天上下班，都是司机把车开到家门口接送。有一天，可能因为路上堵车，司机没能按时到，吃过早点的老齐跟小钱聊了几句。老齐说小钱不像个保姆。小钱一听心里惊了一下，难道齐叔叔看出她有什么破绽不成！她说：我是缺少当保姆的经验，有什么做得不好的地方，请齐叔叔多指点。老齐说：我不是这个意思，我是说，凭你的素质，完全可以到一些公司求职，当职员。你如果当职员的话，收入会高一些，前景也会好一些。小钱说：谢谢齐叔叔的指点。只是我在北京人生地不熟，不知到哪里求职。北京太大了，大得让我有些害怕。门外接老齐的汽车喇叭响，老齐临出门对小钱说了一句像是开玩笑的话：你还是小钱嘛，当然觉得北京大，等你成了大钱，你就不会觉得北京大了。

晚上在卧室里，老齐对妻子说到小钱，对小钱的保姆身份提出了质疑。妻子问老齐看出什么了？老齐说：我看她时，她的眼睛是躲闪的，眼睛背后好像还有一双眼睛。妻子说:这是你的问题,人家一个当保姆的,你老看人家干什么！我警告你，不许你打小钱的主意！老齐不屑地笑了一下，说：看你想到哪里去了，这简直是对我的亵渎。我的意思是提醒你，你找保姆不要给家里找回个阿庆嫂。妻子说：找一个阿庆嫂怎么了，你别说，我还真喜欢阿庆嫂的机灵劲儿。找一个阿庆嫂总比找一个祥林嫂强吧！老齐说：好好，不说了，再说我就变成刁德一了。

齐志杰倒时差倒过来了，白天不再睡觉，恢复到和北京人的作息时间同步的状态。齐志杰并不到处乱跑，每天的大部分时间都在家里看书，做笔记。人说中国的富二代多是纨绔子弟，看来齐志杰不是这样，齐志杰真是一个热爱学习的好孩子。因钱良蕴和齐志杰是同代人，钱良蕴跟齐志杰说话就随便些。齐志杰的父母不在家时，钱良蕴把齐志杰叫成大少爷。这样叫时，她的口气是调侃的，眼里充满笑意。齐志杰说:钱阿姨，您这么叫我，我听着怎么那么别扭呢！我爸又不是资本家，现在又不是旧社会，我家就我一个孩子，大少爷从何说起呢！钱良蕴说：你说你爸不是资本家，我看你们家比旧社会的资本家还阔绰。现在你们家就你一个孩子，说不定兰阿姨还会给你生一个弟弟呢。齐志杰说：我看您还是别这么叫我为好,这给我一种不平等的感觉。钱良蕴问:那怎么称呼你呢？齐志杰说：您就叫我齐志杰，或叫我小齐都可以。钱良蕴说：那我叫你志杰可以吗？齐志杰说：也可以。钱良蕴说：那，我叫你志杰，你以后别叫我钱阿姨了，你叫我阿姨，好像我比你长一辈似的。你就叫我小钱得了。

兰阿姨的身份和工作，钱良蕴也知道了。兰阿姨在某国家机关的老干部活动中心工作，当图书阅览室的管理员。兰阿姨的工作很轻松，每天打开阅览室的门，把当天的报纸、杂志放到应放的位置，任务就算完成了。兰阿姨每天之所以显得很忙的样子，是她在忙自己的事，炒股票。别的股民差不多每天都在赔,每天都愁眉苦脸。而兰阿姨每天都春风满面，传递出的信号是，似乎每天都在赚，赚得盆满钵满。钱良蕴不敢跟兰阿姨讨论股票的事，她觉得这里面大有玄机。

这天钱良蕴敲开齐志杰卧室的门，劝齐志杰休息一下。钱良蕴说：你这么用功，将来要当国家总理吗？齐志杰说没有。钱良蕴问：我可以跟你聊会儿天儿吗？齐志杰说可以。齐志杰屋里没有沙发，钱良蕴只好靠坐在床边上。钱良蕴说：我听说外国搞同性恋的很多，是这样吗？齐志杰说：同性恋是有的，很多也说不上，还是异性恋多。钱良蕴看着齐志杰：请问你搞过同性恋吗？齐志杰脸上红了一下，说没有。钱良蕴说：没有就没有。你的脸红什么？齐志杰说：你这个问题问得太突然了，我一点儿思想准备都没有。钱良蕴嘻嘻笑了一下，说：我就是让你没准备，这样才好玩儿。你要是搞同性恋的话，应该充当女性角色。齐志杰问为什么。钱良蕴说：因为你长得秀气呀！齐志杰说：对同性恋我可以理解，但我不喜欢。那么钱良蕴接下来的话脱口而出：这么说你是喜欢搞异性恋喽！你在大学里有女朋友吗？能说说你的第一次吗？齐志杰像是走了一下神儿，并向卧室的门口看了一下，说：咱聊点儿别的可以吗？钱良蕴起身把卧室的门关上了，说：我在读初中的时候就有了第一次，是跟教我们语文的男老师。男老师讲课讲得特别好，我很崇拜他。有一天，他让我到他的宿舍，批改我的作文。他夸我作文写得好，细节生动，感情充沛。夸着夸着，他就把我抱住了。男老师做得很温柔，当时我一点儿都没害怕，还感动得流了泪。齐志杰随手拿起一根圆珠笔，把笔杆捏了一下，又捏了一下，等钱良蕴讲完了，他才说：不好意思，我上高中二年级的时候，才有了第一次，是跟我们班的一位女同学。钱良蕴的脸有些红，眼里也光焰烁烁，她说：志杰，你现在需要吗？需要的话，我可以给你。齐志杰还没说需要不需要，钱良蕴又说：你不必有任何心理负担，更不要提钱的话，首先是我自己需要，我热衷此道，觉得这件事情非常美好，何乐而不为呢！齐志杰说：那好吧！

出一楼南面的门口，兰阿姨家还有一个接地气的小院子。院子里种了杏树、柿子树，还有牡丹、月季。春意渐浓，白花花的杏花开满一树。

这天是星期天，一大早，老齐换上旅游鞋，休闲服，到院子里站了一会儿。然后由妻子驾车，他们夫妇一块儿去爬香山。老齐问儿子去不去，儿子说不去。在路上，老齐说：儿子缩在家里，也不出来走走。妻子说：他嫌北京的空气质量不好。老齐试探性地问：小钱不会打志杰的主意吧？妻子说：一个当保姆的，志杰哪里会管理她。老齐说：但愿如此。

事实是，老齐两口子前脚刚走，钱良蕴后脚就钻进尚未起床的齐志杰的被窝里去了。钱良蕴把齐志杰叫成小宝贝儿，对小宝贝儿拍了又拍。她说齐志杰最有平等意识和现代意识。她提起那天接齐志杰从机场回来，他们一家三口端起酒杯喝酒时，只有齐志杰问他要不要喝一点。通过这个细节，就可以证明齐志杰已经具备了人权主义精神。齐志杰对钱良蕴也很赞赏，他说通过钱良蕴的谈吐，就可以看出中国国民精神的解放和进步。齐志杰说，他并不喜欢加拿大，觉得这个国家太庸常，太缺少活力。硕士一读完，他就要回国工作。钱良蕴说：到那时候，你就是一只“海龟”。齐志杰说：我要不要跟我爸说一下，让我爸在他们公司给你安排一个工作。钱良蕴说：我说了让你不要有任何心理负担，我的事真不用你管。我喜欢独来独往、自由自在的生活。等你休完了假，回到加拿大，说不定我就走了。

果然，齐志杰走了刚一个星期，钱良蕴也离开了兰阿姨家。钱良蕴没等兰阿姨说出辞退她的话，是她自己主动请辞的。

当着图书阅览室管理员的兰阿姨，每收到新的文学杂志也会翻一翻。好几个月之后，兰阿姨在翻看某种新一期的文学杂志的目录时，看到一位作者的名字有点熟。作者的名字叫什么呢，叫钱良蕴。兰阿姨想起来了，她曾经用过一个保姆，名字就叫钱良蕴。这个写小说的钱良蕴是不是就是那个当保姆的钱良蕴呢？她赶紧翻到文后的作者简介一看，作者女性，1982 年生于黑龙江牡丹江市。坏了，原来当保姆的钱良蕴就是写小说的钱良蕴，合着钱良蕴把自己伪装成保姆，到她家深入生活来了。她不敢看钱良蕴写的小说，担心钱良蕴把她写进小说，更担心钱良蕴把她的形象写成负面形象。但她忍不住，还是把小说看了几页。只看了几页，就把她看得手脚冰凉，脸色发灰。这丫挺的，竟把一个住在别墅区的家庭女主人写成了一个借炒股帮丈夫洗钱的人。她合上杂志，平静了一会儿，自己安慰自己，小说里没写她的真名真姓，自己何苦瞎对号呢，何必自寻烦恼呢！

晚上回到家里，她没对老齐提及钱良蕴写小说的事，只是在心里警告自己：以后不找保姆是不说了，要是再找保姆的话，一定要小心再小心。

2012年1月16日至1月28日（春节期间）

# 人之初

关圣力

祁合德婚后两年得子，媳妇给他生下个男孩，起名达子。这孩子一落生精瘦，小胳膊小腿小身子，一捆柴火似的蜷缩着。接生婆佟大奶奶倒提了达子双腿，用手在他滑腻腻的小屁股上一拍，孩子哇啦一声，大哭起来。达子身子瘦小，哇啦哇啦的哭声却很大。佟大奶奶扒拉了下达子的小鸡鸡，说：是个丁儿呢！顺势把达子抱平，正要搁进铜盆去洗，突然看见孩子张开的嘴里，露出了点点白色。忙抱近眼前细看看，红薄的小嘴唇里，呲着的四颗小白牙。佟大奶奶吓了一跳，提着达子的手有点颤抖，使另只手捂着胸脯，喘了口粗气，转头瞧了眼产妇合德媳妇，悄声念叨了句：大慈大悲的观世音菩萨保佑，保佑！心里嘀咕：这孩子胎里长牙，按照相书的说法，可是主凶啊。想着，却没说什么，赶忙把孩子放盆里胡乱洗了几把，轻轻抹干后，从炕边扯过一块破衣服撕成的包布，把孩子包裹了抱给祁合德媳妇。然后侧了头，对门帘外面候着祁合德说：恭喜大喜！是个小子！孩子嘴里长牙的事，没敢跟祁合德家里人提起。佟大奶奶收拾了接生用的家伙，嘴里说着吉祥话，急急忙忙离开祁合德家。祁合德给她沏的一碗红塘水，仍然放在八仙桌子上，袅袅地漂浮着热气，佟大奶奶没喝一口。



祁达子这个小崽子，果然如饿鬼托生，吃起奶来狠得邪，砸嘬他妈奶头儿的声音，响得招人喜欢。可他嘴里的四颗小白牙，也不是摆设，吃奶吸吮活动起来没轻没重，叼上奶头便不松嘴，常把他妈咬扯得掉眼泪。祁合德家穷，穷得吃了上顿没下顿，公母俩饿得前胸贴了后背，又添了个崽子，日子过得越发紧迫。饥饱劳碌地日子里，祁合德媳妇常常缺嘴，奶水很薄，始终也没把达子喂壮实。四年后，祁合德扔下媳妇和一把柴火似的四岁儿子，暴病而死。祁寡妇含辛茹苦，靠给人家缝穷，拉扯着生性愚憨的达子，磕磕绊绊地活着。到了达子十九岁那年，也终于撒手往生西行了。

1935 年冬季的一天清晨，一阵撕心裂肺的哀号，惊动了这片灰色瓦屋的死寂。人们纷纷起身探寻究竟，当他们弄清是祁寡妇死了，便赶紧聚集到祁寡妇家，看望孤苦伶仃的丧主祁达子。热心的街坊们，主动找各自能干的事，帮着忙活达子家的丧事。伸不上手的人，聚在小院门里门外，东一群，西一堆地说闲话聊天，为的是凑热闹，帮个人缘儿。祁合德家一贯冷清的小院子，因了祁寡妇的死，猛不丁地热闹起来。

祁寡妇出殡的事办得不算张扬，很简单，很热闹，也很凄惨。

十九岁的达子，耷拉着光秃秃的脑袋，在院子和屋里出来进去地瞎转悠，耳朵里塞满了乒乒乓乓钉棺材的声音。妈死了，他不知道自己应该干什么，也不知道屋里屋外哪个旮旯是他该待的地方了。达子心里难受，不大的眼睛胡乱踅摸。他看到的一切，都比平时热闹，却没有往日的精气神儿。小院子当中，支了两条板凳，散乱地堆放着几块破木板子。那些做棺材用的白茬子破板，撞进达子的眼睛，刀扎似的，生疼生疼。破破烂烂的家里，眼下到处都摆满了绝望。达子心里明白，没了亲娘，自己在这个世界上也就再也没有依靠。贴饼子、小米粥、酸甜可口的豆汁儿、热热乎乎的饭食，打今儿起，算是没指望了。到了夜里，也再没有个嘘寒问暖的老妈关照他。这么想着，达子鼻子一酸，小眼睛的眼圈便红了。抬头瞧瞧院子里忙活着的人们，没人理会他的存在，甚至没人往他这边看一眼。达子把鸡架子般的身子骨折了折，蹲在一边不动了。他微微低着头，翻着眼皮，把自己的眼光，从许多物件和忙乱的人们的缝隙处穿过，直直地盯在人们乒乓乱砸的一堆破木板上。

祁寡妇的丧事，赵三儿和他媳妇谷香大包大揽。赵三儿指挥着几个街坊和前来帮忙的汉子们，前后左右忙了个实实在在。到了第三天早上，临出殡时，赵三儿点手叫过达子，一只手攥着他的胳膊，一只手拍着他的肩膀，大声嘱咐他该做的事。谷香拿来一个小瓦罐儿，把街坊们送来

的饽饽点心等杂食，端过来，让达子往罐子里夹了几样，然后端端正正放在祁寡妇灵前的供桌上。喊了声达子，指了小罐子对他说：待会儿，好好地哭哭你妈！说着话，和赵三儿两人按着达子的肩膀，让他正对面跪在祁寡妇灵柩前，叮嘱他别着急，听赵三儿的号令指挥，待会儿，必得一下子把瓦罐儿摔碎。达子跪在地上，精瘦的身体挺得笔直，他愣怔地看着赵三儿夫妇，面无表情地点着头。谷香走到达子身边，给他正了正粗白布缝制的孝帽子，又轻轻在他的后脑勺上拍了拍，叹了口气。

临近起灵的时候，院子里突然静下来，忙七忙八的二三十号人，仿佛被抽去了魂魄的皮偶，有形无声地定在原地，巴望着跪在祁寡妇灵前的达子。此时，冷静的院子，如同吸魂追魄的冰窟窿，让达子觉到了天地间塞满了绝望。达子再也忍不住悲痛，爬跪在母亲的灵前，额头顶地，干瘦的大手啪啪，啪啪，使劲拍地，放开喉咙号了起来。街坊邻居没人劝他。娘死了，本该这么哭一哭的。大家伙等着达子悲哭，眼瞧着他一堆干柴似的窝在棺材前，撅得老高屁股，随着他的哭号，一耸一耸地动。便也有邻居的老少娘们儿，陪他撒了眼泪。有半袋烟的功夫吧，达子的身体渐渐停住了抖，只剩下断断续续妈啊——妈啊——的干号 声时，一直站在边上看的刘杠头，将粗壮的胳膊往灵柩后面抬了抬，侧了头招呼杠夫们：好了吗？几个汉子一齐回应说：好了好了。刘杠头便发出一声洪亮粗野的吆喝：起杠——



守候在灵柩旁边的杠夫们，猫了腰俩手捧着杠子，随了刘杠头的招呼，双腿一使劲，直起身子来。忽悠一下子，把那破薄木板子拼钉成的棺材抬上了肩。

赵三儿眼瞧着棺材悬了空，赶紧大声喊达子：达子！给你妈摔盆儿——啊！

随着赵三儿的喊声，跪着的达子挺直身体，他左手扶了下蜷缩着的腿，然后拿俩手高高举起小瓦盆儿，使出了全身的力气，把盆儿摔在供桌前摆着的一块砖头上。啪的一声脆响，瓦盆儿碎片四散飞溅，算是接续了母亲的阴阳之路。候在门外的吹鼓手，随着达子摔盆的声响，吹起了唢呐，敲响了鼓镲铙钹。有人把插在街门边的挑钱纸抽下来，又撕开一个破枕头，套出里边的瓤子，搁在墙边，一块儿烧了。

赵三儿公母俩，伸手扶起跪着的达子，把一个白纸糊成的幡儿塞到他手里，左手又拿过祁寡妇的灵位牌，一并塞在达子怀里。在赵三儿的揪扯搀扶下，达子又瞧了眼白花花的棺材，无奈地转过身，大声喊着：妈——我的亲妈哎——儿子送您上路喽！然后达子低了头，号着没有眼泪的哭声，摇摇晃晃独自走在棺材前面。街坊们临时凑起来的送丧队伍，随走随排成一队，杂乱的人群，簇拥着悲痛欲绝的达子，送走了祁寡妇。

出齐化门不远的东土城外边，在一块布满了散乱坟堆的乱葬岗子里，达子扑通一声跪在早为母亲挖好的坑边，两只小眼睛，直直地瞧着疼爱养育了他十九年的母亲入土。刘杠头们先将两根大木杠子顺着搭在坑上，将棺材稳稳当当地撂在上面，又用两根很粗的大绳，横着在前后两个位置兜住棺材底部，招呼几个杠夫，在坑两边抓牢靠了大绳，然后他高喊一声：起喽！撤杠子！随着他的喊声，有杠夫和帮忙的人们，猫着腰，使手抠起棺材帮的底，有杠夫顺势撤出了搭在坑上的两根木杠，棺材便晃悠着落在大绳上悬了空。棺材被大绳兜住后，刘杠头又大喊一声：放棺——



刘杠头横着站在坑前，眼睛紧盯着缓慢下落的棺材，双手不停地抬抬落落，嘴里呼喊着：稳着，稳着！前边多放点，比着放绳子，后边放大绳儿——

拽着大绳的杠夫们，互相照应着，一起往下放绳子，让棺材稳稳地下降。

棺材平稳地在坑底撂定后，两个站在坑边的杠夫，灵活地将绳子哧溜哧溜抻上来，顺手一圈圈盘好，扛在肩上或提在手里。

周围许多眼珠子，不约而同地盯在达子光秃秃的脑袋上。达子直愣愣地跪在坑前，不流泪，也不出声，探着细长露筋的脖子，俩眼睛瞧着深坑里的棺材。好一会儿，他才在赵三儿的催促下，伸出双手，捧了一捧黑糊糊冰凉散碎的土，向坑里的棺材上一扔，顺势趴在坑边的土堆上，发出一声旱天雷般的哭号，妈呀——！我的亲妈妈哎——您怎么扔下我一个人走了啊——达子哭号的长声拉过去后，便再无声响，只能看到他摇

摆着的光头，不停地拍地的大手，耸动着他那如着了热油般的虾米一样的身段了。

赵三儿过去架住达子，冲刘杠头使了个眼色。

刘杠头把胳膊一挥，轻轻喊了声：埋！

早已手抄铁锹，严阵以待的杠夫们，一哄而上，围在祁寡妇的坟坑周围。七八把铁锹，带着快活和鲜亮的手腕，“嚓嚓嚓”地铲起土，又“咚咚、咚咚”地扔在紧裹着祁寡妇的破木板子上。

此时此刻，杠夫们的脸，都像坑里那破棺材板一样的木，可这充满欢快的“嚓嚓”声和“咚咚”声，无论如何也掩不住此事与他们无关的情绪。杠夫们的几个光头，衬着远方姜黄色的沃野，暗灰色的天空，在坑的四周上下胡乱晃动，他们粗壮的身子，在乱葬岗子中高低起伏，情景颇为壮观。他们低沉的喘息声，仿佛是一种人性的宣泄，“呼呼呼”地向人们诉说着，是他们造就了生生死死的大轮回。至于被赵三儿架着，趴跪在坑边上的达子，他此时有多么悲痛，将来会有多么孤独，日子多么艰难都不关他们的事。杠夫们只想着回家吃什么饭，晚上怎么挫磨媳妇，最重要的是，他们还盼着明天谁死，最好是多死几个有钱人，这样他们可以借出殡的机会，多挣几个工钱。

一堆新土，终于替代了母亲在天地间的存在，达子在赵三儿和谷香搀扶下抬起头，慢慢地站起来。达子的膝盖，在冰凉的土地上跪得生疼，俩小眼睛也哭得浮肿了。他微微低头，盯着那堆因埋葬了母亲而拱出地面的黄土堆，似抽泣似嗅地耸动着鼻子。达子使劲吸了吸散发着泥土气息的清新味儿，突然仰起头，向着灰蒙蒙的天空，发出了两声无泪光响的干号。号完了，达子一挺身，站起来，立直了身体，先用鸡爪子似的手拍拍光头，再弯腰拍拍膝盖上的浮土，然后将两手抱在胸前，冲张秃子、猴儿常等几个杠夫拱拱手说：有累几位爷们儿！我替我妈谢啦。给几位爷们儿磕头了。说着话，他的身子就往下矮，两腿一曲，重新跪在了母亲的坟边。

哎——不容易喽，赶明儿个剩下你一个人，就更不容易呦。

唉——街坊们说。

甭谢啦。走吧，走吧！刘杠头乜了眼跪在一边的达子，手里把绳子归置好，扔给了站在一边的张秃子，瞧着他把绳子抡上肩，便招呼杠夫们走。

达子听见杠头的说话声，赶紧转回身，跪在地上，对着刘杠头连作揖带磕头。他把光头撂在刘杠头脚前说：刘爷，我这儿给您磕头啦。回头您家里坐。喝碗茶去。

嗨！你这是干嘛。起来，走啊。回家吧。刘杠头叹口气，伸手扶了一下达子，便不再理跪着的他，回身便走。

送殡后的一行人，默默走在灰暗的原野上。

刘杠头不时回头瞧达子一眼，发一声叹。这小子虽说十九岁了，可身子骨太单薄，鸡架子一样，心眼又愚呆，不活泛，有心帮帮他，让他跟着一块抬杠，弄个挣饭吃的本事。若赶上 16 杠，24 杠时，随便在哪个地方给他拴个扣儿，把他当个棒槌，杠上也不会因少他一个人的担待，别人肩膀上会多出多少分量。想想，虽说那么做，他肩膀上会少了许多沉重，但毕竟得压上一个大棺材，还得走老远的路，真怕他干不了，再累坏了身子。唉，无干无涉的，就随他去吧。



刘杠头二十八岁那年成的家，可当年他就成了光棍。先是死了爹妈，跟着媳妇难产，也奔了西方地界。一年三灾把刘杠头弄了个灰，眨眨眼的功夫，身前身后就没人了。他一个人似独木舟在世上漂浮，凭着一身的力气竟混得滋润。无牵无挂的生活，给了他得天独厚的优势，在转换了许多力气行后，他最终选定了抬杠的活儿。慢慢的，刘杠头在这个行当里笼络了十来个人，确定了自己成为杠头的事实。在北平城的杠行里，也算有他一号了。杠头也曾经想过，再娶个媳妇，没有女人的日子很难过。但人们认准了他命硬，连媒婆也不愿意为他跑腿。此事一蹉跎，便耽搁下来。一拖十来年过去了，并有长此下去的苗头。长期的孤独生活，使他日渐紧缩的心，只残存了一点对人的善良和对自己的自怜，就如他对达子的同情，也只一忽闪，便彻底消失了。

埋葬了母亲的达子，带着一身的悲哀和丧气撞进家门，母亲的故去，

使本来就不火爆的生活更显冷清。低矮的破瓦屋，失去往日的精气神儿，到处都黑糊糊的，窗户上糊着的高粱纸，不知什么时侯有了许多破洞，冷风从那些大大小小的洞口钻进来，呼啦呼啦笑闹着，随意扑向屋里每一个角落，吹得垂吊在那里的蜘蛛网快乐地哆嗦。整个屋里处处阴凉彻骨，没有一丝温乎气儿。达子愣愣地木头一般立在门边，许久许久。他不再哭，哭也没人听，流泪也没人看，他把委屈藏在心里，紧裹破棉袄往土炕上一歪，双脚塞到堆在炕上的破烂被褥下，睡了。

谷香和桂二太太来看他，他也没醒。直到第二天的晌午，达子才迷迷瞪瞪地睁开眼睛。首先瞧见破桌子上，摆着邻居们送来的贴饼子等吃的东西，他一个骨碌儿爬下炕，奔到那些吃的前，拿起来就往嘴里塞。那些吃的全都冰凉棒硬，没咬两口，他就流出了眼泪。

从此孤独一身的达子，生活上少了许多情趣。无所事事的他，每天起来，仍然去蹲街耗费时辰。可他眼里看到的太阳，却已经不似往日那么耀亮，天空总是朦朦胧胧的，他感觉着，自己身上的虱子，也没了生龙活虎的劲头。达子揣着两手，靠在一个背风的墙根儿蹲着，光秃秃的头顶对着太阳，双眼似睁似闭地在冻裂了缝的黄土地来回踅摸，仿佛那上面布满了人生的乐子。



西北风卷起尘土，从他眼前刮过时，达子便眯缝了眼睛，抬头看看。直到晌午时，他才会站起身。然后他公鸡打鸣似的，舒展舒展皮包骨的身体，慢吞吞返回屋子里。进了屋，他先在灶膛里扔两把碎柴火，再从瓦罐里抓几把玉米面放进锅里，浇上凉水点上火，等锅里一冒热乎气，就算做熟了一顿饭。吃过后，他便往土炕上一躺，屋子里就再没有一丁点儿响动。达子死了一般躺在那儿，过着睡扁了脑袋垫瓦块儿的日子，心里翻复着人间种种苦乐之事，最后总有一顿香喷喷的饭食定在他心里。

没过多少天，无牵挂、无进项的生活，便让达子在孤独之外，又觉到了活着的艰难。他便向卖烧饼的赵三儿请教，怎么才能给自个儿弄回来点能吃的东西。赵三儿认认真真地对达子说：兄弟，您呢，得去干活。干活儿才会有饭吃。

干活儿？可是……可是我什么也不会干呀。达子歪着秃头眨着小眼睛瞧着赵三儿。

赵三儿一听达子这话就乐啦：不会干活儿，谁养活你？你妈吗？你妈死了。不干活，你也是个死！小子，活动活动心眼儿吧，不出去干点什么，你就得饿死。想想辙，出去练练吧！

这回轮到达子笑，却是苦笑。笑过以后，达子便把秃头低了，对赵三儿说：三哥，你怎么不帮嫂子卖烧饼？赵三儿抬头瞅了眼天，转过身来，把后脑勺给了金光万丈的太阳，两只小眼睛，盯在地面上那俩圆滚滚如球一般的影子说：男人，得干场面上的事，干就得干大事。爷我是满洲正黄旗人，哪能干那种买卖，我去卖烧饼？笑话啊，那是伺候人的活儿，是娘们儿们干的。白天她得卖烧饼，夜里还得好好地伺候我。差一点儿都不行。自夸自大的得意中，赵三儿的话就差了道，他凭着自己和谷香的实际经验，在男女关系上，给达子做了最初的、浅浅的指引和启蒙。达子听了，却只能在明白与糊涂中傻笑，那种事儿，虽然被赵三儿说得云山雾绕，可究竟比肚子饿次一等。再说，他也没领略过那翻云覆雨般的风情。一天一餐稀汤带水的日子，让他无暇在看不见摸不着的玩意上细细纠缠，能傻笑着活着，就已经是他天大的福分了。



直到有一天，达子如爪的手把瓦罐的底儿，挠出了声儿，他才又一次体会到失去母亲的悲哀。这一次的悲哀，真真地，把他推到了绝望的边缘。他躺在炕上，想他妈，想别人的家，思前想后，便想到了死，可又觉得不能就这么死去。无奈之中，他的手把大炕和光头、胸脯子拍得啪啪啪地响。

到了山穷水尽地步的达子，愚木的脑子里把赵三儿的话，拉洋片似的过了几遍，似乎得到一些活着的勇气和怎么活着的手段，脸上也露出了一丝从母亲死后，还从没有过的喜兴劲儿。他的喉咙间咕咕噜噜地出了一阵声儿，也不知道他是在唸叨什么，还是脾胃空虚，或者是腹内积气反上打的臭嗝。反正他终于明白了，要想活着，就得吃饭，要想吃饭，则必须自己去干活儿、挣钱这个道理。于是，达子像是来了精神，他把腰间拴着的破麻绳子解开，收腹吸气，十分认真地把绳子重新系在腰间，顿时就觉得肚子里不怎么闹得慌了。他空着肚子躺在炕上，继续想他要



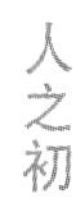

出去干活这件事，可他觉得浑身冷。肚子里没食，屋子里没火，心里有事，他睡不着觉，烙饼似的翻腾了一夜。达子麻木的心里，对自己将要走出的一步，终于有了充足的准备和勇气。

第二天达子醒来时，已经是中午。虽说他的身子仍然软，软得像泡了三天凉水的面条，可此时，却显得十分硬实，比每天他去蹲街耗时候要有精气神儿。他挺了挺没什么肉的胸脯，走到水罐前，把小半瓢凉水咕嘟咕嘟灌进肚子，然后竟像吃饱了山珍海味似的出了家门。

达子！这是上哪儿啊？还他妈的挺欢实。瞧瞧，精神了不是！赵三儿正揣着手蹲在墙根儿底下晒太阳。

呦，三哥。晒着呢您！我这不是听了您的吗，去找个事由干。我得吃啊，您说是不是？

嗨！达子。有你的。还真出息了啊。赵三儿说着站起了身。瞧着打跟前走过的达子，脸上露出了点笑模样。

等等！达子。赵三儿的媳妇谷香从烧饼摊那儿叫住了达子。瞅你那脸色儿，青绿青绿的，跟饿了八天似的。是不是还没吃呢？



达子停住脚步，瞧着比自己大五六岁的邻居嫂子，眼眶子直发热。听话的孩子似的答应一声，就垂手站在了谷香面前，低着头小声叫了声嫂子，然后说：我想吃，可我吃什么呀。

给，先吃饱了再去。谷香脚步轻快，边说边走过来，把几个烧饼塞到达子手里。谷香眼里含着女人特有的温柔，流露出天生的母爱之情，抬头看看自己的丈夫，又转过眼睛，看看比丈夫高出一头的达子，眼珠子就像走了神似的，直直地盯在了达子的身上。

这眼光以外的赵三儿，像是忽然觉到了什么，犯了会儿愣，赶紧接过谷香的话茬儿说：瞧瞧，还是你嫂子会疼人。快吃，快吃吧。吃饱喽再去找活干。

达子手捧烧饼，瞧着面前的女人，觉得她的面容温润又慈善，他的膝盖便颤抖着发软。长这么大了，除了他妈和桂二太太这么疼过他，就没人…… 他想说句感谢的话，喉咙却涩得像是长了锈的枪栓，搬不动拉不开。只过了一会儿，他不大的眼眶中汪满了眼泪。与此同时，他的口水也迫不及待地往外涌。达子什么话也没说出来，双手一举便把烧饼塞进嘴里，狼吞虎咽吃下去。烧饼了进肚子，达子顿觉来了精神，来了劲，瘦高的身子挺得笔直。他冲赵三儿和他媳妇拱拱手，转身走了。

在荣盛记茶馆儿，达子找到了刘杠头。他拱手垂头站在刘杠头坐的桌子前，刘杠头翻眼皮瞭了他一眼，却没言声。达子就吞吞吐吐地把老妈死后，自己没了指望，也没饭吃，想去抬杠挣点嚼裹的意思说出来。说完后，他用小眯缝眼盯着刘杠头疙疙瘩瘩的肥脸，想从那里听到一个“行”字。可胖头没动，只翻眼皮又瞭了达子一眼，肉乎乎的手端起了茶碗，不说话，只喝茶。达子悄没声响，傻愣愣地站在那儿。又这么尴尬地戳了好一会儿，达子的脸和脖子渐渐显了红色儿，再说话时就带了哭音。

啪！刘杠头把粗瓷茶碗轻轻往桌子上一放，不紧不慢地开了腔：这可是抬杠，行吗你？说完话，刘杠头的眼光绕过达子，向茶馆里他的那几个伙计瞟去。达子听了这不冷不热的问话，心里一紧，也不知道说什么好，无可奈何中，他的眼睛也随着刘杠头的眼光，把茶馆里的人啊、物的看了一圈。张秃子和猴儿常们正盯着他，那一片目光，不约而同地暗含着剔骨尖刀一般的寒气。胸脯上没肉的达子，不由得打了个冷颤，那个“行”字，也就随着这一哆嗦，炒豆般从自己的嘴里蹦了出来。达子的“行”字刚一出口，茶馆里立刻爆发出一阵冰凉阴损的嘲笑声。

刘杠头嘿嘿嘿一笑。他给了伙计们一个恰倒好处的附和后，重新端起那碗高末泡的，已经泛了白色儿的茉莉花茶，有模有样地送到嘴边上，先噗——噗——地吹了吹漂浮在茶水面上的茶叶细末儿，再微微张开肥厚的双唇，滋——一声，喝光了那碗水。过了会，又吧嗒了两下嘴唇，才接着说：这个行当可是要命要劲的活儿，按理说，你不成。你这身子骨啊，太嫩，担不了那个沉重。可话又说回来啦，你无依无靠，穷小子一个，够可怜的。早先我也一个人，可我不像你长得这么没出息。你瞧瞧你自己瘦的，这小身子，有攥的地方，就没有下手打的地方了。可话得这么说，既然你来了，刘爷我，说着话，他瞟了瞟杠夫们接着说：我们爷们儿就得帮帮你，大伙每个人的肩膀上，都替你多担点沉重。你呢，来试试。明儿个早上，就有一趟杠。我给你安排个位置，你把杠子搁肩膀上试试。

你要能把这趟杠走下来，就接着干，要不成，赶紧想别的辙。

刘杠头的话，虽然说得温柔之中藏着干艮辣倔，可却给了达子一线生机，也使达子从此陷入到一种生命的大沉沦之中。

第二天早晨，太阳还没露脸，灰亮的天空微染浅淡的黄色。暮冬清晨的寒风仍未失去往日的劲头，似忠于职守的武士，严肃殷勤地巡视在宇宙间，把自身的冰冷寒气，不断地散发到人世间的每一个角落，欲为迟来的太阳制造最后的麻烦。

还没到每天的那个时辰，达子就迷迷糊糊爬起来，从窗户纸的破洞往外瞅了一会儿天，又坐到炕沿上愣了一会儿，便立直身子，伸了伸懒腰，把大嘴张合了几次，弄出了一串高高低低错落不齐的啊——啊——啊的声音，好像是老鸹的鸣噪。同时他用手背把小眼睛揉了揉。随着那声音的消失，他推门欲出，却忘了拴上腰间那根烂麻绳子，只怀了得意扬扬的喜兴劲儿，去迎接自食其力的第一天。



达子刚迈出门槛，就被一阵寒风狠狠地拍了回来。他无遮无掩的光头，率先领略了晨风的潇洒，继而空心穿着的破棉袄，就让西北风钻了空子。达子衣单皮薄，像是天津的狗不理包子，那寒风毫不费力就直奔骨头，冻得他身不由己地一阵哆嗦。达子转回身，环视屋里，再也没有可以穿在身上御寒的衣服或别的什么物件，只好爬上炕，拽过那根破麻绳子，嘴里一边叨唠着：千层不如一横。一边非常认真地将破棉袄免严实，再使劲把绳子系在腰间。他用手拍拍两胯中间，觉得那棉袄如此一捆，厚实了许多，身上立刻有了温乎气儿，便狠狠心一头钻了出去。

外面很冷，达子晃晃着光头，沐浴着清晨欢快的寒风和懒散的日光，冰凉麻木的秃脑瓜子，仿佛炫耀着自己的得意和帅气，空腹中的咕咕咕咕的叫声，就像是古代打仗前疯狂擂响的战鼓了。达子觉到了饿，也就自然而然地想起了赵三儿家的烧饼。于是，达子揣了两手，缩着脖子，先奔了赵三儿家的烧饼摊。饼炉旁只有谷香一个人在忙活，焦黄的烧饼散发着诱人的香气。达子远远地就喊了声嫂子！没等谷香答应，他又大声地喊了声三嫂子！喊着，就到了谷香的烧饼摊前。

谷香停下手中的活儿，回身含笑看着愣头磕脑的达子：呦，这么早是上那儿啊？

我这不是，嫂子，三哥他——

瞧你结结巴巴的样儿，你三哥没起呢，还睡着。

嫂子！那我跟您商量个事……

是不是想吃烧饼啊？

嗯。我今儿个，不是得去抬杠嘛，这肚子里没食，我怕顶不住。

饿了就来吃，甭商量。谁让我是你嫂子啊。谷香笑眯了眼睛瞅着达子问：是不？

嗯。嫂子您真好。回头我去抬杠，挣了钱就给您送过来。我不能总白吃您的烧饼不是。达子两眼盯着谷香因沾了白面而白里透红的手，嘟嘟囔囔地说了一堆话。

谷香听着就乐了。出息了不是！达子。你要是能挣钱养活自己，嫂子给你说个媳妇。过来……

达子低着头去接烧饼，谷香的另一只手却摸上了他的光头：瞧瞧把脑瓜子冻的。你先在这吃烧饼，我回去给你找个帽头戴。

吃了烧饼，又被谷香摸了光头的达子，觉得有一股酥麻的感觉，从心里往脑瓜皮上拱，扣上帽头儿，似乎又把那感觉留住了，并生出持久不断的温乎劲儿。他感到奇怪，这个女人的手，怎么会有如此的魔力？他也不知道是自己出了毛病，还是怎么了。

直到了死鬼家，达子还愣愣地回味着刚才的经过。自然也就想起了赵二儿讲给他听的那种事，心里隐隐约约地产生了对女人的念想。想着想着他就把女人的范围，渐渐缩小到谷香一个人身上，缩小到谷香那只软嫩粉白的小手上。若不是刘杠头的一声吆喝，他怕是要醉死在这种温暖酥麻的感觉上了。

横七竖八的杠子和绳子，究竟是怎样被刘杠头和张秃子们以迅疾的手段，沿着它们自有的规律，将那墨黑阴沉的棺材捆绑在中间，达子一点儿都没看到，他只沉浸在自己甜蜜的想象里。达子晕晕乎乎，好似被刘杠头拿着，放在了一根微微向上翘起的杠子一头儿。随着刘杠头一声

底蕴十足的：起杠——活的和死的，便一块儿有了动静。没生命的死人，傲气十足地压在有生命的人肩上，享受着弃世而去时的最后一次大幸福。

达子像所有的杠夫一样扛起了杠子。可那杠子，有千斤重，大铡刀似的往他肩膀里扎。达子似乎无法承受这沉重，他用双手半托着粗粗的木杠，以减轻肩膀上的重量，他的脸也紧紧地贴在杠子上面。第一次承受生命中这样的沉重，他确实吃不消。被那死沉的东西压着，达子和杠夫们直挺挺地立在原地，耐心地等着死鬼的亲友们，不紧不慢地完成冗长而烦琐的礼仪。当一切宣告结束，死鬼在号丧的哭声里，响器的狂响中，伴着杠夫们沉稳的脚步和粗重的喘息，踏上了黄泉路。

达子始终用俩手用力托着肩膀上的杠子，即使这样，他仍然觉得自己全身的骨节都被压得“啪啪啪”直响，那响声，似乎是在散布着人间的痛苦和呻吟，得意地喧嚣着即将让他骨折腰断的流言。达子瘦弱的身子，在这凶狠的压迫中，微微地弓了腰，欲要瘫软下去，又不敢。“没食吃”像魔鬼之手，扣紧了他木呆的头脑，迫使他在稀松中生出一股邪劲儿，把肚子里谷香赐予他的五个烧饼，以最快的速度叠在一块儿，撑住了要将他压垮的死神。



达子龇牙咧嘴地坚持着走完了第一趟杠，已经是筋疲力尽。但手里有了现钱的喜悦却给了他鼓舞，人软下去，嘴却硬了：我成！有事时求您多照顾啦。他拍着胸脯子向刘杠头表示了要干下去的决心。刘杠头听了达子的话，嘿嘿嘿地笑着说：成不成的，我这心里有数。我告诉你，小子，苦日子在后头呢。

自那回以后，凡是有出殡的活儿，刘杠头总要叫上达子，拴杠的时候，他手里总会在达子的位置上做出手脚，也算是成全达子吧。

走完了第一趟杠，达子拖着疲乏的身子回到家，进了门，立刻像条空面口袋一样软在了炕上，片刻便鼾声大发，呼呼呼地睡了去。

磕磕绊绊的日子来如风，很快就横扫了在达子身上积沉了十九年的懒。小媳妇大腿一般粗的杠子，伴着死神，让达子觉得整个世界对他来说都是一种压榨。他无论如何也想不到，那死的沉重，竟会让他喘不上气来，而他却非要靠担起这沉重才能活着。枯燥的生活只在抬杠、睡觉，睡觉、抬杠之间来回转悠，不愁吃喝的日子，又诱使达子在劳作之后，跟着杠夫们去寻了另一种情趣。

每次送殡回来，达子便在穷哥们儿的夹裹下进了酒铺。倾囊地吃喝，使达子享受到一番人活着的滋润。好在他不养活谁，也不再欠着谁，达子便在喝酒吃肉的时刻上，显示了独身人的慷慨与富足。他在第一次酩酊大醉后，借着酒劲儿烧出来的温暖，发现自己冰凉的土炕上，也能生成许许多多的杂乱无章的梦。那些梦，使他惊诧于人生的龌龊，认可于生活的简单。在那些梦里,他还奇特地体会到升腾如仙的幸福快感。此后，达子便无数次重温了自己用酒烧出来的快乐。

两年后，达子已经长得腿壮腰粗，像个真正的爷们儿了。

在日常活计上惯于懒散，而又在夫妻之事上过多地倾注了心血的赵三儿，阳气日衰，终于病入膏肓。赵三儿在床上躺了两个多月，皮包骨的身体像一堆干透了的柴火，已近无光的眼珠，疲惫地盯着谷香看，他无声地对谷香述说着没有儿子的遗憾。忽然，他的眼睛里发出了一束喜悦的光，嘴里念叨着：儿子，儿子，我有儿子了！在赵三儿最后表达了他想有个儿子的幻想后，就慢慢地、永远地闭上了眼睛。终于，赵三儿无嗣而去，只撇下了和他生活了六年的妻子谷香。



出殡的那天早上，无亲无友的谷香好像没了魂，红肿的泪眼在达子健壮的胸脯上，腼腆地踅么了好几回。达子见了却没什么表示，光头都让嫂子摸过了，瞧瞧还不是家常便饭么，一个女人家孤苦伶仃的多可怜。可是杠子绑好后，就要把死鬼赵三儿抬上肩的时候，达子突然想起这些年里，谷香和赵三儿实实在在地帮过他，人家的烧饼给钱不给钱的也没少吃喽。特别是来自谷香的帮助，总使他心口发热，觉得自从妈死了以后，谷香就是他最亲的人。于是，达子觉得要是不看谷香两眼，就对不住她。想着，达子的小眼睛便畏畏缩缩地寻上了谷香的眼光，似要表达什么，又说不出什么来地瞄了好几次。那目光的碰撞，似乎给了他充足无比的力量，他十分卖力地把赵三儿抬在自己的肩上。这一趟杠，去回无话，只是在分份子钱时，达子才小声地对刘杠头说：我的那份儿，您

退给谷香得了。赵三儿——他，他们，没少帮过我。

刘杠头刚把钱交回谷香手里，谷香就号着扑倒在达子的身前：达子兄弟，啊……我……我，我可怎么活啊…… 哭着，叫着，念叨着，谷香便有了行动。谷香跪在地上，双膝往前紧蹭几步，就搂住了达子的小腿，上身向后歪斜着，用一双泪眼往上看。达子那没了本色儿的白裤腰，松松垮垮地挂在他深棕色的腰胯上，挺厚的胸脯向外翻翻着。达子的两只眯缝眼正从那两块脯子肉中间，向下看她，透着憨厚的嘴唇微动着，像是要说什么，却没声。谷香便声泪交加，号了个欢。

谷香三十五岁，白白净净的瓜子脸，五官周正，细高的身子穿上白孝袍，就更显出她的妩媚。谷香借了大丧之时，全然忘了伦理，在众目睽睽之下如此放肆，便也就充分证实人们关于她不安分的闲话。使人们觉得，她与达子不明不白的传闻，无疑是确凿的了。此时此刻，达子却感到十分窘迫，想伸手扶谷香，又觉得不妥。慌乱中，达子向后撤步。可他那腿，一动带风，使毫无准备的谷香向前一扑，口鼻蹭地，跟着便号差了声。众人赶忙拥上前扶谷香，乱哄哄指责声中，达子成了众矢之的。听着大伙的埋怨，瞧着谷香那满面泪痕的娇羞样，他傻了眼。或许是天意，是他与谷香的缘分。达子在尴尬中，糊里湖涂地伸手把谷香扶起来，还含含糊糊地说了几句什么话。搀扶中达子觉到了女人身体的沉重，和向他身上靠的企图，越加慌了神，抓着谷香胳臂的手，不由自主地就使上了劲儿。达子的手这么一用力，便把一种错觉传给了谷香。已经止住了哭声的女人眼中，立刻借机带出了许多温情，那眼光饱含着女人的心、女人的情，全给了达子。于是，达子在这看似杂乱无章的丧事中，不知不觉而又忙忙乱乱地完成了一件大事，这就是他和谷香孽缘的第一步。同时，也使新寡欲重的谷香心里，从此有了一个甜蜜蜜的阴谋。



接下来的日子就变得丰富有味儿了。达子愚木的头脑里仿佛觉到了什么，再喝酒时竟不醉了。一种来自不知何方的力量，使他把省下的钱，悄悄地积攒起来，有时还买上几捧挂拉枣儿、半空儿落花生什么的，送给谷香。而谷香也常常塞给达子几个烧饼，让他酒后填肚子。俩人这种相互间的关注，本来挺自然，可却使几个杠夫心怀妒忌。雄性之间的猜忌，使他们对自己的同类，悄悄地下了手，污浊的恶骂使达子如同混沌的头脑猛地开了壳儿。不仅使他知道了男女之间的许多事情，也使他知道了男人对女人的那种占有之心，是多么的下作。达子在杠夫们中间，感到了无可奈何的孤独。

男人们常常挂在嘴边的那个肏字，像绳索栓牢了性情憨厚的达子，拽着他在白昼与黑夜中徘徊，让他领略了初暗人事的苦闷。那些恶狠狠，似乎带着血腥喷吐而出的许多花样，又只归结到女人腿间一个地方的语音，让达子想象那种事，必定是一种暗藏的宏伟，做得男人大殊大荣，受得女人奇耻大辱，但究竟是怎么一回事，有着怎样烦琐或简捷的程序，达子无从体验，他想做，却没有机会，更没有对象。虽然他多少次走过谷香的烧饼摊，多少次偷偷看过谷香的胸脯和肥大的屁股，也偷偷看过许多别的女人胸脯和肥大的屁股，可那些色彩如春的景象，只点燃了他内心深处的欲望之火。那火在他的眼睛里燃烧，却烧得十分的惨淡。达子失望，无奈，于是他就经常喝得大醉。醉酒使达子没了人形，常把胸脯子拍得啪啪啪的响，无目的无对手地重复学来的粗话。他把男人与女人间的私事，以最粗俗的语言，得意扬扬地公诸于世。听得人，有的嬉笑，有的掩耳。慢慢的，达子在人们的眼睛里，成了十足的讨厌鬼。但人们忘不了他，常乘他酒醉后，不失时机地用话引逗他，以求一饱耳福。有的人，就将这做了夫妻夜生活的调料。当大动或大静的乐趣，随着黑夜归于消失，白昼的复来，又使人们忘掉一切，无可奈何地不疲地劳作。但达子却做不成了，酒壮了他的胆，也毁了他的身子。他再也不能像往常一样，把腿粗的杠子很威武地放上肩膀，而是像扛了泰山似的弯着脊背，弓了腿，露出了前所未有的稀松样。刘杠头也常在拴杠子时悄悄地做手脚，使达子肩膀上比其他的人，要多出几倍的重量。似乎只有这样，才能阻止住达子对女人的进程，才能使谷香没有了指望。而久旷之人，免不了要受欲望的煎熬和诱惑，说不准在某天的某个时辰，小寡妇就会被谁松了裤腰带。男人们都不约而同地盘算着谷香，各自做着满富刺激的鸳鸯梦。特别是刘杠头，他已经在暗地里把谷香收归自己的领地，并深信有一天会娶谷香回家。但是，这些人又都在得意之中，忽略了达子的憨厚和小

寡妇的精明。

达子的痛苦处境，正给了谷香可乘之机，她使出浑身的解数，终于诱达子就范。谷香凭借女人的温柔，把达子带入到一个他未曾经过的佳境。达子终于又醉了，这次却是醉在酒和女人身上。在一个风高月黑的夜晚，谷香把自己认真地向达子敞开了。

那天晚上，达子喝过酒，摇摇摆摆往家走，半路上让凉风一吹，哇的一声就吐了，刚刚吃进肚子里的东西，污七八糟地顺着嘴全流了出来，弄得浑身上下哪儿都脏。也许这就是达子与谷香的缘分来了，他正在那儿哇哇哇地吐，谷香正好出来倒脏水。她看见达子像根棍子似的，斜着支在墙上，光秃秃的脑袋顶着乱七八糟的碎核桃砖，一只手扒着嘴，另一只手揪着松松散散的裤腰。谷香把瓦盆放在门边，悄悄走到达子身边，扶着他就回了自己的家。达子迷迷糊糊中像个听话的孩子，让谷香给他上上下下地拾掇了一番后，便躺在谷香的炕上。谷香瞧着死猪一样睡去的达子，摇了摇头，赶忙又去烧炕。直到了后半夜，达子觉得身上很暖和，不像他自己那冰凉的破炕，才睁开了眼睛。他欠起身，正看到油灯微光中静坐的谷香，竟傻乎乎地笑了。没想到达子这一声傻笑，竟使不该发生的，或者应该发生的一切，都在他和谷香眼光的互换中，在他们不明不白的笑声中，提前发生了。

来自女人的主动，使达子措手不及，他瞧着火一样燃烧的谷香，竟不知道发生了什么事情。他醉眼瞧见的全是新景象，如烟似梦，仿佛到了天界仙山。达子大张着嘴，不出声，也不会动，强壮的血肉之躯，在片刻间竟成了一座泥雕。谷香不失时机地吹灭了油灯，于是，黑的夜和白的肉，将达子淹没在幸福之中。千锤百炼的谷香，耐心而又亢奋地引导着达子走完了他人生的第一步。

达子，抬杠多累，帮我卖烧饼吧。完事后，谷香偎依在达子宽厚的胸脯上，说出了她蓄谋已久的想法。

我，我手笨……再说……。达子的手捏弄着谷香胸脯说。

不能老笨。

可是，对不住……三哥……他……

提他干嘛。死鬼不算个人，光吃不做。谷香说着。就又有了动作。哪如你半点！

女人的身体，像一面白帆，在暗夜中闪着耀眼的光亮扯满了篷，任强劲的海风摇晃着，驶向自己幸福的港湾。

如痴似醉的达子，大喘后，已经没有选择的余地，任凭女人蛇一样缠绕着，策划了长久的合谋后，便乘着夜色还浓，溜回自己的小屋。他蜷在冰凉的破被子里，只觉得通身舒畅得疲倦。回味刚刚的经过，却找不到什么乐子。来自双方的忙乱，在酒的胁迫下，显得淫荡而又苍白。没有情趣的体验，使达子在这场含蕴最丰富的战争中彻底退却。

第二天，达子睡足了懒觉后就变了卦。走到街上，他把脑袋扎到胸前，眼睛盯着亢奋刚过新创微痛的裆部，避瘟神一样躲着谷香。女人冷眼见了也不恼，只是暗藏着偷儿得手后的喜兴劲儿，垂首劳作，默默无声中向世人显示着自己的沉着和力量。她心里那种大满足，正洋溢着和达子同谋后的光明憧憬。她深信达子只是个愣头愣脑的雏儿，她要凭自己的努力，把达子整个掳得了，而决不顾其余。人的信心与固执地坚持，往往造就着成功。

虽说见不得人的事情只做了一次，且是在万籁俱寂的黑夜。可是人们的鼻子像狗，竟从达子身上嗅出了腥味儿。谁也没有确凿的证据，可人们还是把这故事讲得十分逼真了。

这天出殡的时候，与死鬼家无干无涉的一群汉子，在刘杠头的带领下，把死鬼家属的悲痛扔到一边，兴致勃勃地把达子当了话题。

达子，艳福不浅啊！

留神别让赵三儿那鬼拉了你去。

……那娘们儿，啊？哈哈哈……

哈……哈……

……

语言的围剿使达子难于应付，万般无奈中只好用“我没做”这个最简单、最明确话语来的推脱。尽管如此，他肩上的杠子，还是沉重了许多。轻松的杠夫们和艰难中的达子，共同抬着一个倾斜的沉重，哼哼哈哈地

走在人世这条畸形的路上。黄色的尘土，在人们脚下起伏缥缈，渲染着或隐藏着这世道的不平。达子看见刘杠头眼里，时刻闪烁着一种狡诈与得意的目光，愚木的脑瓜子里竟自然而然地生出了走低地的想法。只要杠子一上肩，他的双眼就盯着脚下的土路，尽可能把自己的脚放进车辙沟里，就连又浅又小的牲口蹄印也不放过。

这趟杠下来，达子觉得累到极点，身心都感到疲倦。他心里非常清楚，是刘杠头在算计他，是杠夫们在欺负他。达子恨他们，恨自己，也恨谷香。可他对谷香的恨里，却总掺杂着一种说不清道不明思恋之情，像理不出头绪的一堆乱麻。于是，在那天完事后，他就悄悄地奔了另一个酒馆，躲开了那些试图毁了他的杠夫们。

这一年是一九三七年。这一天是七月七日。

酒喝到晌午的时候，达子已经大醉特醉。磕磕绊绊地出了酒馆，达子觉得心里特别难受，他回味着在陌生人中间无干无涉的恬静，也想起了刘杠头和杠夫们的可恶，喝进肚子里的那些辣水，就像烧着了，烘烤着他的五脏六腑。达子在坑凹不平的路上歪歪扭扭地走着，让酒染成红色儿的小眯缝眼，突然瞧见这世道变得火暴起来。满大街，满胡同都是人，还有许多舞刀弄枪的兵。成群的学生们，还有好些教书的先生们，大伙挎着胳膊涌上街头，挥舞着纸做的旗子，跳着脚乱喊，好像是招呼人们去抗什么日。许多商家店铺，也纷纷关门上板。达子却不懂，也顾不上这些，他倾全身的力量，都不能使自己走出一个漂亮的正步，总想躺平了身体，舒舒坦坦地睡一觉，无论何时何地。他觉得是酒和沾了女人的晦气，无情地撕扯着自己的心肝肺，上当受骗的感觉在他的脑子里闹腾，火烧火燎的肉体难忍难耐，干涩的嗓子便玩命喊出了声：“我㑇……谷香……我的妈呀……刘杠头……你……你，你们都不是人……”

达子的失态，招惹来人们的围观，破衣烂衫的孩子们，围着他闹了个欢，砖头瓦块连续不断地向达子扔来。每被投中一次，四周围便哄起一阵孩子们得意的狂笑。终于，麻木了的达子愤怒了，他要向围观的人们发威，向用砖头拽他的孩子们报复。他举醉眼看准了一个离他最近的孩子,准备猛扑过去扼住孩子的喉咙,让他喘不上气来。但刚刚有了动作,达子就一头跌到了。达子庞大的身躯像一条僵而不死的蛇，卧在地面上缓慢地蠕动，喷着酒气的臭嘴沾满了尘土，发出猪被杀前一样的哼哼声。人们看到达子的惨样，觉得感官受到了一种奇趣的刺激，便大笑，同时也将几十里地以外，卢沟桥那儿正轰轰隆隆响着的，日本侵略者的枪炮声暂时忘记了。

在杠上整治了达子的刘杠头，也喝得醉意醺醺。他摇摇晃晃地走到齐化门外吉市口的时候，瞧见了口吐白沫的达子，便满嘴喷着酒气，把围观的人们骂了个天地无光。孩子们看见又来了个肥肥大大的醉鬼，便笑着叫着一哄而散。刘杠头便很费劲地猫了腰，架扶着人事不省的达子奔了家。

一路上，两颗都不清醒的脑袋，不和谐地晃了个够。四条腿互相支撑着两具强壮的身子，仍然磕磕绊绊。刘杠头在非常费力地把握自己的同时，便在搀扶达子的手臂上用了过大的劲。他的胖头歪歪着，臭烘烘的嘴，把像牛一样喘息呼出的粗气，吐在达子小扇子般的耳朵上，刚长出的头发硬茬儿，不时蹭蹭达子新刮的秃瓢。扎扎刺刺的感觉，把四肢无力头脑模糊的达子弄得挺烦，他还感到有什么东西，过分地束缚了他的双手，形式很像谷香和他做那个事时的情景，但劲头却太大，搂在他的脖子上的，也不是那两条白嫩温软的手臂。过于粗壮的两条胳膊上全是毛，达子心里便恍然大悟。这一定是整治他的刘杠头。歪歪扭扭中，达子仰起脸，对着他旁边正呼哧呼哧喷吐酒臭气的大嘴，含混地吐出了一大串似清不清的声响:“刘爷……我……，我……肏……你——肏你……嘿嘿——”

刘杠头一听达子骂他，脸色儿立刻就变得铁青，却没有大的愤怒。他只在忙忙乱乱中，腾出一只粗壮的胳膊，用肥厚的手掌，在达子的光头上用力拍出了响。啪啪的响声制造出的疼痛，让达子片刻无声。过一会儿，达子便重新再骂一回刘杠头。刘杠头也仍然不恼，只像刚才一样，使劲地拍打达子的光头。

两个人打打骂骂回到达子的家。一进门，刘杠头把达子甩在炕上，

自己便摸摸索索地奔了水缸。水缸里没水，或者是有水，刘杠头却看着没水，他便骂着达子：真他妈的懒……连……话还没说完，酒烧饥渴使刘杠头筋疲力尽，散了架似的瘫在水缸边，只片刻就发出了和炕上那一个一样的呼噜声。

七月的暑热，统治着整个世界，通风不好的小屋像个蒸笼。两个男人内外受热，只消停了片刻，便各自有了举动。炕上的达子，先撕裂了上衣，继而又将胸前的皮肉也当做了布，两只爪子在上面抓挠了一个够。直到皮疼的信息反馈给他迷糊的大脑时，达子才发觉手指间沾上了过多的粘腻，也并非是自己的臭汗，挪到鼻端一闻，血腥味掺和着许多别的气味引起了他的大呕。散发着恶臭的黄汤中，根本没有实在的东西，只稀稀拉拉能见到些嚼碎了的豆类。翻覆的五脏，使达子疲软无力，终于又一次放倒了头，只剩下长短不一的喘息。地下躺着的刘杠头却简单得多，也粗野得多，他发现水缸根部冰凉，便挪过去，沿着水缸放倒了自己的身子。他粗笨的手指，很费力地解开上衣的算盘疙瘩，再用手一揪，就将裤带抡到了一边。几经蠕动，他找好了一个最舒适的姿势，便再也不动了。



七月的夜虽然来得晚，但还是来啦。

日本军队进攻卢沟桥，给中国人带来了恐怖和灾难。京城里的人家早早关了街门。善良的北平人在惊恐中错误地以为，只要躲进自己的屋子里就是安全的。却根本没想到自己会在第二天的早晨起来，成了亡国奴。

无依无靠的谷香，在这一天的夜里失眠了，日本兵的枪炮炸弹，还有达子对她的躲避，把她的脑子搅成了一锅粥。黑暗闷热的屋里，不时响起他的长吁短叹。谷香想，她与达子的事，不能就这么完了，好歹也得有个结局。她要去找达子，去问个明白，干嘛老躲着她，莫非她就真的那么不值？当她在等待中确信，人们都已经睡了时，她便悄悄地出了自己的屋。谷香并不知道达子的大醉，也不知道达子因为和她的事情，才被人们嘲弄。她只要以自己的勇气，去把达子不理她的事情弄清楚，然后，凭借自己女人的力量，把这件事推上一个更高的高峰，使那个过于愚憨的男人，彻底臣服于她。

许多天了，谷香都是在暑热中苦苦地思考这件事，那是一种撕心裂肺般的煎熬，她不想再忍下去，也不想再等下去，自信和欲望使谷香浑身充满了邪劲儿，却忽略了正常中还有反常。外面墨一样黑，谷香悄悄摸出家门，像个幽灵。她的行动只惊动了几只狗，杂乱的犬吠，震碎了黑夜死一样的沉静，给往日神秘温馨的时刻，增添了许多阴森和恐怖。毛骨悚然的谷香心里，盛着一个光明，便也就放开两腿，向达子的小屋奔去。

达子的小屋门没关，里面漆黑一团，却不安静，污垢的空气里弥漫着汗酸和酒臭的气味，如猪饱食后的“哼哼”声，塞满了一屋子。谷香的心跳如狂擂的战鼓，人却显得格外的冷静。她慢慢地推开门，蹑手蹑脚地摸进屋，用颤而轻的声音小声地唤着：达子！达子！叫了几声，见没有回应，她便寻着杂乱的呼鼾声摸到炕边。黑暗中，她的手先摸到了达子滚烫的肉体，再往下摸，便是冰凉湿湿的一片。谷香就琢磨着，知道这是又喝多了，就摸摸索索到了桌边，摸着洋火点上油灯，又找了块破布，准备给达子擦擦身子。可当她回身准备去炕边照顾达子的时候，在油灯摇曳的微光里，她看到了团在水缸边上那堆黑糊糊的东西。那东西前身赤裸，裤腰散乱在肚子下面，头和肩膀歪靠着水缸，鼾声正响。谷香心里一惊，险些叫出声，慌乱中她急忙转身吹灭油灯。可她万没想到，由于自己的慌乱，把一个破碗碰到地上，“哗啦”的一声响，好像夺命的枪声，催着她疾速地扑向外面的黑暗，沿着来路，跑了一个欢。

达子始终没醒，可醉得并不实在的刘杠头，却被谷香弄出的声响惊醒了，在光亮灭去的最后一瞬，他看到一个曲线俊美的瘦高身形随之而没。刘杠头眨眨醉眼，想看得实在一些，可眼前已经是一片黑暗，只有一串清晰如鼓点般的脚步声，急促地消失在门外。

对那瘦高的身形，刘杠头很熟悉。他恨自己睁眼太晚，没把这事看得更清楚。他愤愤地爬起身，歪歪扭扭地摸到炕边，不太听话的两条胳膊，胡乱舞动，把达子上上下下摸了个够。当刘杠头确信炕上只躺着达子一个人后，他便嘴里骂着什么，迈着蹒跚的脚步出了达子的小屋，伴着杂乱的犬吠声，向着夜的黑暗，向着那脚步消失的方向，跌跌撞撞地追了

过去。刘杠头坚信,自己看到的是真实,心里一直盛着的那个模糊的奸情,终于被自己证实了。有了这个发现,他颇感得意。感觉着自己对谷香的占有,也似乎从此有了指望,于是那欲望便在他的头脑里撒了欢。他迈着沉重的脚步,借着酒劲儿,直接跑到谷香家的门前。

刘杠头先用力拍了拍谷香家的门,再用手扣着墙上的碎核桃砖缝儿,喘了几口粗气,便放开喉咙,声嘶力竭地号叫起来:谷香!你出来!我……我,我全看见了……快开门!

杠头以为自己这么一喊,准会成功。可屋子里的谷香,只用沉默回击他。闩死的破门如森严壁垒,厚实坚挺地矗立在刘杠头面前,使刘杠头心里的那个阴谋,受到了前所未有的阻击。但刘杠头不灰心,酒精的蛊惑,占有女人的奇趣儿,给了他力量,鼓舞着他必得把此事做下去,即使轰轰烈烈,天下人都知道了,耻笑他,埋汰他,他也一定要做下去。刘杠头号叫着,用力踢打谷香家的破门,似要砸烂竖立在他面前的几块破木板,然后冲进屋去,以英雄般的手段,迅捷利落地活剥了谷香这个骚货。想象给了刘杠头无穷无尽的力气,他不停不休地踢打着,继而便有了更加疯狂的、无耻的喊叫和辱骂。



惊魂未定的谷香,蜷缩在炕角哭泣。陪伴她的只有孤独,孤独。门外那狼啸虎跳般闹腾的男人,吓破了她的胆。她诅咒自己的冒失,更怨怒达子的无情,憎恨门外那个畜生的无德无义。惊恐中谷香意识到,眼前发生的事情,是个大威胁,这个威胁会毁了她。今后的日子可怎么活?怎么有脸出门去见人呢?痛苦中谷香怨达子,恨达子,心里又想达子,祈盼着此时达子会天神般飞来,拥着她幸福地遁去,逃离这个多灾多难的小屋。可是,除了刘杠头弄出的响动继续喧嚣着外,什么事情都没发生,只有黑暗和门外的威胁与她同在。

刘杠头和狗们弄出的响动,此伏彼起,似乎要给已入梦乡的人们不倦的搅扰,使早先宁静温馨的夜从此不再安定。

终于有人经不住这混乱的骚扰和诱惑,悄悄起身向这神秘的黑夜中的躁动探询究竟了。于是刘杠头的阴谋彻底失败;于是关于达子和谷香的传闻有了彻头彻尾的改换,也就有了一个内容真实的故事。

奋起抗日的中华男儿，在亿万民众的呐喊助威声中，积极支援中，英勇杀敌，给了入侵的小日本鬼子沉重的打击。然而，由于卢沟桥战事的失败，民众的激情和军人的热血，只做了一页可歌可泣的历史。亡国奴的耻辱，如疾风暴雨般，前所未有地席卷了四万万中国人。

世态的变迁，国土的沉沦，剥夺了刘杠头、达子和谷香痛苦的时机，人们也来不及从容地传说这件他们喜闻乐见的艳事，一切灾祸便降临了。战争的无情，日本鬼子的凶残，还有饥饿，这一切一切，都威胁着中国人忘记昨天的安宁，赶忙料理赖以生存的物品，缩头缩脑地准备苟延残喘了。

达子更感到艰难，独身的生活使他从没想过得积存点粮食。他在屋里转了许多圈，东瞧西看，摸摸索索，只发现了小半缸凉水和一丁点儿盐，唯一剩下能“吃”的东西，就是他自己了。

一连好些日子都没殡。死了人的家里，都觉得国难当头，丧事不宜大办，也不敢大办，怕响动太大，出城遇上鬼子，再给活着的人招来灾难。所以丧事一律从简，大都是匆匆就近埋葬了事。没有殡，别人尽可以暂时躲在家里，吃着积存的那一点点粮食，总到不了饿死的程度，也算是清闲几日。达子就不同了，他不能待在家里，不出门寻事做，非饿死不可。可出了门，却找不到活计做，更没得吃。达子空着肚子满街转，希望遇上点什么打杂的活儿，无论什么活儿他都干，不给钱给顿饭吃就成。然而，在街上，他看到了随处可见的倒卧。曾经充满温馨的胡同、街道，满目凄凉，这让他想起了另一个世界里那种无声无息的安宁和幸福。可眼下他还活着，没吃没喝，没皮没脸地活着。那些一身黄皮的矮鬼子们，却耀武扬威满面红光地在街上走。达子想不透这是为什么，只觉得是日本鬼子毁了中国人安定的生活，把这个安稳的世道弄得乱七八糟。他恨日本人，可他没有办法，只是感到空前的绝望。达子在街上走着，慢慢地走着，他肚子里没食，两腿发软，脚下的土地，仿佛变成了一块铺满棉花的大地，让他走得不踏实。达子无奈地向前走着，他感到自己的眼前，时不时会冒出一些闪着金光的小星星，那些晶亮的小亮光，刺痛了他的

眼睛，让他看不清天，看不清地，只觉得自己走在一团灰蒙蒙、死气沉沉的雾气当中。他满怀希望地在街上转了半天，却没有找到希望。眼瞧着天已经擦黑儿，达子只好挪动着疲惫的脚步，挣扎着往家的方向走。回到家里，达子先到水缸那儿，舀了半瓢凉水喝，然后上了炕。他浑身无力，懒散地躺着，静静地躺着，等待着白日的光亮最后消失，等待着掩藏一切的黑暗降临，等待着明天或许会出现新的希望，也等待着随时会来的他的末日。

此时此刻，和达子一样无依无靠的寡妇谷香，也正经受着前所未有的艰难，眼下她虽然没有吃不上饭的恐慌，可日本鬼子的霸道，刘杠头对她的搅扰，使她痛苦万分。谷香想起了达子，想起了死鬼赵三儿，但她没有想到达子正遭受着比她还要艰难的日子，没想到达子没食吃正挨饿。谷香还想到了刘杠头对他的威胁，那威胁正日渐向她逼近，说不定哪天就会毁了她。谷香思来想去，除了明着跟达子过，她没有别的办法。只有让街坊四邻都看见，才能绝了刘杠头那畜生的念想。



转过天仍然闷热，谷香心神不定地耗到黄昏。当暮色降临时，谷香简单梳洗打扮了自己，在腼腆与谨慎中，果断地走进了达子的小屋，把街坊们猜测的目光，都关在了门外。其实，在亡国重压下的人们，已经没有了对男女之情那种好奇的兴趣。谷香到底与哪个男人做，都不关他们的事。孤男寡女的结合，互相间的依靠，或许能让他们省却了一份挂念，总比眼瞧着谷香让人欺侮好。

进了达子小屋的谷香，吓了一跳。几天不见的人，怎么就灰绿了呢？莫非这呆子遭了瘟疫，遇了邪。达子——达子！你怎么啦？达子你这是怎么啦！

歪斜倚靠在炕里墙角的男人，听见了屋子里的响动，他慢慢翻了翻眼皮。达子看见屋子里晃动的人影，是谷香，是谷香！他的两只小眼睛，立刻放出了一丝惶惑、惊喜之光，接着便疲软无力地晃晃脸，干爆得起了皮的厚嘴唇，微微张合了几次，断断续续弄出了一点声：饿，饿……我……我……饿。

谷香转头四下里看了看，小屋里没有一处不显现着地狱般的阴森，潮湿的空气中，还弥漫着十几天前她曾闻到过的酒臊气。床上堆着黑乎糊泛着油光露了棉花的破被，有只缺边裂纹的破粗瓷碗，有气无力地歇在灶台上，碗中空空。已经蒙了一层厚厚的尘土。谷香瞧着瞧着，眼眶发涩，喉头发热，要哭却不哭，急急地转身回家，摸摸刚才欲喝，却又咽不下去的玉米面糊。那碗糊糊还有点温乎，赶紧端了它，又奔了达子的小屋。谷香哽咽着爬上炕，把达子搂抱在怀里，一勺勺地喂达子吃粥。闻见玉米面香味儿的达子，突然来了一股邪劲儿，他仰起身子，伸手一把抢过谷香手里的碗，“呼噜”一声把那碗粥喝见了底。他攥着碗，眼巴巴看着谷香，希望她说还有。可谷香却没言语。谷香见了达子这狼吞虎咽的饿样，再也控制不住自己，一扭脸便哭出了声。谷香同情的哭声解不了饿，达子就收回目光重新盯在碗上，他用颤抖的手指，将沾在碗边上的存留物抹进嘴里，“吧唧，吧唧”地嘬出了声。达子舔粥碗那贪婪的样儿，一点儿都不像他对谷香这个人。

这天晚上，达子在桂二太太和凌家大姑奶奶的劝说下，去了谷香家，并吃了一顿饱饭。邻居们也对达子和谷香的所作所为，表示了一反风俗的认可，还给达子送来了各种吃的，什么粘的蒸白薯，掺了野菜的窝头，豆汁、麻豆腐等等。这些平常的东西，此刻变得无比珍贵，既救了达子的命，又做了他们的贺喜之物。吃饱喝足的达子，肚子里有了热乎气，他感到前所未有的舒坦。满足中他看着坐在炕角另一端的谷香，眼泪就流出来了，嫂子，你的心眼真好。我……我，早先，我他妈的不是人。说着话，抬起手来，使劲拍在自己的脸蛋儿上。“啪啪”地打脸声，把谷香弄得又哭起来。开始无声，继而有声，跟着就有了动作。谷香扑向达子，两条滚圆的胳膊搂住达子，柔嫩的小手在达子的后脑勺上不停地抚动。达子不动，只一个劲儿地念叨，嫂子，嫂子你别哭……嫂子……

谷香慢慢止住哭声，泪眼仍然含情地盯着达子。她知道，从今天起，她就有了一个坚强的靠山。这么想着，就温软地偎进了达子的怀里，娇娇地告了刘杠头一状，并断定：有了你，看那畜生还敢！

不敢。他绝对不敢对你做什么了。打今儿起，谁要是敢欺负嫂子，达子跟他拚命。

谷香听见达子仍然管他叫嫂子，就发了疯似的用两个拳头捶达子，边捶打边骂，我让你还叫嫂子！我让你还叫嫂子！

达子就笑着翻在炕上，手脚胡乱抓挠着。随着油灯的熄灭，谷香和达子各自想着自己的心事，满足地歇了。

惊恐了一阵的社会，终于喘了口气，饱受蹂躏的众生，不得不忍气吞声地活着。该做的还得做，只是头上又多了个管主儿。

日渐稀少的活计，使人们感到活着的艰难和日本鬼子的可恶。在这样极端的贫困中，人们只好多做几种活计，来弥补进项的不足。善良淳朴的人们，往往忽略了最实际、最根本、最有效的办法，心甘情愿地把这一切罪孽的降临，归结为命运。

吃腥未成的刘杠头，并没有因谷香和达子的结合，而忘记谷香的存在。也没有因生活的沉重，而减低要得到谷香的兴趣，他对谷香占有的欲望，每时每刻都在他的心里膨胀。他认为，那个娘们儿的存在本身，对男人就是一种诱惑。摸摸她或许是罪恶的，摸不着则就更是罪恶的了。在肉体和精神的双重重压下，刘杠头像中了邪，时时刻刻想去强做了谷香这个小娘们儿，如果做不成，就毁了她，消灭了她。这世上没了谷香，也才能断了自己心里的那一层折磨。可刘杠头不敢轻易去做，年轻力壮的达子的存在，绝难忽略。刘杠头知道，自己恐怕不是那畜生的对手。欲望的煎熬，使刘杠头对达子有了明里嘲讽，暗里狠毒的阴谋生成。他悄悄地等待着时机。



在生活上渐入佳境的达子和谷香，正在黑白两个战场上日夜作战。日间为生存奔忙所带来的疲劳，都在夜里那种更勤奋的动作里，演化成幸福的作料，淹没在四条胳膊透入骨髓的温情搂抱之中。阴暗潮湿，却收拾整洁的低矮小屋里，时刻洋溢着生命的欲火，达子那撼动山岳般的力量，永不疲倦地重复着男人的所作所为，把早先备受性饥渴折磨的谷香，打入到穷于应付的百忙之中。

达子！达子——！我亲亲的汉子呀！

永不改换而又亢奋的叫唤声，像一条结实的绳索，拴牢系紧了两颗心。

承接它的是达子的忙乱，还有沉醉于幸福之中的女人的呻吟和轻嚎。

生命的本能在这看似混乱，却绝对和谐的律动中神圣地体现着。饱含着原始与现实的宏伟过程，如同醇酿蜜酒，泡醉了达子和谷香，因而，又使他们在日间的劳作上，充满信心和力量。深藏于繁衍人类过程中的龌龊乐趣，超越了那现实本身，永恒地存在着，也使达子和谷香陶醉于那亘古不变的美妙幻象之中，每时每刻，每时每刻地想往与等待它的来临。

在谷香身上有着不同结局的达子和刘杠头，终于发生了面对面的打斗。

那是转过年的冬末春初，天不见暖，寒风仍不知疲倦地在大地上横行霸道。那回的死鬼，是个有钱人家的姨太太，其活着时得宠的程度，可以在她那厚重的、油漆光亮的棺木上略见一斑。他家的坟地离城不很远，出殡的仪式，却被那男人弄得十分繁杂。披红挂彩的二十四杠，后面跟着纸糊的车船驴马大花圈，再后面是一拨文场，一拨鼓吹，呜哩哇啦喧闹着。出殡的队伍，走得十分庄重，只慢慢腾腾地行走，从隆福寺奔西，再奔北，奔安定门出城。杠夫们在刘杠头的指挥下，迈着沉稳、扎实、整齐的脚步，缓慢地跟在送丧队伍的后面。

或许是响动太大，这趟杠刚走到安定门，就被一群日本鬼子和狼狗给围了。按照丧葬民俗，这杠一上肩，就不能再落地。可日本军人为了显示威风，拦着送丧的队伍不让走。在日本人没结没完的盘问中，那个没了魂的娘们儿，在其家人财大气粗的威风中，扬扬得意地压在穷苦杠夫们的肩头，同时也给予日本兵不屑一顾的藐视。丧种的主事人，点头哈腰地应付着日本人的询问，却没有一丝一毫的怯懦。这位年过半百男人的行为，充分体现了有钱人的气魄和胆识。言谈话语中，他为自己争足了面子，同时也使死的亡灵，在异族侵略者面前出尽了风头。

可是，身强力壮的杠夫们，却没有死鬼家属那么威风凛凛。或许是因为他们身上的压迫过于沉重，或许因他们每获得一丁点儿东西都来得太难太难，或许他们觉得还没有使自己的妻子儿女过得更好些，所以，他们过于珍惜自己的生命。这群平日自诩造生送死的汉子们，在鬼子凶狠地胁迫面前，表现了软弱和退缩。尤其是见多识广的刘杠头，彻底没

了人样。他在日本人那苍黄而凶神恶煞的脸前，在他们手中牵着的，正向人群狂吠的狼狗的叫声中，惧怕得颤抖了。刘杠头在杠上本无位置，可此时此刻，他却把自己深深藏于那横七竖八的杠子中间。他缩头缩脑地紧靠棺材，似乎是要借了棺材里的那娘们儿的一点儿阴气，才得以稳住自己正要抖动起来的双腿，才能支撑住他肥大壮实的身躯。

面对日本鬼子的刺刀和狼狗，没人敢动，没人敢哭，没人敢出一点儿声音，上百人的送丧队伍，鸦雀无声。杠夫们也都明里暗里互相支撑着那无数条腿，才使肩上抬着的那个只做到姨太太的娘们儿，显示了一生一世中最辉煌，也是最后的荣耀。

只有达子在这堆软了的混蛋们中间，表现了非凡的沉着和冷峻。达子肩上的沉重，不容他有一丝一毫的疏松，他的腿没有抖的份儿。要不就瘫在地上，露出前所未有的软软软；要不就硬撑住直立着，钉进地里也不打弯。这便是刘杠头的杰作。达子咬紧牙关硬挺着，料峭的寒风里他的额头渗出汗珠，两腮也因牙齿相咬的力量向外突出。两种仇恨在达子的心里凝结碰撞，像是沉闷有力的雷声，在他宽厚的胸膛里不断地炸响，似是要肢解了这具盛血造粪的皮囊。然后带着红黄腥臭再毁了这个阳痿的世界。



我肏你的亲娘！肏你刘杠头的姥姥！狂躁的心跳，使达子感到憋闷，可他不敢出声，连大气都不敢出，只得在心里发一声怒骂，把仇恨更多地转移到刘杠头的身上。直到日本鬼子收起侵略者的嘴脸，对死人和活人都有了礼仪式的微笑，并表示放行时，达子也没露出一丝沾了女人后的软骨头样。

死鬼女人落葬后，参与送丧，悲哀的亲友陆续散去。丧主对受了大累的杠夫们，满脸带着经了世面的骄傲，拱手道谢外，还在酬劳上表示了施舍般的慷慨。惊魂未定的汉子们听了丧主的话，立刻喜上眉梢。灰黄色的坟地里，散乱的人群起了一阵小小的骚动，众星捧月般把刘杠头围在中间。在不该软的地方软了的刘杠头，此刻却在自己同胞面前，展示了如往昔一样的雄风。他似执法如山的圣者，又似凯旋而归的元帅，对着闻到铜臭而诚惶诚恐的穷苦汉子们，玩儿了一个似是而非的公平手段。他把钱按份儿分，每人一份，只多给了达子一个白眼。刘杠头的举动，让达子打心里生出仇恨，他的白眼，无异于火上浇油。往日的积怨，带着血腥，像是要从达子的腔子里喷射而出，小眯缝眼也流溢出凶狠的杀气，逼住转身要走的刘杠头。杠头视而不见，甩下一个得意，嘴里哼出一串不伦不类的西皮摇板，就抬腿而去。

达子碰了个白脸，弄了个没趣，窝着的一肚子火没处放，便对着刘杠头的后背大骂一声：你他妈的是畜生！

你骂谁呢？小王八羔子！刘杠头停住脚步，回头跟达子就接上了火。

你答茬儿，就是骂你呢！你个绝户，你个王八蛋！达子并不示弱，梗着脖子挺直了自己年轻的胸脯。刘杠头和达子开始还是简单的对骂，渐渐地就将对手的亲娘、祖姥姥们给请了出来。达子仗着自己年轻，气盛一筹，他的脸涨得紫红，往前赶了几步，一个饿虎扑羊，擒住了刘杠头的胳膊，两排碎玉般的白牙，狠狠地咬在了刘杠头健壮的肩头。

虽然隔着棉袄，但刘杠头还是感到疼痛难忍。你他妈的是狗啊！刘杠头大叫一声，紧急中，伸手奔达子的两腿间，狠狠地抓住了达子的命根，并用邪劲一攥，一拽。达子疼得大喊一声，张开嘴，迅疾地用胳膊勒紧了刘杠头的脖子，两条汉子扑通一声翻滚在地。

在那个刚刚堆起来的，散发着娘们儿阴气的土堆旁，两个红了眼的雄性，充分显示着各自的阳刚之气，似是在为刚入土的娘们儿表演杂耍。“咚咚，咚咚咚”的互相捶击声，污七八糟的辱骂声，犹如沉闷的滚雷，从这里炸响，又向远天处遁去，仿佛要震苏这死气沉沉的大地，又好像是一种封建古老的祭祀仪式了。僵立着发愣的汉子们，被这突如其来的事情惊呆。只片刻，大家便呼啸而上，十数条胳膊，先后抓牢了两具撕扭在一起的肉体，想把他们分开。却很难分开。混乱中便有了无干无涉的几只爪子，或揪扯或捶打在达子的身上和头上。刚刚颤抖过的腿脚，此刻都做了帮凶，也有了力量，偷空迅疾地在达子的腰腿处和屁股上，奋力地踢一下，然后又撂在地上忙乱。这就促使达子更加拼命地踢打刘杠头，拳头也准确地奔了对手的要害，让刘杠头尝到了他心狠手黑的滋味。

见此情景，丧主家的主事人很气愤，他的一声大吼，使这场打斗没

能分出胜负就结束了。成何体统！畜生！都是他妈的畜生！丧主家人的表情在一瞬间，由悲哀转换为愤怒。他要给他的女人最后的安静，他不允许别的雄性，在她的面前争强斗狠。这样会使她在死去后，对人性有了最彻底的觉醒，会让她带着从一而终的遗憾长眠阴间。他要让她带着他给予的满足或不满足，在黄泉路上乖乖地等他，等他也瞑目归西时，仍然妻妾成群，荣耀于阴曹地府，使十万阎罗八千小鬼儿自愧不如。他并不知道，这两个撕扯打斗的汉子，也是因为一个女人，才生成了难消难灭的仇恨。虽然在对待异性的资本上，这两个男人的身体，都比他雄厚得多，可因了种种原因，却没有他做得文雅。他也根本不知道穷苦人对待女人，只有随意的粗野和直接。当然他也不知道在对待女人这个问题上，男人们有着惊人的相似之处，就像他捍卫占有女人一样，他们也有着自己的方式。他只认为,两个男人在一个女人的坟地里这么大打出手，是有悖于伦理的，会搅扰了他的小女人死后的幸福和安静。

丧主到底是有钱人，有钱人就有面子，就有权威。他吼过后，两条汉子就怒骂着停了手，只是凶狠的目光，仍然不停不休地纠缠撕扭在一块儿，似乎这也是杀伤对手的另一个有效的手段。乱作一团的杠夫们，不失时机地分开了两个人，扔下死鬼和一堆新土，簇拥着刘杠头和达子踏上了归途。



旷野复归冷清，像什么事情都没有发生过。

天空灰暗。送丧归来的人们，无声却又匆匆忙忙地低着头走着。他们的脚步零乱地敲在冰凉棒硬的土地上，好像是在演奏一曲不和谐的凯旋乐。被人群惊起的几十只老鸹，哀叫着撕裂天幕，在半空中画着美妙的曲线，散落到远处的干树枝上，“啊，啊，啊，啊”地继续唱它们自己的歌，倒也使死气沉沉的世界上响起了几个生动的音符。

达子低头走着，他狠透了周围这几个家伙，他们刚才或多或少都帮了刘杠头的忙。要不是这几个赖皮囊帮助杠头，他一定会让那个黑了心的畜生，受到刻骨铭心的教训，这群狼心狗肺的东西，都他妈的该死！达子心里的气，仍未消除，便冷冷地盯着刘杠头那短粗肥厚的脖子。他的目光，像两把钝刀，在那上面锯木头般地拉来拉去，想象着让那肥硕的脑袋，以怎样的方式离开腔子更好，是彻底割断，让它像球一样滚落在地上呢，还是不拉断，让它滴着鲜血挂在肩膀上更好看。想着走着就如着了魔。谷香那窈窕的身影，竟幻化于一片血肉模糊之中，耳边也响起谷香哀哀地似哭似嚎的轻吟。达子感到了裆疼，腿间那堆垂垂累累的玩意儿，也不似往日那样的自在，小小的东西，竟抑制了两条粗壮的大腿，行动仿佛也有些歪歪扭扭，不太灵活了。达子失了常态的脚步，似乎在明确地告诉他，这场看似平手的打斗，用长久的眼光看，他是彻底地惨败了。悲哀之情像一把火，燎着了达子的心，使他生出了要杀了刘杠头的恶念。

其实，刘杠头也没有感到自己是个胜利者，却实实在在地感觉到，本不属于男人的软弱，正悄悄降临到他的身上。被达子叼咬的地方钻心地疼，肋骨也断了般难忍难受。他咬牙挺着，不想露出一点受伤后的破绽给对手看。达子雄狮般的勇猛，终于使他有了大彻大悟的觉醒。这后生轻辱不得，他爪子下的猎物也绝难轻取。弄不好得搭上点什么。可刘杠头又不想退缩，那会让对手得逞，落下说不完的笑柄。刘杠头不言不语地走着，他在心里盘算着今后的手段，准备寻找一个合适的机会，给达子以致命的打击。

两败俱伤的一对儿冤家，各自携了没趣，分别奔了酒馆。酒后皆大醉，腔子上插着的两颗头，转着各自的种种念头，直至麻木。

达子和刘杠头的争斗，使其他的杠夫产生了错觉，以为达子会被赶出抬杠的行列。于是，他们在闲扯亵笑时，不约而同地流落出排挤达子的嘲讽。暗地里帮过刘杠头一把的，往往乘无人时，凑近刘杠头那片肥耳朵，说些讨好的话。刘杠头却只藏着阴笑，沉默不答，从来也不顺着谁的话说。达子仍然抬杠，并在许多次劳作中惊奇地发现，那根抬人的杠子平了。他不知道刘杠头要怎样，只深信是自己的勇猛强壮，使对手害怕退缩。他不再说什么，对刘杠头的恨也消减了许多。

日本人狠毒的三光政策，使中国人的生活日渐紧迫。谷香已经无法继续经营她的烧饼摊，自己吃饭都快没粮食了，还拿什么去做烧饼？于是她休闲在家，专心致志地对付达子。并扬言穷死也得要个孩子，总不

能断了祁家的根儿吧。可达子对此唯唯诺诺，不把自己的裆疼说给谷香听，只以劳累推脱，全力回避他曾乐此不疲的事情。谷香对此不解也不饶，常使出威逼利诱等种种手段，逼迫达子就范。达子推脱不了时，就想竭尽全力地给谷香以积极地响应。可是每次大战，他都望门而废。狭小的小屋里，便常常有了乾坤颠倒的景象。谷香像母狼撕掳羔羊般地摧毁了达子，大胜却无满足，反而觉得这样的行为，是自己的一种耻辱了。不出成果的努力，使谷香非常失望，怎么好端端的一个人，就突然不成了呢？莫非男人都这样？她百思不得其解。达子则处于空前绝后的窘境之中。生活中没了情趣和希望，苦苦地劳作还有什么用。垂头丧气的达子便加憎恨那个毁了他的杠头。夜里睡不着觉的时候，他就琢磨处置刘杠头的机会和手段。但他愚木的头脑总也帮不了他的忙，只剩下要杀谁的决心，撑着他骨肉强健的空壳活着，活着。

惨绝人寰的春天里，人世上到处都留下它魔爪行凶的痕迹。整个北平城，满街都是菜色儿的人脸晃动。狗子们，也被饿得皮包着骨头，有气无力地路边踽踽而行，好像在寻找什么，也似是在躲避着什么。那年春天奇冷，本应是春暖花开的时候了，可反反复复的几次倒春寒，把苦日子仍旧搁在冰凉寒冷之中，老长老长黑夜，仿佛永远也见不到亮光了。在这天短夜长的日子里，穷人活得更加艰难。

还活着的杠夫们，正在全力应付日渐变坏的世道。刘杠头也没了往日做杠头时的威风，“没活干”和“没食吃”，像牛头马面，逼得他眼儿蓝。身强力壮的张秃子和猴儿常，无病无灾的，一夜之间暴死，让刘杠头眼睁睁地瞅准了那黑咕隆咚的阴间绝无情义。阎王爷欣逢盛世，正拍着巴掌，兴高采烈地充实自己的鬼队。刘杠头不能等着去做鬼，没吃没喝的日子虽说苦得很，可谁知道明天怎样呢？张秃子、猴儿常不是死了吗。只要不死，没准明儿个就会好起来。于是，他在没杠的时候，就去替有钱的人家磨剪子磨刀。就像别人去拉洋车或窝脖儿、扛脚、帮跤场一样，能够多干一种活，就会多一份儿进项。

就在刘杠头为自己一个人的生活苦苦奔忙的时候，达子却凭着自己年轻，身体又很强壮，活得还挺欢实。他先是到处去卖苦力，虽说挣来的也不是很多,但总能找到活干,就算是非常幸运了。后来他又凭着年轻，竟又鬼使神差地补了个巡警，吃上了官饭。

穿了制服的达子，在别人的眼眼里光彩了不少。可他却总觉着跟抬杠没他妈的两样，而且没有抬杠自由。下了巡岗回到家里，达子就跟谷香发牢骚：这叫什么事？你瞧我穿上这身黑皮人模狗样的，每天起早摸黑地给人支使着不说，还得受日本人和汉奸的气。要不是为每月这几块钱的官饷，我宁肯去窝脖儿，去抬杠，去他妈的京西下煤窑，谁要是愿意替日本人干活，就是他妈的孙子！你瞧杠头刘，整天磨剪子磨刀，不是也挺好么。

听了达子的话，谷香一边伺候他吃饭，一边劝他：杠头他想干，人家警察局也不要他啊。你可别这山望着那山高，如今这战乱的年月，能有口踏实饭吃，已经不错了。你就忍忍吧。啊！听我的话，达子，咱们凑合干吧。

我不是说不干，是说干这个活，不是帮助日本人欺负咱们自己的人么。心里不落忍啊。

哎，可也是这么个理儿。可不干这个你干什么去，咱们俩等着饿死？我说啊，咱们把心眼搁正当间儿，凡事都凭良心去干不就得了。谷香说着劝着，达子也就不再提起这码子事，每天照样起早摸黑去警察局上差。

除了抬杠，每天还得走街串巷的刘杠头，披星戴月地干活，也只能勉强填饱肚子。看见别人家老婆孩子热热闹闹地活着，虽说也是缺衣少食地苦熬着，可那家里总有点响动啊。他感到了自己的孤独。躲在自己的小屋里，刘杠头经常想起谷香，那女人是他心里的火炉，烤得他浑身燥热。可他却不敢像以前似的做傻事了，达子这小子当了巡警，腰里老挂着根警棍，又有日本人给撑腰，那可不是好惹的。所以他只能把对谷香的思恋放在心里，给自己孤独的生活添加一点光亮。每次出去磨刀，刘杠头都要绕些路，刻意地走过达子的家门前，希望能有机会瞧谷香一眼。虽说至今他也没遇到过谷香，可总觉得这么做心里滋润，瞧达子家那破门一眼，心里都觉得顺畅。牵肠挂肚的这个女人，塞满了他的心，每次

他走过达子家门口的时候，他总要稍微停一停脚步，高声地吆喝：磨剪子——来——戗菜刀——。刘杠头的喊声，洪亮而低沉，慢悠悠地在那一小块天地之间回旋不散。

刘杠头并不知道，在达子和谷香的小屋里，正发生着一场潜在的危机。他更不知道，正是他毁了达子，同时也就给谷香带来了无边无际的烦恼。没有孩子和达子做不成人道的现实，使谷香心里突然空出了一个空儿，并时时刻刻地搅扰着她。她怨达子突然出了毛病，也恨自己命苦。陷于精神煎熬中的谷香，似得了一场大病，过早地显出了衰老。鬓边散碎的头发，遮掩住了她往日眉眼生动的神态，只能只以呆呆地直视，应付着千篇一律的枯燥日子。谷香似在痴心地等待自己的末日，又像在苦苦地祈盼着什么。深秋的一天，门外那个磨刀人低沉的吆喝声，终于震响了她的耳鼓。

谷香和刘杠头的最初碰面，两个人都低了头，女人将羞愧深藏于自己的胸前，躲闪着这个男人给自己带来的难堪。刘杠头面对出现在他面前的女人，则坦然得多，他装出从没有发生过任何事情的样子，骑坐在放着磨刀石的长条凳子上，用手胡噜了下自己的光头，只在自己的内心深处，悄悄地表示着对谷香的忏悔。慢慢地，两个人再碰面的时候，就自然了许多，也有了不疼不痒的闲扯。达子出巡归来，偶尔也能遇上一两次这样的场面，可他和刘杠头谁也没有提起过去的事情，只是东拉西扯地瞎聊几句，悄悄骂骂世道，骂骂日本鬼子，然后达子回家，杠头也扛起磨刀工具走了。日子一天一天过着，达子和刘杠头之间的一切恩怨，似乎也随着时间的消失，而消失得无影无踪了。生活似乎翻开了崭新，却又毫无生气的一页。

这年冬天的一个晚上，夜的黑幕，阴沉沉地包裹住苦难深重的人间。西北风像一群饿惊了的狼，乘着夜色在半空里尥蹦撒欢，天地间充满了它们尖利的嚎叫，黑暗中所有的东西都被笼罩在它制造出的恐怖中。颤抖的空气仿佛是许多小鬼追逐打闹，它们用淫亵的爪子，把整个地球抓在手里随意地揉搓。千奇百怪的声音，从人们的耳朵钻入，揪紧一颗颗脆弱的心脏，使劲摇晃。整个世界都在哆嗦。

出巡下岗的达子快被冻僵了，他缩着脖子揣着手急急忙忙往家走，两只脚也被冻得快失去了知觉。他冷啊，那身管热不管寒的破警服，根本挡不住西北风的袭击。他只觉着浑身上下像被千万把利刃肆意地拉割着，似有数不清的小口子，汩汩地往外冒血，流淌而出的热血，刚刚溢流到皮肤上，就被寒冷的空气给冻住了。这寒冷的天气，把达子冻得实在够戗，让他老觉着自己粗糙的皮肤，皱巴巴直往里缩，整个身体都像被倒空了的容物的皮囊，慢悠悠地随着西北风呼扇。猛然间，一个粗重的喘息声，夹杂着一声男人的喊叫声，破坏了黑夜和谐的喧嚣，像利闪，像霹雳，像狠狠抽来的嘴巴，让达子心惊肉跳。达子赶忙贴墙根儿站住，抽出揣着的两只手，揉揉小眼睛，去黑暗中搜寻。好一会儿，他才看见在不远处一个黑黑的拐角处，有一团蠕动的黑影。正是那团黑影，制造着一阵高过一阵，令人毛骨悚然的声音。达子悄悄往前蹭了蹭，使劲地盯着那团活跃的黑影，仍然看不清楚。但渐渐地，他听出了事情的眉目，这是一个日本鬼子在用什么东西抽打中国人。那哀哀的求乞声，听起来很耳熟。达子又悄悄地往前挪了几步，仔细一听，原来是刘杠头。怎么会呢？这么晚了，他可出来干吗呢？达子又细细地听了听，没错，就是刘杠头。达子转身想走，却挪不动自己的腿脚。眼下自己是巡警，有维护社会治安的责任。可是，这挨打的是刘杠头，行凶的是日本人，这能管么？就算你是个巡警，可在日本人的眼睛里，你又能比刘杠头好多少呢？达子的脑子里乱成了一锅粥，身体也像是触了电似的要抖起来。

许久，达子愚木的头脑里想是翻覆明白了，“嘿嘿嘿”心里就发出了冷冰冰的笑声。早先和刘杠头的冤怨，眼下日本人畜生似的野蛮，促他转身离去。可达子刚一抬腿，刘杠头软弱的哀求，日本鬼子狠毒的恶骂声，魔鬼一般拦住他，无情地撕扯着他的灵魂。另一个阴毒的嘲讽，也不失时机地在黑的半空里雷鸣地炸响：软蛋！你还是男人吗？你还有中国人的良心吗？你他妈的还是中国人吗？！

杂乱无章的一切都在黑暗中尽情地玩弄达子，他觉得有人踢他，像踢一匹病入膏肓的小牲口，使他站不直身体，也喘不匀气。憋闷与黑暗

中，达子不知怎么的，就悄悄地生了胆，他在心里骂着自己：妈了个屄的，我还活么？！

哎呦——求求——别……

王八蛋！你个软骨头！达子心里怒骂着，在地上摸了快砖头，顺着墙根儿，悄悄地凑到那团黑影边上，瞅准了那个矮小的日本鬼子，使足了浑身的劲儿狠狠地给了他一下。我肏！

八嘎——

肏你亲奶奶！达子抡着砖头又照着小鬼子砸下去。

八嘎！呀——小日本松开刘杠头，转过身摇摇晃晃向达子扑来。

肏！你个狗娘养的，肏！爷爷乘黑做了你个杂种吧！

……

西北风疯狂地横空掠过，巨大的风声，消隐了人间的一切响动，黑夜的真实，将永存于世。



弄死了日本人的达子，被遍身是血的刘杠头搀扶回家，俩人像七七事变那天大醉归家时一样，歪歪扭扭地撞进达子的小屋。与上次不同的是，此次是达子救了刘杠头一命，做了个刚强的英雄。可笑的是软弱的刘杠头，却反过来搀扶着那杀人的汉子，肥肥胖胖的杠头，此时很像一个普救众生的佛爷。从未造生却创先造死的达子，因动用了男人很少动用的体力和胆魄，此刻浑身上下像没了血脉，壮实的双腿，支撑不住自己的身子，哆嗦着正在瘫软下去。他灰白色儿的脸，迎着被吓呆了的谷香，表演了一个夸张十足的抖动。刘杠头没等达子瘫软在地，双手一使劲，便把他撂在炕上。达子歪躺在炕上，疲软得如同一爿大肉。刘杠头撂下达子，也顺势歪在炕沿下，肥厚的身躯向下缩，松软的十分难看。杠头仰着头，却不敢直视谷香，他简单地诉说了事情的经过后，呼呼地喘息声就连成了线。

被眼前的景象吓坏了的谷香，呆坐在炕沿上流泪，却不敢出声。小煤油灯微弱的光摇摇晃晃，她的身影也随着小火苗的跳跃扭动。穷困平稳的生活终于起了波澜，然而它又来得太大太突然了，让谷香难于承受。

谷香心里明白，若像刘杠头说的那样，达子难活了。怎么办？剩下她一个人的日子可怎么过呢？

时间在黑暗中悄悄地往前挪着，谷香强忍着悲痛，慢慢站起身，手忙脚乱地清理了两个男人身上的血迹，突然感到头部晕旋，再也站立不住，一下子扑倒在炕角，沉入到深深的怨天怨命的悲哀中。

软成一堆的两个男人，凄凄哀哀地度过了一段难熬的时光，渐渐地有了响动。有伤的一个，像被针扎了屁股，肥胖的身子倏地翻转一下，面朝达子跪在炕沿前，兄弟！救命恩人啊，你是我的恩人！先前我是他妈的混蛋，对不住你，对不住谷香啊…… 刘杠头嘴里念叨着，还一个劲儿朝达子和谷香磕头。

达子仍然躺着，两眼睛盯着顶棚，不出声，也不动。刚才那激烈的一幕，还在他的脑子里闹腾，身体却没有了刚才的英勇劲头，感觉浑身仍然疲软。他已经意识到，将有什么样的祸害降临。自己怎么办？谷香怎么办？他一点儿办法都没有。他心乱如麻，想说什么，却说不出来，嗓子眼儿干，嘴唇哆嗦，他只用小眯缝眼瞅着刘杠头。一直跪在地上的刘杠头，仍然恩人！恩人！叫得欢。如果达子不理他，他似乎就要这么长久地叫下去。达子很费劲地往起挪了挪身子，冲刘杠头摆摆手，用沙哑的声音问：我把那鬼子弄死了？我真把那个小鬼子给弄死了？

刘杠头听见达子问他，就把胖头抵在炕沿上，小声说：嗯。弄死啦。兄弟，你是真爷们儿！你关公啊！

刘杠头的话音刚落，达子就又歪在炕上，他长出一口气：唉——祸来了。这可怎么好？

刘杠头却不再出声。此时，谷香已经从恐惧的空白中缓醒过来，听见两个男人说话，赶忙爬起身，先抻着袖子，抹了抹眼泪，然后默默地坐在炕沿上，愣愣地看着这一对儿演戏似的男人。

突然而来的灾祸，从不同的角度折磨着油灯微光中呆坐的三个人。达子头脑焦糊，被突如其来的祸事烧得近似麻木，躺在炕上像个死人。谷香则为丈夫闯下的大祸，苦思焦虑得没了主意，除了流泪和极轻微的抽泣，已经没有了任何动作。一对夫妻，眨巴眨巴眼的工夫，就成了两

具木雕，无声地表现出了刚强与软弱，果断与无能的不和谐的人性。只有刘杠头，他很快从伤痛中恢复过来，他瞧瞧已经哭成泪人的谷香，瞧瞧躺在炕上的达子，一个想法突地就从他的头脑深处冒出来。这充分显示了进入不惑之年的男人，处世应变的优势。谷香那张已经变得苍白的脸上，明明白白地写着几个大字：走投无路。没费劲儿，刘杠头就把眼前这件事梳理得清清楚楚。如果就这么等到天亮，日本人一发现死了自己的同胞，肯定会在附近进行大搜查，市面上一戒严，达子插翅也难飞了。只要达子被抓走，小鬼子不会轻饶了他，达子是必死无疑，而自己也难逃厄运。与其剩下谷香一个人应付生活中那难以承受的种种轻重，不如死了他或达子中的一个，与那可恶的日本人一命抵一命地平息了这场灾祸。按理说，应该去死的是他，是他刘杠头自己。若是能用自己的身躯，为谷香换来下半生的安稳，也不妄暗地里恋想了她一回，也算是对达子救命之恩的报答。刘杠头善良的人性，在生命的最后时刻，似乎有了一个最彻底的忏悔和体现。刘杠头就要去投案自首了，祸事是他引发的，是他喝了酒在黑夜里瞎转悠，而招惹了日本鬼子。可是，他似乎又被一种魔力束缚着，那无形的力量紧紧地揪着他，让他难以行动。临走前再看谷香一眼的想法，无限期地将时间点点滴滴地拖延下去。小屋里，突然变得没有一丁点儿声响，时间也就借着夜色的掩护，喘着粗气大步向前跑。

忽然，一个想法，像闪电似的照亮了刘杠头的大脑，很快便牢固地停留在那里面，继而便左右了他的思维和行动。让达子去死，于情于理都讲得通。人是他杀的，也是他自作自受！再说，达子一死，保不准谷香就会在走投无路时撞进自己的怀抱，不就了了自己多年的心愿了吗。机不可失，失不再来，刘杠头的肥脸上掠过一丝得意，掠过一股杀气，很快又消失了。烛光晃动的暗影里，他轻轻喘了口粗气，迫不及待地把脸色苍白，泪流满面，曾经让自己心想神往的女人，狠狠地搂进了自己的眼光里。

恐怖难堪的局面终于结束，屋子里渐渐有了叽叽喳喳的商议。当刘杠头胸有成竹地说出他深思熟虑的计划时，达子和谷香一起陷入到绝望的沉默中。两个人，被惊吓得麻木的头脑里，不得不屈服于自己没有办法，笨拙。他们互相看看，再愣愣地看看杠头，以为刘杠头所说办法，真的是万全之策。

天还未亮，达子携着一个小布包，摸黑匆匆走出家门。他不知道自己这一走何时才能回来，等在前面的是福还是祸。他只在心里想着，他不在家时，刘杠头能接济照顾好谷香，有朝一日，他一定回来只要能回家，他再也不会去多管闲事，好好地跟谷香过日子。

达子出了家门不久后，刘杠头也离开了达子和谷香的家，他乘着夜色急速跑回自己的家里。他匆匆忙忙地把自己身上沾了血的脏衣服换下来，暗藏着杀人的凶狠和即将占有谷香的喜兴劲儿，奔了日本侦缉队……

达子出了家们，沿着马家坟地，想直接往土城儿跑。他在空旷的原野上深一脚浅一脚地走着。黑暗包围着他，疯狂的寒风无情地抽打他疲乏的身体，像是在催促他快点逃离这个肮脏的人间。

突然，一阵日本狼狗鬼嚎般的狂吠，在远处的黑暗里嚎叫起来……

# 北京人

毛建军

## 一

那一年，美顺十六岁。要不是过小年那天家里来了封信，到春上，就该嫁人了。

后生是山背后窝洼子村的，叫栓柱。相亲时见过一面，板板实实个人。后来的日子里想起他，美顺就好笑，白叫了回栓柱，快到手的媳妇也没栓柱呢。有时，还有点伤心。



那天接了信，爹娘就捧着找村里的会计念。念回了，就凑在炕角里叽咕，叽叽咕，叽叽咕，见到美顺就住口，说些闲碎话。往后总瞅着美顺笑，笑得美顺莫名，就问："咋个了？咋个了？"

大哥，二哥也同样，院子里，屋子外，见了美顺就藏不下满脸的喜兴，"妹呀，妹呀"叫得美顺发瘆，从没见俩哥哥这样巴结过。

过了年初五，爹娘把美顺单独叫进屋，把信给她。美顺只上了一年学，信上的字十个认不得一。娘说："勿看了，勿看了。是你个舅姥爷来的！北京的，在北京给你寻下婆家喽。"美顺一头雾水，张大嘴，瞪大眼看娘。娘就笑："你个娃，上辈子行善呢，好福气咯，上北京呀，享福喽。"

爹盘坐在炕中喝包谷酒，满面红光，热汗浸满了额头，嘿嘿地笑，嘟囔囔地说："不枉了，不枉了，养下个金凤凰呢。"

正月十六，娘给美顺打个包，装给二百元钱。让大哥陪着，翻了一宿半天的山路，买下火车票，咣咣当当地去那梦里都没见过的北京，找那传说中的舅姥爷。

小时节，偶尔听娘说：北京有个舅，可没见过，也不见来过信。这回到北京，见着了。

舅姥爷问:嫁到北京，你想不想？美顺依着娘的叮嘱使劲儿点头:想，想呢。舅姥爷就笑，舅姥姥也笑，大舅，二舅，小姨，都笑。连大舅妈，大舅的孩子三岁的榕榕也拍手笑。只有美顺惶惶地不知他们笑个啥。

转天去登记。登记时美顺拿的户口本是改过岁数的，十六岁的女娃改成了二十二岁。

在登记处，美顺见着了要和自己结婚的男人。男人总望着她笑。“嘎嘎嘎，嘎嘎嘎”，听着有些傻气。美顺没敢抬眼瞧，只望到穿着锃亮皮鞋的两只大脚，还是外八字。心里就扑腾：别真是个傻瓜吧？

就听个好听的声音问：“你是赵长生？”那男人应：“噢。”“在电厂上班？”“是发电厂呐。”“噢,发电厂。二十七岁？”“嘎嘎,二十七了。”“自由恋爱呀。”又一个女声:“是是是，是自由恋爱。”“没问您，问您儿子呢。是不是呀？”

“嘎嘎嘎，我不说。”好多人在笑。

那个好听的声音又问：“你叫刘美顺？”美顺就点头。“外地人？”美顺点头。“多大了？”美顺小声说：“二十二呢。”“头回到北京吧？”美顺头更低了。那个好听的声音“唉”了一声，慢慢地说：“有些事要讲清楚，你也要听明白，记住喽。虽然你和赵长生结婚了，根据政策，你可没有北京户口，也不算北京人。北京人应当享受的一切待遇你都没有，还是农村户口。什么工作呀、住房呐、困补啦，社保啦，北京都不管你，只有你们结婚十年了，岁……”

又是刚才那个女声插进来：“哎，同志，这些我们知道，说那么多干吗。”

好听的声音严肃起来：“这可不行，这必须说清楚。您知道一年到头有多少裹乱的？您没见呢，外地人可矫情了。”

美顺听着，想转身跑出去。

三天后，说是礼拜六，双日子，就办了喜事。一点儿不热闹，十来个人凑堆吃回饭，就算成亲了，就入洞房。和老家的喜兴大不一样。

入了洞房，男人说："关灯，关灯。"就扑到了美顺身上。她依了娘的话，闭了眼，憋住气，一声不响地忍。都后半夜了，到底忍不住，美顺脱口而出："疼，疼呢。"

男人"嘎嘎"笑，叫着："说话喽，说话喽。"

天明后，男人陪着她送哥坐火车回家。

火车上，哥对男人说："妹夫，先下吧，咱和妹说个话。"

男人下车了。美顺蹿前一步揪住哥的衣襟子不松开。哥说："妹呀，在人家要勤快呢，不兴耍性啊。哥见了，是个好人家，可有钱！许是那一天，哥还要央你帮衬呢。"

美顺"嘤"地哭出了音儿，抽抽咽咽，抽抽咽咽喘不匀气，憋青了脸。哥就拍她的背："妹呀，妹呀，万莫哭，万莫哭，叫哥咋个走回呢。"美顺压低了声喊："哥呀，我好怕呢，好怕呢。"哥说："怕啥呢？可见了，咱妹夫就是个实在，许是个好人呢。"美顺说："哥呀，带咱回吧，不上北京了，不上北京了。"哥流了泪，说："屈了咱妹了，全家都跟你受用呢。"



男人上了车，抱着美顺的肩往车下拽，叫着："快着呗，快着呗，火车要跑喽。"

"咣当当。咣当当。"夹裹着一团烟气，火车开走了。

美顺窝在男人臂弯处哭，男人站得笔直。四处看着，说："哭什么呀，哭什么呀。"

这时节了，美顺也没看见这男人长个什么样，只知道他叫长生。

## 二

日子一天天过，美顺也看清了长生的模样，说不上很丑，可从里往外透着股憨憨的傻气。

长生傻些，可不坏。也许知道自己娶个媳妇不易，万事总依着美顺。美顺刚来，也没个营生，整日窝在家里，除了收拾屋子，就是看电视。空荡荡个两居室，白天就她一人走动。傍黑了，长生下班回来，进了屋就"嘎嘎"地笑。贱贱地问："小媳妇儿呀，想吃什么呀？"哄她说话。

长生不抽烟，不喝酒，茶也不喝。渴了就跑进厨房接杯凉水，"咕咕"

地灌下去。

长生个子高，比美顺高一头还多，身板壮实，一身硬刚刚的肉。也难怪，长生天生来的闲不住，睡觉之前就从没见他在那里踏实坐下过。在家待不住。能吃，吃饱了就往外跑，天黑透了才回。回来后通身大汗，头发精湿，像刚翻过一亩地似的，紧忙去卫生间冲澡。冲完了就站在美顺身边腻味，“嘎嘎”傻笑，“小媳妇儿，小媳妇儿”叫个不停。

美顺知她又犯贱呢，全身从里到外地不愿意。可既做了人家媳妇，就忍吧。厌烦也要忍住，忍忍也就成了习惯，好像天经地义，活着的功课一般。

好在长生只在家里腻着美顺，出去玩总一个人，从不叫美顺。

美顺实在想不明白长生在外面干什么，憋不住好奇，有回等长生出了门，就偷偷跟着。长生一路走去，连跑带颠，蹦蹦跳跳，来到一个大空场。空场上人很多，几乎都认识他，“长生，长生”地叫，对个孩子似的逗他：“长生，吃什么饭？”长生就笑，大声说：“吃饭，吃肉。”有人问：“媳妇好不？打你不？”长生笑得更欢，高声说：“媳妇儿好，媳妇儿好。”

这里的人，东一堆，西一伙。有扭的、跳的、唱的，还有练功夫打球的。最后面有块场地，一伙人在那里抢个球，来回跑。美顺近来常看电视，知道是打篮球。

长生也加入进去。那球在别人手里灵得很，到长生手上就拿不住，抢不到几回。可他跑得比谁都欢，蹦得比谁都高。一旦球出了场，就大叫：“我去，我去。”抢着去捡，投回场里。

打球的人习惯了长生，没人呵斥他，可也没人给他传球，随他在里面瞎玩。

美顺远远地坐在一边看。看他怎么笑得那么欢？又是拍手，又是跺脚，像个大猩猩，蹿来蹦去，大呼小叫。有人看见美顺，叫：“长生，你媳妇吧。”长生转着头找，找见了，并不过来，仰着头笑，笑够了，接着跑，接着玩。玩上一会儿，想起美顺，就仰在那里，冲美顺笑两声，又去玩。

天黑了，街灯也亮了许久，玩球的人换了一拨又一拨。哪拨人来了他和哪拨人玩，好像永远不累。

美顺不看了，自己往回走。听得身后有人叫："长生，你媳妇走了。"

远远地听到长生欢呼："回家喽，回家喽。"却并不见他跟来。

日子长了，知道这里是电厂的宿舍小区，住户们都是电厂的职工和家属。长生自小长在这里，直到结婚，父母才把这里的两居室让给长生和美顺，搬到后面新建的楼里去了。相隔不远，走上几分钟就到。

长生勤快，衣服洗得干净，黑是黑，白是白的，叠得平平整整；饭也是长生做，从不叫美顺插手。

美顺做不来城里人的饭。在娘家时，不炒菜，顶多贴饼子或煮捞饭时在锅底化块荤油，倒些水，放上菜。饼子或饭熟了，菜也好了。就这，一年也没得几回，都是饼子、捞饭就咸菜，或在灶灰堆里焙个干辣椒，下饭。

长生不会捞饭，用个电锅子煮，可暄乎呢。菜也是小锅炒，素油，酱油的，好几样小料，能不好吃？

可是，这些好也挡不住美顺见了长生傻乎乎样儿时的委屈和窝糟。从心里就厌烦他。可长生到了夜里总是腻着美顺不放，加上年轻，身子壮，火力旺，要了又要总也没够。兴奋了就鸭子一样在美顺身上张开两手一上一下扇乎着叫："哎呀，我的小媳妇儿呀，哎呀，小媳妇儿呀。"让美顺厌恨得不行，回数多了，黑暗里的美顺想象着长生傻乎乎的模样，越想越恶心，越恶心还越想，每每就要吐，硬生生地忍住。



有一夜，终于忍不住，正干事呢，"哇"地吐个满床，把长生吓一跳。黑暗中盯着美顺问："怎么了？怎么了？"美顺愈发忍不住，忙向卫生间跑，一路跑，一路吐。

长生追着问了两句，突然住口，傻愣了一时，"嘎嘎"笑起来，说："小媳妇儿哎，你怀孕啦，你怀孕啦。"

## 三

婆婆来了。

自和长生结婚，婆婆没到这个家来过。都是小两口到婆家去。

婆婆和公公都在电厂工作。婆婆是会计，公公是个什么技术厂长，工程师，听说好大个官。公公不爱说话。每次和长生到了婆家，公公面皮带笑地和美顺打个招呼就躲到一边看书看报，再也无话。婆婆倒是能跟美顺说上几句，可总绷个脸，有些瞧不起的样子。弄得美顺总是手足无措，惶惶的，饭也吃不饱，回到自家再找补。

婆婆领着美顺去了医院，楼上楼下一通跑，还在B超室认识个大夫，是老同学。她让美顺躺在床上，肚皮上抹层凉凉的油，拿个东西在上面移过来，蹭回去。和婆婆两个把头紧贴在小电视上，叽叽咕，叽叽咕。就听婆婆低声叫："呦，喂，真的真的……哪儿呢，……哪儿……哎呦喂，太棒了……真的嘿！……请，一定请客……肯定的……大三元！"

回家路上，婆婆叫了出租车。在车上婆婆笑开了花，盯着美顺上上下下看不够。美顺周身的汗毛都被她看得乍起来，磕巴巴地问："妈呀，咋样子呢。"婆婆搂过美顺，说："咋样了，好着呢。"又把嘴贴住美顺耳朵，小声说："小子！小子！"美顺没听懂，懵懵地看着婆婆："咋个？"婆婆哈哈大笑，推了美顺一下："你呀，你呀，像刚从土里刨出的玉，喜欢死我了。"冲美顺一竖大拇指。"真牛！"说，"想吃什么？跟妈说。哎，对对对，咱下饭店，下饭店！"



饭店好大呢。门大，房大，窗户大，连窗上的玻璃都好大一块呢。桌上的菜，一盘又一盘，鸡鸭鱼肉都全了，哪样也没见过，好想吃。刚把一块肉放进嘴里，突然想吐，捂也捂不住。婆婆大笑，啪啪地拍着公公的肩说："怎么样，怎么样，绝对了吧。"

公公呷着酒，笑若桃花，道："别绝对，别绝对。"婆婆扭身向后大叫："服务员，服务员，上份糖醋鱼，告诉后厨多放醋，少放糖。"长生也站起来抻着脖子喊："多放醋，多放醋！"

公公呵斥长生："叫唤什么！"婆婆说："儿子也很棒，值得表扬。"冲长生挑大拇指。

长生仰头大笑。

从此，长生和美顺就住到了婆婆家。

真是十月怀胎，一朝分娩，刚到了月头上，美顺就生下个大胖小子，六斤九两。因为是丁丑年出生，婆婆给起个小名：牛牛。说结实，好养活。

牛牛是全家人的宝，人人都喜欢他。

长生下班回来的头件事就是跑到牛牛床前看着他笑。家人一个看不住，他就把牛牛的小脚丫扒出来，挨着个地把脚趾头放在嘴里嘬。有时嘬得牛牛咯咯笑，有时又嘬得哇哇哭。婆婆听见了，紧忙跑来揍长生，说："有这么喜欢的吗？有这么喜欢的吗？"长生就笑着往桌底下钻。

公公极少碰牛牛，总背着手看，一看就没够，直到婆婆轰，才恋恋不舍地走开，嘴里还赞上两句："真好，真是不错。"

婆婆更甭提，只要她在家，只要美顺不喂奶，只要牛牛没睡觉，准在她怀里抱着，谁也抢不走。一来二去，成了习惯，牛牛也离不开奶奶。只要到了下午五点多钟，房门一响，准转头找奶奶。见了奶奶准笑，准张开双手要抱。婆婆美得不行，口里叫着："哎呦我的大孙子，想死我喽，快让我抱抱呗。"小跑着过去抱。

以后牛牛添个毛病，只要奶奶在家，拉屎撒尿都转着头找奶奶把。弄得美顺心里酸溜溜的，不免有些吃醋。

总之，牛牛是个宝，家中的欢喜佛，全家人的生活都因有了牛牛而喜趣横生。



牛牛这么好，可牛牛的户口成了大问题，眼瞅着半岁多了，冷不丁有时会叫妈了，户口还没上呢。

牛牛出生在北京。爸爸是北京人，爷爷、奶奶都是北京人。可牛牛当不了北京人，必须当外地人。美顺千里迢迢，翻山越岭地嫁到北京，帮着一个成不了家的北京人成了家，又生个大胖小子，可美顺不能当北京人，只能当外地人。婆婆说要等美顺四十五周岁了，还踏实地和长生在一起，没离婚。那时才可以请求当个北京人。

北京人就那么金贵吗？美顺想不通。更想不通的是，牛牛是北京人的根，为啥也当不了北京人？就因为滋养根的那块土不是北京的土？

这天赶上周四，吃过午饭，喂饱牛牛后拍了呃。美顺把他放倒在床，拍着，哄他睡，拍着，拍着，自己也迷迷糊糊瞌睡起来。

迷糊中，觉着婆婆进了屋，给牛牛掖了掖被，带上门出去了。

生孩子前，美顺从不午睡。有了牛牛后有时陪他瞌睡一会儿。十来分钟，美顺就醒了，躺在那里，歪着身子，静静地看着儿子睡。隐隐地从门厅传来婆婆的问话："怎么就不行呢？"

美顺习惯公婆每天午睡，今天没睡，有点怪。就听公公小声说："唉，你怎么不动脑子呢？是，凭我的关系，占咱厂一个进京名额把她办进来，一句话的事。这么些年了，严书记，黄厂长，肯定点头。可你看长生那样儿能笼住媳妇儿吗？一旦进厂当了工人，有了户口，不跟长生了，要离。找谁去？法院也挡不住人家离婚吧？到那时，房子、钱都有人家一半，再带走牛牛。你动动脑子吧！"

"动脑子？可咱大孙子户口上不来呀。"

"这个急什么？先回媳妇老家上。过上两年，找分局户管科老赵办。"

"他能办？"

"他巴不得呢。他儿子在咱技术科，不是我说话，他能评上初工，分房……。"

美顺听不见了。过了一会儿，听见婆婆叹气："唉，弄这么个半傻不傻的儿子，窝憋死我了。"

美顺歪在床上，张大嘴，想"噢"地尖叫一声，她没敢。两行泪流下来，往耳眼里淌。用手抹了去，把脸贴在儿子的小脸上，轻轻地贴，轻轻地贴，儿子的小脸好热乎呀。

晚间熄了灯，被窝里她问长生："咱爸本事大不？"长生说："大，厂里人都怕呢。"

"咱爸是个大头头？"

"嗯，管好多好多人，我们科长都听呢。"

"那，咱爸能把我户口弄进来不？"

"不知道。"

"你咋不知道，你问咱爸么。"

"不，不问。"

"咋个不问？"

"爸揍我。"

美顺掀起被，啪啪地打长生，长生嘎嘎笑，媳妇儿不打人，媳妇儿不打人。爬到美顺身上来。美顺任他弄，瞪大眼望着黑暗想事。一会儿，说：

"我要回咱家住呢。"长生说："妈不让。"又过一会儿，说："长生，求咱爸给我找个工作呗。"长生说："找了，怀孕前就找了。"

## 四

牛牛一岁时，婆婆退了休，天天带着牛牛，吃睡在一起，一刻也分不开。

小两口在婆家吃饭，奶孩子。等孩子吃饱睡下，天也黑了，回自家睡觉。

美顺上班了，在电厂食堂。长生骑摩托，带着美顺一起上下班。美顺喜欢这个感觉，偌大一个北京城，长生才是她的依靠。

她在食堂里烙饼。烙饼间就两人，一个美顺，一个美顺师傅，大家喊她英姐。美顺初来乍到，以为人家就姓英，就"英师傅，英师傅"地叫。英姐就笑："我不姓英，我不姓英。"

头天上班，长生跑来三次，每次来都冲英姐说："我媳妇儿，是我媳妇儿。"三次又来，英姐笑弯了腰："知道知道，你媳妇儿，跑不了呀。"

美顺臊得不行。英姐说："臊什么，傻子真心疼你，多好。"说完了，觉得不对，忙说："对不起，对不起。我不是成心的。"



中午卖饭，有人指指点点看美顺，悄声问英姐："谁呀？新来的？"英姐说："别瞎问，赵厂长的儿媳妇儿。"听了，有人忙冲美顺点头笑，有人捂住嘴走开，有人不免更加多看几眼，更有走到远处的人拉住几人指点着美顺说说笑笑。

借着回灶间取饼，美顺掉了几滴泪，擦干净，回来接着忙活。

美顺天天上班，认真学习手艺。英姐不但烙大饼，还烙烧饼、火烧、馅饼、糖饼、肉饼。渐渐地，美顺都会了。

月底，食堂张科长把美顺叫了去，给她六百块钱，让她签字。美顺红了脸，歪歪扭扭写下名字，科长看了，皱皱眉，说："这是你的工资，咱食堂你最多，他们都四百八十块钱。别和他们说啊。"

美顺千恩万谢后回到灶间。英姐问："开支啦。"美顺喜滋滋地笑。英姐问："多少？"美顺为难了，支支吾吾不说。英姐说："怎么啦，保密呀，放心，不找你借。"美顺没法了，趴到英姐耳边说："六百，咱科长不让说呢。"英姐说："真不少。照顾你呢，他们才四百八。小枝年头长，手艺好，白天上了晚上还盯夜餐，才开五百八十呢。”美顺愣了，觉得对不起英姐，怯怯地问：“师傅，你开多少？”英姐说。“我呀，连工资带奖金，一千三吧。”美顺蒙了，想不明白。过了一会儿才问：“我不是最多么？”英姐说：“是呀。”看看美顺，恍然大悟，说：“你没明白吧？我北京的，正式职工。你不是外地吗？是临时工。咱食堂临时工十多个呢。临时工里你最多，明白不？”

美顺摇头，怯怯地小声问：“那，那，长生呢？”

“长生？赵厂长的儿子？哎，他挣多少钱你不知道？嘿，真行，你真是我的傻妹妹，告诉你吧，比我多！他在技术科，奖金高多了，就算拿最少吧，也得一千七八，不少挣。”

下班回家的路上，有个小花园，美顺让长生把车拐到里面，站到他身前问，长生坐在车上笑，说：“在妈那儿呢，每回就给八百的。”美顺头回在长生面前哭了。长生问：“怎么了？怎么了？”美顺不哭出声，看着长生。任眼泪汩汩地流。长生抱住美顺，说：“小媳妇儿，你别哭，你别哭。”他也流了泪。



美顺擦干泪，托起长生的头，看着他，问：“长生，你爱我不？”长生说：“爱，我爱。”美顺问：“你看不起我农村人不？”长生说：“不，我不。”美顺说。“不兴哭，大男人呢，顶个天呢。活要站直了，不兴哭。”长生说：“你哭。”美顺说：“我没哭。长生你听好呢，往后我再也不哭了。你也不兴哭，你要哭，我就跑了，跑可远可远的，让你找不到！”长生一把擦干了泪，严肃地看着美顺，说：“我不哭，我永不哭，你别跑。”

美顺点点头：“今大的事，回家不兴和爹妈说呢，听见不？”长生说：“我不说，我就不说。小媳妇儿，我听见了，我记住了行不行？”

美顺笑了，说：“好生开车，咱回家吧。”

## 五

以后的日子，就这样在上班下班间行走。由于婆婆宠惯，牛牛四岁了才去幼儿园。去时，因为是外地户口，还交了一万五千元的赞助费。这个钱婆婆要拿的，美顺不干，把这几年攒的钱全取出来，交给婆婆。

婆婆有点不乐意。“不乐意也要自己拿。”这是美顺的想法。

好在美顺工资涨到九百了，长生也涨到了两千四多。婆婆依旧掌控着长生的钱，每月只给一千。可美顺每次都从里面抽出六百交给婆婆，算她和长生在婆家的吃饭钱。婆婆说:“跟妈算那么清楚干吗？你这孩子，心高。”美顺只是笑，背地里让长生把工资条、奖金条全拿回家，自己藏个地方收好，连长生也瞒着。

牛牛一直住奶奶家。美顺想通了，牛牛就应当跟着奶奶。奶奶有文化，从牛牛一岁多，每回给他上课。四岁的牛牛学会了汉语拼音，认了不少字，能磕磕绊绊地给美顺读幼儿画册上的故事了。还会背诗，会百以内的加减法，还能嘟噜出好些外国话呢。这些，都是美顺和长生无法做到的。

看着牛牛一天比一天长大，一天比一天聪明，美顺比什么都喜欢。从怀孕时悬的那颗心终于落了地。有回做梦：儿子长大了，当厂长呢，把美顺笑得从梦中醒来。

这一阵，公公正张罗着给牛牛办户口，公公说：再不办下来，上学时不定要交多少钱呢。



牛牛，很快要成为北京人了。

这天，美顺和邵大姐正在灶间烙饼，英姐风风火火地闯进来，冲邵大姐说：“小邵，你先干，我和美顺说点事。”

“行——”邵大姐一副不乐意的样子。

英姐拉着美顺一直出了食堂。美顺说:“师傅,哪里呢？”英姐答:“别问，走着。”

英姐去年就不在灶间干活，当上了管理员，专管面食这一摊。平时很关照美顺，像师傅更像姐姐，有啥心里话，美顺也愿和她说，连家信都是英姐帮她写，帮她收，帮她念。

正是上班时间，厂区显得很空荡，无人走动。英姐说：“美顺，告诉你个事,要记在心里。赶紧回家找你婆婆去……”美顺被英姐的神情吓住了，强笑着问：“咋个了呢？”英姐紧盯着美顺：“赵厂长，让警察给抓走了！”

“咋个了呀！师傅你莫逗我呢。”

“逗你个屁！今天早上开厂例会时抓的,我亲眼见！听说是经济问题，不少钱呐。”

美顺傻了，两手发抖，看着师傅不会说话。英姐说：“哎呦，快回家和你婆婆商量，紧着想辙吧。”

“那，那咋，我，我去叫长生。”

“叫他干吗，他管个屁用。快走吧，灶台上我让小枝替你。快走哇！”说着，英姐推了美顺一把。

美顺疯也似的往家跑。

婆婆正坐在门厅的沙发上看报。听美顺说完，一下软在沙发里，喃喃着：“我就知道，我就……”突然抽搐起来，两眼紧闭，满脸痛苦喘息急促，一手紧捂胸口，一手哆哆嗦嗦地拍上衣口袋。

美顺一下精明起来，想起电视中见过的情景，一边“妈，妈”地大叫，一边从婆婆衣袋里掏出个药瓶，打开来，看也不看，倒了几粒在婆婆口中。又帮着替她摩挲胸口。忙活了好一阵，婆婆终于长出一口气，咳嗽几声，又把口里的药吐出几粒。

美顺慌张张地说：“妈呀，是这个药不？你咋吐呢？”婆婆虚弱地笑笑，说：“没事，有两粒就行。”接过美顺递上的水杯濑漱口，拽着美顺的衣角说：“你坐下。”

美顺坐下，说：“妈，咱上医院呀。”婆婆摇头，说：“好孩子，别说话，让妈缓口气。”

静了几分钟。婆婆动了动，拍拍美顺膝盖：“孩子，知道不，你救了妈一命呢。”然后一声长叹：“唉，我就知道，早晚的事。”

婆婆仰在沙发里想事，美顺忙着把地上的药粒扫走，擦净。

“美顺呀，”婆婆说，“换换衣服，和妈出去一趟吧。”美顺应着：“噢，哪里呀？”

“哪里，局里呗。”说着，婆婆站了起来。

## 六

过去十多天，公公回来了。

原来，公公负责给厂里进设备的时候，收了好处费，有十几万，被

人举报。亏着婆婆找了局领导，公公的老同学，人家出了面。结果钱一分不少退回厂里，自己办个提前病退，才算免了牢狱之灾。

回到家的公公总也不出门，头发白了不少，整日阴着脸长吁短叹，说是再也不进电厂门了。

在单位，明显感到了变化。从前，不管大头小头，工人师傅，都和美顺说笑打招呼。现在，除去英姐，很少有人主动招呼美顺了。和自己一同烙饼的邵姐，也是正式工，英姐走后和美顺一起搭档，原先多少还干点，现在简直找不到人，把活甩给美顺不说，还嫌美顺干活慢。英姐常说她，别欺负人，别乱窜。她背后就骂：你他妈得着好了。冲美顺说：不是你，她能当管理员？美的吧。

长生也不顺。领导们突然发现依长生的智力实在不适合在技术科工作，便把他调到职工澡堂。在澡堂闲在，就管收水票搞卫生，加长生才三人。一个快退休的老头和一个厂里谁都惹不起的冯永。活不累，就是奖金少了好几百。



渐渐地，美顺发现长生添个坏毛病，兜里总装着烟。美顺问："学抽烟了。"长生就笑，不说是也不说不是。可长生身上没烟味。美顺没在意，大男人抽根烟算个啥？只是从没见他抽过。

这天，快下班了，美顺拎个小筐去洗澡，路过男澡堂听见冯永在叫："傻×，烟呐。"

美顺一激灵，扭头向澡堂门里望，见冯永高坐在澡堂堵门处收水票的桌子上，一脚支在桌上，一脚在下面晃荡。长生小跑过来，忙不迭地从兜里掏出烟，抽出一支，递到冯永嘴上，又慌张张地摸着兜找火。冯永就骂："傻×，真找揍呀。"

美顺腾地红了脸。和长生结婚这么多年了，厂里厂外的头回听见个熟人当面叫长生傻×。

这时，又见冯永在发横："把头伸过来，伸过来！"就见长生嘎嘎笑着往回缩。冯永吼了一声："伸过来不？"长生吓得马上伸过去，冯永叫，"别动，动了就罚。"伸手在长生头上弹了两个脑奔儿，长生就叫："疼呀，疼呀……"

美顺扭身就往回走，澡也不洗了。

到了食堂，正撞上英姐。见美顺澡也没洗，一脸怒容，就叫：“美顺，怎么啦？”美顺不理，英姐两步蹿过来，拽住美顺，“怎么啦，和谁呀？师傅都不理了。”

美顺的泪一下就流了下来，忙用衣袖去擦。英姐小声说：“呦，怎么了？”拉着美顺就进了办公室，关上门。

“哭吧，这没人，使劲哭。”

美顺的泪刷刷地流，嘟着嘴就是不出声。

英姐也不吱声，坐在一边喝水。

美顺不流泪了，小声说：“师傅，我走呀。”

英姐说：“别走。”拉美顺坐下，说：“美顺，还认我这个师傅不？”

美顺说：“咋不认呢。”

“那有事不说！是，你公公出了点事，退休了，屁用不管了。可你还有师傅呢。英姐我在一天，这个食堂里就有你个工作，谁也不能亏着你。知道不，当年要不是赵厂长说话，我到哪儿分房子，还当管理员？你放心，英姐护着你呢。”

美顺把长生的事说了。英姐听完就骂，这他妈冯永，他记仇呢。当年他揍技术科的盛处，没人敢管，是你公公报的警，拘了他一个月。当初要开除了他，也是你公公说了好话，才把他留下的呀。听说要不是你公公和公安的人说得上话，就判他个二年两载了，这些他都知道呀，怎么人走茶凉呢。”

美顺说：“师傅，你去说说他呗。”

英姐瞪大了眼，身子往后一缩：“哎呦，我可不敢。那人忒浑蛋，平时多看他一眼都破口大骂，说他？再揍上我吧。”

晚上，美顺坐在床上不睡觉，说长生：“你怕他啥呢？他比你瘦，比你矬，怎地就让他欺负呢？”长生就答应：“嗯，我不怕，我不怕。”美顺说：“他打你，你就打他。”

“嗯，行，我抽死他！”长生高声答应。

可到了第二天，依旧。

原来，美顺总在长生兜里放二百块钱，总也不见他花。现在却总是和美顺要钱。美顺不心疼钱，长生挣得多，是个男人，就该着多花。可她忍不了长生受气，每次路过男澡堂好像总能听见冯永“傻 × 傻 ×”地叫。美顺恨得不行，跑去和公公婆婆说。公公只是叹气，婆婆不忿去厂里找冯永理论，反被冯永骂个狗血喷头，险些挨了揍。

下班时，美顺见长生两个腮帮子都肿了，问他：“冯永打你了没？”长生就憨笑，说：“没有，没有。”

## 七

第二天，卖完了饭，美顺在怀里揣了个翻饼的铁铲，跑到澡堂前喊：“冯永，冯永，你出来，你出来。”

冯永笑嘻嘻地走出来，望着美顺：“呦，给哥送糖饼来了？哪儿呢？”“臭他妈外地老帽，我冯永大名是你叫的？滚！”

美顺说：“冯大哥，你是好汉呢。好汉不欺负老实人。我家长生老实，有些笨。你好汉大量呢。咱不敢求你关照他，你就当没他这个人，行不？”



这时，澡堂前围了一堆人，大家平时怕冯永，都不吱声，只看着。

冯永双手环抱，一腿站直，一腿斜伸，轻轻颠起。道：“你说谁？谁？哪个长生？噢——就那个傻 × 吧。”说着，一回身，把躲在门后的长生一把拽了出来，揪住脖领，恶狠狠地问：“傻 ×，我欺负你了，欺负你了吗？”

长生看着美顺，说：“你走哇，你走哇。”

冯永个矮，蹦起来照脖子给了长生一拳，喊，“我问你话呢，我欺负你了吗？欺负了吗？”

长生窝着腰，费劲地窝着脖子，看着美顺，他说：“你走哇，你走哇。”

人群中有几个女工喊：“冯哥，干吗呀，别跟他一般见识，放了他吧。”

冯永涨红了脸，使劲晃着长生，吼着：“我欺负你了吗？说——！”

美顺喊：“你放开他，不放，我和你拼命。”

冯永大怒，骂了一句脏话后说：“你他妈个外地臭娘儿们，不是嫁个傻 × 能到北京来。敢他妈和我拼命。”说着话，“叭叭”扇了长生两大耳光，长生一下趴倒在地，叫："别打我，别打我。"冯永一边踹一边骂："你个傻 ×，你个傻 ×。"

长生任他踢，任他踹，只是抱着头叫："别打我，疼，别打我，疼呀。"

人丛中有人在笑。

美顺大喊："长生，起来呀，打他呀。"

长生在地上缩成一团，叫着："快走哇。"

有人劝冯永："冯哥，别打了，别打了。"

美顺几乎要哭了，大叫："长生呀，你是男人呀，揍他呀。"

冯永道："揍我？揍我？"脚下没头没脑往死里踹。

猛然间，美顺突如一头怒豹，小小的身子飞也似的冲了起来，一头撞向冯永。冯永猝不及防，仰天摔倒在地。眨眼之间，美顺烙饼用的铁铲风刮一样地拍在了冯永脸上，鲜血四溅。

长生噌地爬起来，远远地跑开，大声叫："别打我媳妇儿，别打我媳妇儿。"

冯永脸上流了血，也急了，蹿起来，抓住美顺的头发一通拳打脚踢。众人见了他的疯态，无人敢劝，一时无声，只听见冯永拳头"砰砰"地落在美顺身上的声音。

美顺不哭不叫，和他拼命。可她小小的身子怎经得住三拳两脚？她不知道疼，只觉身子发软，头脑发蒙，一个劲儿地往地下坠，她想："我要死了吧。"

这时，一声撕心裂肺的惨号震惊了全场，只见远处的长生直起身又弯下腰，双手攥拳，二目怒睁，骂得声嘶力竭："我操你妈的逼——呀——！"

美顺听见了，像落水者抓住了稻草，她叫："长生呀，我是你媳妇呀。"

长生一愣，弯下腰，瞪圆了双眼，两拳乱抡，竟如坦克般狂奔过来，一拳抡到冯永背上，把冯永砸趴倒地，整个人就势扑倒在冯永身上，又打，又掐，又咬，疯了一般。

长生又高又壮，一身的力气，冯永哪是他的对手。此时被长生压在身下，想起来都难。倒是站起来的美顺吓坏了，以为长生疯掉了。

大叫:“长生，别打了，别打了，别打了。”长生不听，抓住冯永双耳，将自己的头狠劲砸向冯永的头,一时“咣咣”乱响,眼见得冯永头上起了包，流了血。长生砸不动了，突然低下头抱住冯永的脑袋乱啃乱咬。众人涌上来抱不起长生，反被他摔倒了好几个。美顺一下跪倒在地，抱住长生的头哭叫：“长生呀，长生呀。”

长生听见了，爬起来，额头肿起一个大血包，满面是血，眼冒杀气，“呸”地吐出一口血水,冲着周围人大叫:“这是我媳妇儿,谁也不许打她！”

此时的冯永，头成了血葫芦，满是大包，已昏死过去。众人忙去抬他，骚乱中听到有人叫：“哎呀，冯哥耳朵没了。”

“快，快送医院。”众人抬起冯永就跑。

英姐从人群中冲了过来，扶起美顺，哭叽叽地说：“美顺，你真他妈棒！”

长生见了脸上青一块紫一块的美顺，上来抱她的头，却随手抓下一大抱头发，发上带血。一下哭出了声儿：“头发没了，头发没了。”又去追冯永。众人一起上来拦，竟拦不住。长生边追边叫:“打死他，打死他。”



美顺扶着英姐，哭着叫：“长生，回来呀。”

长生听见了，回转身来看着美顺，一下软瘫到地上，烂泥一般。

## 八

公公来了，婆婆也来了，扯住满脸是血的长生哭。

警察、厂长、书记全到了。先去医院，长生没大事，脸上的血几乎都是冯永的，只是额头的包又青又紫，破了皮，抹了些药。然后去派出所作笔录，折腾到晚上七八点钟才回家。

自从打完架，长生就抖个不停。美顺就总抱住他胳膊，哄他：“没事了，啊。不怕呢。”长生说：“头发没了，我要打死他。”手里一直攥着美顺掉下的头发。

厂里人一走。公公的电话就打不停。然后走回来，对婆婆说：“准备钱吧，少花不了。”

婆婆冲公公喊：“钱算个屁！卖房子也给！”

公公跺了脚："冯永耳朵没了，让长生咬掉啦！"

婆婆大吼："活该！活该！"

美顺这才害怕了，松开长生，"扑通"一下跪倒在婆婆公公身前："妈，怨我呢，怨我呢。"长生举着头发喊："头发没了！"

婆婆蹿起来，一把抄起美顺："美顺，你跪谁？你是好样的，你没错！"又冲公公吼："不许说他们，不许说！说了，我和你离婚！"

公公说："瞧你，瞧你，我能那样儿吗？我做得出吗？"

婆婆喘了几喘，说："出了这么大事，你也别总在家囚着了，舍下脸皮吧。你去找人，多少钱都成，咱两口子凑！就是不能抓了儿子和媳妇儿。你去办吧。"公公说："行，我也豁出老脸了。"婆婆又说："给长新打电话，让她立马飞回来！"

长新是长生的姐姐，大长生两岁。大学毕业后去了美国，一去七八年，美顺还没见过。

人常说：瘦死的骆驼比马大。公公这么多年的厂长没白当，结识了不少人。事情很快得以解决：由派出所出面调解，一次性给冯永十万元。算是对美顺拍断他鼻梁骨，长生咬掉他半个耳朵的补偿。另外，冯永提出不在厂里干了，调到市中心营业部去上班。



长生又回到技术科打杂，厂里说：长生有点智障，算残疾人，要照顾。

长生没回来，只邮回了钱，听长生说是两万美元，合中国钱是很多很多的。

冯永很守信诺，没再闹过，甚至开职工大会都不回来。有人说他怕了长生，怕长生和他拼命。和傻子拼命，他冯永丢不起这个人。

一架打没了十万块，这是美顺没想到的。她怎么也想不出十万元都摞在一起是个什么样儿。这几年他和长生省吃俭用地攒，也不过攒了两万多，除去牛牛上幼儿园给了一万五千元，还剩下八千多，她捧了这些钱去见婆婆。

婆婆很惊讶，说："你俩怎么攒来的？"死活不要。说："你替我儿子出气，比多少钱都值。"

美顺流着泪，咬着牙说："这钱，我和长生一定要还妈的。"

婆婆说："你呀你呀，心气太高了。"

## 九

美顺背了一身债，十万元。这十万没人向她要，也没人再提起，可美顺全记着。她跟牛牛学会了记数，学会了加减。她把钱算得很细，每一分能攒的钱都存进了银行。她时常翻存折，看存了多少钱。存到四万元的时候就想十万元兴许不是很多。可当她和婆婆领着六岁多的儿子去学校报名时，才感到十万元对她来说真是有些遥不可及。

老师说："孩子是外地户口，要想在北京上学，交三万元的助学费。"

美顺问："都交？"

教师说："北京户口的不用交。"

美顺很生气，拽着牛牛的手问："他不算中国人啦？"

老师苦笑。他不是北京人呐。

回家的路上，美顺说："妈，这三万，我和长生交。"婆婆看着美顺，叹气道："你这孩子，真是犟啊。"



周末，公公把全家人请到了饭店。

这两年,公公被郊区的一个小电机厂请去当厂长,一星期才回来一次。

全家人找了个单间，叫上几样菜，还上了瓶红酒，很温馨。公公喝了酒，有些兴奋，话很多。全家人都听他讲电机厂那点事；从技术到销售,一个个难题被他解决。美顺还是头回见公公这样话多,觉着他很伟大。可讲着讲着，公公突然问美顺："你知道我一个月挣多少钱？"美顺笑着摇头。公公伸手一比画，肯定地点着头说："六千呐。"

美顺吃一惊，从未想过公公挣那么多钱。

看到美顺吃惊，公公挺得意。说："我去了两年多，你倒算算，我挣了多少钱。"

美顺笑，说："不算呢。"

公公又问："够不够给牛牛交助学费？"

美顺明白了，看看一旁低头吃菜的长生和牛牛，又看着笑着点头的婆婆。坐直身子，看着公公说："那是爸的钱，爸挣的呢。这大岁数了，应当爸妈花。”

公公说：“对呀，我这么大岁数了，家也不能回，上外边去挣钱。这钱，我应不应该花？”

美顺说：“该着呢。”

“我想怎么花，就怎么花，是吧？”

美顺小心地点点头。

“牛牛是我的亲孙子，那我给他花点钱，你说该不该呀？”

美顺顿时无语，看看公公带笑的双眼，又看看婆婆。婆婆笑道：“看看，怨你了吧，他给他孙子花钱你还拦着，你个傻孩子。”

美顺低下头，捻自己的衣襟，捻呀捻，一时无声。长生突然抬起头，高声说：“谢谢爸。”牛牛也站在椅子上扬手说：“谢谢爷爷。”

婆婆笑了，说：“嘿，看我孙子，会来事了。”

美顺用双干净筷子给公公、婆婆各夹了一口菜，说：“谢谢爸，花了这多钱呢。”

公公笑了：“这叫什么话，我们是一家子，儿子是亲儿子，孙子是亲孙子，你是我亲儿媳，等哪天我和你妈老了，不是指望你们来伺候吗？到那时，你可别嫌烦呐。”

美顺使劲地点头。长生笑得很响，说：“我就伺候妈，我就伺候妈。”牛牛也笑，蹦着说：“我伺候奶奶，也伺候爷爷。”

回家的路上，长生挽着父母走在前面。牛牛扯着美顺落在后面。牛牛缠着让美顺抱。美顺抱起儿子，说：“这大了，妈真要抱不动呢。”牛牛搂住美顺脖子，贴住她耳朵突然小声说：“妈妈，爷爷挣一万多呢。”美顺一愣，小声说：“莫瞎说，打屁股呢。”牛牛急得在美顺怀里扭。说：“真的，爷爷和奶奶说的，我听见的。”美顺静了一刻，看看前面的娘儿仨。婆婆正笑着回头向这边招手，口里喊：“牛牛，快来呀。”

美顺更紧地抱住儿子，冲婆婆笑。小声说：“儿呀，好儿呀，这话不许说呢，不许和爷爷奶奶说呢。说了，妈要打烂你屁股呢。”牛牛笑：“我才不说呢。是吧妈。”

晚上，回到自己家，美顺对冲完澡出来的长生说：“长生，咱一定要

攒够十万呢！”长生说：“噢，攒十万！”

睡到床上，突然想起娘，小时娘常说：“小娃不经长，一长就大了。”想着，美顺笑了。

## 十

食堂的张科长要退休了，新科长还没来。

食堂里有些乱，人心浮躁，都说：食堂要承包了，不知包给谁。美顺觉得包给谁都和自己无关，总要有人烙饼吧。

这天下午，英姐把美顺叫进自己的办公室，说：“美顺呐，师傅帮不上你了，师傅调去厂工会了。”美顺就笑：“师傅高升了呢。”英姐皱起眉头：“升什么升，师傅去工会是当办事员，就是碎催。和你家长生一样，人家支嘴咱跑腿儿。”美顺说：“那咋，不去呢。”

“不去？”英姐苦笑：“这还是拜庙求佛找的地儿呢。知道吧？咱食堂要承包了，承包方案，承包人都定了。人家说了，老人一个不要。正式工能调岗的调岗，能退休的退休。两边够不着的，厂里给办提前退休。至于你们呐……你别外传，听见没。你们临时工，人家一个都不要！”美顺说：“不要？哪个烙饼？哪个炒菜？”英姐说：“傻呀你，北京城里会烙饼、炒菜的厨子海了去了，一抓一大把。”美顺说：“总不如熟人熟路顺呢。”英姐叹了口气：“唉，就因为熟人熟路才不要咱呢。”美顺说：“那，我咋办？”

“我也不知道！原想把你往别处调调，问了几处，都不要女的。美顺呐，现在不是你公公当厂长的日子了。”

美顺闷闷不乐地回了灶间。屋里没人，邵姐不知又去了哪里。

“吱”的一声门响，小枝从门外闪了进来。美顺诧异，问：“你咋来了？”小枝紧着摆手，说：“别嚷，别嚷。”其实，美顺的声音本也不大。

小枝是食堂里年头最长，技术最好的临时工。老公也是临时工，在小灶上炒菜。小枝很少和美顺说话，她是气美顺。前些年美顺的工资一直比她高，直到去年才勉强扯平。不就因为美顺来时公公正当厂长吗？这口气憋着，总也散不出，就不理美顺。

小枝说："美顺，英姐喊你干啥？"美顺说："闲碎话呢，咋？"小枝有些急，说："你知道不，食堂把咱全开了，一个不留。咱可要抱团，找他闹！"美顺奇怪，问："找哪个？干啥呢？"小枝说："呀呀呀，跟你扯不清，你还装傻呢。"上来扯住美顺："走，上我屋去说。"

食堂的后面，有间临时工宿舍。

路上，美顺把英姐的话向小枝学了，小枝说："那叫自愿提前退休。补钱知道不？提前一年补五千，十年补五万；咱可啥都没有。用完了，拍拍手轰咱走人，凭啥呀？咱也是人，也干恁些年了，凭啥不补咱呢？"说着话进了屋。

屋不大，十来平米。十多个临时工，男男女女围着一张桌子喝酒。小枝男人说得正欢："……上保险啊。凭啥不给上？失业险，工伤险，国家都让上呀，凭啥不给上！就这一条，他理亏呢。咱就堵他门口，不解决不成！还敢把咱都抓走不成……"回头看见美顺，说："刘美顺，这把咱可要团结啊。谁也不兴装啊，非闹出个子丑寅卯来。"

晚上，饭桌上和婆婆说起这事，婆婆说："你别去。甭听他们瞎咧咧，屁也闹不出来，还保险呢，你们签过合同吗？人事处，会计室，压根儿就没你们几个的名儿。你们工资的钱都是食堂以奖金名义领走的。明白吗？你们挣的是正式工的奖金！厂里就没有你们这些人。再说了，你见几个和农民工签合同的？上保险？还不是上面说得好，下面没人听。"美顺有些漠然，说："我可咋着哇？"婆婆说："谁知道呢，要不让你爸再回厂托托人呗。"

美顺到底没和人家一齐闹。小枝说："等着啊，能赏你一碗饭吃不？"

过了一礼拜，一个副厂长带了一堆人来到食堂，宣布给所有临时工结账。随后，一大群保安督着，临时工们垂头丧气地离开了工厂。美顺随着众人往外走，一种犯人般的屈辱令她不能抬头。走过一群领导身边时，后勤科长过来叫住她："刘美顺，厂办缺个搞卫生的，一月七百二十块。愿干明天就上班吧。"

美顺一愣，立在那里。继续向外走的人们都扭头看她，有的漠然，有的鄙弃，有的怨毒。美顺想：他们恨我呢。嘴上却说："我在食堂挣

一千二呢。”科长笑道：“那是食堂。搞卫生都这个数。你先干着，慢慢再调动。”

英姐也来了，站在科长身后一个劲儿使眼色，意思叫美顺应下。美顺犹豫了一下，咬着牙说：“我先在外边找找吧。”科长说：“也行。不过你要想回厂干，随时找我。赵厂长是我老上级呢。”美顺“嗯”了一声，不顾上来要说什么的英姐，往厂外紧走，想撵上那些走远的人们。

英姐在后面叫：“美顺，你跑什么，有病啊？”

美顺头也不回。

## 十三

很快，美顺就为自己当初的赌气后悔了。近一个月的日子跑下来，没有哪个地方缺一个专门烙饼的师傅。可除了烙饼，她实在不知道自己还会什么。电厂宿舍有个居委会，里面的人几乎都是厂里的家属和退休职工。婆婆陪着去了几回，人家也热心地帮着介绍了几个工作，但都不合适。像超市的售货员，收银员，因为识字少，美顺根本不敢去应试。搞卫生倒行，一问下来，工资都在四五百之间，让她很失望。几回冲动起来想回厂找后勤科长，却总在犹豫中耽搁下来。



居委会里管失业登记的人姓李，四十来岁，下岗女工，丈夫是电厂的职工。和美顺同住一栋楼，一来二去熟了，美顺总叫她大姨，她说：“可别这么叫，我没那么老，要叫叫大姐得了。”她知道美顺在电厂的事，说：“你会烙饼的，为什么不自己支个摊儿呢？光咱一个小区就足够你挣的。”

美顺嘴上说：“怕干不了呢。”其实是担心算不来账，挣不回钱。也赶巧，转天和婆婆逛早市买菜，还真看见一个专门烙饼的摊位，一问还是老乡。就问人家雇不雇人，老乡一听就笑了，说：“你见谁个烙饼的雇人呢，挣够自家吃就不错了，还雇人？”

美顺不走，守在那里和人家闲碎话。知道他们一天要用去两三袋子面，一月下来挣个三四千不等。心眼就活了，说：“哥呀，你看我能干不？”老乡说：“咋个不能，你会烙那多花色呢，准行呢。”美顺说：“赔了咋办？”老乡一撇嘴：“咋个赔？至多是个少挣。”

美顺又把怎样进货，怎样卖问了个清楚，买了两张饼拎回了家。

吃饭时觉得那饼不如自己烙的好吃。就和婆婆商量："妈呀，你看我开个店烙饼行不？"婆婆说："你卖大饼呀？兴许成吧。那也用不了多大本钱，家家都吃的东西。就是上哪儿找那么块地儿呢？"美顺想：真是，上哪里寻这块地呢？

第二天一早，跑到市场问了个遍，摊位全满了。又去居委会找李大姐，李大姐说："这地儿可不好找，慢慢扫听着吧。"

下午回到家，婆婆说："你还真去了？你不想想你一人干得过来吗？你看哪个摊儿不是两仨人。有烙有卖，你一人能行？"说话的工夫，公公打来电话，叫美顺到他那个厂里去学技术，婆婆冲着电话："这不闲扯吗？那么远，住哪儿？一家子牛郎织女？你孙子也不干呢。"一口回绝了。

婆婆说美顺："甭急，先在家待两天，工作慢慢找。"美顺说："在家吃闲饭呢，不能让长生一个人受累呢。"婆婆"噢"了一声，没再说话。

美顺觉着空荡荡的，心里很落寂。

晚上，英姐来个电话，说有个小紫帽送报公司，专管送报，一月下来至少也挣个八九百元。问美顺去不去。美顺想都没想，说："去，咋不去呢。"英姐说："那活可累，净爬楼了，你掂量掂量，行吗？"美顺大声说："咋不行？人家都行，咱咋不行？"

## 十四

美顺没想到，送报的活儿真是累人。骑个自行车，每天夜里三点多钟就要爬起来赶到报站，四点左右，送报车到了，大家紧忙着卸车，插报，数份，再分别往自行车上装。四点半左右出发送报，要趁订户上班前把报送到。

头几天，美顺连车都骑不上去。二百多份报纸，少时二百多斤，多时三百上下。美顺个头又小，别说骑，推都费劲。好在一起送报的都是外地人，相互有个帮衬。终于能骑车上路了，可这一路下来，更不受用。她送的这一片，楼房多，平房少，散户多，大份少。楼还尽是六层砖楼，没电梯，一份报纸往往要爬五六层楼。头半月，光早晨的报纸，就要送

到一点多钟。回到家，慌慌地吃口饭，赶紧又往站上跑，接着送晚报。晚报，一百二十多份，一趟下来，到家也就晚上六七点钟了。人乏得饭也吃不下，恨不能趴在床上就睡。婆婆说："这是人干的活吗？送那么多份儿，用人也忒狠了吧？比周扒皮还混蛋，应该枪毙！"

美顺想：枪毙谁呀，枪毙我吧。就这，还天天被站长骂呢。因为订户们往站里打电话投诉美顺，嫌报纸送得太晚。

长生心疼媳妇，吵着要美顺辞职。美顺就哄长生，每天回来讲些站里的笑话或送报时的趣事。可长生每天看着美顺匆匆扒上几口饭，倒在床上呼呼大睡，叫不醒的样子就心疼。说："美顺，你做梦喊疼呢。腿疼呢，腰疼呢，还哭。"美顺说："我呀，那是梦呢，假的。"

一个多月下来，渐渐适应了，送得也快多了，投诉越来越少。发工资的时候，根据美顺送的份数和线路，开了一千一百多元。捧着这些钱，兴奋得不得了，合计着总算和在食堂时挣的差不多了，虽然付出的辛苦是天上地下。



晚上，一回到自己家，美顺就叫长生："我开支了呢，猜猜多少钱？"长生不说话，从兜里掏出一沓钱到美顺怀中说："小媳妇儿，别干了，我跟妈要钱了。妈说我挣的钱以后全归你。你看，你看，多少哇！"美顺说："你跟妈要了？"长生说："我跟妈要。我说：美顺没钱啦，送报要累死啦！"美顺扑上去拍打长生："你咋那么说呢，你咋那么说呢。"长生一把揽过美顺，把她耸进卫生间，拉开灯，指着镜里的美顺说："你看，你看，黑了，瘦了。"美顺一看：真是的，自己瘦了一圈，也黑了。和长生比，一黑一白，一胖一瘦。就笑："这怕啥呢？身体还好呢。你是不是嫌小媳妇丑了，不爱……"却从镜中望见长生两眼含了泪，要落下来。忙转身："怎么了？怎么了？还要落个泪呢。"

长生擦泪，越擦越多，不住地流。

美顺的心一下暖得不行，整个身子发软，她说："大老爷们儿呢，男子汉，咋个呢。"长生一下就抽搐起来，抽搐得很厉害，以致站不住，蹲在了地上。断断续续地说："我不，不让你，干……呀，能，能……能养、养活你呢。"美顺一下跪到地上，一下把长生揽进怀里。仰起头，不让泪流下。蓦然想起小时节爹背了山货出去卖，山货被公家人没收了，爹生气，回家来打娘。一面打，一面骂娘是扫把星，招灾鬼；自己和哥哥们吓得躲在炕角里发抖……一幕幕，若隐若现，不禁热泪潸然。她抱紧了长生，像抱了一座山，抱了一棵树，心里面热乎乎地安然。

长生要起来，美顺不让。抱紧他的头，紧贴在胸上，轻轻地摇。摇哇摇，像抱着牛牛喂奶。

长生说："小媳妇儿，我要想你来。"

美顺低下头，捧住长生的脸，去亲他的嘴，亲着，亲着，她说："长生，长生，小媳妇要你呢，小媳妇要你呢。"

……

## 十五

美顺依旧送报。长生拧不过美顺，就等到大礼拜休息时和她一起送。长生身体好，能跑能颠；不怕累，抢着爬高层。途中还尽和美顺耍宝，嘻闹，作怪，逗美顺开心。一趟跑下来，比平常快了一半还多，心情还好。日子长了，就总盼着礼拜六，礼拜日，能缓上一缓。



天气是越来越凉，天气一凉，深更半夜的路上黑不说，还没人。抽冷子钻出个人来往往把美顺吓得心哆嗦，又不敢和长生说，就偷偷在报兜子里装把菜刀，给自己壮胆。

这天，报都快送完了，手机响了起来，接过来一听，是居委会李大姐的声音在喊："是刘美顺吧？快回来，你婆婆遛弯时摔倒了，现在医院呐。"

美顺报也不送了，问清楚哪个医院，骑上车就跑。到了医院急诊室，见婆婆躺在床上正输液。婆婆一见美顺，号啕大哭，一副终于见了亲人的样子。嘴里"呜呜"乱叫，也发不出个正音。李大姐和几个街坊正在那里，忙着招手，说："好了好了，你儿媳妇来了。"



美顺扑过去捧住婆婆的手叫："咋个了，不会说话了呢？"一句话招得婆婆哭声更高。一手似乎动不了，另一手就使劲拍自己的腿。护士也被惊动了，跑过来拉开众人说："别刺激病人，别让她激动，她心脏不

好……”好一阵劝，婆婆才平静下来。

医生把美顺叫到一边，说：“病人是突发脑血栓，街坊不错，打120送来的。亏是送得及时，咱们抢救也得当。现在没什么危险了。主要是失语，右半身麻木，活动受限。我开了药，准备输‘血栓通’。不过咱们医院有进口药，比‘血栓通’疗效好，就是贵，一千一百多一支，自费药，不能报销，你看输不输？”美顺忙说：“输，输呢。多少钱都输。”医生说：“你们还没交钱呢，都是街坊们垫的，根本就不够。”美顺说：“有钱，有钱，一下就取来呢。”医生说：“那好，我这就换处方。输进口药。”

正说着，公公和长生前后脚到了，听美顺说已换了药，说：“正是，正是，咱不怕花钱。”又听说街坊们垫钱，就忙着感谢，把众人的钱还上。公公说：“谢谢几位了，今天实在不便，改天，改天我请大家吃饭。”众人就说：“不用，不用，都是街坊同事的。”公公说：“一定要，一定要。”和美顺一道千恩万谢地把众人送走了。

当天下午，婆婆就转到了病房，还是不能说话，要么就睡，要么瞪着两眼发呆，完了就哭。医生说：“要和病人聊天，多聊，逗她，要让她说话。”三个人就轮流着哄她说话。可除了牛牛来时叫她，错眼珠看了看，别人说话总是不理，似听似不听，急了还打人，嘴里“啊，啊”发着狠声。两眼充满了恨。



由于输液，婆婆的尿就格外的多，偏偏还没有知觉，尿完后湿了才知道，“啊啊”地叫。公公买了好几包尿不湿，可婆婆觉着不舒服，哪怕只尿了一点也要喊叫，美顺就紧忙着给撤换。每换一次就给她清洗一次，然后还要问她：“舒服么？干松了呢。”

起初，婆婆不愿美顺弄，总是用眼睛找公公，美顺就说：“爸是大男人哩，干不了这个呢。”不让他插手，也不许他和长生在一边看，公公就很是感激的样子。

转天，婆婆的情绪稳定些了，美顺就想法和她说话。娘儿俩平时没聊过天。美顺还有些憷她，一时不知从何说起。索性一边忙着伺候她，一边把自己小时在山里放羊，扒车拾柴，以及从父母和村里人口中听来的趣事怪事一股脑儿讲给她听。婆婆渐渐竟听入了神，也不哭闹了，和美顺一起欢笑，一起害怕。美顺说：“妈呀，尽老土的事呢，你愿听呀。”婆婆就使劲点头。口中还“嗯嗯”地答应。美顺又问：“神呀，鬼呀的，你信不？”婆婆竟“呵呵”地笑出了声儿。美顺说：“妈笑话咱呢。”婆婆就扯住美顺的手温存地望着她摇头。美顺就接着又讲。公公过来了，美顺就住口，怕公公嫌她土。婆婆看出了这层意思，就总是撵公公离远一些。不让他近前。

有回婆婆尿后擦洗干净，刚换上尿布，婆婆又尿了，美顺躲不及，尿了一手，顺嘴说：“妈，咋又尿呢。”语气中不免有些埋怨。婆婆一下哭出了声，委屈得像个孩子。美顺忙说：“妈，妈呀，别生气我，我好好伺候你啊。”婆婆就拉住美顺的衣服，口中“呜呜”地说着，两眼乞求似的望着。美顺的心，一下就软了，鼻子酸酸地要落泪，说：“妈，你放心，我是美顺，我也是长生，一定把你治好好的。”

这以后，美顺更是格外耐心，婆婆也越来越依赖她。只要睁开眼，眼珠就永远跟着美顺转。哪怕和她说好去厕所，时候稍长，她也会歪在床上，半欠个身，“啊啊”地叫，催着身边人去找。两天一宿了，公公来换美顺回家休息一晚，和婆婆千商量，万乞求，说好转天一早就来，婆婆点头应了。美顺刚一出了病房门口，婆婆就杀人一样惨号。同屋的病人说：“罢了，你妈是真离不开你了。”



没办法，公公买来个折叠躺椅放在床边叫美顺睡，自己坐一旁守着，小事自己干，等婆婆尿了再叫醒美顺。后来公公也盯不住了，长生又要上班，又要看孩子，也来不了。就雇了个护工给美顺帮忙，虽然护工是女的，婆婆却不让她近身，事事依赖美顺。美顺索性把护工辞了，自己一个人盯。公公看不过，每个白天都来，好叫美顺休息片刻。

## 十六

持续熬了几天，婆婆的嘴居然不歪了，不能动的右手也能抓抓挠挠了，腿也能伸伸踹踹了，全家人都特高兴。医生也高兴，说药见效了，要家人扶着病人多走走，叮嘱公公：“一定要逗她说话。”

医生走后，美顺和公公各扶着她转了两圈，起先还有点软，有点踉

跄。两圈下来，就能独自一人从床边走到两米外的窗前，并在那里转上一圈再回来。只是右腿有些跛，不吃劲的样子。公公，美顺，同屋的病人，护士都夸她，婆婆就特别高兴，来来去去走了好几圈。小便也能憋住点了，就是憋不了多一会儿，来了就得尿，稍迟一点，就湿了裤子，但是不那么勤了。众人都夸，说："这就快好了，再有几天好人一个了。"婆婆就笑着点头，笑容中竟含了几许羞涩，让美顺觉得此时的婆婆格外亲切。

中午，多吃了几口饭，饭后公公又剥下几根香蕉喂她吃下。睡了一会儿，下午三点，公公去接牛牛放学，剩下美顺陪婆婆在病房走道上溜达，来回走了几趟，护士就叫回房打点滴。点滴还没打，婆婆突然从床上坐起来，冲美顺呜呜叫，把众人吓一跳。美顺忙问："妈，咋个了，咋个了呢？"只见婆婆满脸惶恐，眼露焦急，一手紧捂自己的屁股。美顺一下明白过来，去挽婆婆，说："妈要解手呢。"一语未了，臭气四溢，婆婆"呜"地哭了起来。同房的病人和陪护都躲了出去。美顺忙说："好呢好呢，大夫说你解下大手就要好了呢。不哭不哭，该高兴呢。妈呀，你就要出院了呢。"一头说，一头麻利地给她收拾，擦了洗，洗了擦，出了一身汗。婆婆起初还哭，慢慢就止了声。



美顺给婆婆洗净了，换上干净衣服，问她："这下舒服了？"婆婆就点头。美顺逗她："淹不淹呢。"婆婆似笑非笑，满面通红。美顺弯下身收拾地上的脏物，突然听见婆婆的声音："些、些、谢、谢委……委……"美顺猛然抬头，见婆婆歪在床上，一手费力地支起半个身子，两眼泪汪汪地盯着自己，努着嘴，憋得满脸通红，费力地向外吐着每一个字。"委——顺。"美顺一下叫出了声："妈呀，你说话了，你会说话呀！快来人呀，她会说话了呢。"她的声音带着哭腔，转身要冲出病房去叫人，一抬眼却见公公和一位衣着雅致的女人立在门口，两人都很激动，女人很年轻，脸上挂满了泪。美顺突然觉得四周很旷，像梦境般有些恍惚，呐呐道："爸呀，妈会说话了。"心想：他们一直都立在病房门口？

婆婆侧歪着身子，回过头来，望见两人，"哇"地大声号啕起来。那女人直扑过来搂住婆婆叫："妈，妈呀，我回来了，您怎么变成这样子呀。"婆婆号啕得有些声嘶力竭，奋力地摇着头，两手在女人身上乱拍乱打。

公公跑上前叫着婆婆的名字："汝珍，她是长莉呀，她是长莉呀。"婆婆抬眼看着公公，不住地点头。

美顺含着泪，她想：这是长莉呀，终于回来了。

病房里还散着臭气。她向门外走，想把手中的脏东西赶紧拿出去。

身后突然传来婆婆的哭叫声："委顺。"美顺回头看时，见婆婆看着自己，正努力把长莉推过来，嘴里不住地说："谢委，顺，委顺，谢，委……。"

## 十七

后来，美顺一直在回味长莉走过来抱住她，俯在耳边说的话："弟妹，好妹妹，原谅我们。我们全家人都欠你的情，原谅我们的自私。"

美顺没听懂，只闻到从长莉身上散出的清香，那花一般的清香正冲散着四周的秽气。后来有两回做梦，还梦到这个情景，连那香气都没有丝毫改变。

梦中醒来，她会想：这是长莉呀，是姐姐呢，从很远很远的美国坐飞机飞回来的呢。

她想象不出美国的样子，就像小时节想象不出北京的样子。

还记得那天晚上长生来到病房，当他从门口处看到正搂着婆婆说话的长莉，立刻站住了，不再往里走。长莉说："呀，我傻弟吧。"跳起来跑上前抱着长生又蹦又跳，口里叫："哎呀，真是傻弟呀，真是傻弟呀。"长生先是吓一跳，然后绷直了身子，仰头看天，悻悻地说："你傻，你傻！"长莉刚一松手，他便挣了挣，快步走到美顺身边，说了句"我姐。"再也不离美顺左右，无论长莉和他说什么，都是哼哼啊啊地似应非应，有时更是装作没听见。长莉笑着和美顺说："我傻弟恨我呢。"

美顺看看长莉，和长生差不多的眉眼口鼻，放在长莉脸上就显得顺眼，耐看，透着精明，透出傲气。

看得出长莉很想好好地伺候婆婆，喂水喂饭很细心。可一旦婆婆偶尔不自觉地尿了拉了，她便手足无措，为难地向美顺求救。完事后再诚心诚意地向美顺道歉。

幸喜婆婆的病好得很快，出院时除了右腿走路有点拖地外，和好人

没多大区别。

出院回家的那天晚上，等牛牛睡了，婆婆把全家人都叫进了自己房间。婆婆坐在床上，手中托着一个锦盒，打开，取出几个存折，看看公公，看看长莉；又看看长生，美顺，她说："今天，我要和美顺说几句心里话。你们可不许插嘴，你们一插嘴，兴许我就说不出来了。美顺，闺女，妈呢，今个说话有点为难，有点张不开嘴，可为难我也要说……"

公公说："汝珍，慢点说，别激动……"婆婆拦住公公："你别说！"她转回头来，一手拿存折，一手拉美顺："闺女，你听着，妈呀本是个爽快人，不是坏人。可妈呀，有点亏心，真是，真是有点对不起你呢。"说到这里，婆婆有点哽咽，使劲抓着美顺的手。

美顺愣了，不知何事。看看公公，公公冲她点头；看看长莉，长莉也伸出手来和她握住；长生似乎在云里雾里，摆着脑袋来回望着众人发傻。美顺说："妈，你咋呢……"

婆婆摇着美顺的手，说："闺女，你别说，你别说，我说，我说。"婆婆似乎运了口气，她说："实说吧，我这儿子呢，有点笨，有点傻，打小也没人喜欢他，亲姐姐都不愿和他一起玩儿。我就赌了一口气，为了给他找个不傻不残的媳妇儿，千里迢迢地把你哄……"美顺反手抓住婆婆的手，急忙地说："妈呀，你别说，你别说了。"婆婆一下流了泪："我要说，闺女，我要说……"美顺摇着婆婆的手："妈，你别说，别说了，长生不傻，我们要活一辈子呢。你别说傻，你别说傻，别说了。"美顺的泪忍不住流了下来。

长生站起来，喊："我不傻！你们傻！"

长莉赶紧上前搂住长生，哄他："别急，别急，我傻弟才不傻呢。"

美顺噌地站直了身，看也不看长莉，大声说："姐，你也别叫他傻弟，他就是有点不好，你也不应叫呢。你是姐呢，我们从心里敬着你呢！"

一时间，大家被美顺的话震住了，缓过神来，都扭头小心地看着僵在那里的长莉。

长莉呆立在那里，看看拧巴着身子不让她抱，仰头看着房顶的长生，看看泪流满面的美顺，眼圈一下就红了。她挺了挺身子，够着，捧住长生的脸，让他看着自己。姐弟对视着，她咽了咽唾液，声音颤抖着，庄庄重重地说:“弟弟，好弟弟，姐不对，姐错了。姐原来好不懂事的，打小，别人欺负你，姐不但不帮忙，还在心里埋怨爸妈，怎么就给我生了这么一个弟弟。姐嫌你，厌你，为了躲开你，还去美国。可到了美国，我才知道我错了。我，我天天都在想你们，我想，我想我的弟弟，想你小时候追在我身后的样子，想你为了让我和你玩，把妈给你的糖，硬，硬塞给我的样子，想你总是一，一个人，玩，玩，孤零零……想你后来从不理我的样子……我在美国十年，我好恨我自己，我恨了我十年……弟弟，美顺说得对，姐错了，姐给你认错，你还认我这个姐姐，好不？”说着，长莉转回身来握美顺的手，美顺小声说：“姐呀，我声大了呢。”长莉握着美顺的手摇了两摇：“妹妹，你也原谅我。长生是我的亲弟弟，我喜欢他；你也是我的亲妹妹，我更喜欢你。我们三人是亲姐弟，我们一起来活一辈子，好不好？”

长生立在那里，背向长莉，仰着头，突然说：“我想过姐姐呢，好几回想呢。”

长莉从身后一下抱住长生，把头抵在他宽宽的肩上。许久，她抬起头，有些羞意地笑了。她拉着美顺，对父母说：“爸，妈，我是姐姐呀。”

## 十八

那个晚上过得很快，快得让美顺有些恍惚，甚至有些不想念它的存在。婆婆把长生历年来交的工资、奖金，以及后来美顺交的饭钱，都用长生的名字存进银行，存了几个小折子。就在那个晚上，都交给了美顺，她冲美顺说:“我岁数大了，操不了心了，儿子，孙子都交给你，这个心，今后就你操吧。”婆婆还改了口不再叫美顺的名字，总是“闺女闺女”地叫。

长莉代表父母给美顺爹娘写了信，邮了钱，约全家人一起来北京过春节。

公公原本要辞了电机厂的工作回家专心陪婆婆。电机厂不答应，说：哪怕每月过来一两天都成。公公只好应了，每月月初，月尾的过去两三天。

美顺的工作没了，送报的活让人顶了。整天在家收拾屋子，做饭，

唯一重要的事就是每天清晨督促着婆婆在小区里走路，锻练。一段时间下来，婆婆越来越好，走路，说话已经常人一样了。这时美顺就急着找工作，长莉想出资让美顺在小区里开个便利店，美顺没应，怕把钱赔了。长莉还急着回美国，在那边她有个小公司，还有个美国情人在等她。她和美顺说要回中国来发展，到时让美顺和她一起干。美顺说："我干不来，没文化呢。"长莉说："没文化不可怕，你是骨子里硬的人，干什么都差不了。"

打那以后，婆婆天天叫美顺给她读报，美顺说："妈呀，我念不下来，才学了一年学呢。"婆婆说："学一年就不少了，你念吧，不认识的字就问我，可有一样，不许瞎蒙啊。"

就这样，美顺磕磕巴巴地读，婆婆磕磕巴巴地听，遇上不识的字，婆婆就告诉她。在这方面婆婆特别有耐心，一个字，从读音到字义，到用法，通俗地讲给美顺听，让她背熟。一天就五个字，只要美顺读出五个不识的字，读报就停止。然后美顺去练字，婆婆接着看报。婆婆还把教牛牛的方法用上了，拿一摞识字卡，学一个生字给美顺一张卡片，装在身边，随时考问美顺。美顺起初很羞怯，读报时紧张得满头大汗，被婆婆考问时还常打结巴；写的字不敢让婆婆看。时间长了，日子久了，婆媳二人越学越顺，读报的时间也在一天天延长。一天婆婆突然说："闺女，怎么不给你爹妈写封信呢？去，写封信。"美顺说："写不来呢。"婆婆说："写得来。去，写一封。"



美顺坐在桌前，时间不长，竟顺顺利利写了出来，拿去给婆婆看。婆婆说："我闺女写的，还用看，保准顺溜没错字。装好信封，等会儿咱娘儿俩遛弯时发出去吧。"

这天，居委会李大姐来了，一进门就叫："赵厂长，刘美顺，大好事啊。"

大家把她让进屋，公公笑着问："什么好事呀？"李大姐说："什么好事？市里下文了，你家牛牛户口原来不是只能随母吗？现在改了，随父随母自愿，下月一号就能办转入了。"婆婆一拍手："哎哟，这可真是好事呀。"公公也说："是好，是好，真是不错，用不着我去瞎跑了。"美顺没听懂，一头雾水地看着大家。李大姐搡了她一下，说："没听明白？

你儿子在北京可以上户口了。咳，你家牛牛，是北京人了。”美顺说：“那咋，为啥？”众人一下笑了起来。

李大姐又说了些如何办手续的事，美顺插嘴说：“大姐呀，那要多少钱？”大姐说：“要钱？要什么钱？不要钱。”婆婆说，“这孩子，高兴过了，有点发蒙呢。”美顺笑了，寻思：想了这么多年，儿子终于成北京人了，自己咋不特别高兴呢？

公公问李大姐：“小孩的政策变了，大人的户籍政策有没有松动？”李大姐看看美顺，摇头：“没有，还那样。”公公说美顺：“别着急，咱想办法，慢慢来。”美顺说：“没事呢，是不是北京人又咋个，都一样活人呢。”

李大姐笑了起来，说：“那可不。再给美顺说个高兴事：咱居委会边上不是有间小发廊吗？最近她们不干了，要退租呢。小屋不大，十一平米，要不你租下来烙饼得了。”又对公公和婆婆说：“小屋就在你家楼下，这样呢，美顺又能照顾家里又能挣点钱，不是一举两得么。”公公说：“那行啊？屋子是谁的？”李大姐说：“咱居委会的呗。原来是居委会的库房，这不搞创收么，早几年腾空了，一直往外租呢。”公公说：“一月多少钱？”李大姐说：“发廊租时一月一千一，这美顺是咱厂家属，您二位更甭提，便宜点呗。主任说了：有赵厂长搁那儿呢，一月七百就行。”婆婆说：“行吗？”李大姐说：“你看主任都应了，怎么不行？我说了算，你家美顺租，就这个价。”

公公回头看美顺，说：“你看行吗？”美顺说：“行，爸，我一定行呢。”婆婆也站了起来，说：“闺女，你干！我陪你一块儿干！”

公公一听笑了，说：“你行吗？”婆婆学着美顺的口吻说：“咋不行，我干了一辈子会计，卖个烙饼不行？行，一定行呢。”美顺笑出了声，说：“妈呀，你咋学我呢。”婆婆也笑着说：“闺女呀，往后，妈就是你的粉丝了。”

大家听了，大笑起来。只有美顺转圈看着，笑开花的众人……

# 北京邻居

荆永鸣

## 1

刚到北京的时候，我和妻子一直住在餐馆里。我们的餐馆不大，六张散桌，一个包间，包间旁边有个四平方的小耳屋，外加一个油乎乎的厨房，仅此而已。当时，北京的小餐馆差不多都有两种功能：白天是餐厅，夜里做宿舍。我们的餐馆也不例外。晚上打烊了，休息了，男伙计睡前厅，女服务员住包间，我和妻子就在那间四平方米的小耳屋子里下榻。整个餐馆，从里到外，横七竖八，到处都是放倒了的人体！



有句话，睡在哪里都是睡在夜里。其实不一样的。睡着了不用说，人就是一块呼吸着的肉，灵魂可以乘着梦的翅膀尽情遨游；醒着的时候则不行，干点什么都不方便，极其别扭。烦躁折磨着我。为此我曾不止一次建议妻子到外边去租间房子，哪怕小点呢，破点呢，都行，没关系，只要关键时刻能让人喘几口粗气就好。可我妻子总以“餐馆刚开业，死活还看不出个上下呢”为理由，一次次推诿，说：还是等等吧，看生意能不能稳定下来，刚出来创业，这么点困难都克服不了哪行啊，你说对不对？

我承认她说得对，有道理。可一想到夜里的处境我就很烦，觉得她的道理太注重理论而忽略了实际。而实际一点的话我又不能说，也没法说。是啊，困难，困难，不就是困觉的时候有点难吗？身为女人，她能够克服并且苦口婆心地做我的工作，我还能说啥呢？那就挺呗，熬呗！

结果，一直熬了三个多月，她才主动提出到外边去租一间房子。需要说明的是，不是她熬不下去了，也不是因为我们餐馆有了比较稳定的收入，而是高大脑袋一句话让她受到了刺激。

高大脑袋是个精力充沛、热情饱满的人。在煤矿，我们是住在同一栋楼房的的邻居。他比我大三岁，我很崇拜他，他是个妇产科医生。一个男人为什么要做妇产科医生？这个有趣的问题，也是一个令人费解的问题。遗憾的是，我从没有跟他探讨过这样的话题，只是觉得他的职业挺好的，很神秘。我喜欢和他说话，喜欢听他聊天，一见面，我就拍着他的肩膀悄悄地问他，又把谁给看了。或者说，高大哥，今天又看了几个？这时候，他就会用一种鄙夷的目光盯着我，你眼热了是不是？告诉你，哥们儿看一百个可以当标兵，你多看一个那叫犯错误！知道不？我就嘿嘿儿的乐。

高大脑袋不仅是个出色的妇产科医生，同时他还喜欢琢磨政治。有天晚上，我去他的值班室里聊天，他语重心长地说，老弟啊，国家的形势要变了。我问他怎么个变法。他说打个比方，用不了几年，只要有钱，谁都可以把这座医院大楼买下来！现在看，这无疑是一句稀松平常的话了，可当时是上个世纪九十年代初，那大楼可是企业的，企业是国家的，你想买就能买？做梦啊？我说这你可吹大啦！他说你不信？那就走着瞧！没料到，几年后他的话果真应验了——倒不是说谁真的买下了那座医院大楼，而是说公有变私有、变民营、变股份制等经济模式在中国已经成为一种普遍事实。这件事，让我对高人脑袋特佩服！一个偏远煤矿的妇产科医生，他对国家形势看得咋就那么准呢？我到了北京这些年，也常听一些人谈论国家大事，说这事这样，那事那样；谁该上去了，谁该下来啦……听口气，犹如板上钉钉儿。可从后来的情况看，他们预测得一点儿都不准，就像那种常常出差的天气预报，说是明天有大到暴雨，第二天却风和日丽，一个雨点儿都没落。挺尴尬的。

书归正传。那年夏天我从北京回到了煤矿。晚上几个哥们儿请我吃饭。我刚走进一家餐馆，就碰上了高大脑袋，他一把捞住我的手，钳子似的握。当时高大脑袋已经是一家私人医院的大股东兼院长了，身份变了，人没变。他还是过去的样子：不仅脑袋比一般人大一些，身材也魁梧，能喝

酒，只要眼角上带着血丝，至少一斤白酒灌下去了。他红着眼睛看着我，问我啥时候回来的，话未说完，他便钳着我的手，硬往一个包间里拉。

包间里一大桌男女。已经喝得乌烟瘴气。有认识的，便一惊一乍地迎过来和我握手，寒暄；不认识的，就坐在那里生着眼睛看着我。一阵小小的骚动之后，高大脑袋伸出两只手，向下压了压，意思是让大家静一静，他要讲话了。高大脑袋喜欢在这样的场合讲话，口才也好，随便扯出个话题就能滔滔不绝。这次讲话，他主要是称赞我是个敢闯敢干的人，能顺着时代的召唤走，跑到人生地不熟的北京去创业，令人钦佩！与此同时，他还特别称赞了我的吃苦精神——前不久，他趁出差的机会曾到我餐馆去过我一次，对我在北京的情况，也算是掌握了第一手资料。说到我和妻子住宿的地方，他巡视了一下众人，说你们可能想象不到，就这么大个小屋……他伸开两只胳膊比画着，同时回过头来看着我，几平米？我说四平米。他像拍蚊子似的往脑门儿上拍了一掌，说，妈的，这记性……对了，四平米！你们说，四平米的屋子，一张小床，两口子咋睡？谁说对了，我喝一杯酒！半天没人吱声。后来还是两个女人说话了。女人对于这种竞猜式的提问，或者“互动”，总是显得比男人更积极、更有兴趣一些。一个说，挤着睡呗。另个说，轮着班儿睡？高大脑袋看都不看她们，他失望地摇摇头说，不对，都不对……你们的想象力咋就这么差呢，跟你们说吧，人家两口子是摞压摞地睡！头半夜，是他在上边，弟妹在下边；后半夜，是弟妹在上边，他在下边……

几秒钟的静止之后，在场的男男女女可没乐死。跟着一阵七长八短的笑声，我也乐了。坦率地说，我并没感到有什么难为情，哥们儿嘛，开句善意的玩笑没什么，很正常。当时还没等走出那个包间呢，我就把这事儿抛到了脑后。

再次想起高大脑袋那句话，是我回到北京之后的事了。那天夜里，我躺在床上，怎么也睡不着觉，便浮想联翩。想着想着，竟禁不住扑哧一声乐了。我妻子问我咋的了。我说没咋的。那你笑啥？她用胳膊撑起身子，诧异地看着我。这时候，如果我再说没笑啥，因此而产生的后果就不好了。试想，假如有人在你身边莫名其妙地笑了一下，又说没笑啥，你会怎么想呢？我是个心理素质很差的人，不喜欢在一些无聊的问题上制造悬念，折磨别人。于是就把高大脑袋那句调侃的话原原本本地告诉了她。我妻子听后也乐了。她沉吟着说，这个高大哥……他可真流氓！接着就再也没有了下言。很长一段沉默之后，四平方米的黑暗中，我听到了一声悠长的叹息……

第二天早晨，还没起床，我妻子就很认真地叫着我的名字，她说是有个事儿想跟我商量商量。

我问她啥事儿。她说她考虑了半宿，还是去租个房子住吧。

我说租不租都行，无所谓。说真的，我都麻木了。

她说，租！

我用她以前对我说过的话提醒她，租个小点的平房也得六七百……

她说，那也租！

## 2

一九九八年的北京租房很困难，不像现在——现在有租房网，有大大小小星罗棋布的中介公司，信息铺天盖地，你想租哪个地段的房子，哪个价位的房子，只要在网上一搜，“哗”就会出来一大片，让你可着劲儿地挑！那时候不行。互联网还不像现在这么发达，房屋中介也少，信誉还差，有的干脆就是骗子。想租房呀？有哇，什么样的都有。去看看行吗？行啊，先交二百块钱劳务费。看成了，再付一个月的租金；看不成，劳务费不退。不退就不退吧。那就走，上车！车子是个破夏利，开得嗡嗡响，好歹没在路上散了架。到了地方一看，房子没说的，位置，设施，都挺好。一问租金，眼球差点儿蹦出来，这不是在讹人吗？话一出口，房主的眉毛都立起来了，师傅，您怎么说话呢？想租就租，不租拉倒，什么叫讹人啊，是不是？遇上这样的茬儿，你不生气就怪了。心里想，我不租了可行吧？于此之下，那二百块钱的“劳务费”就这么打了水漂儿。

我刚到北京寻找开餐馆的房子时，就经历过这样的事情。两次之后才恍然悟出这是个骗局，是个圈套！当然了，这个世界上到处都是圈套，

钻不钻，全凭你的智慧，同时也在于吃一堑长一智。这次租房，我就没去钻那种骗子公司的圈套。

我钻的是胡同。北京的胡同太多了——犹如这个城市肌体中的毛细血管，不计其数。当时我钻的都是我餐馆附近的胡同：什么大纱帽胡同，南口袋胡同，磁器胡同，取灯胡同……寻寻觅觅，一连转了好几天，没找到一家出租的房子，倒是遇见不少戴着“治安”袖标的老头、老太太，他们一律用警惕的目光看着我。每当这时，我就赶紧迎过去，躬着身子，讨好地叫着大爷或大妈，问附近有没有出租房子的。

客气的，说没听说；

冷漠的，说不知道；

热情的，说想租房啊，您得去找中介公司，知道吗？

白扯。一点有用的信息没有。

后来我才知道，想出租房子的人不是没有，而是有关部门管得太严，房子不能任意出租——尤其不能出租给不掩底的人，不明身份的人，不三不四的人，更甭说，万一闹出个贩毒吸毒、卖淫嫖娼、杀人越货等刑事案件来，房主要负连带责任，轻者罚款，严重的，没收房子的都有。因此一向遵纪守法、谨小慎微的北京市民，即使有房空着，锁着，哪怕让蜘蛛在各个角落里忙忙碌碌地结网呢，也不敢轻易出租。更不敢到大街小巷去张贴小广告。不像后来，小广告到处都是，害得那些城管人员怨声载道，整天捏着那种塑料的大可乐瓶子往上滋水，洇，然后用小铲子或小刀片之类的工具，细着眼睛一张张地清除。好不容易清理出个模样了，差不多了，本以为明天扫扫尾，就彻底 OK 了呢，可第二天一看，又是一层！气死。



我租房的时候，北京的大街上还没有那么多的“牛皮癣”呢，胡同里则更少。偶尔发现电线杆或厕所的墙壁上贴着巴掌大一张小纸，我都会眼睛一亮，凑到近前一看，却是“包治各种性病，尖锐湿疣，一针就好！”令人沮丧。

我妻子也沮丧。她说北京怎么这样呢，有钱都花不出去。我说还是钱少，有个百八十万的试试，卖楼的多得是，打个电话说不定就会有专车来接你。结果竟把我妻子说恼了。她说你想租就租，不租拉倒，少跟我抬杠行不行？其实我说的都是实情。后来，就在我们一筹莫展的时候，倒是胡冬给我提供了一个信息。

他说，大哥，我听说你想租个房子？

我说，找了好几天了，没有。

他说，嗨，你咋不早说呀！

胡冬是个三十多岁小伙子。我没接手这家餐馆之前，他就在对面的墙角支了个炉子，买烧饼。最初，我对这个东北人没什么好印象。他不仅剃个光头，前胸上还刺着一条张牙舞爪的青龙。这种扮相，要是放到今天就没什么了，比之于那些阴阳头、鸡冠头、红头发、绿头发等种种怪异的扮相，胡冬算个啥呀，简直是小巫见大巫。可当时不行。人的个性化追求还很单一，不像现在这么“多元”，这么变了态似的夸张。或者说，大多数人的观念都很保守——比如我，只要见到剃着光头，或前胸后背上纹着这样那样野兽的人，我就会做出这样的判断：这不是搞前卫艺术的人，就是个流氓！正是基于这样一种狭隘的认识，第一次见到胡冬时，我就觉得这家伙不是个好鸟儿。没事的时候，他喜欢站在我餐馆的外边光着脑袋往里看，四目一碰，即使他冲着我呲牙一笑，我也懒的理他。直到他和嘎子发生了一场冲突之后，我对这个人的看法才完全变了。

嘎子是附近有名的痞子。他三十多岁，个子不高，瘦。走路的时候腰部不动，两条腿弯得像个哈巴狗，身边儿却总跟着那么一两个长得不错的女孩子。那次不知因为什么，他与胡冬发生了口角，把胡冬一个单手“锁喉”，呲牙咧嘴地抵在了墙上。这时候，我以为胡冬会用一招反掰腕摆脱困境，紧接着一场激烈的反击就要开始了呢。结果却令人失望。我眼瞅着胡冬被勒得脸红脖子粗，气都喘不上来了，还用一种变了声调的假嗓子，像唐老鸭的地说了好几句“对不起”。真是滑稽。至此，我才知道这个剃光头、刺青龙的家伙，别说是流氓呀，啥都不是了！眼看着他被嘎子放手之后，红着眼圈不断地抚摸自己被勒疼的脖子，我倒觉得这个家伙有点可怜巴巴的软弱与窝囊。

此事之后，我不仅对胡冬进行了新的估评，还渐渐发现：那些亮着

光头，纹着青龙呀、老鹰呀、虎头呀、蝎子呀，或者在手腕上刺着“忍”呀、“恨”呀之类的人，搞前卫艺术的不多，真正的流氓也少。相反，他们大部分是从乡下进入城市而且涉世不深的年轻人。他们之所以剃光头，或在身上纹一些这样那样的凶恶猛兽，除了反叛他们在乡下一直承受的传统压抑，或在审美趣味上追求另类之外，还有另一层原因，那就是他们太懦弱，不自信，害怕遭受他人的欺侮，便模仿影视剧里的一些角色，把自己扮成了流氓恶棍的样子。遗憾的是，这种伪装起来的流氓到底是外强中干，在真正的流氓面前是那么脆弱，几乎不堪一击。

正因为这种“不堪一击”，我才与胡冬有了接触。原来是个不错的小伙子。说话慢声慢语，灿然一笑，便露出一只好看的虎牙儿。讲到过去一些事儿或形容一个人的处境时，喜欢说“可悲惨”。他做的烧饼也好，有咸、甜两种，色泽金黄，看上去挺硬，咬一口酥脆。偶尔，我会用他的烧饼给我餐馆的伙计改善一下早餐，这样一来，我们便有了交往。



胡冬告诉我，在我餐馆北边的一条胡同有个二十一号院，院里有间房子对外出租，不知道租出去没有。我问他是怎么知道的。他说两个月前他曾在那间房子里住过。我问他为啥不住了。胡冬挠了挠脑袋，吞吞吐吐地说也不为啥，就是和院里的人闹了点意见，说起来可悲惨……不说了，一说我就来气！不说就不说。别人不愿意说的事，我从来不问。

我跟着胡冬潜入二十一号院的时候，正是北京人民上班的时间，也是那些不上班的老年市民去菜市场或出去遛弯儿的时间。院子里空无一人。我们在“左手第一家”找到了胡冬所说的房子。这是一间倒座子房，门外边围着一圈木板栅栏，栅栏门上没有锁，只用一个小铁钩挂着。我们进入栅栏之后，胡冬站在门口侧着耳朵听了听，又敲了敲了门，没有动静，他便凑到旁边的窗户，用两只手遮住玻璃的反光往里窥视。他说没人住。我说真的吗？胡冬侧过身子，把窗户让给我。我用同样的方法看了看，遗憾的是窗子太小了，只看得见屋子里的一部分。胡冬问我想不想进屋里看看。我说你有钥匙？胡冬转身向院子里看了看，从栅栏的木板缝里抽出了一截小钢锯条，诡秘地一笑，他说这是一把备用的“钥匙”，他在这里住的时候总习惯把钥匙锁屋子里。说着，他把小锯条顺着门缝塞进去，上上下下地滑动着，找感觉，捅。这时候我突然害怕了，万一被人撞见，岂不成了挖门撬锁的啦？我赶紧压低声音说，算了算了，别捅了，我不看啦！话音未落，胡冬手里的锁把儿“咔儿”地转了一下，门开了！

从进去到出来，也不到十秒钟。我太紧张了。屋子很简陋，是长条型的，当中打了个隔断，被分成里外两个小间，里边有一张光板的双人铁床，外边放一对很旧的布面单人沙发，此外，就是那种糊了报纸而且已经很旧的墙壁了。我草草看了几眼，便催促胡冬赶紧离开。谢天谢地，我们带上门，又从大杂院里溜出来的时候，总算没碰到一个人。

## 3

接下来便是联系房主。此人叫刘大平，五十多岁，大个子，在一家食品厂工作，是个小头头。那天下午，他如约来到我们餐馆。在详细地询问了我们的一些情况之后，他直言不讳地说，他的房子原本不想出租了，太麻烦！可一见面，觉得我们两口子挺不错，靠谱儿，他可以把房子租给我们。问到到租金，他说这个不急，看中房子再说。

其实房子已经没说的了，我心里已经有底。特别有我们那个四平米的小耳屋子作对比，我妻子一眼就看中了。一问租金，对方开出的条件是每月六百，两个月一付，上交租。我和妻子交换了一下意见，觉得还行，没超出我们事先的预测，也就没讨价还价。

回到餐馆，刘大平草拟了一份简单的协议，彼此签了字，我又预付了两个月租金。他说成，这就齐活了！他掏出烟来，扔一支给我，又自己叼一支在嘴，点上。刘大平吸了一口烟，踌躇地说，还有个事儿……得跟您商量一下。我问他什么事儿。他说您能不能弄条烟啊？我说……烟啊？这好办，你说吧，抽什么牌子的！刘大平告诉我，不是他抽，是他琢磨了半天，觉得租房子这事儿还是得跟赵公安打个招呼，最好是表示点意思。

他一提“公安”两个字，我心里禁不住一沉。说实话，自从开起了这家餐馆，我心里老有一种紧张感，特别是一见到戴大盖帽的人就有点怕，

怕警察，怕城管，怕工商和卫生防疫站的人……为此，我曾不止一次痛骂自己是胆小鬼，窝囊废，又没干过什么坏事儿，你怕个鸟！只是不管在背后怎么给自己打气，壮胆，到了正章还是不行，心里总有一种战战兢兢的惶恐与不安。这简直就是个谜。

我疑惑地问刘大平，租房还得跟派出所打招呼啊？刘大平说不是派出所，是院里的一个街坊。我说院里还住着个警察？刘大平笑了。他说不是警察，是人名儿，名字叫赵公安，明白吗？我点了点头。其实我还是不明白，既然不是公安，而是院里的一个邻居，我租的又不是他的房子，干嘛跟他打个招呼，还要表示一点意思呢？刘大平看出了我的心思。他介绍说赵公安这人有点各路儿，当然也不能说他有多坏，就是挺事儿的，像个事儿妈，他担心我住进去之后他瞎搅和。

我沉吟着说，是这样……

刘大平说，看您的，其实不意思也行，没关系。

我说别介，该意思就意思吧。



当时我就到餐馆对面的小卖铺买了一条“万宝路”，外烟儿，混合型，有劲，在当时也算是挺够档次了。我递给刘大平说，那就麻烦你给他送去吧。

刘大平一怔，他说这哪成啊？您得跟我一块儿去，烟得您给他，往后有个什么事儿就好说话了，您明白我的意思吗？

我想了想，有道理。

赵公安住在院子的西北角，厢房，坐西朝东。那是我第一次走进北京人的家里。屋子不大，光线很暗，物品都很陈旧了，而且零乱。屋子中间拉着一个灰色的布帘。布帘半开半合，里边是一张双人床，床上蜷缩着一个很胖的女人，看样子是在睡觉，也许是睡着了，也许是不愿意参与我们的事儿在装睡，总之我们进屋之后，她一动没动。布帘的这一边，靠墙放着一张单人床，墙上贴着一幅球星贝克汉姆的彩色画报；地中间是一张称开的折叠式小圆桌。桌上摆着一盘粉丝，一盘白菜，两盘羊肉片。地上一只铜火锅刚生着炭火，整个屋里弥漫着一股生烟味。赵公安正在忙乎着晚饭。他五十多岁，小个儿，身材瘦弱，一双眼睛十分灵动，对于我们的不期而至，显然有些意外和吃惊。

他“嘿”了一声说，是大平啊！

刘大平笑着说，赵哥还亲自下厨！

赵公安搓着两只手，今儿不立秋么？我点了个锅子。

刘大平说，贴秋膘呀，好！

我注意到，屋里有三只折叠的小园凳子，但没有多余的空间，我们又不能坐到人家的饭桌上去——只好站着说话。刘大平向赵公安介绍了我的情况，说我在附近开了个餐馆，是内蒙的，两口子特老实，不惹事儿，想在他的房子里住一段，并说了一些“往后在一个院儿住着，麻烦赵哥多多关照”之类的话。说着，他看了我一眼。我意会到他的意思，把手里那条烟递给了赵公安。

赵公安怔了一下，小眼睛又是很吃惊的样子，他说您客气！然后转向刘大平说，大平啊，您这就不对了，都是街坊不是？干吗这么客气？一脸愠怒。

刘大平笑着说，我就说嘛，赵哥人不错，用不着客气，可这老弟讲究，说头次见面，不表示点儿意思哪成啊……得，一条烟呗，赵哥就甭客气了，收着吧。

我心里一阵温热。我是不是真像刘大平说的那么“讲究”并不重要，重要的是他让我第一次感受到了城里人对一个外地人的呵护——这种感觉挺好的。

那天晚上，我请刘大平吃了一顿饭。既然成了房东与房客的关系，也是情理之中的事。于此同时，我把从中“牵线儿”的胡冬也叫了过来。开始胡冬还有些扭捏，几杯酒下肚人才放松多了。他开始主动地给刘大平敬酒，而且一口一个“老房东”地叫着，一副很诚恳、很谦卑的样子。后来两个人越说越热乎，你一言我一语地扯起来，我才知道，胡冬之所以从二十一号院里搬出来，并不像他当时讲的那样“和邻居们闹了点意见”，而是被赵公安撵出来的！

据说，当时胡冬在刘大平的房子里已经住了一个多月。他每天守着那个烧饼摊儿早出晚归，与院里的人不相往来，倒也相安无事。直到有

一天，一个老太太突然发现胡冬不仅剃了个锃亮的光头，光着膀子在院里洗衣服的时候，前胸上还刺着一条青龙……此事一经传开，院子里的人就骚动了。

真的啊？

我亲眼瞧见的！

嘿，新鲜！老刘家招了个什么人呀这是！

甭急，明儿我就叫丫滚出去！

当天晚上，胡冬就接到了刘大平的电话，让他赶紧找地儿，说他的房子不能租了，邻居有反映，万一闹到居委会或派出所去就麻烦了。胡冬问刘大平哪个邻居有反映。刘大平告诉他，别的邻居倒没大事儿，主要是一个姓赵的，叫赵公安，那人多事……胡冬跟刘大平说，这事你不用管了，我去跟他说。没想到，一说就崩了。不管胡冬怎么解释，求情似的让"赵大叔"关照一下。"赵大叔"不但不理他的碴儿，还显出一种烦得不行的样子，把一只手掌在胡冬面前果断地一挡，他说得！您甭给我说这个，谁的房子您找谁去，跟我说不着！知道吗？



按理说，赵公安的话也没错。可胡冬心里明白，这件事就是赵公安在其中作的梗，他心里憋着一肚子气，又不好直说，便一声不吭地瞪盯着赵公安。在我的想象中，胡冬的眼锋肯定是有点硬了，再加上他的光头做辅助，反而刺激出了赵公安的一种激情。据说他当时就不让了。他问胡冬瞅什么瞅？想打架是不是？说着，他还两手交叉，揪住自己的上衣下摆，把一件灰色的老头衬从脑袋上捋下来，往地上一甩，然后"啪啪"地拍着自己搓衣板似的胸脯，声音响亮地告诉胡冬："有种往这打！"他这么虚张声势地一叫板，街坊四邻全出来了。

怎么回事儿？

有理讲理，干吗打人？

是啊，这可不是撒野的地方，知道吗？

面对这种七嘴八舌的声讨，胡冬呆若木鸡在立在那里。他不知道事情怎么会变成了这样，用他自己的话说，我招谁惹谁了？！真是纠结。

那天晚上，胡冬缩在那间黑暗的小屋子里，像个没娘的孩子，既孤单又委屈,泪都流下来了。两天后,胡冬无奈地搬出了二十一号院。据他讲,当时的处境“可悲惨”,要不是赵大妈(一个挺胖的老太太,就住在我餐馆旁边的院子里)把家里一间小屋子租给了他,那段时间他就得露宿街头了。

胡冬说得可怜巴巴。刘大平却不以为然。他说赵公安的确是个事儿妈,但实事求是地说,这事也怪胡冬自己不注意形象:挺好个小伙子,既不是斑秃儿,又不是鬼剃头,你弄个光葫芦瓢儿干啥!听说前胸上还刺了个什么青龙?他用审视的目光看着胡冬,语重心长地说,小胡啊,不是我今儿说您,年纪轻轻的,好好做你的生意,在身上瞎折腾个啥呢!一番话说得胡冬脸红脖子粗,一个劲儿地去摸自己的脑袋。其实,这时候胡冬的脑袋已经长成了一头乌黑的短寸,而不再是那种被刮得很亮的光头了;至于那条青龙,如果不是特意袒胸露腹,也是不易被人发现的。但尽管如此,他还是被刘大平揪住了一身毛病似的,好一顿上课!

接着,刘大平告诉我——准确地说是在安慰我,他说不管谁对谁错,小胡的事儿已经过去了,不说了。踏踏实实住您的房子,如果院里的邻居有什么说道,您别跟他们计较,我来处理!哎,对了,那钥匙我给您好了吧?

我说,钥匙啊?给了。

## 4

一九九八年初秋的一天,我捏着那把像通行证似的钥匙,正式地走进了二十一号院。我和妻子忙乎了整整一天,把那间房子彻底收拾了一遍,又添置了几样简单的家具。当天晚上,我们便迫不及待地住了进去。

有了正式睡觉的地方,我才体会到北京的夜晚真是不错,连做梦都是快乐的。回想起此前在餐馆那间小耳屋子里所熬过的上百个夜晚,从某种意义说,几乎就是白费。

## 5

从布局上看,二十一号院是一座老式四合院。据说清朝末期,这里

曾住过一位武官。如今大门外还残留着一块不完整的上马石，只是不见了清朝的人和马。伴随着历史的不断变迁，院里那种“天棚、鱼缸、石榴树”的景致已全然不在，就连当初的格局业已面目全非。原来的“二进式”院落，不知什么时候被隔成了两个院子，一些不同年代翻盖、或新建的房子则高低不等，大小不一。走进院子之后，给人的感觉到处是门：厨房，煤棚，淋浴间等等。院里的居民都是老住户，而且大都是上了年纪的老人。现代化生活把年轻人带进了高楼大厦，上了年纪的老人，似乎比较适合于住在这种古老的大杂院，或者说，这种古老的大杂院也比较适合老一点的人来衬托。

住进这个院子之后，作为临时的房客，我知道融入不了它的主体，那些老住户，也不会因为一个外地户的到来而改变什么——包括他们的喜怒哀乐，包括他们的过去、现在和将来。更主要的是，我们必须吸取胡冬的教训。因此，开始的时候我和妻子都非常低调，甚至怀有一种“鸠占鹊巢”般的不仗义，尽量躲着院里的人，默默地小心翼翼地生活。



我和院里的接触，源于一个扎着羊角辫的小女孩。她叫楠楠，是隔壁家李大妈的外孙女。当时她正在附近的一所小学里读书，每天放了学，由李大妈的老伴儿接回来，到了晚上，再被她妈妈骑着自行车接走。那年国庆节，我把女儿小玉从她乡下的姥姥家接到了北京。刚见面两个孩子就成了朋友。她们一个黑，一个白；一个偏胖，一个略瘦；只有年龄相同，都是八岁。有一天，两个孩子在大院里的自来水龙头下洗手。楠楠说，知道吗？饭前便后必须洗手，手上的细菌可多啦。啥叫细菌？我手上咋没有？小玉问。楠楠说，啥叫细菌您都不知道？就是活着的东西，特别特别的小，用显微镜才能看得见……

两个孩子洗完了手。楠楠说这水真凉！小玉却不以然，这水还凉呀？我姥姥家的水才凉呢。楠楠说，为什么？小玉说，那是井里的水。楠楠说，井是什么样子呀？小玉说，你连井都没见过？就是在地上挖的洞，可深可深了！往下一看，特黑，啥也看不见！楠楠说，哎呀，吓死我了！那人掉不下去吗？小玉说，咋掉不下去呀？我们班里的刘小柱还掉下去过呢，差点儿没淹死，后来学习一点都不好了，考试净得大零蛋。楠楠说，哎呀，是不是把他摔成笨蛋啦？小玉说不是，我们老师说，他脑袋里进水啦。

两个孩子天真的对话，使这个古老的院子里充满了童趣。我在屋子里忍不住笑了，同时心里涌出一种说不出的温情与感动。怎么说呢，住进这个院子之后，每天从一个大门进进出出的有十几号人，能说上两句话的都少。不是不想说，而是作为一个外来户，我总觉得和那些坐地户之间有一种东西隔着，看不见，却很坚硬。但是孩子却可以凭借她们的纯真，轻而易举地穿越了它。如此看来，如果我们能像孩子那么单纯与透明，我们眼前的世界肯定是另一种样子。

此后，我开始用一种比较积极的目光吸收着院子的一切。一段时间之后，我知道了院子里住了八户人家；又过了一段时间，我便理清了哪个女人是哪个男人的老婆，哪个男人和哪个女人是鳏寡一人。起床最早而又秃了顶的男人他叫海德宝；那个细高个，总追着一只足球走路的小伙子是赵公安的儿子……

最先熟起来的，是隔壁的李大妈。那是个圆盘大脸的老太太，姿态端庄，面容高贵。搭讪起来，却是个挺爱说话的老人。几次之后，我便知道了她有一个儿子，一个女儿。儿子在一个派出所当所长，女儿和姑爷在街道办事处工作。两个子女住的全是楼房。她和老伴儿也有个两居室，在沙子口，一直空着，他和老伴儿谁都不愿意去住。我说是啊，老年人都不喜欢住楼房。李大妈摇摇头说，不是不喜欢，主要是接收不到地气。她用一种神秘的语气小声说，这院儿风水好，过去是一个武官的宅子！

我乐了。

您老儿在这住了有年头了吧？

敢情！我来到这院儿的时候还是个姑娘呢。

李大妈告诉我，当时她老伴儿刚从部队转业被安置到了纺织部工作，就是为了跟她结婚才要到了这个房子。她感慨地说，那时候我才二十三，现在都六十六啦，你算多少年了吧。

我算了算，确实不短了。而李大妈的老伴儿也有七十多岁了吧。那是个不怎么爱说话的老人，青白发，板寸头，言语不多，但做事仔细。

每天睡过午觉之后，他先是把一个很小的方桌摆到院外，然后回到家里，拿出两个小马扎，摆在小方桌的旁边。这时候，李大妈一手拿着两个蒲扇（防蚊用），一手端着个大号茶缸子，从院里走出来，老俩口往小马扎上一坐，沐浴着秋天的暖阳，一直坐到傍晚。

李大妈的外孙女——那个扎着羊角辫的楠楠，喜欢吃东北的锅包肉。偶尔，李大妈会带着小女孩到我的餐馆去要一个外卖。最初两次，我和妻子说啥不收李大妈的钱。李大妈却执意不从，她说那哪成？你们做的是生意，不要钱，明儿我就不来啦！她言语认直，表情严肃，几乎要生真气的样子。后来我发现，北京人注重人情世故。尤其是那些年岁大一些的老北京，最是讲究规矩，可称得上是礼尚往来的典范：假如你给他一根针，他就会变着法地还给你一条线，绝不占你的便宜。

## 6

接着，熟起来的就是赵公安了。坦率地说，因为有胡冬的事做铺垫，最初我还有意躲避着他。其实，蛮好的一个人。说话高门大嗓，豁豁亮亮，给人的感觉他总是那么快活。见了面，离老远便会打个招呼，并不止一次地叮嘱我，有什么事儿就言语一声，都是一个院里的邻居，甭客气！

不过，时间一长，我渐渐发现赵公安这个人还真是点“各路儿”。从性情上说，我觉得这是一个属于躁动型的人，好说好动，还好斗。通常情况下，只要他不到街上去，你在屋子里就会经常听到他的声音，和街坊打招呼啊，逗闷子啊，今儿个气温是多少度啊……或者，拖着那架两个辘轳的小购物车从菜市场一回来，他就会跟院里的邻居骂骂咧咧地抱怨说，土豆涨了五分，大蒜、白菜涨了一毛，黄瓜都他妈五毛一斤啦……琐琐碎碎，一地鸡毛。如果再来上一句：今儿遇上一傻 ×，我差点儿没抽丫的！——那保准是他在外边又和什么人吵架了。总的说来，我觉得这个瘦小枯干的人，可能是肝儿不太好，心浮气躁，喜欢抬杠，不管说什么事儿，都像是憋着一肚子气似的，而且啥也看不惯。

他甚至看不惯自己的儿子。

其实，那是个非常帅气的小伙子，个子比赵公安高出半头。他叫涛子，十八九岁，穿一套深蓝色的运动服，透出一身的青春与活力。据说涛子是在一个职业学校读书，学的是建筑，却偏偏喜欢上了足球，而且似乎到了迷恋的程度。只要你见到他，保准就会见到足球。有时候，你刚要出院或进院，一只足球会“嗖”地通过院门口射到你腿上，吓一跳！紧接着涛子就会出现在你面前，一缩脖，抱歉地一笑。涛子不爱说话，至少是不愿跟大人们说话。但涛子喜欢唱歌。有段时间，他走里走外的，总是在哼唱一首外文歌曲，很好听，给人的感觉很轻松，有一种很浪漫的味道。我不懂外文，还是能听出是前不久在法国世界杯开幕式上的主题曲：《我踢球你介意吗》……我当然不介意。相反，倒觉得年轻人活泼一点没什么不好。试想，这么一个灰砖灰瓦的大杂院，本来就是一种老气横秋的样子，假如院里的人每天都绷着个脸，进进出出，一句闲话不说，一点声音没有，甚至连走路都轻手轻脚的，走猫步……岂不让人联想到古堡里的幽灵？那倒是一件恐怖的事。

介意的是赵公安。在我住进这个院子不到两个月的时间里，他和儿子就已经发生了好几次冲突。

国家花了那么多钱，都没培养出一个会踢球的，你他妈瞎踢什么呀！

——这是大前提，是引子。随后，他就会痛斥涛子没出息，不务正业，连大学都考不上，还整天抱着个足球当事儿干，将来就是个他妈戳狗牙的货！

就在他这么骂骂咧咧的时候，涛子要么一声不吭，要么就是抱着他的足球拿腿走人。只有到了万不得已的时候，他才会反驳几句。而且也绝不是个善茬儿。有天下午，我听见赵公安又训斥涛子了，还是“不务正业”那一套，而且越说越尖刻，他说我告诉你丫的，再不好好学习，将来就是当上市长你也是个庸官，是个棒槌！听到这么一句没边没沿儿的话，涛子反击了。

我是棒槌，那你去当啊。

我……

你才五十多岁，还有机会呢。

我他妈抽你丫的！

我要是你，就先抽自个儿一耳光，问问自己是怎么活的，再教训别人。

你他妈再说一句？！

我说完了！

父子俩唇枪舌剑，吵得十分有趣儿。我在屋子听着，不禁哑然失笑。如果是在我们老家，在煤矿，作为邻居，我会毫不犹豫地去劝一劝，开导一下当爹的，孩子有孩子的乐趣，别老是那么挖苦，你越是挖苦，越容易造成他的叛逆心理……可这是在北京，是在赵公安面前，多一事不如少一事。怎么说呢，我觉得生活在大都市里的人，尤其是生活在天子脚下的人，或多或少都有一种优越感。作为外乡人，最好不要自以为是，否则，哪怕一句话露了怯，说不定就会被人教训上一顿。我就有过这方面的教训。在煤矿工作的时候，有一次我带着单位的一辆破卡车到北京来出差。晚上进了城，被马路上的交警拦住几次，又罚了几次款就不说了。当我们来到一家招待所门口时，又被把大门儿的老头拦住了，问我们是干什么的。当时我很生气，便理直气壮地告诉他，我们是住宿的！老头这才收回他伸出的一只手臂，很不情愿地放我们进去。可我们的车子刚走出几米远，老头又急匆匆地追了过来，敲着车窗玻璃，忿忿地喊了一句，那叫住宿！知道吗？从此我知道，在北京，这个“宿”字的发音是“素”；而不像在我们老家那样，所有的人都念“许”。我举这么个小小的例子，倒不是说赵公安像那个老头似的那么较真儿，那么好为人师，而是说赵公安这个人太各路，你说啥他堵啥，甚至，你就是顺着他的人情说好话，他也总能找个理由来否定你。

秋末的时候，北京一连下了好几天冷雨。黄色的落叶粘在路面上，溜滑溜滑的，一不小心会把人摺个跟头。那天早晨，赵公安是在房顶上被摺倒的。屋子漏雨了。他刚用砖头把一块塑料布压好，人就闹了个侧摔。我眼瞅着他顺着陡峭的房顶差点儿溜到地上，没把人吓死！回到地面的赵公安也是一脸苍白，他骂骂咧咧地说，房管所那些个傻 ×，前几天就告诉他们来修房子，到现在连他妈兔子大个人儿都没见着，我他妈的要是从房上掉下来，他非去找他们算账不可！接着，说到这房子至少有一百多年的时候，完全是出于同情，我附合着说，这么老的房子别说得修呀，按理说早就应该拆了。没想到，赵公安却突然掉转矛头，盯着我，他说这您可说错啦！在北京这地方，您不能说房子年头长了就应该拆掉，故宫都五百多年了，到现在也没拆呐！说完，他便哈哈大笑；笑完还又把这话重复了一遍，好像他突然发现了一个真理似的，还问了一句，您说是不是？

真让人头疼。

这就是赵公安。不仅说话好太臭，噎人，他还总是愤世嫉俗。有一次，说起他原先工作的那个灯炮厂破产的事儿，他显出既无奈又愤怒的神态，说全是被那些当官的给祸害败的，他们自己吃饱了，捞足了，害得老百姓全都下了岗。

我问他什么时候下的岗。

他说，快他妈两年啦。

我说，没琢磨着自己干点啥？

干点啥？他看着我，北京的厕所都让你们外地人包了，我他妈的干啥去呀！

他把那个“干”字说得很重，而且声调也拉得很长（是那种典型的京腔），听起来很无奈，又像是逮住了理似的。其实，在我看来，这完全是一种强词夺理。不错，随着改革开放之后的人口迁移，城里的外地人的确是越来越多了，但再多也不至少抢了你赵公安的饭碗呀。退一步讲，即使没有外地人承包，扫厕所的活儿你干吗？搬砖运瓦扛沙子和水泥的活儿，你吃得了那份苦吗？做金融，搞科研，几天鼓捣出一个软件的活儿你又干不了！说到底，无非是大事做不来，小事又不愿意做罢了。

说到外地人，我曾把我们和城里人做过比较。我发现这是两个不同的群体。我们是跟随时代的步伐闯入了城市，用自己的方式寻求生存之路，什么样的苦都能吃，敢冒险，有时候胆子还很大。城里人头脑聪明，见多识广。他们坐拥天时地利，较之于像我这样愣头愣脑闯到北京的底层人，无论做点什么样的营生，都是有绝对优势的。遗憾的是，有些人却把这种优势当成了优越，当成了资本，两手一抱，肩膀一端，什么也不做，也不屑于做。每天无所事事，便聚到一起，位卑言高地发一些时鲜的评论，

小到南方水灾，大到国际战争；说到天气，少不了骂骂气象台；谈政治，总要恨铁不成钢地埋怨一通政治局；而一旦扯出柴米油盐的话题，则能琐碎地道出:“今儿早市上大蒜涨了一毛,土豆涨了五分……”最可悲的是，眼睁睁看着身边的外地人没日没夜地拼搏，奋斗，挣钱，对照自己悠闲、愁苦的生活，他们又突然“醒了腔”似的牢骚满腹，认为外地人抢了自己的饭碗，抬高了城里的物价……

我必须申明，不是所有的城里人都是这么一种活法，这么一种心态。且不说那些文韬武略、充满智慧的北京人——他们顺应时代，锐意进取，叱咤风云，仍然是这个城市诸多行业里的栋梁与精英，即便是在那些普普通通的市民中，也有许多值得我们学习的典范。

比如，冯老太太。

冯老太太也是二十一号院里的邻居，那是一个七十多岁的孤寡老人。据说她很有钱,但我没看出她有钱的样子。她住在院子的西南角,倒座房。屋里的面积有十几平方米,中间打了个隔断。外边用来居住;里边那一间，则在临街的墙壁上开了个小窗口，做成了小卖铺。卖一些真空包装的香肠、面包、榨菜咸菜和牙膏、牙刷之类的生活日用品。同时，在靠近窗口的地方放了一张小木桌，桌上摆了一部公用电话。冯老太太就整天坐在那个小木桌前,看着胡同里的来往行人,等待着一些零零碎碎的小生意，那种孜孜不倦的生活态度，真是不错。



在我看来，赵公安尚属年富力强，精力充沛，他完全可以干点什么，即使吃不了大苦，也可以学学冯老太太。可赵公安不那么看。他甚至对冯老太太还颇有微词。有一回，我在冯老太太小卖店买了一包卫生纸，刚转身，又被老太太从窗口里探出头来叫住，她说还没找您钱呐，您怎么就走呀？年纪轻轻的什么脑子呀！她嗔怪地说完，便咯咯直乐……这时候，赵公安正在门口那块上马石上坐着，他往冯老太太那边迅速地看了一眼，又把一只手拢在嘴上，像是对我传达一种重要信息似的说，快死的人了，都倒计时了，卖出一卷儿纸还那么高兴，我可真是服了她啦！

什么也不屑于做的人，也有闲及无聊的时候。

——我们住的那条胡同里有一棵老槐树。树下的空场上，每天上午都有几个老头在那里抖空竹。据说,空竹也称“胡敲”“地铃”和“风葫芦”;抖空竹也叫“抖嗡”或者“扯铃”,过去是一种庭院游戏,现在都是胡同或公园里“抖”。有一天,我发现赵公安也“抖”上了。可能是手生吧?赵公安抖得不是很好。至少不像另外两个老头玩的那么娴熟,只见他们一手执一根两尺多长的小木棍儿,两棍儿之间系一根很细的线绳,把线绳在空竹轴上绕两圈,一提一送,不断抖动,使空竹越转越快,发出铮铮的响声。间或,还能玩出几个花样儿:抡高儿,对扔……最精彩的是,他们把空竹抛到空中,落下来,用棍儿接住,能让它在木棍儿上不断地旋转,然后再让它突然跳到另一根木棍儿上——这叫“鸡上架”。此外什么“仙人跳”啦,“满天飞”啦,一招一式,都玩得连贯流畅,漂亮!

相比之下,赵公安就逊色多了。我注意到,另外两个老头的空竹都是“单轴”,赵公安抖的则是“双轴”,可能是他抖得转速不够,那只空竹不但发不出响声,还常常失败地掉到地上……不过,赵公安却抖得很认真,而且毫不气馁,用他自己的话说,瞎他妈抖呗,要不干啥去呀!可没过多久,在那几个抖空竹的老头中,已经没有了赵公安的影子。一问,他告诉我说,早歇活儿了,有什么劲儿呀,您说是不是?



**7**

知道赵公安这个人喜欢犟杠头儿,不好交流,我便尽量躲着他。但毕竟是在同一个院里住着,而且已经混得很熟了,低头不见抬头见,有时候想躲都躲不了。况且,赵公安是个耐不住寂寞的人,只要逮住机会,哪怕素不相识,他也会搭讪几句。有一次在厕所里,我听见他蹲在那里一边吭吭哧哧地用功,一边跟一个陌生人搭讪:

外地的吧?

辽宁的。

来旅游啊?

办点事儿。

带手纸了吗?

带了。

没带您说话，北京人好客，知道吗。

当时我正站在小便池前撒尿，听了这话，竟禁不住一哆嗦一哆嗦地笑。

通常情况下，赵公安总是把一些无聊的时间安排得悠闲而精致。没事的时候，他喜欢拎着一个挺大的玻璃茶罐子，趿着拖鞋，迈着“八字步”走出大杂院，往门外的那块上马石上一坐，用屁股压着那段沉甸甸的历史，把手里的小收音机鼓捣出新闻——然后，就亮着那他双机敏的小眼睛东张西望。一旦哪院里出来个邻居，离老远儿，他便京腔京韵地招呼上了。

吃了吗？他把这个“吃”字说得很重。

或者：哪儿遛去哇？

再或者：王师傅，那个破班还上哪？快歇了得啦！

他把那个“歇”字的音调拉得很长。

我住的房子紧临院门口，朝南的那面墙上有个小窗子，正好开在了那块上马石的上方。通常情况下，不管赵公安跟谁说话，逗闷子，我都听得清清楚楚。因为都是久住一起的街坊，所问所答无非是前天或者昨天的重复，平庸，琐屑，没什么意思。有天早晨，赵公安突然冒出的一句话倒是很新鲜，很有趣儿。他说，宝堂，你的鸭子是男的还是女的啊？



保堂是十九号院里的一个邻居。那是个古怪而有趣儿的人。他四十五六岁，没工作，喜欢养玩儿物。说起来，这也是老北京的一种传统，是老北京人的一个乐儿。据有关民俗资料记载，自明朝开始，居住在北京四合院里的皇城子民，上至王公贵族，下至平民百姓，不分地位高低，素有豢养玩儿物之好。比如养鱼，养鸟，养虫，养兽……总之，不管养什么，都是为了以博雅趣儿，图个乐儿。不过，保堂与过去那些老北京人养的玩儿物略有不同。他养的是一只乌鸡和一只鸭子。有趣儿的是，那两只普通的家禽，竟然被宝堂驯养得非常聪明，听话。你可以想象，一个男人肩上蹲着一只乌鸡，身后跟着一只摇摇摆摆的鸭子在王府井大街上招摇过市，是一种什么样的情景——我当时的感觉是，太好玩了，简直就是个奇人！后来我才知道，保堂养的玩儿物，还不单单是那只听话的乌鸡和鸭子。有一次，我看见他蹲在胡同里的一棵槐树底下默默地哭泣，脸都哭歪了。隔壁的李大妈挤眉弄眼地告诉我，说他的一只小白兔死了，昨天埋在了树底下，今儿个是在那里悼念呢。她还告诉我，保堂是光杆儿一人儿，年轻的时候结过一次婚，没几天儿就离了，此后再也没找过。我在想，这样的一个人，内心深处肯定隐藏着一种很独特的情感世界吧。遗憾的是，我却从没和保堂说过一句话。有时候，我们会在胡同里碰个面对面，我很想跟他点点头，搭讪几句。可他总是扛着他的乌鸡，并引领着那只鸭子，目视前方，旁若无人地从我身边走过去。

最初的时候，我觉得这个人不太正常，说白了就是有点“二”。那天，我听见赵公安问他那只鸭子是男的还是女的，没想到，宝堂的回答像他那只摇摇摆摆的鸭子一样，既顽皮而又风趣儿。他说，鸭子肯定是公的嘛，妓女才是母的呐。

当时我正准备到餐馆去，便想趁此机会和宝堂搭个话，认识一下。当我锁上门，再从院里出来的时候，宝堂和他的鸭子已经不见踪影，只有赵公安正一个人在上马石上佛似的坐着呢。

嘿，怎么才到店里去哇？

回来拿点东西。

餐馆的生意还成吧？

凑合吧。

啥时候请我喝酒啊？

我不是说了嘛，啥时候都可以。

嘿，您不请，我怎么去啊。

我现在就请，走吧？

得了吧，瞧您那样儿就不怎么真心。

说实话，我的确不怎么真心。不是我舍不得一顿酒，而是我觉得赵公安这个人性格不好把握，平时就说不到一块去，又不知道他的酒品咋样，万一在酒桌上弄个不欢而散，还不如不请呢。至于赵公安，虽说话头儿上步步紧逼，说过了，也就拉倒了，并不认真。问题是，这种不认真的话他老说。这就讨厌了。

长痛不如短痛。我想，还不如干脆来个了断呢。几天之后，我郑重其事地向赵公安发出了邀请。没想到，不请他的时候，他老是磨磨叽叽，

真要请他，他反倒耿直上了。他说嘿！干嘛呀老弟？一院儿里的邻居，有事儿尽管言语，喝什么酒哇！您说是不是？我解释了半天，说啥事儿没有，就是一块坐坐，聊聊天。到最后，我甚至把“你要是不去就是瞧不起老弟”这样的话都说了，他还是不去。大有一种“君子不食嗟来之食”的劲头。俗话说，请客不到恼死主人。我生气地想，不去拉倒，我还不请你了呢！

**8**

时间很快，一晃到了冬天。从视觉的意义上说，我喜欢北京的冬天。夏天里，满城的各种树木与花草，密密匝匝，太蓊郁，太繁复，给人一种透不过气的感觉。冬天则是一个“删繁就简”的季节。空闲的时候，你沿着故宫外边的筒子河慢慢行走，高高的城墙与角楼之上，天空宁静而肃穆；河边上，那些落去叶子的老槐树，在冬天的冷风中抖动着黑瘦的枝丫，遒劲，疏朗，给人一种骨感之美。总的说来，冬天的紫金城在灰蒙蒙的天空下，很有一种老照片的感觉。



这时候，你再走进北京的胡同（最好是走进我们信的这条胡同），就会立刻感觉到什么是真正的古朴，什么叫真正的安静！胡同两旁，一律是那种古旧的灰墙古瓦，院门则高低错落，大小不一。在其他的季节，你还能看见几个老头、老太太戴着“治安”的红袖标在胡同里溜达，或聚在门前坐在小马扎上喝茶，聊天。现在已不是摇蒲扇的季节，许多老人，特别是那些病歪歪的老人，都躲在屋子里“猫冬”去了，就连赵公安吵吵嚷嚷的声音也稀少了。大杂院里听不到一点儿喧闹，整个胡同安静得如时光在倒流。而天空却是一种阴沉的样子……这时你就会突然生出一种渴望：下场雪该多好啊！

盼了两天，一直未果。有天晚上我听见赵公安在院子里又骂气象台“净他妈撒谎”——没想到，第二天那场雪就真的下来了。雪花不大，却整整下了一天。房顶上、胡同里，全都铺上了一层厚厚的积雪，在周围钢筋与水泥筑起的森林中，这片低矮古老的平房区，竟有一种童话般的境界了。

傍晚的时候，我正在胡同里扫雪，海师傅拎着一把铁锹出来了。

他嘿了一声说，院里的雪是您扫的啊！

海师傅是个瘦弱、随和的人。他叫海德宝，年纪并不大，只是头顶谢得早了点，看上去足有七十岁的样子，一问“您老儿高寿啊”，才六十二！刚住进在二十一号院时，我发现这个谢了顶的男人总是起床很早。每天七点钟，院里的自来水管下就会响起他涮碗的声音，或者是吭哧吭哧地搓洗衣服……当时我曾跟我妻子断言，说这人肯定是个老光棍。有一天，他客气地问我，能不能在餐馆里给他带回一个鱼香肉丝——及至送到他家里时，我才发现床上还坐着个瘫痪的女人（据说，已经在床上卧了两年）。那天我执意不收他那个鱼香肉丝钱，后来他还是追到院子里，把钱塞给了我。此事之后，我们之间的关系一下子拉近了不少。见了面，我就根据当地人的尊称，叫他海师傅。

不久之后的一天，海师傅在院门外修他那辆人力三轮车。轴碗儿坏了，鼓捣了一手黑油。我一边看他修车，一边跟他闲谈。聊起来，才知道海师傅的祖上是“旗人”，是大清王朝的正身贵族！只是，这个秃了顶的皇城子民，不像有些旗人后裔那么恋祖，一说到祖上是旗人——什么“正黄旗”啊，“正蓝旗”啊，“镶白旗”啊；什么“吴尔古察氏”啊，“苏完瓜尔佳氏”啊（真咬嘴，想记都记不住）——他们总有那么一种掩饰不住的骄傲和自豪。海师傅不这样。他对那段历史的看法挺客观，甚至很不屑。他说什么金枝儿呀，贵族呀，全落庙啦！您说是这么个理儿？

我不太明白历史，但对于八旗子弟的那些事，还是多少了解一点的。在消灭明朝统治的战争中，他们勇猛善战，立下过汗马功劳。入主中原后，有二十多万八旗子弟被封为贵族，由朝廷提供禄米、俸银、住宅、田产。并通过“圈地”和对汉人的驱赶，形成了“满汉分城”的局面。他们坐吃俸禄，不工不农、不商不牧，终日肥马轻裘，或提笼架鸟，斗鸡，逗蛐蛐，放风筝，玩玉器，赏小脚，诸如此类成了那些“北京大爷”的主要乐趣。极度空虚之下，有些人甚至吃喝嫖赌，抽大烟、吸白粉，寻欢作乐，挥霍无度。以致最后家产荡尽，穷困潦倒者不计其数，甚至沦落成流氓无赖和街头小混混的也大有人在。

在“忽喇喇似大厦倾，昏惨惨似灯将尽”的残局中，像所有的正旗人一样，海师傅的祖上也是在劫难逃，一代不如一代。到了民国的时候，他太爷爷先是卖了一个镏金的蛐蛐罐渡过了难关；晚年，又把一颗虚伪的金牙也拨下来卖掉，全家人才没被饿死……

海师傅细着眼神儿，把一个小钢珠儿仔细地抿到轴套儿里。他说，到了我这一辈儿，一件值钱的东西都没传下来。啥也甭说了，活着吧！我问海师傅是啥时候住进这个院子里来的。海师傅看着我，像猫一样的笑了一下，您问我爷爷是啥时候住进来的还差不多。我说是吗？那么早啊？海师傅告诉我，他们家从前门搬到这里的时候，他爷爷才七八岁，还穿开裆裤子呢。听他这么一说，我突然想起一首歌来：

我爷爷小的时候<br>
常在这里玩耍<br>
高高的前门<br>
仿佛挨着我的家<br>
一蓬衰草<br>
几声蛐蛐儿叫<br>
伴随他度过了那灰色的年华



词很美，曲子也好听。可具体往海师傅身上一套，你就会感受到一种世事的久远与沧桑。我粗略地想了想，从他爷爷的父亲那一辈儿算起，到海师傅已经是第四代人了。四代人，用二十年叠加的方式计算，至少也有八十年而有余了吧？一个家庭连续不断困在这么两间小房子里，一直没挪窝儿的感觉——别说是亲自体验，只要想想就够腻味的了。

然而，海师傅却是个极有耐性的人，而且很勤勉。平时，除了料理家里的柴米油盐、侍候瘫痪的老伴儿，还能蹬着人力车去街上揽点活儿，拉个脚儿，带着客人沿着筒子河观观光，或者走街串巷，搞个“胡同游”什么的。海师傅不愧是个老北京——他不仅知道宫里的许多事儿，对宫外一些胡同的人文历史也了解得不少。有一次，我们聊起了王府井。他说早先啊，文武官员进宫的时候，有个规定，文官走东华门，武官走西华门。这文官和武官的脾气、秉性不一样。怎么个不一样？武官比较正统，死板；文官呢，比较散漫，无形，文人嘛，骚客嘛，喜欢吃点啊，喝点啊，说白了，就是闲着没事儿，瞎得瑟呗！这样时间一长，东华门一带渐渐就有了一些小摊儿小贩儿。后来卖东西的越来越多，就形成了一个很大的市场，也就是王府井原来的东安市场……

后来我发现，海师傅也不单是靠他的人力车挣钱，此外还做点别的小生意。有段时间，在夜幕下的王府井大街上，他还卖过一种很小的提线木偶。那是一种很小的民间玩具，非常有趣儿。你正在路边上走着呢，突然有两个小木人儿从地上跳了起来，在离地一尺多高的空中格斗上了。

太奇怪了！

真好玩儿！

它们怎么会跳起来呢？

一些人围观过去。这才发现一个秃顶的男人蹲在一米开外，手里牵着一条不易察觉的细线儿，一扽一扽的——正在那里暗箱操纵呢。



一问，十块钱一个，二十块钱仨啦！许多人都争着买。我也给女儿买了一个。拿回去一试，根本玩不转。无论怎么提线儿，扽线儿，都不能让那两个小木人儿跳起来。我问海师傅是怎么回事儿。海师傅看着我，一张老脸像花朵似的笑了，他说，您不会用那股巧劲儿，它能给你跳吗？

海师傅是个和善的人，也是个仔细的人。假如你是住在二十一号院子里的邻居，每天晚上，你就会听见他积极主动地关大门的声音：

李大妈，您家人都回来了吗？我关大门啦。

王师傅，您家人都回来了吗？我关大门啦。

就这么一家一户地问，不厌其烦。

我们住进二十一号院之后，有两次店里遇上了酒腻子，磨磨叽叽地高谈阔论，总也不走，打烊晚了，结果我和妻子被关在了门外——又不敢在半夜深更的时候敲门，就只好返回餐馆，在那个小耳屋子里对付一夜。海师傅听说这事之后，他嗔怪地说，嘿！您怎么不早说话呀！到了晚上，再关大门的时候，他总是关切地问上一句：刘老板，您家都回来了吗？

如果得不到回答，他就会把大门对得严丝合缝，但并不拉上门闩——这种做法，在我们老家叫“留门”。

正是为了这份留门的温情与感动，我早就想请海师傅吃个饭。却一直没找到合适的机会。须知，我和海师傅毕竟是刚刚认识的邻居，而不是那种见了面就可以彼此大呼小叫着请客吃饭的朋友。如果一见面就说“我请您老儿吃个饭”，人家肯定会觉得很突兀，也蹊跷，是不会去的。其实人与人的关系就是这样，在许多事情上你都不能硬掰，最好是抓住机会，水到渠成。

现在，我就觉得这是个不错的机会。我和海师傅一边扫着胡同里的积雪，一边聊天。海师傅抱怨说，本来晚上还想上街呢，这个鬼天气，下这么大的雪！我问他是不是还在卖那种小木偶。他说木偶没了，还有点新版的北京地图，再不处理了就成了旧版的了。我说这样的天气做什么也不得劲儿。海师傅说有一样倒是挺适合的。我说除非喝点小酒儿。那敢情是！说完，他突然意识到了什么，抬起头来看着我，对啦，你是餐馆的老板，内行儿呀！



我得寸进尺地说，最好是二锅头，高度的，用壶烫一烫！

嘿，神仙了！

至此，我已经知道海师傅是个喜酒的人，懂酒的人。接着，我又说了一些适合于下酒的菜，花生豆呀，猪耳丝呀，再配上一小锅筋头巴脑小牛肉什么的，一通忽悠，连我都觉得这顿酒非喝不可了，我才用一种突然想起似的口吻说，对了，海师傅，你不是不出去吗？一会儿咱去我餐馆去喝一杯，聊聊天！

海师傅听了一怔，他说嘿，还真喝啊？

我说，这大雪泡天的干啥呀。

海师傅先是客气了一番，后来见我诚心诚意的邀请，他站在那里，微笑着想了想，索性地说，既然老板这么热情，喝点就喝点！

扫完雪，海师傅先去给老伴儿做饭了。我回到院里的时候，看见赵公安正拎着一壶水往屋里走。我一时心动，还是让让他吧，俗话说，让到是礼，他去就去，不去拉倒。这一次，听说我请的不光是他一个人，还有海师傅，赵公安的眼睛一下子亮了。

他问，海大哥真去吗？

我说真去。

他说那成！

说完哈哈大笑，声音是那么爽快。

## 9

晚上，我餐馆里的客人不是很多。我们坐的是一张临窗的桌子，窗外白雪铺地，店里温酒热菜，其乐融融。平时，赵公安给人的感觉一向咋咋呼呼，不拘小节，现在人往桌前一坐，却显得十分和善，甚至有些拘紧。他一个劲儿地告诉我少上菜，别浪费，喝点酒，聊聊天就齐了！

我们喝得不错，聊得也挺好。只是酒意正酣的时候，赵公安的老婆来了。我注意到赵公安先是一怔，同时站起身来，吃惊地看着他老婆，嘿，你怎么找到这儿来了？

她只是淡淡地说了两个字：钥匙。

你的哪？又丢啦？

不丢，还不许我落在家里呀？

看出赵公安的老婆不太高兴，我赶紧说，大姐刚下班吧？来来，一块儿坐吧。

赵公安一边解着腰里的钥匙，一边说，家里有饭，弄好了。

我说，一块儿喝点酒。

赵公安说，她啊？得了吧，一盅酒下去，浑身上下，没有不红的地方。

他老婆盯着赵公安，你他妈少废话行不行？我看你最好也少喝点，别灌到狗肚子里去！

赵公安的老婆高个头儿，挺胖的，和瘦小枯干的赵公安站在一起，感觉上不是很谐调。其实单从某一个方面看，世上所有的夫妻可能都不是很谐调。俗话说，“好汉子没好妻，赖汉子娶花枝”——或许，这正是“月下老人”的有意安排呢：高配矮，瘦配胖，丑配俊……这么一搭配，一互补，就公道了。从遗传学的角度上说，也科学。至于婚姻中的两个人和谐不

和谐，美满不美满，则是另一回事，是外人“无法道也”的事情。

我单是知道，赵公安的老婆是二路公交车上的乘务员。住进这个院子之前我就见过她。那次，我和妻子去木樨园给餐馆的伙计买工作服，乘坐的就是二路车。车里很挤（不挤，就不是北京的公交汽车了）。上车后，我和妻子被卡在了乘务员前面那个小铁箱子旁边，身体都站不直了，车下还一个劲儿上人。一路上，女乘务员吵吵嚷嚷地指挥着乘客，慢着点儿，别挤，先下后上……可下边的人哪儿听呀，刚打开车门，有两个人就狠着脸子挤上来了，同时用一口浓重的东北口音喊道，去天安门夺（多）钱？女乘务员顿了一下，什么夺（多）钱？坐反啦！下车下车……还不赶紧下去呀！两个人又挤挤巴巴往车下挤。女乘务员很不耐烦地说了一句，真是的，跟这练习上下车呐！一句话，把旁边的全逗乐了。

住进二十一号院不久，我妻子用一种很神秘语气问我，你知道谁在这院里住呢吗？我说，我哪知道啊。她说二路车上的一个乘务员！我说乘务员多了。她说就是说那几个坐错车的人“跟这练习上下车”的那个……想起来了吗？



几天后，我们在院子里“狭路相逢”。果然是她！穿一身宽松的便服，肩上背个很大的挎包，手指上夹着一根烟，可能是去上班吧，正急匆匆地往院外走。

我很快知道，这个女乘务员就是赵公安的老婆。再后来，我发现这个人在家里的时候，与在公交车上相比，简直是判若两人，一点儿不幽默，甚至很少说话。细想想，也是情有可原，在那种异常拥挤而又噪杂的环境里上了一天班，售票，验票，报站名，指挥乘客上车，下车，还得不断地提醒着年轻人，给老弱病残或抱孩子的乘客让个座位……一路上不停地招招呼呼，想必十分辛苦。下了班儿，疲疲沓沓地回到这个“宁静的港湾”，人都麻木了，还哪来那么多的废话呢！因此，即便是自己的男人和儿子吵架，那个女乘务员都极少插嘴。一旦插嘴，也是言语不多，一剑封喉。有一次赵公安和儿子又吵起来了，而且吵得比以往都激烈，一怒之下，赵公安好像是抄起了菜刀（不是要砍儿子，而是要剁了他那只足球），为此，父子俩你推我搡，扭成了一团。这时候，我听见那个胖女人喊了一句，狠点掐，往死里掐！令人迷惑的是，咆哮如雷的赵公安便真的像被掐死了一般，一点儿动静都没有了。还有一次，我在水龙头下冲洗拖鞋。正是早晨，院子里一派安静。我突然听见赵公安嚷了起来：少惹我啊？我他妈烦着哪！接着是那个胖女人的声音：少废话！你烦？我比你还烦呐，装他妈什么孙子！至此，便没了下文。当时李大妈刚好拎着水壶走过来，我们对望了一眼，她冲我笑笑，又挤了挤眼睛，小声说，卤水点豆腐……

根据以往的经验，我以为这次赵公安又被他老婆“点”住了呢。意外的是却没有。不知道是酒精壮胆，还是有我和海师傅在场，赵公安竟恼了。他说你回你的家，我喝我的酒，什么叫灌到狗肚子里去呀？他瘦小枯干地站在那里，双手掐腰、梗着脖子的神态活像一只斗鸡。见老婆没吱声，他又用一种挑衅的口气追问了一句，都是邻居，老弟请我，我喝点酒怎么啦？！

看着赵公安这种架式，我觉得他有点莫名其妙的夸张，过了。再说，明知道老婆不是个好惹的茬儿，就别惹她了，万一骂上你几句“装孙子”之类的话，你这不是轻下惹重下，自取其辱吗？当时我感觉空气都凝固了。好在赵公安老婆还比较理性，或者说是以一个乘务员的身份克制住了自己。她盯着赵公安，不轻不重地说道，那你就接着灌吧。说完，转身便走。

我和妻子都赶紧追出去送客。

我回到桌上的时候，赵公安还在那里愤愤不平。他说上那么一破班儿，整天跟有多大功劳似的，我都没法儿跟她喘气儿。海师傅劝着他，说行了，人家都走了，你还磨叽啥。赵公安说，不是那么回事儿，我算看透了，做个男人真他妈没劲，小时候被爹妈管着；上了学被老师管着，参加工作被领导管着，成了家，被老婆管着；老了的时候还得被儿女管着……他妈的一点儿自由没有。海师傅笑了，他说有人管着，总比管着别人强，知足吧你！

听着两个人的对话，我想了想，他们说的都是实情，是真感慨。只是所站的角度不一样。赵公安的“被人管着”指的是约束；海师傅的“管着别人”说的是责任吧？

比较而言，我觉得还是海师傅的感慨更为沉重些。说起来，海师傅才是真正的不容易。先说他的老伴吧。那是个非常和蔼的老太太，做过小学老师。每次海师傅让我从餐馆里带回一个鱼香肉丝或宫保鸡丁的时候，她都会和我聊上几句。老太太喜养花，据说最多的时候曾养过三十多盆，夏天放在院子里，花朵开得五颜六色，像是一个微型的小花园，煞是好看。到了冬天，整个屋子里就成了花的暖房。可自从得病之后就不行了，不仅伺候不了花，自己也得被人伺候了。即使这样，她还是养了两盆君子兰，这种花好养，皮实。没人的时候，寂寞了，她就看看花，和花说说话。她说花是有灵性的，你经常跟它说说话儿，它就能听懂你的语言。她告诉我，她原来养过一盆花（我想不起花的名字了），按时间推算，本来是在那天下午的五点钟开花，有两个女同事为了看花，下午三点钟就来了。当时，她就对着那盆花说，花儿，我的同事大老远来看你开花儿，你现在就开吧……连说三遍，那花骨朵儿就慢慢地张开了嘴儿……老太太说起这事的时候，津津乐道，活灵活现。遗憾的是，那种美好而温馨的生活，在两年前，随着她的下肢突然瘫痪，已不复存在。现在，她所有的生活都得由海师傅料理。此外，他们的女儿也让老两口牵挂。据说，女儿是在五年前去的澳洲，先是留学，之后嫁给了悉尼的一个华人，如今已经有了孩子。在海师傅家的一个相框里，我见过他女儿的"近照"，圆脸，大眼睛，头发剪得很短，背景是一座海滨大桥，她站在那里微微含笑地审视着我这个陌生的人……对于她在澳洲的现状，我没细问。海师傅和他老伴儿也似乎不愿意多说。想必也好不到哪里去，否则，海师傅可能就不会去蹬他的人力车、卖他的小木偶或者什么北京地图——去获取那么一点儿蝇头小利了。



再说赵公安。虽说他嘴上发着牢骚，喊着没劲，但根据我平时的观察，他那种沉缅于庸常的小市民生活里的状态和感觉，还是蛮有滋有味的。其实，从严格的意义上说，赵公安还算不上是个老北京。他的老家是河北易县，建国初期他父亲才到了北京。但在北京胡同里长大的赵公安，身上那种老北京人的味道，甚至比海师傅还足。比如：他喝酒的样子就很滋润，甚至很斯文。准确地说那不是喝，而是呷；也不是呷，应该是抿……

抿一点酒，佐一口菜，而且啧儿咂有声，节奏均匀，有条不紊。

相比之下，海师傅倒是显得有些浮躁了。特别是在下半场，也许是惦记家里瘫痪的老伴儿，也许想起了远在国外的女儿，有好几次，半两的酒盅，他端起来就干了。与此同时，他还不断地催促赵公安“加快点速度”。

结束的时候，我发现海师傅有一点儿过量。嘴上说没事儿，脚步已经明显高迈起来。结果，刚出餐馆门口，他两腿一软，差点儿没摔倒。我和赵公安担心他摔着，便一人架着他的一只胳膊，绊绊拉拉往回走。有好几次，因为回避不及，我把两只脚全都插进了路边的雪堆里。回到家，竟倒出了半鞋的雪水！这时我才感觉到两只脚像猫咬似的，生疼！

从这种意义上说，我又不喜欢冬天的北京了。按说，冬天的北京算不上是个很寒冷的城市。可那时候北京的平房区大都没有暖器，因为屋里的空间狭窄，更重要的担心蜂窝煤容易造成一氧化碳中毒（晚报上常登熏死人的事），许多人家甚至连炉子也不生，就那么哆哆嗦嗦地挺着。不须说，作为临时房客，我们的情形更是可想而知。虽说我们来自比北京更为寒冷的北方，但那里是煤矿，是能源的故乡。冬天里，整个矿区都是集中供暖，又黑又亮的块煤可劲造！造得数九寒天家家户户开窗子，否则，你就是脱个一丝不挂也出汗！

到了北京可真凉快。记得一九九八年那个冬天，每天夜里我和妻子总是相拥而眠，团结得很紧。即便如此，有时还是被冻得不停地哆嗦。由此说来，我不得不佩服那些住在胡同里的北京市民，一大早，正是冻得连狗都呲牙的时候，男男女女，全是上身裹个棉袄，下身穿一条不同颜色的秋裤，得得瑟瑟地往街上的厕所里跑，真是扛冻！



## 10

好了，冬天过去了。沉寂了一冬天的胡同又恢复了原有的生气。暖阳下，老人们在屋外待的时间越来越长——有的带着红袖标，背着手溜达，“执勤”；有的坐在小马扎上聊天儿。老门框上的春联还依然鲜红，墙壁上的“爬山虎”又生出了绿绿的叶子，一派生机。五月初，我向刘大平

交付了第四次房租。像每次来取房租的时候一样，刘大平总要关切地问上一句，那房子住着还成吧？我说行，挺好的。刘大平很高兴。确切地说，作为房东，他是因为我的满意而有一种成就感。他目光炯炯地看着我，是不是啊？

我没有说谎。如果说当初我只是把它作为临时的栖身之地，现在我已经渐渐地喜欢上了这条胡同，喜欢上了这个院子。我喜欢它的古朴，喜欢它的幽静，尤其喜欢在庸常琐碎的生活中，透出的那种老北京的人文气息。更重要的是，经过一段时间的打拼，我餐馆里的生意不仅已经稳定下来，而且还有一种越来越好的趋势。生意好了，心情就好，即使走在灰突突的胡同里，也满眼是春天！而且，眼瞅着餐馆的生意好起来，我终于同意了妻子的意见，招聘了一个小伙子做杂工，把自己从厨房里替出来。每天早晨，我照例去市场买肉，买菜；回到餐馆吃了早饭，我妻子就会催促我回家，她说每天早起晚睡的，快回去补个觉吧。于我就回到二十一号院，或和院里的邻居聊聊天，或扎进那间简陋昏暗的小屋里来个回笼觉。这时候，如果餐馆里有什么事，我妻子就把电话打到冯老太太的小卖店，麻烦老太太喊我一声。



冯老太太是个很古怪的人。七十多岁了还扎着两个小辫子，说话声音很高，情绪不太稳定，有时候好骂人——骂她的儿子。据说冯老太太一辈子没结婚，但她有个儿子，是抱养的，四十多岁，长得挺瘦。他没和冯老太太住在一起，每到星期天，他会带着老婆和一个十多岁的儿子来给冯老太太制造一次天伦之乐。可乐着乐着，有时候冯老太太会突然大骂起来：滚，都给我滚蛋！有一次，我从餐馆回来的时候她正在院子里骂她儿子，不知因为啥，冯老太太好像比以往更生气，骂得也更难听。儿子蹲在院里，一声不语，一脸悲哀。冯老太太则气喘吁吁，脸色苍白，她一手掐腰，一手扶着门框，像是很疲惫，很虚弱，马上就要站不住的样子。这时候，儿子的老婆从屋里走出来，她一只手把着冯老太太的脖子，将一粒白色的小药片塞进老太太的嘴里，无奈地感叹了一句，愁死我了……

后来我听李大妈说，冯老太太的儿子是个懒汉，游手好闲，什么也不做，整天想着从冯老太太手里抠钱。原来如此，难怪冯老太太骂他，该骂！李大妈告诉我，她儿子不争气，冯老太太的精神也不太好。我问她，听说冯老太太是旗人，是格格吧？李大妈说，她自个儿说和“老佛爷”还有亲戚哪，谁知道啦。

但不管和“老佛爷”有没有亲戚，冯老太太对我却一向不错。每次我妻子从餐馆打回电话找我的时候，她都会隔着一个门口过来敲我的门，说，餐馆又来检查的了，让您赶紧去呢。有一次敲门，则是抱着几件衣服，她嗔怪地看我，您在家啊，天要下雨啦，咋不知道收衣服啊？我站在那里，怔怔的，有好几秒钟不知道说什么……总之，有了这样的邻居，我哪能说在这个院里住着不好呢。

当然，不愉快的事情也有。

事实上，就在刘大平取走房租的第二天，我就和赵公安吵了起来。事情很简单。那天上午，我正在屋子迷迷糊糊地“补觉”呢，听见有人敲门，开门一看，是赵公安站在门外。

我说是赵大哥啊。

他说，查电。

二十一号院用电的计费方式有点麻烦。电管部门只在院子里设一块总表，每个住户家里又设一块分表。每个月，收取电费的时候，只对总表说话。至于每家每户用了多少度电，应缴纳多少费用，都是由赵公安代办。虽说是一种公益，而不是一种义务，但赵公安却干得既认真而又端庄（人都有可爱的一面）。每逢月初，他就会一家一户地查表，记数，然后在门外的那块上马石上坐下来，根据一个小本子上记录的底数，进行计算。把各家各户的用电度数相加，如果和总表的用电度数吻合，就OK了。接下来才会正式收费。

这次则不然。查完了电表，刚走出去不一会儿，赵公安又端着个小本子回来了。他说丫怎么不对劲呢。

本来我睡得挺香的，被赵公安一折腾，人醒了，却有一种没有睡透的感觉，浑身难受。我告诉他，用不着那么精确，差不多就得了。赵公安一听却赖叽了，他说什么叫差不多就得了呀，丫对不上数，就得我他妈搭钱，知道嘛。

说话的时候，赵公安喜欢用“丫”这个字，并不时缀上一句“知道嘛”。坦率地说，刚到北京的时候，每次听到这两句话，我都不是很舒服，后来时间长了，也就无所谓了。不过没听习惯的人却非常反感。说个乐子：有一回，我餐馆一个伙计的父亲从东北来北京办事，我留他吃饭，喝酒的时候，就因为那个伙计说了几回“知道吗”，老爷子就恼了，他“啪”地把酒杯地往桌上一蹾，盯着儿子说，操你个妈的，你跟谁学的？还“知道吗，知道吗……”就你知道？你再这么问我，别说我给你个嘴巴子！当时我替那个伙计解释了半天，说这是当地人的一句口头语儿，他听常了，便不知不觉地跟着这么说，不是他啥都知道，也绝对没有看不起你这个当爹的意思。老爷子这才息怒。

我无奈地说，那就再查一遍吧。

其实我是怕赵公安麻烦。那块电表不知道是哪个二百五安装的，太高了，几乎紧贴着顶棚，而且还是位于床的上边。我重新在床上铺了张报纸。赵公安脱了鞋，又很费劲地站到床上去。他抻着脖子瞅了瞅电表，又从兜里掏出一只小手电，照了半天。随后，人从床上退到了地上，脸子也同时撂了下来。

他说，您自己瞧瞧吧。

我说怎么了？

赵公安抽了抽鼻子，没吱声。

我上去看了半天，终于发现电表的那个数字小轮一动不动——而屋里的电灯分明是亮着的。

我说，咦，这是咋回事儿？

赵公安“嘿”了一声，他说，您问我，我哪知道怎么回事儿？

说实话，自从上次喝完酒，赵公安对我的态度相当不错，即使聊天，也没怎么抬杠。现在我却发现他的态度不怎么友好。我倒不是说请人家喝了一次酒，就非得让人家对我永远都和和气气。请顿酒算个啥呀，在酒桌上，宾主之间就翻脸、骂祖宗、掀桌子的事多了去了。问题是，我觉得赵公安不但话里有话，更主要的是他的眼神儿不太对劲儿，有点伤人。

我嘟哝着说，怎么不转了呢。

他说，您的表，您自己应该清楚呀，是不是？

他这么一说，更加验证了我的感觉。当时，我脑袋里“嗡”的一声，又是电的事！这看不见摸不着的玩意，咋老是跟我过不去呢？春节前夕，就因为我餐馆里的电表断了一根像头发似的小铜丝，铅封开了，那查电的那一男一女就生说我窃电了，让我马上补交三万块钱的电费。当时我就像被电流击中一般的愣住了，巴掌大个餐馆——我几年也用不了这么多的电费呀？我死不承认。那一男一女就蹲在我餐馆里不走。他们都是不到四十岁的样子。男的是个小个子。女的大个儿，长得一般，但是挺丰满。她挤眉弄眼儿地把我叫到包间里，给我出主意，告诉我听她的，交上三万块钱就没事儿啦，否则，根据窃电的有关规定处理，肯定会交得更多就是了。她慢条斯理，像是在开导一个不懂事儿的孩子，每说出一句话，后边都要缀上一句“您知道吗”。面对她的惺惺作态，当时我就烦了。我说我啥都不知道，就知道我没偷电，这个钱我肯定不交。

她用微笑看着我，您确定是不是？

我说，确定！

说实话，我一生中还从没遇见过那么心硬的女人。她脸子一撂，转身走出包间对那个小个子男人说，该咋办咋办吧。小个子男人一个电话调来两个人，二话不说，爬上胡同里的一根电线杆，就把我餐馆的电源线给掐断了。结果，一直挺了一个星期。这期间，我说了许多求情的话，甚至非常庸俗地讲到了我的经济状况，但不管说啥都白扯。最后他们硬是逼着我补交了五万多块钱的电费，才给我回复了用电。五万多块啊！这对于一个开小餐馆的人来说，其打击之大，可想而知。这不单是物质上的莫名掠夺，同时还让我蒙受了一种无法辩争的精神耻辱。说真的当时我被冤枉得直想杀人，只是考虑到马上就要过年了，才没杀。一耽搁，事情就这么过去了。但在很长一段时间我一直耿耿于怀，特别是我妻子，每当想起这件事，就会用一种很怀念的口气叨咕上一句，那两个狗男女也不是死了没有。

我说，哎，你怎么还咒人呢？

她说，我不咒好人！

总之，在电的问题上，那两个狗男女已经深深地伤害过我，没想到，现在又轮到赵公安了。他那种像揪住了狐狸尾巴一般的眼神儿，非常准确地扎到了我的疼处，一种倍感压抑的自尊突然爆发起来。我悲壮地说，你的意思是我偷电了呗？

赵公安终究是与那两个职业流氓不同。听了我那句突如其来的话，他仿佛立刻感受到一种委屈，同时又像是吓着似的，瞪着一双小眼睛盯了我半天，这可是您自己说的啊？我可没那么说！

我觉得你就是那个意思。不知为什么，我仍然撤不下火来。

赵公安也火了，他说，告诉你，你丫别诬赖好人啊？

我说，说话文明点，别“你丫你丫”的好不好？

事后，对于这种小题大做我自己都有些吃惊。直到赵公安一甩袖子走了，我还莫名其妙地跟了出去。在院子里，赵公安立刻气势起来，他的声音一下子提高了八度，他说爱谁收谁收，我他妈不管啦！

直到这时，我才突然意识到事情有点超出我的控制之外。怎么说呢，赵公安只不过是替供电部门收一收电费而已，还是白忙乎。用他自己的话说，有时候“碰不上数”，还得搭个块八角的，我图个啥呀！现在万一他真的甩手不干了，院里的邻居肯定会拍我一身不是。我的语气一下子软下来了。我说赵大哥，这么点小事儿你激动啥？赵公安把脸一扭说，甭给我说这个！我不知道什么叫激动成不成？这个电费我他妈不收啦！他的嗓门儿仍然很高。我知道，他是想用他的声音往出招人。果然，听他那么一嚷嚷，李大妈和海师傅先后从屋子里走出来。他们看看我，又看看赵公安，问怎么回事。

应该说，在谁是谁非的问题上，北京人是比较主持正义、坚持真理的。问题是，此刻我已经心虚地意识到，真理也许不在我这一边……退一步说，即使我真的没错，海师傅和李大妈也未必会站在我这一边。怎么说呢，虽然都是邻居，可一旦到了正章，维护老坐地户之间的和睦关系，还是比为一个外地人说几句公道话更重要吧。

我审时度势，首先稳定住自己的情绪。我对海师傅和李大妈心平气和地讲了事情的经过。真是奇怪，一经说开，连我自己都觉得在这件事上有点小题大做了：电表不转了——既然我没做过什么手脚，那就是它自己坏了呗——就这么简单，简单得甚至让人失望。

海师傅一听就笑了。他说不就是电表坏了吗，换一块不就得了？赵公安对海师傅说，事儿是不大，可他不能说我怀疑他偷电呀，是不是？那种受了委屈的样子有点可怜巴巴。我看着赵公安，笑着说，赵大哥，我是怕你那么想……行了行了，那话就算我没说，我给你赔礼，向你道歉，好不好？

赵公安挺好！

他没再大声大嚷，也没再说他不干了。他说，那么想是您的事儿，跟您说，我还真不那意思！知道吗？再说了，几块钱的事儿，谁他妈犯得上去偷电呀！

海师傅赞赏地点点头，公安说得对。

赵公安立刻得到支持似的看着海师傅，海哥，是不是这么个理儿呀？

海师傅说，没错儿。

事情就这么发生了逆转。我心想，不管咋说，你不认为我偷电就行（这毕竟关系到我的尊严与人格）。我表示马上换一块电表。这时候，李大妈对我使了个眼神儿，她说换电表呀，您得找房东，那是房东的事儿。

赵公安说，找谁我不管，一个月走了两个字儿，我怎么收电费？

我想了想说，这好办。

我告诉赵公安，让他看看院子里总表上的数是多少，减去其他邻居的用电量，剩下的我包葫芦头。赵公安想了一下，没有异议，没有什么补充的，甚至认为这样很合理。他说，您早这么说不就没事儿了不是！

赵公安的的意外妥协——不，是大度，让我特感动。当时，为了表示我的内疚与歉意，我把餐馆里淘汰下来的一个计算器送给了他。虽说小了点，但比起赵公安的那个铅笔头来还是要好用得多。赵公安接受了，而且很高兴。后来直到我搬出二十一号院，每次查收电费，他都一直用着那个小计算器，一双小眼睛仔细盯着字盘，2、3、5、7、9……按得吱儿吱儿响。

## 11

那是夏天。

有一天傍晚，胡冬来了。

其实胡冬常来。相熟之后，我和这个买烧饼的小伙子一直处得挺好。没事的时候，我们会经常坐到一块儿聊聊天，喝几盅。特别是有一段时间，胡冬的生意不太好，情绪很低落，他不止一次对我说生活很无聊，看不到希望，主要是没什么激情，有时候真想卷帘子回家，不干了……为此，我们一起喝酒、聊天的次数就更多一些。

坦率地说，像胡冬这样的悲观情绪，最初我也有过。首先是生意难做。随着外地人不断涌入北京，餐馆开得像雨后春笋，竞争特别激烈。要想立于不败之地，你就得使出全身的解数，挖空心思地琢磨一些经营上的策略。与此同时，处于一个陌生的城市里，人生地不熟，心里还总有一种不安全感。最初，我以为这种不安全感是我性格上的弱点与缺陷，其实不是。而是那种无法预料的事情，说不定啥时候就会砸到你头上，让你不胜其烦。但这一切都被我挺过来了。什么吃苦、受罪，最终都在一种强烈的谋生愿望中得到了平衡。要知道，人活着才是超乎一切的硬道理；而活得稍微好一点，则是我们进入这个城市的出发点和为之奋斗的目标。

因此，那段时间我不止一次鼓励过胡冬，让他咬着牙也得挺住，既然出来了，就要坚持下去。而每一次喝酒聊天，胡冬的情绪也总能被我激活。他说大哥，听你这么一开导，我心里还真是亮堂了呢，那就接着整吧。结果，整了不到一年，胡冬还是把他的烧饼摊儿撤了。值得说明的是，胡冬撤摊儿，并不是卷帘子回家，而是去投靠他舅舅。

离开那条胡同那天，我给胡冬饯行。席间我们喝了不少酒，还说不少狂话。但我们谈论的可不是什么国家大事，也不关乎什么政治。像我们这种层次的外地人，即使置身于“政治中心”，也不谈政治。一是知道的少，二是和自己没关系，关键是我们不具备那种“家国天下”的风骨情操。我们的话题很家常，甚至很庸俗，整个晚上谈的都是怎么生存，怎么挣钱，怎么更好地像一个人似的活着。我们谈到了许多人通过谋生而发了大财的故事——其中，当然少不了胡冬的舅舅。

根据胡冬的说法，他舅舅可是个能人。他来到北京以后，蹬着三轮车，走街串巷地收废品，一干就是五年。胡冬说，以前他都不好意跟人说起他的舅舅在北京，觉得“可悲惨”，挺丢人。没料到的是，他承包了一处拆迁工地上的所有废品，竟然发了大财。随后他扔掉了三轮，买了一辆捷达小轿车，摇身一变，居然成了一个拆迁公司的经理，现在正在招兵买马。

胡冬说，我自己的舅舅，他让我去，我能说不去吗？

我问胡冬他舅舅的公司在什么地方。

他说远了，在郊区呢。

我说那倒无所谓。

的确，对于我们这样的异乡人而言，什么市中心呀，市郊区呀，整个北京都不过是一个模糊的背景。我们是为挣钱而来，为了生存不停地去奋争，去搏斗。听了我的话，胡冬很激动，他摩拳擦掌地说，就是就是，别的事儿，等有了钱再说！

去了他舅舅的公司之后，胡冬常到我的餐馆来，哪怕是办什么事路过，也会顺便到我餐馆来和我见个面，有时坐下来，喝点酒，聊一聊，更多的时候，则是抽支烟就走。胡冬很忙。据说，随着北京对老城区的改造不断加快，他舅舅的公司也是一步步向着城市中心地带挺进，据说现在已经开进了平安里，而且随着公司的日益壮大，胡冬已经是独当一面的队长，他哪能不忙呢。

这天晚上，胡冬是去北京站送从老家来看病的亲戚，顺便跑过来看我。他瘦了，也黑了，但人显得很精神。因为没什么事，不着急，我自然要留他吃饭。喝酒的时候，他突然想起似的问我，是不是还住在二十一号院。我说是啊，住习惯了，和邻居们也熟了，只要房东不撵，我就在那住着了。胡冬笑了笑，他说即使房东不撵，我估计你也住不了多久了。

据胡冬讲，有个开发商看中了那块地段，准备建一座商务大楼，已经跟政府谈的差不多了。他舅舅正准备参与这项拆迁工程的竞标……等着吧，胡冬说，一旦我舅把这个项目拿下来，你的餐馆肯定要火一把，

我会天天带人过来吃饭。我沉吟着说，那倒是好事……可真像你说的，我到哪住去呀。胡冬说，买楼呗。

说实话，这样的事做梦都没想过。我只是想着怎么把餐馆开好，多挣点钱，却从来没打算过把家放在北京里。

胡冬说，这你可错了。我舅舅当初来北京的时候是个倒腾破烂儿的，现在已经买了一套两室一厅，你差啥？大不了交个首付，贷上十年二十年的款，国家的钱，慢慢还呗！

胡冬说得慢条斯理，胸有成竹。但对我来说，简直就是天方夜谭。这种事儿，我连做梦都没想过。直到几年之后，我才不得不承认胡冬的高瞻远瞩。说起来，胡冬文化程度并不高，他只是初中毕业。但事实告诉我们，在社会的每一次变革中，最大受益者不一定都是那些政治与知识上的“精英”，还有相当一部分头脑简单、用不着“解放思想”、就敢想敢干的“土老冒”，因为他们总是奉行一种简单的实用主义哲学，那就是“先下手为强”。



## 12

胡冬的信息挺准确。没过一个月，我所居住的那条胡同来了几个人，他们拿着米尺，比比画画，挨家挨户地测量。问了一下，说是要拆迁。当时邻居们还不相信。赵公安说，瞎他妈比画，几年前就说要拆要拆的，现在也没拆。您想想，这可是中心的中心，知道吗，寸土寸金啊，拆？谁他妈拆得起啊！住你的房子，甭理他！

又过了一段时间，一纸拆迁通告贴在了胡同里，邻居们这才炸了营。这种几辈子都不曾发生过的事情，弄得人们情绪上都挺激动，胡同里整天聚着一堆人，吵吵嚷嚷，议论纷纷。有的说，这个破房子夏天漏雨冬天透风，早扒早利索；有的说，房子再破，也是祖上留下来的老宅，说扒就给扒啦？一向不怎么喜欢说话的宝堂也说话了，他的看法很实际，他说扒是早晚得扒，但是光说扒不行，丫得拿好钱，掂银子！他的鸭子死了，肩上仍然扛着那只乌鸡，即滑稽又有趣。对于宝堂的话，赵公安却不以为然，他说这不是钱不钱的事，关键这是皇城根，他拆了你的房子，就是给你个金疙瘩，他还能让你搬回来吗？瞧那个丫说的："赶紧搬吧，绝对亏不着你们……"开他妈玩笑呢，我要是搬我都是他妈孙子！

就在胡同里的议论纷纷的时候，我妻子也挺着急，她说还得找房子呀？我说不找房子到哪住儿去呀，找呗。

那时候的北京，租房已经很容易了。随着外地人不断地涌入北京，当地人在经历了一段极其复杂的心理过程之后，其观念已经发生了转变——对于外地人那种带有侵略意味的冲击，与其阻挡而又抵挡不住，莫不如顺势而为更实惠些。于是一些胡同里居民把属于自己的空房——临街的一面，开窗扒门，改头换面，纷纷地对外出租。自己却直往院子的深处后退，直到把后来扩张出的厨房重新挪回住室，把破烂卖掉，腾出库房，租给外地人居住为止。于是，一些天南地北的外地人，在一种新的历史潮流中，一拨儿又一拨儿地来到这里。他们有男有女，操着不同的乡音，带着各种各样的小生意——熟食店、美发屋、小卖铺等诸多行当，犹如雨后春笋般地冒出来，哪怕是一条很小的胡同，也会呈现出一种乱七八糟的繁荣。就在这些外地人以前所未有的激情投入到都市生活的同时，胡同里的居民安然若素，仍然保持着一种"根儿"文化上的端庄与从容。只是，胡同里原有的清静荡然无存。那些从乡下来的小青年，男男女女，仨一群俩一伙地走在胡同里，全然没有我最初来到北京时的那种惶恐与敬畏。他们衣着鲜活，发型怪异，连说带笑，招摇过市。那种无拘无束的放松的状态，俨然把自己当成了城市的主人。有一次，在二十一号院门前，我眼瞅着两小伙子在撕皮掠肉地闹。闹着闹着，扑楞一家伙，竟差点儿把赵公安的茶罐子给踢翻了，气得赵公安"噌"地站起来，想干啥呀这是！啊？"不想干啥"的已经跑远了，赵公安还站在那里梗着脖子骂呢：操，什么素质！

没素质的人的确是烦人。可尽管如此，"院内有空房出租"的小广告却到处可见。这是个矛盾。也是个非常有趣的问题。拆迁公告贴出来之后，没过几天，我就在餐馆不远的一条胡同里选中了一间出租屋。租金比原来的那间高了点，但房子比原来的要大，而且是正房，一进屋便给人一种阳光灿烂的感觉，挺好！

我们是最先从二十一号院里搬出来的。搬家那天，刘大平来了。他让我把能用的东西统统搬走。应该退还给我们半个月租金，他则如数退还，我说算了算了，不要了。刘大平说，那不行，该怎么着就怎么着，都是出来混的人，不容易。刘大平很认真，很豪爽。看不出他对于将要拆掉的老屋有什么伤感，倒像是有一种甩掉包袱似的轻松。

坦率地说，当时我的心情反而有一点留恋。俗话说，日久生情。我们毕竟在这里生活了两年多的时间，不说邻居，单是这间为我们遮风蔽雨的小屋——它曾吸纳了我们多少喜怒哀乐和生命的气息啊！可是我们却不能不搬，也没有理由赖在这里不走。

再见了，小屋！

再见了，二十一号院里的邻居！

## 13

我们腾出房子之后，刘大平率先在拆迁协议书上签了字。事后他到我餐馆坐了一会儿，算是告别。他告诉我们，说那么个小破屋，前几年他就想把它卖掉，十万块钱都没有要。现在给了三十多万，还想怎么着呀。



知道胳膊拧不过大腿，同时也为了在期限内搬迁的五万元奖励，胡同里的其他邻居也几乎没怎么抵抗，在不到两个月的时间里，便先后在合同上签字画押。与此同时，一座座被腾空的老宅子，被推土机推得人仰马翻。没多久，整个胡同就剩下两座残缺不全的老房子，立在周围一片废墟之中。一座是赵公安的，另一座是冯老太太的。而且，两个人的口径完全一致，用赵公安的话说，甭跟提钱的事儿，不回迁，我他妈就是不搬！

这期间，开发商和拆迁办都动用了许许多多的办法，软硬兼施，据说主要是攻心。究竟是怎么“攻”的，我就不知道了。大约又过了一个多月，冯老太太搬走了。本来冯老太太不想搬，是她那个抱养的儿子妥协了，动员她搬。搬家那天，冯老太太犯病了，又吵又骂，而且哭得差点儿背过气去。但后来还是被那个瘦猴似的儿子在老婆的协助下抱上了一辆出租车，拉走了（据说是直接送到一家养老院，养老去了）。这之后，就只剩下了赵公安一家，孤零零地立在周围的一片废墟中，独自坚守。不知道因为孤独，还是为了以壮声色，他竟在房子的一角插上了一面五星红旗——远远看去，十分鲜艳。

有趣的是，虽说孤军抵抗，赵公安却显得既平静又从容，非常淡定，而且还是那么讲究。院门口的那块上马石没了，不知道被渣土车拉到什么方去了，他就在自家门前很小的一块空地上放了一张小木桌，桌上放着一个小收音机，他坐在小马扎上，守着个玻璃茶罐子，喝着茶，东张西望。有天中午，我骑着三轮车往拆迁工地上送盒饭，离老远，他便发现了我。

嘿，这不刘老板吗？您也干这活儿呀？

我凑过去，和他聊起来。当时赵公安已经有点妥协的意思了，他说，挺是不可能永远挺下去，丫得给足这个（他用三个手指做着点钱的动作），知道吗，冯老太太搬走的时候，多给了她这个数……他伸出一只手掌，又翻了一下，同时冲我诡秘地一笑。我挺了这么长时间了，他甭想再用那个数来打发我！

聊了一会儿，我便告辞了。刚走出几步，就听他喊了起来，老弟，啥时候再喝一壶啊？他把那个“喝”字拉得很长。

我说行呀，现在就去吧。

赵公安连忙用手一挡，他说别！我他妈喝完酒，回来一看，好，保不齐我的房子都没啦。得，谢谢啦，走您的吧。说完，像真的粉碎了一场阴谋似的，不无快意地哈哈大笑。

## 14

正如胡冬所说，他舅舅的公司在这次拆迁招标中如愿以偿。进入工地之后，胡冬也没有食言，除了每天中午在我的餐馆给工人订盒饭，晚上他还经常带着拆迁队的人过来，让工友们轮流请客，喝点酒，解解乏。

拆迁工作又脏又累，胡冬却毫无怨言。那种踌躇满志的样子，好像在他的眼里整个世界都是新的，而且会日新月异。我在想，毕竟是他舅舅的公司，他得卖力。除此之外，那种职业的本身也让人来劲吧？胡冬

干的是拆迁不是建筑。虽说两者都是与钢筋水泥、砖瓦沙石打交道，其工作性质却不尽相同。建，如燕子筑巢，讲究精益求精；拆，则可以随意而为，摧古拉朽——而且，面对一堵老墙或一座旧宅的轰然倒塌，即使被扑起的烟尘造得灰头土脸，跟魔鬼似的，却能让人体验到一种历险般的刺激与亢奋。特别是这次拆迁，让胡冬觉得很好玩，甚至有一种近似于复仇般的快感。有一次，他还不无小人得志地说，知道吗？那些人可能做梦都没想到，当年被他们撵出去的人，有一天会来拆他们的房子！

话是这么讲，据胡冬说——其实不用他说——全国人民都知道，拆迁也不是个好干的活儿。开发商要速度，快点快点，一个劲儿地催！恨不得整天用鞭子赶着你；而搬迁户则要利益，要补偿，一旦不到位，不合理，或者碰上个狮子大开口的钉子户誓死不搬，拆迁队就成了风匣里的老鼠——两头受气。情急之下，那是软硬兼施，甚至不吝动用地痞流氓的都有，而且啥招儿都使，乱象丛生，为此逼出人命的事都屡见不鲜——报纸上常登，这里就不说了。



有天晚上，胡冬带着几个人到我餐馆来吃饭。一进门，我发现他脑袋上缠着一圈白色的绷带。不知为什么，自从去了他舅舅的拆迁公司，胡冬又剃起了光头，因此那绷带便格外显眼。我还以为是扒房子受伤了呢。一问，胡冬却愤愤地骂了一句脏话，他说，让狗咬的！我惊异地看着他，多大的狗啊，能咬到你的脑袋？胡冬呲牙一笑，这才说出实话，说是被赵公安给咬的。

赵公安在一片废墟中已经坚守了两个多月。经过多方面的不断劝说，协调，又把补偿款比冯老太太还多追加了五万，他这才妥协，表示可以在协议上签字。就在这时，唯恐赵公安再次反悔（已经反悔过一次了），胡冬抓准时机，对开钩机的伙计使了个眼色，一只像螃蟹一样的大爪子一伸一落，就在那座房子的山墙上抓了个窟窿。见此情景，赵公安炸了，他上前揪住胡冬的衣领子，撕撕巴巴，生要跟胡冬拼命。富有幽默感的是，在被人拉扯开之后，他却余恨未消，冷不防搂住胡冬的脖子，而且不顾常理，对着他的光头就是一口！据胡冬描述，当时一点不疼，就觉得冰凉的，用手一摸，才知道咬流血了。

我问赵公安赔他钱了没有。胡冬一脸无奈地说，赔啥呀赔，倒是让他又多讹去了一万块钱，最后才签了字。

赵公安的房子很快被夷为平地。再去那条胡同的时候，我发现所有的碎砖烂瓦都已清理完毕，两台打桩机正在一片空地上咣当咣地忙着。而胡冬则随着新的拆迁项目转移到磁器口去了。

二十一号院拆迁之后，也拆散了那里的邻居。几个月之后，李大妈陪她的老伴儿去协和医院拍什么胸片，中午曾到我的餐馆里吃过一次饭。问到院里的邻居，李大妈告诉我，他们老两口搬到他们空了几年的楼房去了，其余的邻居，光靠那点拆迁补偿根本买不起城里的房子，差不多全都去了郊区。海师傅是北京以东的河北燕郊，宝堂去了大兴，而赵公安则去了京西南的房山乡下……其实，当时这样的情况已不足为奇，后来我曾在报纸上看过一篇文章，说随着老城区的改造与变迁，有几十万北京人搬到了郊区……

那天，李大妈还告诉我，她和许多邻居仍然保持着电话联系，过段时间，她想在我的餐馆搞一次老邻居聚会，见个面儿，聊聊天儿。我觉得李大妈的主意挺好。当时我还慷慨承诺：邻居们会餐的费用，我全部承担！

遗憾的是，后来李大妈一直没动静。想必那些邻居住得太分散了，东一个，西一个，而且大部分远都在五十多公里以外的郊区，年龄也大了，进趟城，并不是一件很容易的事吧。

## 15

生活杂乱纷繁。但剥去层层外表，你就会发现人只是活在时间里。而时间又总是很快，一晃就过去了好几年。这期间，我开的餐馆早已拆迁。又开了一家，也拆了。随后我们又开起了第三家。总之是拆个旧的，我们就开家新的。也不是较劲，不开不行，民以食为天啊！讨厌的是，我们居住的地方也是被开发商撵来撵去。感觉上，我们总是在找房子和搬家这两件事情上不断地折腾，犯愁，特别闹心。我跟妻子说，老这么折腾也不是个事儿呀。她说不折腾咋着？我说买房子。她像吓着似的盯着我说，做梦呢吧？

几次这后，我的梦还真的做成了。那是位于南城的一个新楼盘，介于三环的四环之间。几座拔地而起的高楼，鹤立鸡群般地站在周围一片低矮的民房中。置身楼上，透过宽大的玻璃窗子，凌空望去，豁然开朗。此外楼的外观呀，品质呀，室内结构呀，都不错。看得我心里怦怦直跳。在一个高个子售楼小姐的亲切引领下，我们看了三四种户型，最后在十层楼的一个三居室，我和妻子站在那里不动了。我告诉售楼小姐，说行，就是它了！

二〇〇三年，四月。

我们正式去办理购房手续的那一天，北京细雨蒙蒙，给人的感觉像是梦游：签订买卖合同，交付购房款，办理销售登记……直到办完所有手续，重新回到那间十多平米的出租屋时，才如梦初醒。我妻子捏着那本差不多归了零的存款折，眼圈一红，竟哭起来了。我还以为她是因为有了自己的房子激动了呢。她却喃喃地说，辛辛苦苦这么多年，不是白干了吗？当时我都愣了。这话说的！八十多万的楼房都买了，咋还白干了呢？她说，就是为了有个窝住？我说那你为了啥？人活着，就少不了吃穿住行，你要总问个为什么，非把自己问死不可！



说到房子，我不得不说说胡冬。怎么说呢，尽管在买房的意识上胡冬很超前，事实上他并没有自己买房子，而是坐享其成。原来，胡冬住在郊区的时候，认识了一个当地的姑娘，两个人彼此欣赏。在两年多的时间里，通过各个方面不断磨合，最终成功地步入婚姻的殿堂，成了一对合法的夫妻。作为外地人，能娶一个北京的姑娘做老婆，在胡冬看来这是他人生最大的成功，并为此而沾沾自喜。他曾非常坦诚地对我说，虽说他这个老婆长得不怎么好看，走路还稍稍有些点腿儿，但人家毕竟是北京人，有房子，有户口，将来有了孩子，就是地地道道的北京人，再用不着跟他一样，当什么农民工了。说到他原来的那个乡下老婆，胡冬告诉我，她一点儿都不亏，离婚后，她在东北嫁给了省城里的一个出租车司机（也是个二婚），虽说年纪大点，但也是城里人，这样就跟胡冬扯成了平手，可谓两全其美——这就是胡冬。每次和他见面，聊天，我都不得不承认，这个没有多少文化的乡下人，进入城市之后他的观念总是那么超前！

相比之下，我的观念却有些落后。和大多数进入这城市的外地人一样，我是那种比较传统与中庸的人，总是想在现实和想象之间力求保持平衡。不过，凭借我们夫妻的同舟共济、多年打拼，最终的效果也可以，至少我们已经有了房子，有了一个真正属于我们自己的窝。

搬入新居之后，在一种全新感的反差中，我常常会想起过去。想起以前那些居无定所、寄人篱下的日子。毫无疑问，有时候也会想起那时候的邻居。

说起来难以置信。有一天，我去王府井给煤矿的朋友修一块瑞士手表。从表店出来，当我沿着一条街往停车场走去的时候，竟然碰上了赵公安！当时他正坐在对面的马路牙子上抽烟。一眼扫过去，我觉得这个人挺面熟，却一时想不起是谁。彼此对视了半天，我说是赵大哥吧？赵公安又困惑地看了我好一会儿，然后才“嘿”了一声，说，这不是刘老板吗？

老邻见故居，便是那种一惊一乍的热情。我们紧紧地握了手。

我说，赵大哥来逛王府井呀？

他说，不是，这有什么逛头？路过。

我问他现在住在什么地方。

他说窦店。

我问窦店在哪儿？

他说，嘿！窦店不知道啊？在房山啊！

我说，噢，没去过……

他说，周口店知道吗？

我说，知道，那不是北京猿人遗址吗？

他说，没错！窦店就离那不远儿，十多公里。

我“噢噢”地答应着。其实周口店我也没去过。一是没时间，同时我对猿人也没什么兴趣。

说起话来，我才知道赵公安的老伴儿已经退休，那个喜欢足球的儿子在城里一家建筑公司工作，挺出息的，现在给一个工程师做助理，还没结婚，平时住在市里，单位很忙，离家又太远，很少回去。他这次进城，

就是给儿子送几件换季的衣服，顺道过来，瞧一下过去住过的地方变得啥样了。

我想了想，这也是人之常情吧。作为进入北京的最初落脚点，我对这个地方也总有一种特殊的感情，每次到王府井办事或购物，我都会沿着一条宽阔的大街，到我当年居住过的地方去转一转。只是原来的胡同早已化为乌有，一切都留在了远去的记忆中。

我说，这变化可太大啦。

赵公安说，可不嘛。

其实，这个世界上没有什么是可以不变的。我发现赵公安也变了，脸上有了细密的皱纹，眼角也耷拉了。

那天，我们并排坐在马路牙子上说话。对面儿就是二十一号院的大概位置。看着前面一排高低错落的仿古式商业建筑，我们沉浸在一种共同的回忆里。有一会儿，赵公安还指指点点，说哪个地方是二十一号院大门口，哪儿是他的家，哪儿是冯故乡太太的小卖店……只是，眼前的一切已非实物，我们只能靠想像还原它过去的样子了。当说到哪地方是我住过的房子时，赵公安象突然想起似的，他问我现在住什么地方，还开不开餐馆。



我告诉了他。

赵公安没有显出意外，而是很真诚地竖了竖了大拇指。他感叹地说道，行啊，闹得不错！说这话的时候，他的眼睛没有看我，而是一直望着前边的什么地方。接着，他毫不忌讳地告诉我，他老伴儿退休后，他们在镇上也开了个小店儿，但不是餐馆，是往餐馆里批发饮料和烟酒，生意还凑合。

我附和着说，反正没什么事儿，干点也行。

他说，不是也行，是不干不行啦！

说到这里，赵公安的语气又回到了从前。他愤愤不平地告诉我，搬到城外以后才知道，北京的那点粉儿全都擦到脸蛋上了。别看这城里头到处是高楼大厦，连街上的厕所都弄得水光溜滑的，可在乡下，啥都不行，别扭！他必须趁着还能动弹挣点钱。他说，一句话，即使我这辈子没什么指望了，也得让我儿子重新杀回北京城，您说是不是？

我点点了头。其实我很想说点什么，只是不知道该怎么说才好。这时他兜里的手机响了。他哆哆嗦嗦地掏出来，是老伴儿打来的，问他到哪儿了。他回了一句，我他妈还没坐车呢。他按掉了手机，装进兜里。

意识到我们的聊天该结束了，我邀请他到我的餐馆去吃了饭再走。他问我的餐馆在哪儿。我说不远。他婉言谢绝了我，说是还忙着，老伴儿刚不是催了吗，得回去了，还有两个多小时的路哪，我还真该走了！说着，他从地上站起来，老弟，您怎么着？

我没说我去停车场取车，我说的是我还得等一个朋友。

他说，那我可颠儿啦，坐车去了。

我说，好，赵大哥，慢着点儿，那就再见了。

再见！

他招了招手，转身而去。

……

赵公安老了，驼背了。他本来个子就不大，现在看上去更小。我站在那里，久久地凝视着他的背影——在人流中，渐行渐远……

# 心爱的树

蒋　韵

一八九〇年，或者，九一年，一个人带着行装上路了。他离开海边的大道，沿灌木林里一条草木繁茂的小路，准备做一次环岛旅行。后来他有了一匹马，是别人借给他的，他就骑着这马继续走向岛屿的纵深。一路上，不断有人向他打着招呼，说，“哈埃雷——马依——塔马阿！”意思是说，来我家吃饭吧。他笑笑，却并没有停下他的脚步。后来，有一个人叫住了他，是一个像阳光般赤热明亮的妇女。



“你去哪里？”她问他。

“我去希提亚阿。”他回答。

“去做什么？”

“去找个女人。”

“希提亚阿有不少美女，你想讨一个吗？”

“是的。”

“你要愿意，我可以给你一个，是我女儿。”

“她年轻吗？”

“年轻。”

“长得健壮吗？”

“健壮。”

“那好。请把她找来。”

就这样，欧洲人高更，在希提亚阿找到了他的珍宝，他年轻健壮俊美、皮肤像蜜一样金黄的塔希提新娘。他用马把他的新娘、他幸福和灵感的源泉驮回了岛上的家。

两年后，这个男人离开了，他乘船离开塔希提回法国去。他的女人，坐在码头的石沿上，两只结实的大脚浸在温暖的海水里，总是插在耳边的鲜花枯萎了，落在双膝上面。一群女人，塔希提女人，望着远去的轮船，望着远去的男人，唱起一首古老的毛利歌曲：

“南方来的微风啊，东方来的轻风，你们在我头顶上会合，互相抚摸互相嬉闹。请你们不要再耽搁，快些动身，一起跑到另一个岛。请你们到那里去寻找啊，寻找把我丢下的那个男人。他坐在一棵树下乘凉，那是他心爱的树，请你们告诉他，你们看见过我，看见过泪水满面的我。”

——取材自《诺阿·诺阿》

## 一、梅巧和大先生

梅巧十六岁那年，嫁给了大先生。大先生比她大很多，差不多要大二十岁，所以，梅巧不可能是大先生的结发妻子。大先生的发妻，死于肺痨，给他留下了一双儿女。迎娶梅巧时，大先生的长子，已经考到了北京城里读书，而女儿，也快满十三岁了，一直跟随祖母在乡下大宅里生活。

嫁给大先生，梅巧是有条件的。梅巧本来正在读师范，女师，由于家境的缘故辍了学，梅巧的条件就是，让她继续上学读书。

“让我念书，我就嫁，”她说，“七十岁也嫁。”

这后半句，她说得狠歹歹的，赌气似的。其实，和谁赌气呢？梅巧就是这样，是那种能豁出去的女人。当然，从她脸上你是看不到这一点的，她一脸的稚气，两只幼鹿一样的大黑眼睛，很温驯，嘴唇则像婴儿般红润娇艳，看上去格外无辜。她坐在窗下做针线，听到门响，一抬头。这一抬头受惊的神情，就像一幅画一样，在大先生心里，整整收藏了五十年。

这是座小城，至少，在梅巧心里，它是小的。梅巧向往更大的天地，更大的城市。如果具体一点，这个“更大的”城市大概叫做巴黎。

因为梅巧想做一个画家。

七八十年前，梅巧的城市一定是灰暗的。北方城市通常都是这样一种暗淡的灰色。如果站在高处，比如说，城东那座近千岁的古塔上，你

会觉得这小城安静得就像沉在水底的鱼，灰色的瓦像鱼鳞一样密不透风覆盖着小城的身体。这让梅巧郁闷，梅巧就在画上修改着这城市的面貌，她把屋瓦全部涂抹成热烈的红色。一片红色的屋顶，铺天盖地，蒸腾着，吼叫着，像着了大火。大先生评价说，

“恐怖。”

此时梅巧已是身怀六甲，身子很笨了，不能再去学校上课。大先生就利用每天晚上的时间为她补习功课。白天她守着一座空旷的两进的四合院，闲得发慌，日影几乎是一寸一寸移动着，她伸手一抓，摊开手掌，满掌的阳光。又一抓，握紧了，再摊开，又是满满一掌。这么多的时光要怎么过才过得完？梅巧叹息着，听见树上的蝉，唧了唧了叫得让人空虚。

大先生是个严谨的人，严谨，严肃，古板，不苟言笑，很符合他的身份。大先生是这城中师范学校的校长，兼数学教员。大先生教数学，可谓远近闻名，是这行中的翘楚。论在家里的排行，他并不是老大，可人人都这么叫他，大先生，原来是一种尊称。



这阅人无数的大先生，惊讶地发现，他的小新娘，拙荆，贱内，竟然冰雪聪明！他为她补习数学，真是一点就透。他掩藏着兴奋，试验着，带领她朝前走，甚至是，跳跃，甚至，设置陷阱，却没有一样儿难得倒她。她就像一匹马，一匹青春的、骄傲的小母马，而数学，则是一片任她撒欢飞奔的草原。大先生渐渐不服气了，想绊住那马蹄，四处寻来了偏题、怪题，可是，哪里绊得住？她总是能像刘备跨下的“的卢”一样在最后关头越过檀溪。煤油灯的玻璃罩，擦得雪亮，灯焰在她脸上一跳一跳，这使她垂头的侧影有一种神秘和遥远的气息，不真实。大先生不禁想起《红楼梦》中关于黛玉的那句判词，“心较比干多一窍”，突然就有了一点不祥的预感。

现在，梅巧不再是梅巧，而是“大师母”了。所有人的“大师母”。习惯这称呼不是一天两天的事。起初，人家一叫她“大师母”，她的脸就红到了耳根，觉得那称呼很讽刺。只有在学堂里，她的同窗们才叫她一声名字。大先生是守信用的人，婚后，他果然送梅巧重返了女师学堂。也只有在那里，梅巧还是“范梅巧”，甚至是“范君”。她们几个要好的

朋友总是彼此以“君”相称：张君、李君、范君的。女师学堂设在一座西式建筑里，是那种殖民风格的楼房，石头基座，高大的罗马柱、哥特式的尖顶，走廊里永远是幽暗的，有着很大的回声。从前，梅巧不知道自己是爱这里的，现在，她知道了。

生下第一个孩子，还没有满月，梅巧就跑去参加期末考试了。在七月的暑热季节，她的两只大乳房，涨得生疼，乳汁在里面翻江倒海，不一会儿她的前襟就湿透了。巡堂监考的先生关切地停在了她面前，犹豫着要不要递给她一块手帕。那一刻，她恨不得钻到地缝里去。她吞咽下羞耻的眼泪，在心里发誓说，再也不要生小孩了！

可是，这事哪里由得了她？那些不知情的小生命，那些孩子，还是接踵而来了。有了老二、老三，说话间肚子里又有了老四。她的身板，真是太好了，年轻，肥沃，漫不经心撒下种子，就有好收成。她折腾自己，在学堂操场上，一圈一圈跑步，在沙坑里练跳远，两条腿磕得青一块紫一块，可是那一团温暖的诡异的血肉，就像吸附在她体内一般，坚不可摧。她吃巴豆吞蓖麻油，甚至，还在身上藏了咒人流产的符咒，一切，都没能阻挡那血肉一天天壮大、成熟。大先生的娘，她婆婆，在她生下老二时从乡下来看她就发了话，说，“凌香她妈，快别去学堂现眼了，拖儿带女的，就做了女状元，又能咋？”她自己的亲娘也劝她，说，“闺女呀，别犟了，认命吧，人谁能犟过命去？”大先生呢？大先生嘴里不劝，可是那些劝阻的言语都写在了眼睛里。梅巧就回避着大先生的眼睛，坚持着，那坚持可真是需要耐力啊。本来三年的学业，她休了念，念了又休，到第六个年头，这场艰苦卓绝的坚持才见分晓：梅巧终于拿到了盖着鲜红大印的女师的毕业证书。

她捧着那证书，跑回娘家，一进门，哈哈大笑，热泪狂流。

大先生吁出一口长气，心想，该消停了，安静了。

老四在她肚子里，一天一天长大，她果然安静下来，或许，太安静了些。她本来就不是一个多言多语的人，现在，差不多变成了一个哑巴。她使尽了气力似的，眼神变得涣散和呆滞。北方的夏季，已经临近尾声，却又突然来了秋老虎。她搬一把躺椅在树下乘凉，肚子像山丘一样耸立。

那是一棵槐树，说不出它的年纪，枝繁叶茂，浓荫洒下来，遮住半座院子。槐树是这城市最常见的树，差不多是这城市的象征。梅巧不喜欢这树老气横秋的样子，她就在画上修改这树，她恶作剧地解气地把树叶涂染成了蓝色。一大片蓝色的槐林，有着汹涌的、澎湃的、逼人的气势，乍一看，就像云飞浪卷的大海，翻滚着激情和——邪恶。

临产前不久，一天深夜，大先生被梅巧的惊叫惊醒了。原来她做了恶梦。她惊恐地抓住了大先生的手，说，“我要死了！”说完，就哭了起来。这么多年来，她还从来、从来没这样子哭过呢，当着大先生的面，哭得这么软弱、无助、放纵和悲伤——她一直都像敬畏父亲似的害怕着他。大先生被她哭得手足无措，心里发毛，嘴里却在说，“别胡思乱想，哪能呢？胡大夫是最好的妇产科医生……”话一出口，他就知道这不是她想要的许诺。

分娩果然是不顺利的，胎位不正。留学日本的胡医生使出了浑身的解数，最后，动了刀剪，下了产钳。梅巧在产床上忍受了两天一夜的煎熬，生死的煎熬。接下来就是产后忧郁症，厌食、低烧、不说话，莫名其妙地流眼泪，哭泣。孩子被奶妈抱去了，她一滴奶水也分泌不出来，倒省了以往回奶的麻烦。孩子是那么小的一个小东西，还不足五斤，剥了皮的狸猫似的，头被产钳夹成了长长的紫茄子。她一看到这孩子就厌恶地颤慄，又厌恶，又怜悯。



大先生接来了岳母，让岳母陪伴她做月子。岳母盘腿坐在炕上，小心翼翼地，跟她说东说西。说一百句她也不理不睬，说一千句她也不理不睬。她不说话，也吃不下东西，喝一碗沁州黄小米汤也反胃，倒像害喜似的，人一天天瘦下去，憔悴下去，枯萎下去。岳母无计可施，哭了。

“梅巧呀，放着好好的日子不过，你这是自己作死哪！”

这话，可谓一针见血，让人惊心，也只有亲生亲养的娘，说得出口。她娘说完这话，叹着气，回家了。也是眼不见，心不烦的意思。可是大先生不行，大先生不能“眼不见”啊，大先生不能落荒而逃啊。终于，有一日，大先生回家来，叫过大女儿凌香，给了她一样东西。六岁的凌香拿着这东西进了母亲的房门。凌香喊了一声“妈”，爬上炕，把这东西递了过去。

梅巧接过来，先是一怔。渐渐地她的手颤抖了，她一把抱过凌香，把她紧紧揽在怀里，她感到凌香的小身子那么温暖、柔软和芳香，她感到这小生命那么温暖和芳香。生活得救了。

那是一张聘书。

国民小学校的聘书。

春节过后，梅巧就成了一名国民小学校的教师。她先教四年级的算学，后来就教了美术。这教职，不用说是大先生替她谋来的。别人谋职，大约要费一些力气，可是在大先生，也就是一句话的事。只是，这一句话，说，还是不说，却一定是个折磨大先生的问题。大先生是清楚这女人心病的症结的：她是害怕四合院里这平常人家主妇的日子，她年青茂盛的身子和心抵抗这日子！有什么办法呢？救人一命胜造七级浮屠啊。

天气还没有转暖，梅巧就脱去了棉袍，换上了春装：阴丹士林布面的大褂，上身罩一件开司米绿毛衣，那绿真是又清新又理直气壮，春草似的嘹亮霸气。生育了四个孩子之后，梅巧的身材，竟然没有太大的改变，站在那里，仍然是，玉树临风似的一个人，一个新鲜的人，出淤泥而不染。这新鲜的人，清早出门，傍晚回家，手上沾了粉笔灰，或是水彩，甚至还有墨渍，衣襟上也蹭了粉笔灰，却仍然是新鲜的，明亮的。外面的世界，一个阔大的天地在滋养着她呢。说起来，她倒并不是多么热爱教书这职业，她热爱这外面的世界。

国民小学距离她的家，走路也就十几分钟的样子，课业也不重。还有一桩意外的高兴事，那就是，当年，她在女师读书时的好朋友，她们称作“张君”的一位，竟也在这所学校里任教呢！张君比梅巧，早毕业几年，（梅巧不是因为一次又一次怀孕、生产耽搁了吗？）毕业后回到了家乡，一个离这城市近百里、盛产葡萄和陈醋的小县份，一来二去的，就失去了音讯。不想，竟在这里撞上了，还做了同事！梅巧真是高兴坏了。

“哎呀哎呀，”她叫着，“还以为你在哪儿呢，还以为再也见不着了呢，原来你就在我家门口啊！”

“是啊是啊，我埋伏在这儿，守株待兔呢。”张君回答。

两个人的眼睛里，都闪着泪光，流露出了女学生的天性和情状。可她们终究不是女学生了。就在这一刻，她们突然感觉到了时间，就在耳边，呼呼地，如同大风一样呼啸而过，刮得她们心里一阵茫然。

“我结婚了。”张君说。

从前，张君是那么英气的一个少女，宽肩、长颈、浓眉，身板像杨树一样永远挺得笔直。她们开玩笑叫她“美男子”。这狂妄的“美男子”曾经叫嚣，要一辈子守住她洁净的处子之身。如今，似乎是，一切如旧，肩还是宽的，颈还是长的，身板仍然是挺的，可从前的誓言，灰飞烟灭了。

那一天中午，这两个重逢的好友，在校门外一间山东人开的馆子里，吃了午饭。是梅巧做东。她们甚至还喝了一点酒，竹叶青。那真是用竹叶泡出的好酒，清澈而碧绿，喝在嘴里，有一股奇特的异香。她们把着盏，彼此诉说着别后的经历。梅巧的经历，三言两语就道尽了，那就是，生孩子，接二连三地，一口气，生出四个。而张君，则要复杂得多，有戏剧性，那就是，抗婚，私奔，和心爱的人，一路出逃——是一个时代的故事。



“哎呀哎呀！”梅巧连连叫着，因为酒，也因为兴奋，双颊变成了桃腮，灼灼燃烧着，“张君，你真是不平凡哪！”

张君在国民小学，只教了短短一个学期，就辞职了。她丈夫突然接到了武汉某所学校的聘书，暑假里，最热的伏天，她离开了这城市匆匆前往长江边那个火炉里去。临行前，她来向梅巧辞别。她给梅巧留下了通信的地址，说，

“给我写信啊。”

梅巧点点头，心里翻江倒海。

“若有机会，就来南边看我啊。”

梅巧不再点头了，泪水一下子涌上来。这样的机会，怕是永远也不会有的，永远也不会有啊。她背过了身去，再回头时，朋友已经不见了，院子里空荡荡，洒满树荫，唧鸟的噪声，像突然浮起似的，遮蔽了一切。知了——知了——知了，那是先知的声音。

## 二、来了个席方平

这天，大先生回家来，对梅巧说，“让人收拾出一间客房吧，有个北京来的先生，一时没找着合适的房子，我留他住几天。”

梅巧家，头道巷十六号，两进的四合院，外带一座小小的跨院，大大小小的房屋，二十几间，虽说是孩子多，人口多，红红火火的一大家人，可闲着的空屋子，总还是有的。梅巧吩咐佣人们把后院的一间西屋拾掇了出来，那屋子里，没有盘炕，而是架了一张时新的铜架子的弹簧床。

来人就是席方平。

一听这名字，梅巧就忍不住想笑，这不是一个活生生的聊斋人物吗？样子也有些像呢，清秀疏朗的眉眼，人生得白白净净。起初，梅巧还以为，这“从北京来的先生”，不知是个多威严的老先生呢，不想，竟是这样一个年轻、文雅，像女人般俊美的书生。

说起来，这席方平，原来还是大先生的学生，弟子，得意的弟子，家道贫寒，寡母扶孤长大，后来考取了北京师范大学，如今，刚毕业，就收到了大先生的聘书——不用说，大先生是很钟爱这个弟子的。

那一晚，大先生在家中，设了家宴，算是给这弟子接风，请来作陪的，也是几个亲近的弟子。大先生拿出了他珍藏的好酒，一坛“花儿酒”，是他家乡的特产，用柿子酿出的一种奇异的果酒佳酿，大先生甚至还详尽地给大家讲了这“花儿酒”的妙处。一餐饭，宾主尽欢，席间，梅巧走进来，给大先生添茶，也是提醒他不要过量的意思。这时，只见那个席方平，红着脸，站了起来，恭恭敬敬地，端起了面前的酒杯。

“大师母，”他喊了一声，脸越发红了，人人都看得出，他是不胜酒力的，“给你添麻烦了，我，敬你一杯。”

他一仰脖，一饮而尽，亮了下杯底。他眼睛里，似乎汪着许多的水。这哪里是男人的眼睛？梅巧抿嘴一笑，说，

“有什么麻烦的？房子空在那里，不也是空着？”

是啊，房子，就是要住人的，人不住，鬼就要住了。梅巧这么想着就又笑了。怎么今天总是想到鬼呢？大概，都是“席方平”这三个字招

惹的吧？梅巧端着灯，不觉又走进了后院里，前边，酒宴还没有散，可是后院人却都已睡了。奶妈带着孩子们，沉入了梦乡，北房、东房、南房，一片漆黑，只有西房里，一灯如豆，悠悠地，在等待着夜归的客人。梅巧轻轻推门，走进去，似乎想看看还有什么不妥当的，她自己的影子，巨大的黑影，一下子投在墙壁上，倒把她吓了一跳。

这一夜，梅巧做梦了，梦很乱，飘飘忽忽的，梦中的梅巧，还是从前的样子，出嫁前的样子，十六岁，梳着齐耳的短发，白衣，青裙，站在葡萄架下，一个人走过来，说，“原来你在这里呀，原来你藏在这里呀，让我好找！”那个人，那说话的人，原来就是，就是现在的梅巧。

第二天，在早餐桌上，席方平看到梅巧，脸又一下子红了。

这事是让人别扭的。照说，一个大师母，是不应该让人脸红心跳的。一个大师母，应该是慈祥、端庄、安静、温暖，像一棵没有杂念的秋天的树。可是眼前这个“大师母”，这个光焰万丈咄咄逼人的女人，这个让人不敢和她眼睛对视的女人，和一个真正意义上的大师母相比，相差何止千里万里！

要快点找房子搬家啊，他想。

后来，他们熟识之后，她让他看她的画，那是一次敞开和进入：那些燃烧的暧昧的屋瓦，那些波涛汹涌凶险邪恶的树冠，那些扭曲变形阴沉沉的人脸，看得他惊心动魄。他用手轻轻抚摸它们，爱惜地、心疼地说道，

“你这不屈服的囚犯啊。”

## 三、凌香

所有的孩子里，凌香最依恋母亲。

四个孩子，一人一个奶妈，凌香的奶妈是最费了周折的。月子里，她一直吃梅巧的奶，等到梅巧要去上学，把她交给新雇来的奶妈时，坏了，她死活不肯去叼奶妈的奶头。她闭着眼睛，张大嘴，哭得死去活来，哭得一张起皱的小脸，由红转青，她宁肯去啃自己可怜的小拳头，却饿

死不食周粟。更要命的是，她这里一哭，隔了半座城，那边课堂上的梅巧，就如听到召唤一般，两肋一麻，刹那间，两股热流，挡也挡不住，汹涌着，奔腾而来，一下子，前襟就湿透了。

有几次，她忍不住溜出了校门，雇一辆洋车就朝家跑，去搭救她的孩子。那凌香，到了她怀中，一头就扎进她胸口，凶狠地、仇恨地、以命相拼地擒住那奶头，两只小手，紧紧紧紧抱住她救命的食粮，像只疯狂的危险的小兽。

没办法，梅巧只好向这小小的女儿缴械。从此，每天清早，出门前，她喂饱她，中午匆匆坐洋车回家，再喂她饱餐一顿。晚上，倒是叫她跟奶妈睡觉，半夜里，听到她哭声，梅巧就爬起来，喂她一餐夜宵。梅巧的奶，真是旺盛啊！一年下来，那凌香，养得好精彩哟，又白又胖，两只小胳膊，一节一节，像粉嫩的鲜藕，可以给任何一家乳品公司做广告。梅巧却一日千里地瘦下去，直到后来，突然地，有一天，奶水奇迹般地失踪了。



有了这教训，后来那几个，一生下来，梅巧就交给奶妈去喂养了。后来那几个，谁也没再吃过亲娘的奶水，和亲娘，就总有那么一点点隔。

那几个，各人有各人的奶妈，疼着，宠着，护着。凌香的奶妈，却是早早地，就离开了这个家。虽说，凌香没吃过她的奶，却也是被她抱在怀中，朝朝暮暮，抱了那么大，就是块石头，也焐热了。奶妈的离去，是凌香平生经历的第一桩伤心事。她不知道奶妈为什么突然就走了。后来，很后来，她才知道了原委：奶妈的离去是因为家中的孩子生了绝症。那一年，凌香刚满四岁，人家就让她跟弟弟凌寒的奶妈一起睡觉。好大一盘炕，奶妈搂着凌寒，睡一头，凌香自己，睡另一头。半夜里，她小解，醒来了，喊奶妈，却没人理，她悄悄哭了。

第二天早晨，凌寒的奶妈一睁眼，发现炕的那一边，空荡荡的，凌香那个小祖宗，不见了！这一惊非同小可，慌忙下地来，跑到院子里，四处寻找，哪里有她的影子？又不敢声张喊叫，正没主意呢，一抬眼，看见对面南屋的门，虚掩着，露着宽宽一道门缝，那是凌香和她奶妈，住过的屋子。她急急地冲进去，只见辽阔的一盘大炕上，那小祖宗，一

个人，蜷成一团，泪痕满面，睡着，怀里抱着她奶奶枕过的枕头，身上胡乱盖着她奶奶的花棉被……

梅巧当天就听说了这件事，到晚上，她抱来了被褥，把那小冤家，搂在自己的怀抱里。凌香的小脑袋，有点害羞地扎在她怀中，一动也不动。忽然，她叫了一声“妈”，说，

“真的是你呀？”

梅巧的鼻子，一下子就酸了，她搂紧了这孩子，说，“是我，是我，不是我是谁？”凌香抽泣起来，大颗大颗的眼泪，热乎乎地，像蜡油一样，烫着梅巧的胸口。梅巧一夜搂着那小小的伤心的孩子，想，这孩子像谁呢？

后来，凌香问过梅巧一句话，凌香说，“妈妈呀，会不会有一天，你也像奶奶一样，不要我了呢？”梅巧回答说，“小傻瓜呀，宝，我怎么会不要你？”

可是，梅巧不知道，这世上所有的小孩子，都是先知。

有时梅巧自己也弄不明白，为什么这孩子总是生活在恐惧之中，每当梅巧出门去，回来得稍晚一点，一进门，这孩子就扑上来，抱住她，死死地，再也不肯撒手，就像失而复得一般。有时，一清早，她还没睁眼，忽然这孩子就慌慌张张跑进来，用手摸摸她的脸，说道，

“妈妈，你在这里呀！”仿佛，做着一个确认。

梅巧望着这孩子，望着她大大的黑暗的眼睛，想，这孩子，她怕什么呢？这样想着，心里就掠过一丝人生莫测的怅然，还有，不安。

现在，终于，梅巧知道了那答案。

事情是怎么开始的呢？八岁的凌香不知道，可她知道有一件大事发生了，有一个大危险来临了。那危险的气味啊，像刺鼻的槐花的气味一样，弥漫在五月的空气中，无孔不入。如果在白天，似乎看不出这家里发生了什么变故，一切都和往常一样：爹一早出门，穿戴的整整齐齐，乘洋车去上班。妈也是一早出门，穿戴的也很整齐，不过不乘车，就走着去上班。天气一天天热起来，爹和妈，都换上了夏布做的新大褂儿。爹是一件月白色的，而妈的，则是粉底，上面洒满星星点点的小碎花。人走过去，就飘过一股新布的香味。

但是，太阳总会落下去的，夜总归是要来临的。危险就是在夜幕的遮蔽下现出原形。晚饭是那危险的前奏，序曲，妈一连好几天都没有回家吃晚饭了。爹阴沉着脸，不说一句话，那咀嚼着的牙齿，似乎格外用力。人人都知道，这是风暴来临的前奏。一家人，屏住了呼吸，战战兢兢，就连最小的弟弟，刚刚两岁的小凌天，爹爹的心头肉，也变得很乖。一餐饭，吃得鸦雀无声，草草收场，然后，各自回到各自的房中，仍旧是，不敢出大气。奶妈们，早早安顿自己的孩子睡下，而女佣和男工则躲在跨院伙房间，压低了嗓子，交头接耳。人人都在等待，等待着那风暴——那是躲不过逃不掉的，就是沉入睡梦也躲不过。人人的耳朵，这时，都灵敏极了，掉一片树叶也能听到那响动，更别提那“吱扭”的门声。那“吱——扭”的门响简直就是炸药的捻子，女主人的脚步，踢踏踢踏，要惊破天似的，起落间就是生死。此刻，人们反倒是横下了心了，知道要来的，终于来了。

说是吵，其实，只听见大先生一人的怒吼和咆哮，大先生发起脾气，真是可怕呀，地皮也要抖三抖的。可是，渐渐地，有了回应，那回应声音不算高，却有着一种愤怒的激烈，有一种，不顾生死亡命的激烈，说来，那才是更让人害怕的，那亡命的不顾生死的激烈是可摧毁什么的。这才是那个大危险，那个悬而未决的噩运。大先生的怒吼、咆哮，甚至砸东西，不过是烘托，烘云托月，为这个大危险，做一个黑暗的铺垫而已。

这一天，吵到最激愤的时刻，大先生动手了。他劈头朝女人挥出一掌，那一掌，是地动山摇的一掌，像拍一只苍蝇，是一个灭顶的打击。不仅仅是对梅巧，也是对他自己。那一掌把梅巧击倒了，口鼻流血。血使他怔住了，他浑身冰冷。梅巧慢慢爬起来，用手在脸上一抹，抹了鲜红的一掌，她就把那只血手，朝洁白的墙壁上，抹了一把，立时，一个血巴掌，惊心动魄地跳出来，像一个鲜红的小妖孽。梅巧看了看，二话没说，笑笑，就摇晃着走出去了。

到早晨，人人都看见了那暴力的结果，梅巧的脸，肿得很厉害，上面还有着淤青。可是她神情安详，头发梳理得一丝不苟，夏布长衫，齐齐整整，她就这样昂着头带着伤痕出门去了，临走，还吩咐了奶妈几句



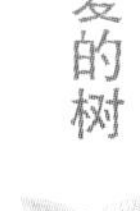

琐碎的事情，仿佛，这是一个和平常的日子没什么两样的早晨。凌香追上去，拦腰抱住了她，她迟疑片刻解开了那两只缠绕着她的小胳膊，头也不回，说，“宝，去上学。”

这一天，是煎熬的一天。每一分钟，凌香都忍受着折磨和煎熬。她上课走神，走路碰壁，吃饭吃不到心里。她一分钟一分钟，盼着太阳下山，盼着天黑，盼着夜深人静，甚至，盼着吵架——她告诉自己这一天其实和昨天没什么两样，和前天、大前天，和以往所有的日子，没什么两样。这并不是多么特别的一天，不是，不祥的一天。她挺着身子，坚定地安慰着自己，却忍不住一阵又一阵的寒颤，就像生了热病。这一天，真是长于百年啊。终于，太阳下山了，全家人，又聚在饭厅里，只缺妈妈一个。不过，没关系，昨天、前天、很多天，不也都是这样？爹的脸，阴沉着，一家人，仍旧是大气不敢出。可是爹的咀嚼，好像没那么凶狠了，爹的咀嚼声没了那一股杀气，而且，爹的饭也吃得很少很少。凌香忽然心乱如麻，不知道这是什么预兆。



后来人们就看见，凌香一个人，站在院子里，做饭的孙大出来打水，看见了，问她，“你在这儿干什么？”声音压得低低的。凌香回答说，“等我妈。”女佣杨妈出来小解，看见了，也问她，“你在这儿干什么？黑灯瞎火的？”声音也压得低低的，她还是回答，“等我妈。”人人都知道，这丫头的脾气秉性，知道劝她不动，也就由她去。渐渐地，院子里静寂了，她一个人，站在槐树下，站了大半夜。

槐花盛开着，那香气，浓得化也化不开。往年，槐花刚刚初放时，孙大就用长杆把那白色的花串打下来，洗净了，和上面粉，给他们这些孩子蒸槐花“布烂子”吃。孙大喜欢说，“应时应景，尝个鲜。”今年，孙大没有心思让他们“尝鲜”了。许是因为这个缘故，今年的槐花，比往年繁密许多，那香气，也霸道许多，浓郁许多，不容分说，是一种强悍的邪香。

夜露下来了。像树的眼泪，一大颗，一大颗，滴下来，是那种无法言说的大伤心。不知名的虫子们，唱起来。凌香的腿，又酸又胀，就要站不住了。墙根下，西番莲榆叶梅就要开了，牵牛也爬上了架。那都是妈撒下的种子，移来的花木。妈还在后院里，种玫瑰，种月季芍药牡丹，妈喜欢那些颜色热烈浓艳的花朵，丰腴的花朵。妈总是说，这院子，太素了。她就用那些花，来打扮这院子。

花啊，快点开吧。凌香在心里叫喊，花开了妈就喜欢这院子了。今年，花好像开的特别晚，特别慢，特别阴险，所以，妈才会讨厌回这个家吧？凌香突然打个冷战，绝望地哭了。

“吱扭——”一声，门响了。这“吱扭——”的声响，是多么慈悲。凌香几乎不相信自己的耳朵，不相信，这大慈大悲的声音，直到，踢踏踢踏的脚步，停在她面前，黑黑的亲爱的人影，停在她面前，吃惊地问她，“你怎么在这里？”她如同起死回生一般，一头扑在了来人怀中，说，

“我还以为，你再也不回来了呢！”

梅巧抱住了她，抱紧了她，她抽泣，浑身颤抖。梅巧用自己受伤的脸颊摩挲、抚弄她被夜露打湿的头发。她叫着她的名字，说，“凌香啊，凌香啊，宝——”她搂着这孩子把她送回后院房中。她扯下毛巾，为她揩干头发，又为她铺被子，脱衣裳，好像，她还是一个，极小的幼儿，不满四岁，刚刚离了奶妈……她安顿她睡下，睡稳，然后，久久久久，凝望这孩子的脸，美丽的、难割难舍的、血肉相连的脸，说了一句，

“宝，我的宝，你睡吧。”

就走了出去。

整整一座宅子，黑着，只有书房里亮着一盏灯，就像审判者的眼睛，神的眼睛。梅巧朝那灯光走去。她走进去，看见大先生无声地站了起来。他们无声地、默默地对视了很久。然后，梅巧就跪下了，梅巧跪下去朝着大先生，恭恭敬敬地，磕了一个头。

这一晚，出奇地静。没有吵闹。一家人，上上下下，揪着心、竖着耳朵等待着的那一场风暴，没有降临。这似乎是许久以来最风平浪静的一夜，平安的一夜。人人都松了一口气。这一夜，合宅的人都睡得很沉，很酣，梦都没做一个。

到早晨，太阳升起来，才知道，天地变色。

到早晨，榆叶梅突然地爆开了一树，一树光明灿烂的粉红，云蒸霞

蔚。他们素净的院子被这一片粉霞照亮了，可是，凌香却再也等不回母亲。永远也等不回了。

## 四、花儿酒、柿子树和其他

有一处地方，叫峨嵋岭。这峨嵋岭，不是那峨嵋山，不在四川，在河东，河东最大的旱塬。河东盛产柿子，《西厢记》不是有这样一句唱辞：“晓来谁染霜林醉，总是离人泪。”那霜林，其实不是枫林，而是柿树林。柿树在秋天，叶子一经霜打，红如血染，是河东的奇观。

峨嵋岭上，遍山遍塬，都是柿子树。峨嵋岭上的柿子，有种奇功，那就是可用来酿酒——不是普通的酒，而是花儿酒。什么叫花儿酒？你看，提壶把盏，细细地斟满酒杯，盏中心，慢慢开出一簇酒花，花花相随，走马一般排着队，沿一线齐齐滚向杯缘，碰壁即灭，这叫“走马花”，那就是说，这酒，只有30度。若是那酒花，沿杯盏口，密匝匝，排满一圈，那就叫“满扣花”，就是说，这酒，要烈一些，差不多40度。倘若是，花堆花，层层叠叠，满盏花堆成一个花绣球，也有个名字，叫“楼上楼”，那这酒，就足足有55度！——这就叫做“对花鉴酒”，可说是，河东一绝。



酿造这花儿酒，是一门独门绝技。那手艺和秘籍，相传是秘不示人的，代代一脉单传，传媳不传女。听来，就像一个武侠故事了。那酿酒的原料，还必得是峨嵋岭上霜降之后的空心柿，这种空心柿酿出的酒，会拉丝，是“花儿酒”中的极品。

说来，这花儿酒，也是酒之一祖呢，可见其古老。它幽柔醇香，回味绵长，最妙的是，一口下肚，浑身的血脉，就像被疏浚的河道，流得分外通畅：是能用来做药引的，“引百药以入十二经”。若身上有跌打损伤，它还有着外用的奇效，一搽即好。总之，是一宗宝啊。

后来，有一个叫杨深秀的读书人，把这花儿酒，带到了京城。这杨深秀，正是峨嵋岭人，他携带着峨嵋古酿，每每自乡返京，必设宴招饮，款待同侪。谭嗣同一定是饮过这酒了，杨锐林旭刘光弟一定是饮过这酒了。或许，康有为梁启超也饮过这佳酿呢！他们灯下把盏，盏中，走马花、满扣花、楼上楼，千万朵花儿滚着绣球，他们开怀畅饮，锦口绣心，商谈着变法的大计，何其快哉！

还有光绪皇帝呢，光绪皇帝想来也是饮过这美酒的。皇帝和他的红颜知己，对花鉴酒，分享着这琼浆中的奇观。那红颜知己，在月下，焚香奠酒祝祷，不是这样唱吗："愿圣明天子福寿高，雨露承恩同偕老。"想来，那杯中的酒，也是这花儿酒呢！满盏的酒花，就如同盛开的心事，用来祈天，真是再合适不过。这一对天真的男女，在心中，有着怎样美好的憧憬啊——只不过，那憧憬，比这杯中的走马花破灭得还要快：随着六君子人头落地，花儿酒从此就在北京城绝迹了。

星移斗转，又过了许多年，日本鬼子来了。这一年，日本鬼子开进了峨嵋岭，开进了大旱塬。要说这小鬼子，还真是识宝呢。他们一下子就被这峨嵋古酿吸引住了，那"对花鉴酒"的奇观，简直让他们看傻了眼。他们连连喊着，神奇呀，神奇呀，要——西！他们当然不是喊叫一番赞美一番就算了，他们要这绝技！第二年，柿子挂果了，丰收在望，酿酒的节令就要到了,他们"请"来了塬上最好的酿酒师傅,他们的人马，驻进了有最好酒窖的村庄，就等着收获的日子，採撷的日子了。他们的人——侵略者，已经按捺不住兴奋，嘴里咿咿呜呜的，唱起他们家乡庆丰收的歌谣来了。

忽然地，有一天，半夜里刮起了大风。那一场大风啊，惊天动地，自古以来，这塬上，还从没有谁见过秋天刮这样凶猛的风呢！只听见满山满塬的树们，千棵万棵柿子树，在风中，呜呜地吼了一夜，喊了一夜，狂哭了一夜。到早晨，人们爬起来，只见峨嵋岭，再没有一棵树上挂果了！这河东最大的旱塬之上，满山遍野的柿子树，万众一心地坠落了它们的果实，它们十月怀胎孕育的孩子。一夜间坠落的红柿，让峨嵋岭，变成了一片血海。事情还不算完呢，接下来，突如其来地起了大雾，蓝色的大雾，铺天盖地，一下子把峨嵋岭给吞没了。这一下，白天变成了黑夜，黑夜比地狱还黑，人们伸出巴掌，连自己的五指都看不见了！十村八村的狗，惊得汪汪乱咬，还以为，天狗吞了月亮和日头，鸡也乱了方寸，大半夜打鸣报晓。这一场大雾，三天三夜不散，到第四天，天开了，出了太阳，太阳照见了一个最惨烈悲壮的旱塬，只见，遍地坠落的红柿，

无一例外，全部烂了柿蒂，它们无一例外地在大雾中开膛剖腹自戕而死，它们万众一心自戕而死。峨嵋岭上，方圆几百里，横尸遍野，密匝匝，睡了一地的英灵。

鬼子酿酒的计划，就这么成为泡影。

这就是，我们的河东，我们的宝地啊。你可知道她的来历？大约五千年前，有一天，一个人来到了这里，来到这旱塬深处，举目四望，只见四野一片浩瀚的黄土，两条大河，黄河与汾水，茫茫苍苍地在这黄土的怀抱中，交汇。这里的地貌，有一种不可思议的诡谲、奇异和神秘，就好像一个巨大的女人的私处。这旱塬，大地，厚土，在这里，毫不遮掩地向着天宇，坦露出了自己最隐秘最神圣最蓬勃的私处。这个人被震撼了，他为这坦露感动，为大地这母亲般的坦露感动。他不能自已，他知道这是天地的大恩、大美和大善，他还知道这是一个启示和寓言！他扫地为坛，撮土为香，敬畏地感激地跪下来，对着这一片后土，长拜不起。从此，人们就把这里，称做是汾睢——大地的私处，也称做是，轩辕氏轩辕黄帝扫地为坛处。



过了许多年，差不多，两千多年后，又有一个人来到了这里。这个人乘船而来，溯黄河，入汾河，来祭祀后土。那一天，汾河之上，万船竞发，箫歌齐鸣，秋风浩荡。船夫们齐声高唱着欢快的棹歌，雁阵则从他们头上飞过。这个人，他弃船登岸，来到了汾睢之上，当年，轩辕皇帝扫地祭坛处，如今已是一座壮观的祠堂。他登上后土祠，极目远望，两千年岁月，如风而过，忽然百感交集。禁不住，他放声吟唱起来：

“秋风起兮白云飞，

草木黄落兮雁南归——”

这个叫刘彻的人，汉武大帝，那一刻，不再是一个君临天下的天子，而成了一个感时伤怀，领会着生命悲情的诗人，你听他唱道：

“泛楼船兮济汾河，

横中流兮扬素波。

箫鼓鸣兮发棹歌，

欢乐极兮哀情多，

少壮几时兮奈老何！”

就这么，一首千古绝唱《秋风辞》，在这广袤的旱塬之上，大地蓬勃的私处，诞生了。应运而生的，还有一座恢宏的建筑，秋风楼。

又过了许多年，差不多，又是两千年后，大先生来了。大先生登上了秋风楼。那一年，1939 年，省城沦陷了，大先生在省城沦陷时携家小逃出了那座亡城，回到家乡峨嵋岭避难。谁想，没多久，家乡也沦入铁蹄。大先生的声名，不知怎么，连日本人也知道了，他们竟让大先生出任伪县长！他们搬来了一个又一个说客，说客们踏破了大先生家门槛。这一日，又有说客登门，大先生不等那说客开口，就说，正要趁霜晴去登秋风楼。大先生他们村庄，和那秋风楼，相距不算太远。说客不知大先生葫芦里卖的是什么药，只好嘴里说着，“好兴致啊，”一边就随了大先生，和二三友人，朝那秋风楼出发。说来，这秋风楼早已不是那秋风楼，这后土祠也早已不是那后土祠，由于河水泛滥、冲刷、改道，它们几次落架迁建，最终，落脚在了这叫做“庙前村”的村庄。可这又有什么关系？那巍峨的秋风楼，仍然，在我们的土地上屹立着呢。这一日，大先生焚三炷香，先拜了后土祠，又一级一级，攀了九九八十一级阶梯，登上了秋风楼。立刻，黄河来在了眼底，汾河来在了眼底，广袤的黄土旱塬，来在了眼底。秋风浩荡，千万棵柿子树，坠落了果实，只剩下霜打过的柿树叶，红如血海，也来在了眼底。大先生吁出一口长气，对那说客说道，

“这里是什么地方？想必你也知道，华夏大地之睢，轩辕黄帝祭祀后土的地方！这里，就连树，也知廉耻，不敢数典忘祖，你说，我莫非还不如一棵树？”

说客目瞪口呆。

大先生又说，

“这秋风楼有多高？你可知道？我告诉你，它楼高 33 米，11 丈，人若从这楼上跳下去，想来神仙也救不活他！——今天，大不了，我从这儿朝下一跳！也学学咱峨嵋岭上那些有情有义的柿子——”

说罢，大先生纵身一跃，被同来的友人拦腰死死抱住了。

说客吓跑了。

第二天，说客带着日本人，冲进了大先生的村庄，包围了大先生的家，却扑了一个空。大先生一家，人去屋空，只剩下一条看门狗，冲着那侵略者，汪汪乱咬。日本人里里外外，搜了一个遍，捣了水缸，砸了面缸，摔了酒坛，毁了锅灶，最后，掏出枪来，一枪撂倒了狂吠不已的大黑狗。

大先生一家人，逃进了中条山里。那里是大先生妻子的娘家，当然，是现在的妻子。

## 五、大萍，还有山中岁月

起初，谁也不敢在大先生面前提“续弦”这档子事。他明显地老了，仿佛一下子老了十岁，一头墨染似的乌发中有了星星点点的银针。夜里，常听到他咳嗽，吭吭地，声音很空，在寂静中传得很远，有一种让人不忍的哀痛。当然，在白天，他仍然是一个令人敬畏的“大先生”，重创和耻辱，最深刻的羞辱，没有改变他端正肃穆的夫子仪态。

四个儿女，最小的只有两岁，还不懂事，时不时地会迸出一句，“妈妈呢？”除了这个幼儿，再没有谁，在大先生面前，提起过这个女人。那孩子出麻疹是半年后的事，不想，竟把他奶妈给染上了，原来那乡下女人没出过疹子。大先生只好从家乡接来了自己年迈的姑母帮忙照料，那时，大先生的母亲也已经过世三年多了，姑母想，若是等自己再一死，这世上，就再没有谁，能主大先生的事，这世上，也再没有谁，心疼这个男人。姑母这样想着心如刀绞，她一不做二不休，索性从家乡为大先生接来了一个女人，大萍。

这大萍，一切都和从前的那女人反着来。从前那女人，是女秀才，女先生，这大萍，没上过学，没念过书，斗大的字不识一筐；从前那女人，巴掌大的小脸，杨柳细腰，这大萍，却是脸若银盆，肥臀粗腰，墩墩厚厚，磨盘一样撼她不动。大先生哭笑不得，可这大萍，二话不说，进门来，先抱起了大病中的孩子，把这没娘的幼儿，裹在她肥厚温软的怀中，眼里流露的，全是怜惜的神情。这一下，把大先生要说的话，堵了回去。

那句话——拒绝的话，从此，再没有说出口，一辈子。

起初，这女人，大先生视而不见，只当她是没有。她出来进去，清早，用铜盆端来洗脸水，晚上，则是端来洗脚水。大先生在书房里看书，不管逗留到多晚，回到卧房，那一盆洗脚水，就悉心悉意地等在那里了，并且，总是冒着热气。炕上，早已铺好了被褥，黄铜的汤婆子埋在棉被里，鼓鼓的，像孕妇的肚子。而几上，则是一壶热茶，那茶壶，套着保温的棉套，像穿了棉袄一样。棉套是用那种家织土布做的，红红的小格子，很拙，很亮，看着就让人一暖，是大先生家乡的风格。

渐渐地，这女人的气息，就无处不在了。先是三岁的凌天，有一天，突然穿上了虎头鞋，戴上了虎头帽，兴奋地在院子里跑来跑去，把他写着“王”字、花红柳绿又拙又憨的老虎脚，伸给每一个人看。这只活生生的小老虎，在院子里一晃，就晃了一个冬天。再后来，全家人都换上了家做的棉窝或是俗名“踢倒山”的布鞋，千层底，刷了桐油，每一双鞋里，还都垫着花红柳绿的鞋垫，上面绣着，富贵牡丹、喜鹊登梅、月宫折桂，还有，万字不到头。餐桌上，常常会冒出一盘花馍，盘成各种花样，点着红绿的颜色，嵌着甜香的大红枣，这也是大先生家乡的面食。还有一碟红油辣椒，他们叫，油酥辣子的，喷香红亮的一小碟，是三餐都少不了的，用来夹热馍吃，那也是大先生家乡最正宗的口味。这大萍，浑然不觉，却把这个家，这个宅院，用悉心悉意的日子，填成了实心。

腊月里，雪一场接一场，屋檐下的冰凌，挂了有一尺多长。耳朵都快要冻掉了，可是屋子里，却是暖洋洋。炉中的炭火，烧的哔剥响，上面坐着铜壶。酒枣开了封，“揽”好的柿子，也开了封。那酒枣，是她秋天里一颗一颗挑选出来的，每一颗，都端正漂亮。柿子则是她一层一层码在坛子里，码一层，中间放一个苹果。酒枣和柿子，都用白麻纸，严严地，封起来，如今开了封，满屋子，酒香，枣香，还有那一股温软奇特的果香，扑面而来，氤氲着，是专用来填那些还没填满的空隙的。酒枣和柿子，盛在大盘子里，摆在了大先生书房窗下条案上，人一撩门帘，走进来，熏风扑面。大先生一阵怅然，一阵心痛：从前，这个节令，那条案上，供的是蜡梅，或是，水仙。他望着这些朴素的、红火的、实打实的果实，眼圈红了。

这一晚，她端来了洗脚水，转身离去时，大先生伸手拽住了她的胳膊。

“你不嫌我？”大先生开口说。

她鼻子一酸，石头终于说话了，铁树终于开花了。泪光慢慢蒙住了她的眼睛，她问道，

“嫌你啥？”

“老。”大先生哑着嗓子回答。

她摇头，眼泪流下来，她回身伸手抹了一把。这回身低头抹泪的动作，让大先生，心头一恸。傻女人哪！他怜惜地想，他知道他一辈子会对这女人好。

那一晚，是腊月二十三，灶王爷上天的时辰。外面，鞭炮声响成了一片，噼噼啪啪，十分嚣张热闹，是个喜庆的日子。

现在，这一家人，都来到了大萍的娘家。那是个小山村，窝在中条山里，山根下面。那山，可是座宝山，埋藏着各种有色金属，铜、铝矾土，还有别的什么。那里，满山都生长着药材，黄芪、川芎、菖蒲。春天，惊蛰一过，采菖蒲的人就进了山。有经验有运气的采药人，甚至，还能挖到冬虫夏草。核桃也是那里的一宝，还有柿子树。冬天，第一场雪后，山坳里，或是，向阳的山坡上，柿子树的大叶子，竟然还未落尽，白雪一映，真是精神，就像最红的玛瑙，美不胜收，人看了，就觉得抖擞和感动。



这山中的岁月，在大先生，是避世，在大萍，则是如鱼得水。她扶起磨杠推磨，拿起梭子织布，抄起扁担挑水，进山挖药，下地开荒，没有她不会的。男工女佣，到这时，已星散而去，只剩下做饭的孙大两口子还忠心耿耿跟随着他们。山根下，几孔土窑，一个大院子，安置了这一家人。院子空荡荡的，来年开春，大萍就一镢一镐地开垦出来，撒下菜籽，捉来鸡娃，养了奶羊，是一户过日子的农家了。到夏天，南瓜开了花，茄子扁豆爬上架，也开了花，黄的黄，紫的紫，大朵小朵，竟也是姹紫嫣红蜂飞蝶舞的气象。大先生挥毫写下了几个字：竹篱茅舍自甘心，没有宣纸，就写在糊窗户的白棉纸上，算是明志，其实是，满心的不甘，不甘心也没办法的事。

这一年，凌香十六岁了，高中还没有毕业。大弟凌寒也将满十五，两个人，都失学在家。夏天就快过去的时候，一天，有一个人，辗转地，从西安，来到了这山村里，要把凌寒带出去读书。这个人，当然也是大先生的学生，冒了风险才来到这里。本来，说好了是只带凌寒一个人出去的，可是事到临头，谁也没想到，突然冒出了个挡道的凌香。

“带上我。”凌香说。

凌香说话，从来不会疾言厉色，可是却说一不二，掷地有声。一家人，除了大先生，人人都很有点怕她，佣人、弟弟们，包括大萍。其实，就连大先生，对这个长女，也是心存顾忌的，还有着难以言说的心疼。她孤僻，冷漠，不爱说话，独往独来，和这家里的人，似乎谁也不亲。大先生其实是知道那原因的，正因为知道，所以，尤其没有办法。一来二去，弄得大先生独自和这孩子面对时，就总有些小心翼翼，总有些局促和不自然。

兵荒马乱，一个女孩子，出门在外总归是不放心的，何况，眼下家里的经济状况，十分拮据，一下子供两个人出去念书，哪里是件容易的事？大先生犯愁了，踌躇再三，说出两个字，“再说。”凌香听了，久久不语，忽然“扑通”一声，跪下了。这一跪，让大先生悲从中来，万箭穿心一般。他从这孩子脸上、眼睛里，分明看到的，是另一个人的神情，是另一个人的复活。这一跪，是悬崖绝壁前的摊牌，是生死的摊牌，不容分说，绝决，大义凛然。

第二天，来人从山里带走的，就不只是凌寒一个人了，还有凌香。凌香走出去很远，一直不敢回头，她知道父亲就在村口那棵柿子树下站着，一头灰苍苍的头发，她怕他看见自己眼里的泪水。

## 六、告诉你一句话

但是，凌香是必然要走的。她一直，一直等待着这一天，从八岁的某一天起就一直等待着这一天，这是一个不能更改的命运，也是一个召唤。

她来到西安，很顺利地通过了考试，插进了高三年级，吃住自然都在学校，就这样，做了一名流亡的学生。读书在她从来不算一件困难的事，许多隐秘的快乐是别人体会不到的。日子自然是苦的，流离失所怎么会

不苦？可流亡学生千千万万，又不是她一个。她是很能吃苦的呢，这一点，连她自己原先也不知道！从家里带来的一点点钱，她花的十分、十分仔细，花每一分钱都让她又心疼又愧疚。后来，一个偶然的机会，她开始给报纸投稿，再后来，竟在一家报纸开辟了一个小专栏："流亡学生日记"，写那些沦陷区的所见所闻。这一来，就有了一点小小的收入，虽然不多，可是积攒起来，也是能派大用场的。

父亲的学生，能托付子女的学生，自然，不会是泛泛之交。她不喜欢拐弯抹角，有一天，当这学生来学校探望她时，她忽然单刀直入地发难了，她说，

"你有我妈的消息吗？"

"妈"这个字，这个字眼，已经许多年，没有出口了。这个字，梗在喉头，堵在心口，吐不出，也咽不下。她从来没有管大萍叫过"妈"，尽管她知道，大萍其实是当得起"妈"这个称呼的。有一年，她得伤寒，高烧不退，大萍在她身边，衣不解带地守了她七天七夜！她弄脏的内衣裤都是大萍亲手帮她洗净的。病中，大萍那张铜盆大脸，俯下来，热烘烘，带着身体的善意，贴近她的时候，一股一股的热浪，在她身子里汹涌着，让她眼热鼻酸。可是，她还是叫不出那个字，那个要命的字，那个字，若一出口，她就彻底崩塌了。



父亲的学生，做梦也没有想到，这孩子，她会给他出这样一个大难题。他大惊失色，张口结舌，支吾着乱摇头。可是这十六岁的姑娘，脸上有一种让他害怕的表情，豁出去的烈士的表情，还有着，黑洞似的绝望。他心里不禁一动，拿谎言搪塞这孩子是残忍的啊，他想，于是，他回答，

"很久没有她的消息了，有好几年了。"

"那，最后得到她的消息，她在哪里？"

"汉口。"

汉口，她想，咽了一下口水。并不算远，不在天边，也不在海角。她的神情，让父亲的学生深感不安。父亲的学生说，

"不过她现在肯定不在汉口了。席方平，哦，他最后一封信上说，他们——"他停顿了一下，"他们就要出国了。"

出国！凌香闭了下眼睛，浑身冰冷，就像周身的血脉都被冰封住了，凝结成了剔透的树挂。她攥着的拳头，也冻成了冰坨，两条腿，则成了冰柱。父亲的学生，以为她会掉泪，会哭，可是没有。慢慢慢慢她缓过来，活过来，有了血色和人气，她说，

“谢谢你。”

父亲的学生，暗自松出一口长气，以为这事就算是过去了。不想，几天后，她忽然找上了家门。她单刀直入，劈头就问，

“你有没有，张君的地址？”

他又是一惊，不知道，她是从哪里得知了“张君”这至关重要的名字。不等他措词，她穷追不舍地又是一句，

“张君是在汉口吧？当年，他们去汉口，就是投奔张君，是不是？”

他一步步地被逼进了死角，没了退路。她虎视眈眈，横在前面，就仿佛猎人和猎物狭路相逢。他摇摇头，对她说，

“你让我想想。”

三天后，父亲的学生，给了她需要的东西：张君的地址。他想了三天三夜，才做出这样一个痛苦的决定，妥协的决定。父亲的学生这样想，假如，不给她指一条明路，谁知道这孩子一个人还要怎样瞎闯瞎撞？这孩子，是那种一条道走到黑的人，是那种，撞了南墙也不回头的人，是那种，明知是火坑也要跳的人。他很透彻地看清了这点，也看清了，那潜在的更大的危险。还有，还有，那就是，这孩子她太叫人不忍，她盲人骑瞎马似的奋不顾身，她从小小年纪起一天一天积攒起的思念与痛苦，让他不忍。他对这孩子说，

“你要记住，是你，让我做了背叛先生的事。”

一个月后，这孩子上路了。得到张君回信的第二天，她就刻不容缓地出发。她给父亲的学生留了一张便条，上面写着：大恩大德，此生不忘。其时，距离考试和寒假，只有一个月了。可这孩子一天都不能再等，她等了八年，等了三千天，耗尽了她的耐心，谁知道，这一月内，这三十个白昼和黑夜，会发生什么样的变故？这孩子她从小就是一个最没有安

全感的人，她不信任——时间。

现在，她的目的地是确凿的：四川、重庆、青木关，剩下的就一片茫然了。她怀揣着可怜的一点盘缠，一点干粮，踏上了一辆长途汽车。她只知道那车是朝南，开往石泉的。朝南，总归不会错，四川不就在陕西的南边吗？那车，拥挤不堪，走走停停，公路十分糟糕，又被日本人的炸弹，炸出了许许多多的弹坑，她坐在后座，无数次，她整个人，被抛起来，头碰住了车皮，浑身的骨头，颠散了架。可是这一晚，他们的车，并没有预期抵达石泉，而是只停在了宁陕。一车旅客，下来打尖，人家都去了羊肉泡馍馆，她没有，只在一家茶摊上，要了一大碗白开水，泡自家带的馍吃。

生平第一次，她一个人，独自坐在夜行的汽车上。四周黑如深渊，只车灯的光束移动着，像黑夜划开的伤口。车厢里起着鼾声，可她睡不着。她没有丝毫睡意。她大睁着眼睛，望着漆黑的陌生的窗外。她心里一阵一阵地恐惧，害怕，不知道这么走下去，能不能真的到达她要去的地方？重庆，青木关，在这无边的深渊似的黑暗里，这名字给人无限虚幻和缥缈的感觉，极端不真实，仿佛那是天国的某个地方，天国的车站。她听到某种清脆的琳琅的响声，一阵又一阵，原来，那是她自己牙齿在打战。



汽车在黎明时分抵达石泉。小镇还昏睡着，空气清新而凛冽，那是田野、牛粪，还有河流的气味，人间的气味。小小一条镇街，由于这笨拙的汽车与一车人的到达，竟有了一点喧腾。勇气就是在这时又回到了凌香身上，她看着太阳一点点升起来，她想，条条大路通罗马，何况一个青木关？

再往前，朝西，应该就是汉中了。可据说公路被炸毁了，不再通汽车。凌香就是在这里等车子时遇到了几个东北流亡学生，那几个学生，也是要去重庆的。凌香从此就加入到了他们的行列。他们先是乘马车，后来又乘驴车，再后来，步行，一段段、一里里、一步步地，接近着巴山蜀水。总算，汉中到了，很庆幸地，他们在汉中，搭上了开往广元的大卡车，广元，那里已经是四川的地面了。在广元，他们乘上了船。

船，在嘉陵江上航行，顺流而下。是一条大木船，八个船夫扳桨，一个老大掌舵，还有个烧饭的船娘。船客除了他们这几个流亡学生，就只有两个商人，一个教书先生。船本是载货的，载人，算是夹带。这一路行来，他们餐风露宿，可说是吃尽了苦头，一天吃不上一餐饭的时候也是有的，在破庙里、在人家的牛圈里、在山洞中过夜更是家常便饭。如今，这船，在他们眼中，竟有了诺亚方舟的意味，救世的意味。竹篷子船舱，虽然矮，可是安全，就像窑洞的穹顶；两边长长的木板铺，平平坦坦，是世上最舒坦的炕；船娘烧出的糙米饭、辣子笋干，是人间最美的美味。甲板上，扳桨的船夫，哟——嗬，哟——嗬，齐声喊着的号子，那也是，和平世界的声音。凌香舒展身板躺在舱里，在这和平的、又痛苦又欢乐的号子声里，睡熟了。

醒来时，舱里很静，很暗，所有的声音，似乎都在极远的远处。有一会儿她忘了自己身在何处，很茫然，船身摇荡着，就像一个巨大的摇篮，一个久违的摇篮。摇它的那双手啊！她觉得一阵迷糊，像做梦。就在这时她听到了舱外的人声，真切的人声，原来流亡学生们都在甲板上呢，大家都在甲板上。“我的家在东北松花江上——”一个男声颤巍巍地唱起来。“江”这个字，让她想起了自己身在何方：平生第一次，她来在了一条大江上，哟——嗬，哟——嗬的号子，那是川江上的号子，那是蜀天蜀地的声音！她静静地听，听，热泪涌出了眼睛，哭了。

傍晚，船泊剑阁，船老大望着天边的晚霞，说，“好天气啊，顺风顺水！”

真的是顺风顺水。三天后，船就抵达了合川。刚好，一队敌人的飞机，从江面上飞过，是要去轰炸重庆的，顺便朝江心投下几枚炸弹。江面开了花，有一枚，炸中了他们的船尾。船被巨浪掀翻了，一船人，八个船工、船老大和船娘、商人、教书先生，还有历尽艰辛就要抵达目的地的流亡学生，全部葬身江底。

只救上来一个人，凌香。

合川过去，是北碚，北碚过去，就是重庆，在重庆与北碚之间，有一个小镇，叫青木关。青木关有一片竹林，在临近江边的坡上，竹林外

有几间草屋，草屋里住着一户最普通的逃难的人家，男人教书，女人也教书。

这一天，黄昏时分，女先生在灶火旁，正料理着晚饭。从旁边屋子里，不停地传来男先生阵阵咳嗽的声音，“空空”地，是害着肺病的人的咳嗽。一群孩子，在竹林外一小片空场地上，抽着木陀螺。冬天的太阳，早早地沉进江里去了，江水变成了一条奔腾的血河。有人从江那边走来了，跛着腿，衣衫褴褛，沿着石头台阶，一级级地，朝坡上爬，慢慢地，露出了黑黑的头顶、脸、半个身子、腿和脚，来在了空场上，竹林外空场上。那一群玩耍的孩子，瞪大了眼睛，瞧着这不速之客。客人问了孩子们一句什么，只见一个五六岁的小姑娘，转身，朝屋里跑，嘴里喊着，

“妈，妈！有个要饭的找你！”

女先生闻声出来了，从茅屋里钻出来，蓬着头，青菜叶粘在手上，一身的柴烟味。起初她没有认出来人，说，“谁呀？”突然间她的嘴张大了，人就像钉在了地上，她的脸和手，一下子变得雪白，浑身的血，仿佛被什么东西刹那间吸光了，她站在那里，就像一个苍白透明的惊叹号！只见来人，一步步地，跛着朝她走来，走在和她近在咫尺的对面，来人说，



“你说过，永远也不会丢下我，八年来我没有一天忘记过这话——我来，是要告诉你一句话：你——不值得我这么、这么样牵挂！”

说完，她掉头而去。

“凌香！宝——”女先生，梅巧，大喊一声，倒在地上。

## 七、传奇的结局

入冬以来，席方平就一直咳嗽不止。梅巧想为他生一个火盆，却没有钱买木炭——木炭的价钱比黄金还要贵！梅巧就把厚厚的草纸烤热了，一层层，给他敷在脊背上，又把橘子在火上烤熟了，上面滴一滴麻油，让他每天空腹吃下去。她还用梨煮水，用白萝卜熬粥，总之，她把她知道的那些民间偏方验方，一一都试过了，可是那咳嗽的趋势仍旧是愈演愈烈。

夜晚，他咳嗽得最剧烈的时候，她就把他抱在怀里，就像抱一个孩子。

“好一点不？”她总是这样问。

“好多了。”他总是这样回答。

他在她温暖的怀里，那让他更加软弱。他们常常相拥着到天亮。有时，他会说，“要是能睡在一盘暖炕上，该多舒服啊。”她就把他抱得更紧一些，说，“是啊，南方哪儿都好，就这一样不好。”她知道，他心里想说的，其实不是这些话，他也知道，她知道。

他们都躲避着一个字眼，一个事实，那就是结核，或者说肺痨。可他们心里比谁都清楚他们遭遇了它，遭遇了这瘟神。他们彼此在对方面前掩藏着内心巨大的恐惧。失眠的夜晚，他们躺在南方阴冷潮湿的草房里谈论的，永远都是一些鸡毛蒜皮的小事，关于北方的小事，比如，小米粥，比如，冬天的烘柿子，比如，一碗热腾腾的“头脑”，那是家乡冬季早晨最美的美食。他“空空”的剧烈的咳嗽像电流一样一波一波传导到她身上，让她害怕得发抖。她只有把他抱得更紧，她想，一遍一遍地想，上帝，这是我的，我唯一的，你不能把他夺去……

有一夜他突然讲起了他亡母的一件小事。他说，他们家乡河东有一个习俗，婚后的女人，要送丈夫一件信物，一件绣品，类似荷包的一只小口袋，可却并不是普通的荷包，不装钱，不装烟，而是——牙袋！知道那是做什么用的？人老了，掉牙了，满口的牙，一颗一颗地脱落，那口袋，就是装这落牙的。一颗一颗的落牙，装进这小荷包里，到最后的时刻，是要携带在身上，一颗也不能少，带到另一个世界里去的。这样的荷包，牙袋，女人要绣两只，绣一对，一只给丈夫，一只给自己，那意思就是，白头偕老，那是对“白头偕老”的郑重承诺。

“我娘身上，就贴身系着一只这牙荷包，牙袋，红绸子底，绣着鸳鸯。另一只，让我爹带走了，只不过，我爹的那只荷包，里面是空的——他没活到掉牙的年纪，就撇下我们撒手去了，他辜负了那只牙袋……”

他搂着梅巧，他的女人，这么说。她浆果一样成熟的、温暖的、经血旺盛的身体，让他无限依恋和难舍。多么好的身子啊！他把脸紧紧贴在她的脸上，突然地，哭了。

一周后，他的枕边，多了一样东西，一件绣品，小小的，红布做底，

勾着牙边，上面绣了两只五彩的鸳鸯：最俗、最艳的图案，可却绣得风生水起，惊心动魄，针针见血。另一只，同样的两只让人惊心的鸳鸯，攥在梅巧的手里，梅巧俯下身来，黑森森的眼睛，对了他的脸，一字一顿地说道：

“席方平，你听好了，你，是不能辜负这只牙荷包的啊！”

梅巧说完这话，眼泪就滚了出来。

这就是他们的故事，以传奇开始，却没有一个传奇的结局。两个心高万丈生死相随的有为青年最终落在了生活艰辛的窘境之中，不是所有的浪漫出逃，最终，都会在巴黎的塞纳河边、伦敦的老街区，或是上野的樱花树下，戏剧性地落脚。而更多的时候则是，这世上，又多了一对贫贱夫妻而已。

其实，在凌香看到梅巧的最初一刹那，她就原谅她了。看到她从茅屋里，烟熏火燎地钻出来，蓬着头发，穿打补丁的衣服，手上粘着菜叶的那一刹那，她就原谅她了。或者说，更早，在她乘坐的木船被炸沉，整整一船人，葬身水底，那和她一路行来已情同手足的流亡学生们，那和她一样年轻一样茁壮健康的生命瞬间灰飞烟灭的那一时刻，她就原谅她了。可她还是说了那句话，那句话，梗在喉头，坠在心头，是必须要说的。说完了，她才能重新成为一个善良温情柔软的孩子，一个悲天悯人的孩子。



## 八、饥荒

又是许多年过去了。

这一年，是一个饥荒年，大饥荒。不仅是乡村，城里人也在挨饿。所有的城市，也许，除了北京和上海，都陷落在了饥馑之中。在凌香的城市，许多人都患上了浮肿病，皮肤肿得明晃晃，头脸都显得很大，像橡皮人。有许多年轻的女人闭了经。这些浮肿患者，有时，凭医院的证明，可以去购买一些“营养品”，比如，用麦麸和糠做的饼干。

人们都在为吃忙碌着，动着各种各样的脑筋，城郊的野菜，早就让人挖光了，豆腐渣，还有，喂牲口的豆饼，成了人们四处寻觅最抢手最热门的食物。发明了一种饮品，叫小球藻，是一种藻类的东西，养在大池子里，绿莹莹的，据说营养价值很高，幼儿园和小学校的孩子们，排着队，去领一茶缸小球藻喝。当然，供应浮肿患者的糠饼干，也是发明之一。

这一年，凌香三十七岁，是两个孩子的母亲。这两个孩子，一个十二,一个十岁，正是长身体的时候，正是，怎么吃也吃不饱的时候。配给供应的粮食，自然不够他们吃的，逢年过节凭证购买的肉、蛋，不够他们填牙缝的。这就需要大量购买高价的粮食和高价的食品。好在，凌香还有这力量。她丈夫是一家大型企业的高工,她自己则在一所高校任教，两个人的月入，还有一些积蓄，一分不剩，全用来买吃的了。

每月，发薪水后的那个星期天，是凌香最忙碌的日子。一大早，她就携带着一些吃食，乘三十公里汽车，去看望父亲。她父亲大先生，解放后就一直担任着一所高等专科学校的校长。那学校，不在省城，却设在这个交通并不十分便利的小城里。大先生不光担任校长，还教书，还著书，他喜欢小城这种避世的安静的气氛。

学校坐落在汾河岸边,校园十分辽阔,有一种跑马占地的豪气和奢侈。那里面的建筑，全都出自苏联专家的设计，笨拙，坚固，大，也是奢侈的。这样的建筑群里必定要有一座礼堂，上面耸立着克里姆林宫式的尖顶和红星。大先生的家，是一栋独立的建筑，西式的平房，红砖，石头台阶，带长长的有出檐的前廊。院子很大,种着石榴、香椿和枣树,而那些空地，则被大萍一块块开垦出来，种各种蔬菜，甚至，还种玉米这样的粮食。

在一九六〇年代，这样的开垦和种植，就有了拯救的意思在了。

大先生四个儿女，如今，天南地北，全不在身边，只有凌香一人，离得最近。一个月，至少，有一个星期天，是大先生的节日。这一天之前，前好几天，大先生和大萍就开始为这节日做准备了。大萍挎着篮子去排各种各样的长队，买凭票证供给的宝贵的东西：粮、油，一点点肉、蛋之类，大先生则去排另外的队，去买更加宝贵的高价白糖、糕点，还有，好一些牌子的香烟等珍稀物品。像大先生这样的人士，偶尔，会有

一些特殊的供给，不多，大先生都攒着，是要将这好钢用在刀刃上。到了这一天，一大早，大萍就拌好了饺子馅，猪肉白菜，或者是羊肉胡萝卜，香香的一大盆。大萍的饺子，是很拿得出手的，皮薄馅大，鼓着肚子，白白胖胖，排着队，整整齐齐几盖帘。一家子，三口人，食量再大，几盖帘饺子哪里吃得完？剩下的，也都煮出来，晾好了，一个个，码进饭盒里。大先生说，“带走吧。”

凌香从来都是吃罢午饭就告辞，大先生和大萍，也从不多留她。那些糕点、白糖，一样样地，全让大萍塞进了她的提包里。永远是，她带来的少，带走的太多、太多。若她推辞，大先生就生气，说，“又不是给你的，带回去，给明明亮亮吃。”

带走的，不仅仅是糕点、白糖，煮好的饺子，常常还有晒干的各种蔬菜：茄子条、萝卜干、干豆角等等，也是一包一包的。还有一条烟，大前门，或者凤凰。这烟，总是由大先生亲手拿出来，沉默不语地，给她塞到提包里。

是啊，大前门或者凤凰，总不能再拿明明和亮亮做幌子了。凌香的丈夫，也是从不抽烟的，这烟，就显得很没头没脑和突兀。凌香心知肚明，却从不说破，她拎着大包小包出门去，走出好远，回头看，大萍搀着大先生，还在那门前站着，朝她这边望呢。



现在，现在，凌香该到她的第二站了，三十公里外的省城。

五十年代初叶，席方平和梅巧，带着他们唯一的女儿，回到了这里，这个悲情城市。

他们回到北方，当然是因为健康的原因，席方平再也不能承受南方阴冷潮湿的冬季。所以，当他终于接受了家乡省城一所中学的聘书时，他想，他这是向自己的青春缴械了。

他在那所中学里，教数学，梅巧也一样，仍旧是教小学，做孩子王。他们的家，就安在离那所中学不远的一处四合院里，租住了人家两间东屋。自己动手，搭建了小厨房。这一住，就是十年，他们的女儿，从这四合院里，考入了北京的一所大学，毕业后，一下子，被分配到了甘肃，支边去了。

饥荒到来了，让人措手不及。前两年，还红红火火闹大食堂呢，吃饭不要钱，仿佛到了共产主义。可饥荒一下子就来了，说来就来了。要说，梅巧其实是很会过日子的，很会精打细算，可任凭她再会过日子，也没办法让一日三餐都吃饱肚子了，再精打细算，也调度不开那有限的、可怜的三五斤细粮，以及每人每月的二两棉籽油了。还在三年前，由于肺病的缘故，席方平就病休在家，吃了劳保，而一个小学教师的工资，又实在是有限，买高价粮的钱都捉襟见肘，何况营养品？梅巧就把所有的细粮省下来，给席方平吃，自己吃掺干菜、掺糠的窝窝，把油省下来，给席方平炒菜，自己吃腌制的酸菜、咸菜。逢年过节那区区一斤肉，则是买来肥膘，炼成猪油，油渣做馅，配上萝卜白菜，给席方平蒸包子。

"你呢？你怎么不吃？"席方平端起饭碗疑惑地问她。

她抽着一支劣质的香烟，最便宜的白皮烟，这是她从年轻时就染上的嗜好，也是从前的日子留在她身上的唯一遗迹。她深深地吸一口烟，回答说，"你先吃，我还赶着判作业呢。"要不就是说，"刚才包子出笼，我趁热先吃过了。"席方平不相信，审问地，盯着她的脸，她面不改色，说，"你看你这个人，就这点讨厌，婆婆妈妈，我现在饭量大，饿不到时候嘛。"她还说，"这些日子我比从前能吃多了，都吃胖了。"

她的脸，真的是胖了，明光光的，晃人眼。席方平知道，那是——浮肿。

他愤怒了，他说，"梅巧，你当我是傻子呀！你当我瞎了眼呀！"

梅巧的脸，突然之间变得十分严肃，她盯住了他，慢慢地开了口，她说，"我身体好，吃什么都抗得住。你不行，你全靠营养来撑着，没有营养，你活不了几天！你听好了，我不让你把我扔到半路上，那样我也活不了——你要救你自己，救我！所以，你必须闭上眼，狠下心，吃！"

她恶狠狠地、一字千金地说出那个"吃"字，眼圈红了。

有一天，凌香来省城参加一个会议。晚饭后，会议上没有安排什么事情，她就到梅巧家去了。说来，这些年来，凌香姐妹兄弟四人，只有她一个和梅巧保持着联络。凌寒、凌霜、凌天，对梅巧，就当世界上没她这个人。只有凌香，月月给梅巧写信，寄一些钱，知道他们的生活是不宽裕的。有时，去省城出差或开会，就到她那里去看一看：当然，从没有过夜留宿过，因为有席方平在，毕竟，是很不方便的。席方平一直

让凌香感到局促和为难，不知道拿这人怎么办。这一生，凌香只听到父亲提到过一次“席方平”这名字，那还是很多年前，除夕夜，全家人在一起吃团年饭，那一晚，大先生喝了酒，喝醉了，他忽然用筷子指点着大家，没头没脑冒出一句，

“你们要记住，记好了，席——方——平，这个人，是咱们全家人的仇敌！”

那时，凌寒、凌霜、凌天，全都回过头来，同仇敌忾地，瞧着大姐，他们的眼睛在说，你听听，你听听，你居然认贼作父！他们都知道这些年来凌香和梅巧来往的事情，他们都知道凌香舍不下梅巧。这让他们不愉快，觉得这人背叛了全家，背叛了父亲。他们是将“梅巧”和“席方平”合而为一了。不过凌香这个人谁又能拿她怎么样？不是就连日本鬼子的炸弹也没能把她“怎么样”吗？凌香没有生气，只是很意外，这么多年了呀！她以为那件事对父亲来说，已经“过去”了，可原来并没有——过去。

她很惊讶。



这一天，凌香从会议上出来去看梅巧，进了那日益拥挤混乱的四合院，一看，梅巧家厨房里亮着一盏昏灯，就进去了。一推门，就看到，梅巧正坐在灶台边小板凳上，吃着一个——窝窝。听到动静，梅巧一仰脸，凌香吓一跳，那张脸肿得就像戴了一张橡皮面具！凌香呆了半晌，走上去，从梅巧手里，夺过那黑乎乎团不成团的东西，咬了一口，眼泪就下来了。

下一个星期天，凌香又来了，背了大包和小包，也不说话，大包里是粮食，都是高价粮：挂面、小米和玉茭面，小包里则是白糖、水果糖还有鸡蛋。她一样一样往外掏，绷着脸，像是和谁生气。这些东西，救命的东西，则摊了半炕头。梅巧用手摸摸这样，摸摸那样，哭了。

一月一次的探望，就是始于这个时候。从前，凌香每月是必要去探望大先生的，现在，她延长了这路线，延长了三十多公里，大先生那里，就成了一个中转站。从前，她背包里带去的东西，是要卸空的，现在则是，卸一半留一半；从前，在大先生家，她待得很从容，现在则是，撂下午饭的碗筷就要匆匆出发。起初，她不知道怎样跟大先生解释，她想了一些笨拙的理由作为提前告辞的藉口，比如，明明不舒服，要不就是，亮

亮不舒服，或者说，家里有点什么什么事。这样说的时候，她从不去看大先生的眼睛。忽然有一天，她发现自己不需要再找任何藉口了:那一天，大先生把一条凤凰牌香烟，悄悄塞进了她提包里。她如雷贯顶，知道了，大先生，父亲，心里是明镜高悬的啊。

只不过，她不说，他也不说，都不说破，很默契。不同的是，她从父亲家里带走的东西，比从前多了许多。这叫她不安，可是父亲不由分说，父亲指挥着大萍，装这个，带那个。凌香想拦，拦不住。拦紧了，父亲就叹息一声，说，“又不是给你！”她知道，她当然知道这个七十多岁的父亲，在饥荒的年代，饥饿的年代，从自己牙缝里，节省出、克扣出这一点一滴的食物，这恩义，是为了谁。所以，她才尤其地不安、难过。

她逼迫梅巧，当着她面，一个一个地吃下她带去的饺子。她像阎罗一样不留情面地逼迫着她，吃下一饭盒，一个不许剩。这是她能为父亲做的，唯一的事情，她能为白发苍苍的父亲做的，唯一的事情。

## 九、心爱的树



三年的饥荒过去了。更大的灾难，还没有到来。一段和平的丰衣足食的日子来临了。那每月一次的探望，仍旧继续着，成了一种习惯。现在，到了那一天，梅巧也能张罗着为凌香包饺子弄吃的东西了。

梅巧的饺子，是另一种风格，很细巧，精致，像她这个人。凌香一边吃一边称赞，梅巧坐她对面，抽着香烟，说，

“你包的饺子，也很香啊，就是样子笨了点。”

“那是大萍包的。”凌香脱口说。

梅巧怔了一怔。香烟在她指间，缭绕着。许久她笑了一声，说，“你父亲，还那样吗？”

“哪样？”

“古板，霸道，不通情理，狭隘，脏，留那么长的黑指甲，吃饭吧唧嘴。”

凌香放下了筷子，狠狠地，严厉地盯着梅巧，父亲从前的妻子，说道，“我从来，几十年来，没从我父亲，我爸爸嘴里，听到说你一个‘不’字，几十年来，他没说过你一个不好——”

“他嘴里不说，心里可是在诅咒我！”梅巧打断了凌香的话，“他在心里，一天要咒我八十遍！他亲口跟我说过，他说，梅巧，你这么背叛我，你这么走了，我一天咒你八十遍——”她哽了一下，眼圈红了，长长一截烟灰，噗地落下来，落在饭桌上，她背过了脸，“你爸爸，他还好吧？”她声音变得伤感，温存。

“好。”凌香回答。

他并不好。凌香却一点不知道。儿女们，他谁也没告诉。他怀里揣了一张前列腺癌的诊断书，医生让他住院，开刀，他不。他从不相信西医的刀和剪，不相信现代医学的神话。他确实是个古板的人。他在一个老中医也是他的老朋友那里接受治疗，老朋友给他开出一剂剂汤药，丸药，他勤勉地、恭敬地吃下去，老朋友说，“大先生啊，这世上的药，从来都是只治能治好的病的。”

他笑了，哪能听不懂？他回答说，“老弟，我知道你不是神仙，开不出一剂起死回生汤。”



他躲进书房里，清理一些东西，书稿、讲义、讲稿，他一生的心血，点点滴滴，全在这里了，他一生的时光，也在这里了。他抚摸它们，爱惜地，一张一张掀动，和它们做着告别。他清理架上的书，线装的，简装的，一本一本，都是老朋友，知己知彼的，不离不弃，陪伴了他几十年，也是恩深义重的。他心怀感激抽出一本，掀掀，翻翻，再抽出一本，掀掀，翻翻，又抽出一本，掀掀，翻翻，忽然，一张纸飘下来，大蝴蝶一样，翩翩地，落在了地板上，落在他脚边。

是一张信笺，宣纸，上面有水印的字迹：不二斋，那是从前，他书斋的宅号。

他拾起来，只见上面，用毛笔写着这样几个字，

“梅：你这可恨的女人，你还好吧——”

是一封，没有发出的信，永不会发出的信，不知什么时候，藏在了那里，他的手，抖起来，他站不住了，几十年岁月，像浩荡长风一样，扑面而来，思念，扑面而来。他的眼睛潮湿了。

下一次，凌香来探望他和大萍时，他告诉凌香，下周，他要去省城，

参加一个会议。他问道，“你能不能陪我去？”

那是一个可开可不开的会，务虚的会议，平时，大先生是不喜欢开这样的会议的，可这一次，他很踊跃积极。这踊跃的态度让凌香生疑。当他们父女俩终于坐在了开往省城的火车上时，凌香发问了，

“爹，你到底有什么事，说吧。”

大先生沉吟了一下，把眼睛望向了车窗外，

“我，想见你妈一面，行吗？”

六十年代中叶，一九六五年，这个地处内陆的北方城市，没有咖啡馆，也没有茶座。他们两个人，大先生和梅巧，见面的地点，约在了——火车站。

火车站候车室。

这个城市，交通不算发达，它不在那些重要的铁路干线上，每天，从这城市过往的车辆，不算很多，下午，二三点钟的辰光，几乎没有列车在这里停靠，是候车室里比较安静的时候。

梅巧来了。

凌香推了推大先生，把远远走来的梅巧，指给他看。他看见了一个……老太婆。这老太婆径直朝他们走来，逆着时光，朝大先生走来，十六岁的梅巧，嘴唇像鲜花般红润，两只大大的清水眼，吃了惊吓，就像鹿的眼睛。这幅画，在大先生心里，不褪色地收藏了四十多年，一时间他很糊涂，不知道，这两鬓霜染的老太婆和梅巧，有什么相干？

他听到凌香叫“妈”，站起来，他也站起来。现在他们面对面站在了一个车站上。那永不再年轻的脸，衰老的脸，刹那间让他大恸。四十多年的时光，呼呼地，如同大风，刮得他站不住脚，睁不开眼。他们愣愣地，你望我，我望你，对视了半晌，身边是来来往往的旅人。凌香说，“坐吧。”他们就都坐下了，左一个，右一个，中间隔着一个凌香。都不知道，该说些什么，还是凌香先开了口，凌香说，“热吧？”

梅巧摇摇头，说，“不热。”

“我去买汽水。”凌香站起了身，走了。

头顶上，大大的几个电风扇，旋转着，发出嗡嗡的响声。一时间，

有一种奇怪的安静，笼罩了午后的车站。所有的声音都远去了，人声、车声、广播声，一切一切，如退潮的水一样渐行渐远。只有他们裸露着，像两块被岁月击打的礁石。大先生摸索了一阵，从衣兜里，掏出烟来，是一盒凤凰，他夹出一支，递到了梅巧面前，说，

“抽一支吧？”

梅巧接了过来，说，“好。”

他自己也夹出一支，然后摸出打火机，打，打，却打不着。梅巧就从他手里把打火机接过来，一打，着了。蓝蓝的小火苗，悠悠的，那么美，那么伤感，楚楚动人，梅巧把它举到大先生脸前，他凑了上去，猛吸两口，竟呛出了泪似的。梅巧自己也点着了，他们就坐着，吸烟。

“你还好吧？”大先生开口了。

“还好。”梅巧回答道，“你也好吧？”

“好。”他说。

梅巧吐出一口烟雾，那烟，有一种辛辣的熟知的浓香，那是梅巧喜爱的味道。



“那些烟，都是你让凌香捎来的吧？”梅巧忽然问出这么一句话。

大先生愣了一下。

“还有那些东西？”

“不全是。”大先生忙纠正。

原来，梅巧心里也是明镜高悬的呀。知道得清清楚楚，那些救命的食物，那些粒粒赛珠玑的粮食，那些糕点、白糖，是出自哪里。她没有拒绝，心里是领了他这深恩厚义的。

“大恩不言谢，”梅巧眼睛望着别处，轻轻地，却异常清晰地说，“大恩不言谢。”她声音哽了一下。

“梅巧，不要这么说。”

“大先生，我不说。”

他们都不知道，此时此境，再说些什么。两个人，默默望着。他们要说的话，都化做了袅袅香烟。他们跨过了三十四年的岁月，来在一个车站，好像就是为了在一起抽一根烟。一根烟抽尽了，大先生捺灭了烟头，

说道，

“昨天，我去了趟头道巷，转了转，十六号院子——”他顿了一顿，头道巷，十六号，那是他们从前的家，“十六号院子还在呢，做了小学校，不过那棵树，大槐树，多好的一棵大树呀，不在了，让人家锯掉了。”

从前，很久以前，她总是把大槐树的叶子，涂染成汹涌的澎湃的蓝色。那时她心里是多么不安分啊。梅巧笑了一笑。

“我知道，”她回答说，“锯掉好几年了，说来也巧，那天我刚好有事路过那里，成年八辈子也不路过一回，就那天，偏偏路过了——看见工人们正在那里伐它呢，两个人，扯着大钢锯，滋拉，滋拉，扯过来，锯口那儿，就留出一大串眼泪，滋拉，滋拉，扯过去，又是一串眼泪，我看得清清楚楚，老槐树哭呢……”

她不说了，别过了脸。

这脸，刻着时间的痕迹，岁月的痕迹，有了真实感。是梅巧，唯一的梅巧，老去的不能挽回的梅巧。午后的阳光，从阔大的玻璃窗里，照射进来，她整个人，沐在那光中，永逝不返的一切，沐在那光中。那光，就好像，神光。远处，有一辆列车，轰鸣着朝这里开来了，是大先生就要登上的列车，是所有人，终将要登上的列车。他眼睛潮湿了。

他想说，梅巧，下辈子，若是碰上了，还能认出你吗？却没有说出口。

日本宪兵队长四九城办礼品，为的是偶见尚二爷的红颏儿。这消息，如九月的秋风，飒飒利利地在闹市口的街面上飘过，人们的心头美滋滋的。与日本开战以来，京城里能拿日本人一把儿的事情不多，像古北口把鬼子凿了，朝阳门外摺跤鬼子吃了一跛脚了……这样的话茬只能背后说笑。说鸟行，鸟儿是善良吉祥之物，敞开说笑不犯忌，于是“永聚合”门前，里三层外三层围满了人，卖糖葫芦、风车、吹糖人的小贩们也跟过来了，真不知道今儿是什么集。

# 闹市口

田 韬



北平，芒种时节。

已近巳时，该是古爷上路的时候了。

尚二爷从茶馆赶回来，到了“永聚合”，脸上已经见了汗。达子接过尚二爷手里的鸟笼子，红木杆挑着，挂在房檐下的钩上。尚二爷抬眼看了，对达子说，给我瞜紧喽，今儿街面上热闹，别让猫儿狗儿的抓了去。达子是尚掌柜贴身的伙计，机灵劲儿很合尚二爷的心思。达子应声，是，您呐！怕尚二爷不放心，又找补一句，这么高的房檐，除非猫儿狗儿的长了翅膀，不这么着，想碰咱家红颏儿一下，万难。尚爷望着高高的房檐，觉着达子说的不错。他一边掸着鞋面的尘土，一边又细看路祭的茶桌。

这是为古爷出殡预备的茶棚：顺房檐搭了一丈见方的白布，几根竹竿撑着，一直遮阴儿到马路牙子；红木八仙桌，上面摆放着四碟子糕点，大托盘盛着时令鲜果，茶盘是水晶琉璃的，用一方洁白的方巾盖着茶壶茶碗；桌边垂着帷幔，白底蓝花嵌金丝；素雅，庄重，如同老哥俩的交情，事事不含糊。

一时间，斜对面胡同里便有了鼓乐响动，响尺急促，叫赏声、呼应声、僧道的咏经声，随着吃溜溜钻天的纸钱，飞到半截空，雪片似的四散着飘。尚二爷看着天上的纸钱，心中酸楚，回身对达子说，赏钱？

达子回道，爷，预备下了。

杠头是谁呀？

是顺子。

嘱咐顺子，拿稳喽，本家见不到撒汤漏水，回头我单请。

达子说，昨天我就按您说的就托付下了，待会儿过来，我再把话传过去。

大街上的人越积越多，隔日就是五月节，十字街上处处是买卖马莲、苇叶、艾蒿的人。一筐一筐的苇叶，洒上水，晶莹碧绿的招人眼，一大个子把筐端起，上肩，在街上走过，一阵阵的清香在街上漫散。一些个推车的、挑担的、扛大个叫嚷借光让路的，夹杂着各种叫卖声，呜呜泱泱、挤挤插插，不大工夫就把胡同口糊严了，待到殡丧队伍的大司事露面时候，人群呼啦一声就豁开个大口子，这情景让人想到暴雨后的护城河，水流冲撞着，任谁也别想拦住。尚二爷一边在门口驱散看热闹的人群，一边向胡同口张望，又见一把纸钱钻上半天空，散开，影儿恍恍惚惚映在茶桌上，挡不住丝丝缕缕的悲凉。

高挑经幡的执事已经出了胡同口，跟着是僧道尼的经乐，等棺木来到了闹市口街上，队伍便缓缓停住脚步。胡同窄，棺木出门时候是十六人杠，出了胡同，要换成三十二人大杠。杠子无论加减，棺木都不能着地，不许打晃，讲究的，棺木头上放着一碗水，从起堂到墓地，上坡下坎，顺杠换肩，这碗水不能有半点泼洒。杠头顺子拿出本事，几声尺响，杠夫们托底跟趟、穿杠、换肩，随着响尺示意，几十个穿戴整齐的精壮汉子，闪转腾挪，低沉呼应，呼唤声如狮吼呼啸，自是一番撼人心魄的声势；大喇叭呜哇呜哇响得震耳朵，叫好声、打赏声、杠夫们的附和声，混合成一种神圣而诡异的召唤。瞬间换杠停当，孝子一身白袍，蒙着孝帽子，被人搀着几步来到茶桌前，双膝跪地给尚二爷磕头道辛苦。尚二爷双手扶起古少爷，不免想起几天前，与古爷还在茶馆说笑，如今阴阳两隔，永难相见，一行热泪涌出，不禁脚下挪动，挤开人群，几步跨到

到棺木前，扶着绣着五福捧寿的金花棺罩，说声，走好古爷！又哭出声来。此时顺子又喊出，孝子磕头了，“永聚合”尚掌柜赏钱二百吊，杠夫们跟声符合，赏钱二百吊——。

乱过一阵子，等出殡的队伍走过，人群渐渐散开，尚掌柜被伙计们搀回到客厅，尚二爷是心情才有了舒缓，他坐在椅子上，下意识向外观瞧，突然脸色煞白，指着窗外大叫一声，哎哟——，便昏了过去。

达子一看，也惊呼，鸟——笼子，没了！

## 板凳宽

不用说，尚二爷的心肝宝贝儿，是被富三爷“荣”（偷）走了。

富三比尚二爷小两岁，都是年过半百的人，玩闹的心思一点不减。富三爷喜欢玩意儿，赌虫、架鹰，冬景天怀里揣个蝈蝈葫芦；手里盘着一对儿大狮子头，这对狮子头有故事，先前说是僧格林沁赏给他爸爸的，没人信，后头就改成咸丰爷赏给僧格林沁，僧大帅褒奖他爸爸的，人群里没人见过僧大帅，只能由着他性儿说。不过这对儿核桃真有样，周正、大八棱，滋润透亮，已经揉成红玛瑙的颜色。核桃揉在富三手里，老远就能听到哗啦哗啦的响动，像是两块闹响儿的石子在他的手里滚。尚二爷听了皱眉头，说，多好的玩意儿到了你手里，那算是糟践了。富三不爱听，索性尚二爷玩什么他就要什么，不给就赖。古爷常劝，玩玩意儿嘛，要局气，人家什么时候愿意给你了，那是另一番情意，又抢又夺的，那点意思就爹裂了？尚二爷给过富三爷不少心爱的东西，好蛐蛐、好蝈蝈，连同家什板儿（养虫的家什）都给了富三。但凡富三喜欢的，尚二爷尽可量的应允，只是这只红颏儿，富三说过几回，尚二爷咬紧牙关就是不松口。

这只红颏儿是尚二爷的心尖宝贝，虽说是鸟市上淘换的，尚二爷也认定是一生缘分。

尚二爷在旗，祖祖辈辈吃皇粮，老家儿（父辈）节省，生生从嘴里抠出一个偌大的家产。铁杆庄稼指不上的时候，日子过得照样滋润。尚二爷当家后，觉着在城里游荡不是日子，就托人盘下个做料器的买卖，起字号“永聚合”。胶东兑货：鼻烟壶、烟嘴、珠串、托盘、器皿……前几年还去过日本，办了些“化学”（塑料、胶木）类的东洋货，几年踢腾，“永聚合”在京城也有一号了。柜上的事有二掌柜照看着，昌平庄院有管家，自己两头不撒手，日子过得活泛而实在。尚二爷走到街上，精气神鼓胀着印堂发亮，常遇见算卦的跟着跑：这位爷，送您一卦，十日内必有一步好运，到时候您请我喝酒。尚二爷抱拳，借您吉言，只要我有工夫，门框胡同咱爆肚酒。

尚二爷有了钱，听戏不捧角，吃饭不挑馆子，不酗酒，玩玩意儿不斗狠；闲时喜爱花鸟鱼虫。尚二爷玩玩意儿有心得，他说，爱什么就该明白什么，顺着那些花儿、虫儿、鸟儿的性子，没有养不好的。再者说了，人活百年，草木一秋，同是来世一遭，没见过拿着争斗当日子过的。

头年秋后，尚二爷从昌平乡下回来，到了德胜门，就打发管家赶车回去了。

尚二爷养鸟，红子、百灵、春蓝秋红的点颏养过不少，只是没有称心的。尚二爷百宝阁子放着一只紫檀雕花的鸟笼子，原装一堂官窑斗彩的鸟食罐，掌灯后，尚二爷舒展一下疲乏的筋骨，冷眼见到鸟笼子，一阵阵的不甘心，一个实用物件，不该成了摆设。

尚二爷在鸟市上逛了阵子，准备回家的时候，忽然瞥见一位庄户打扮的汉子，正把一只灰旧的笼子挂在树杈上。笼子里的鸟，大片的红羽铺在前胸，那红羽鲜红如血，甚是耀眼。鸟也灵透，见到尚二爷阔步走来，仰头欢叫一声，声音竟是宏亮悠长，宛如梅兰芳的一声甩腔，勾去了人的心魄。走近看，红脯如同一只倒挂的葫芦，粉叉分明，鸟儿眼明羽顺，站腔雄健，见了尚二爷，时不时还歪着头，像要跟尚二爷请安问好似的。尚二爷不觉赞道，好模样。把式，说个价吧。

庄家汉子见说，知道碰见行家了，抿嘴笑道，您眼力好，爷，随您赏。

尚爷端详着鸟，说着，说个价，也好有个掂对。

一百大洋，要听响的。嘻嘻，汉子还是抿着嘴。

达子一听要一百大洋，没等尚二爷说话，眼珠子差点崩出来，我没

听错吧，砸明火呀？这就是个鸟，你以为卖黄花大闺女呢？

汉子还是抿嘴笑，呵呵，不瞒小哥说，黄花大闺女有的是，这只红颏儿，可是百年难遇，不信，问爷。

尚二爷说，小孩子不懂事，跟我走吧，柜上拿钱。

尚二爷让汉子提着笼子，又买了布罩子蒙上，免得路上把鸟惊着。一切收拾利索了，才让达子叫车。

尚二爷拎着红颏儿进茶馆，是一个礼拜之后的事儿了。这段时间红颏儿要换食、上杠。野性十足的鸟，原在乱树棵子里捡食吃，蜘蛛、蛐蛐、小蚂蚱是他的基本口粮。如此虽然进了笼儿，食罐、水罐就要先放到笼子的底部，笼底铺着干净的青草，就如同仍在草丛中寻食。鸟能站杠上，也要一番耐心引导，好在这鸟很给尚二爷面子，没两天，就习惯了上杠子吃食、喝水。养红颏儿尚二爷不嫌麻烦，鲜嫩的牛肉剁得细细的，和着掺了鸡蛋黄、绿豆粉的面食，举到红颏儿的嘴边，红颏儿歪着脑袋审视了片刻，张嘴就吃了。二爷美得大笑，缘分，没说的，它就是奔我来的。



天刚擦亮，尚二爷手里拎着鸟笼子，悠闲地在护城河边溜达。护城河边有庄稼地，庄稼地边有青草，河面上漂浮着白色的雾气，这份滋润只有遛早的人体会得到。空气湿漉漉的清新，鸟笼子擦着草皮摇晃，草皮有夜晚凝结的露水，二爷知道，这该适合红颏儿的习性。遛了阵子，就到茶馆喝茶，笼子不开罩子，只是为了让鸟习惯一下京城嘈杂的环境。在这样的环境中，尚二爷一家繁衍了三百年，见惯了京城春风秋雨，自己的鸟也该习惯在京城生活，无论人，鸟，闹市口这片地面，就是他们生命的依托。

开春，到了红颏儿拜师学艺的时候了。养鸟的行家、把式知道什么是好鸟，也知道怎么侍弄鸟，但是鸟能不能出玩意儿，还得看看鸟儿的先生有没有能耐，可是能称为“先生”的好鸟，在二爷的眼里，实在不多。

尚二爷选中了古爷。古爷养了一辈子的百灵，现如今的百灵，是千挑万选出来的精灵，叫声明亮，无脏口，一出十三套高低疾缓，接连不断地唱出，听来甚是绝妙。这天，尚二爷拎着鸟笼子来到茶馆，四样礼品托到古爷的面前——时令鲜果、好香片、酱肉、点心，一堆儿挤放在古爷面前，古爷一愣，问，又淘着好玩意儿了？古爷是做古董生意的，老哥俩过事不隔心，古爷揣摩，今天二爷是不是淘着件揪心的好物件，不然，尚二爷绝不会这么郑重。

活物，呵呵。尚二爷边笑边举着鸟笼子让古爷看：笼子，食罐、水缸经过精心擦洗，笼底有干净的帆布，帆布上铺着草纸。罩子一打开，红颏儿情不自禁仰天一声嘹亮的鸣叫。

鸟笼子先就抓住了古爷的眼，造办处的玩意儿，您看这工，这横劲儿，好笼子。再看那鸟，古爷禁不住“哎呦”一声。端详了一阵子，竟然没说出话来，好鸟，嘿嘿，这辈子见着这么好的红脖儿，也算是眼福了，有口儿啦？

这不是拜师来了吗。

学百灵口？得嘞，这份礼我收下，师道尊严，也是咱养鸟的规矩，不能破。那什么，今儿吉祥戏院《失空斩》，歇过晌，我让伙计接您。

我听您的。尚二爷谦逊地说。

正说着，有人来来道辛苦了。是富三。富三天青色丝绸大褂，粉底皂鞋，一手拿着礼帽，弯腰给二位爷请安。嘴里呵呵地笑着，古爷，《失空斩》我作陪，缺了我这“马谡”，二位爷治谁呀。

尚二爷说，你小子兔子耳朵，八丈远就蹦过来了。

富三说，您不想着兄弟，兄弟得想着哥哥不是，呵呵。回您个事，货卸完了，有车货像是没端平，我让达子开箱看了，没大伤耗。

二爷说，先按老规矩应着，回头我看看，把式们卖力气挣口嚼谷，别吓着弟兄们。

富三说，有您这菩萨心肠掌柜的，也是他们的福气，二位爷聊着，我还得照应一下去。

说着富三就要走，抬眼的工夫，见着了尚二爷的鸟笼子，再看那只鸟，竟然喜欢的不得了。尚二爷，这是您新抓来嗒，嘿，有样。

尚二爷见他说好，就堵了一句，这不是你玩的玩意儿。

这话富三不爱听。怎么着，尚二爷，这鸟是上边赏的，还是顶着双



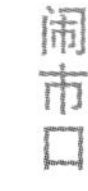

眼花翎呀？它就是前门外的头牌，爷喜欢，就能把它带家去。

尚二爷冷冷一笑，就冲您这心数也养不了这鸟。这么着，今年再逮着好蛐蛐，有你一条，到时候赌盆压房产，我绝不拦着。

富三爷越听越别扭，说，和着我就是绕世界斗蛐蛐败家的主儿，这是怎么话说的？

古爷听着也笑，打岔说，二位爷，离开戏还早着呢，过晚儿砂锅居，不知道合不合二位爷的口味。

富三连忙赔笑脸，我听古爷的。又说，二哥明摆着看不上我。富三感觉很委屈。

古爷说，哪能呢，二爷向着你，哥俩的交情，让人看着眼馋呢。又说，我请二爷听戏也有说道，听叫的鸟，讲究也多，如名家的行腔声韵，需要一番体会不是。

富三听不懂，两眼还是看着红颏儿，是不是这时候就惦记这只红颏儿了，也说不清。



富三爷与尚二爷是父一辈子一辈的交情，英法联军进北京那会子，骄横自大的八旗兵，在八里桥让洋鬼子打花了。富三的父亲苏醒过来就四处寻找一块玩命的大哥，扒开死人堆，见尚大哥满身是血，还有气儿，忍着伤痛，趁夜色，愣是把大哥背回了家。从此，尚家就欠下富家的一份人情。有道是大恩不言报，富家也厌烦把救命之恩挂在嘴上。怎么呢，尚大哥要是先醒过来，也不会忘了自己的异姓兄弟，富老爷子对此坚信不疑。

老一辈先后过世，富三爷有尚二爷帮衬，开了号大车店，离着尚二爷的字号不远。“永聚合”进货出货，客商吃住，都是在富三的店里落脚。正所谓，打断了骨头连着筋，有了这一层，老哥俩真比亲哥俩走的还近。尚二爷比富三爷大两岁，大一天也是哥哥，富三打小爱在尚二爷跟前要骨头，为此，尚二爷经常嘬牙花子，却还是心甘情愿让着他。

尚二爷拎着鸟笼子进茶馆，伙计帮忙把鸟笼子挂在钩子上。尚二爷从怀里掏出盛着上好香片的瓶子，瓶子是水晶琉璃的，暖暖的阳光照射在瓶子上，闪着晶莹的光亮。桌子上放好了洗刷洁净的茶壶，壶上是桃花美人的画片，茶杯是素面的，豆青色的釉水，口沿一圈藏蓝色，让人看了安静舒心。

不大一会儿，古爷来了，打开百灵笼子的布罩，挨着尚二爷的红颏儿挂上。尚二爷就把香片放到壶里，伙计过来沏茶，放上几品干果，尚二爷涮杯，倒茶，恭敬地问古爷，您吃了。

古爷点点头，神情疏懒，说，最近浑身不得劲儿，起来喝了口豆浆，懒得咽，不是为了遛百灵，真懒得动窝了。

尚二爷见古爷脸色发暗，就说，我这儿还存着一棵老参，是头年东北老客带过来的，您试试？

古爷摆手，拦住说，劳您惦记，人参鹿茸要是管事，还至于这么没精神？岁数不饶人不是。

我看没什么大碍。尚二爷安慰说，我认识一个老大夫，让他给看看，调剂调剂就没事儿了。



说话的工夫，百灵闪动这翅膀欢叫起来，从麻雀噪林、喜鹊迎春、家燕细语、母鸡叫、猫叫狗叫的依次唱去，直把古爷的脸上叫出红光来，古爷精神显好，就说，明儿把红颏儿掀去半个罩子，快半年了吧，该压上几口了。

尚二爷回到柜上，心里还是惦记着古爷。阳光照进屋里，掀开罩子给鸟喂食水。鸟儿见了光线，抖动了几下翅膀，先就吱吱喳喳来了几声家雀噪林，尚二爷听见叫声，惊讶的停住手，摆手示意柜上的人轻声，那鸟儿早已熟悉了柜上的环境，接着又有了几声喜鹊叫。喜得尚二爷说，听，猫叫，狗叫也有，是百灵的套路，呵呵，没白费功夫，有百灵口了。

尚二爷让达子预备了几样果品，到了古爷家又嘱咐达子请大夫，进门就对仰在炕上的古爷说，喜事，古爷。让您说着了，红颏儿有叫了。



古爷听了也觉着高兴，就翻身起来让下人沏茶，见着桌上的蒲包就说，又让您破费，咱老哥俩，还用这样。

尚二爷扶古爷坐下说，是达子张罗的。

达子呢？

待会儿就来，我来一是赶紧把喜事告诉您，二呢，是知会古爷一声，我让达子请大夫了，这就过来瞧瞧，别为了只鸟，分心把您累着。

古爷说，没有的事。要不是有鸟抻练着，说不定早起不来炕了。这你知道，遛鸟就是攒精神，听鸟一叫唤，什么烦心事就不想了。

家里有事呀，用的着我就说话。尚二爷见古爷精神涣散，这么猜想。

没大事，即便有，大老远又能怎么着。古爷叹气说，不瞒您，我在东北的大哥，这您知道，那回来北京的时候，是您领着他逛天桥，坐铛铛车，他一直念叨尚二爷厚道呢。

尚二爷连忙摆手说，再这么说您可就是臊我呢，顺脚的事儿不是。

古爷也笑笑说，是真事儿。就我那大哥，闯关东苦熬苦掖，攒下几十亩地，嗨，这倒好，前几天来信，说小鬼子修铁路，占地不说，还把人打伤了，这会子，人还不定有没有呢。早就说让他们到北京来，北京什么地方，八臂哪吒城，哪儿有事，这地界儿也不该有事儿，是吧您说。



尚二爷说，您说的是。不过呢，这块风水宝地也让洋枪洋炮折腾的不善。话又说回来，咱是顺民不是，任是谁想生事，咱挡不住，他要的非骑脖子拉屎瞪眼挤兑人，兔儿爷还有个土性呢，是这话不是。

几句话把古爷说开心了。二爷呦，我就喜欢您就豪横劲儿，是爷的气概，就我这窝囊废物的脾气，自己个儿都恨的慌。有您这话，嘿，我这气儿就顺了。

正说着话，大夫来了。古爷对大夫说，没事，真没事。见尚二爷把方凳搬到炕跟前儿，就说，还劳您费心惦记着。

尚二爷说，大夫看看脉，没事，大伙都踏实。

古爷病了，大夫说的邪性，像是打小儿做下的病，岁数一大，渐渐压不住了，最是怕换节倒气的。还说，能熬得过立夏就有缓。这话，尚二爷影影绰绰的跟古爷的儿子关照几句，很深的话，没敢说。

自打尚二爷的红颏儿开了叫，茶馆就热闹了，许多养鸟的同道中人，来茶馆为的就是一睹红颏儿的风采。这里有个缘由。红颏儿不好养，品相好的鸟儿难得一见，加之这种鸟原本是皇家豢养，流入民间不过几十年。高贵的出身，难遇的相貌，像模像样的百灵口，使得这只红颏儿的身价倍增，有一主儿托人说和，愿意出东官房的一所四合院，求尚二爷转手。尚二爷一笑，说，不是钱的事儿，生生回了。

争奇斗胜，花钱买脸，玩玩意儿玩到以命相争，古爷看不上优哉游哉的北京人这种斗狠的风气。尚二爷知道，玩玩意儿，强不了国也富不了民。可老百姓又能怎么着呢，欧家的鸟笼子赵子玉的罐，压根儿就没想挡住八国联军的坚船利炮，把玩意儿玩出学问，玩出讲究，玩的洋鬼子瞠目结舌，有跟他们较劲的由头，不就结了。

富三爷也是位较劲的主儿，尚二爷回了他几次，还是不死心，这不又跟尚二爷磨叨上了。您说，十万紫金也叫个数吧，您自是能说上来，我拿不出也就认头了。

尚二爷说，你懂规矩不懂，说了没想出手，那就不是钱的事儿。富三不动窝，直直地站着，像是没明白尚二爷的意思。

古爷强打精神笑笑，看着一边不甘心的富三爷说，真是孽债，呵呵，别看我。

二爷！富三又开始要骨头了，我叫您一声尚二爷了，兄弟我喜欢不是。

尚二爷摆摆手，说他没样还就来了。

要么这么着，富三说，给我玩两天，您要是不放心呢，就让达子到大车店里看着，我可不是夺人所爱，喜欢，您说什么能治得了喜欢呢？

除非你让小绺子（小偷）把我这鸟“荣”（偷）了去，尚二爷知道跟富三爷说不通，干脆就想寒碜他，说，我治谁就是治不了下三滥不是，偷得走，我尚二爷认栽了，不这么着，甭想了。

富三儿也是气哼哼的，说，二爷，您这是当着老街坊挤兑我，我不生气，嘿嘿，有这话就结了，回见吧您！甩手，要走。

富三手挑门帘子，一只脚刚要跨过门槛，被尚二爷叫住了。

等等，既然这么说了，咱也正儿八经的定个期限。尚二爷起身环顾喝茶的街坊。我算计着离五月节还有半个月呢吧，我琢磨着我这位争强好胜的兄弟再学飞檐走壁，怕是来不及了。各位街坊别笑，真格的，那



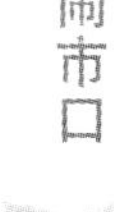

都是童子功。不过请燕子李三还行，人家愿不愿意出手，就得看我兄弟的道行了。

这位燕子李三是何许人？街坊们都知道那是位飞贼，草上飞、水上飘、左脚踩右脚面，嗖嗖嗖，几步就窜到城门楼子，那叫一个快。还有一个能耐，秫秸杆能穿过的缝隙，李三就能钻过去。尚二爷此时提到李三，是要告诉富三，除非你有李三的渗透绝技，“永聚合”有十几双眼睛盯着，不信你有眼珠边上拔眉毛的本事。于是说，就五月节吧，过了五月节，咱们各安天命，也请各位高邻做个见证。他低头对古爷说，古爷也在这儿，头五月节，富三爷能把我的红颏儿顺走，鸟归他，我尚二爷绝无二话。

古爷含笑，您二位，一孟良一焦赞，闹哈哈吧。

喝茶的街坊只当是个笑话，叫声，好——您呐！

富三儿不含糊，拱手，各位都听见了，有劳各位捧场，在座的有一位算一位，五月节我请各位到便宜坊，我就不信，烤熟的鸭子还能飞喽。

## 扁担长



“永聚合”柜上，达子指挥着伙计们，给掌柜的撅大腿，掐人中。一声声喊叫着，二爷，尚二爷，掌柜的……达子又叫人去请大夫，伙计急急忙忙的出门，挑门帘子往外窜的工夫，与进门的人撞了满怀，是富三爷。

富三爷说，怎么碴呀这是？哎呦喂，我的尚二爷，是为这个吧。他举着和木雕花的鸟笼子，蓝布罩子洗出了白边。

达子眼尖，说，是，是我们掌柜的鸟笼子。又大声跟掌柜的说，富三爷把咱家的鸟，给您送回来了。

尚二爷啊的一声，出了一口长气。达子一边给尚二爷抚弄着胸口，一边说，富三爷忘了跟您说了，这不，给您送回来了。

富三看着缓过神来的尚二爷说，怎么着尚二爷，不兴这样儿的，说好不恼的，要这么着，我把鸟再给您送回来，这怎么话说的。

富三送回来的，归齐是只空鸟笼子。茶馆里说的只是鸟，鸟笼子也是尚二爷的心爱之物，没说下归属，富三爷就把鸟笼子送过来了。尚二爷看着空荡荡的鸟笼子，如同看到空洞的金屋，越发懊恼一时分心。定定神，嘱咐达子给富三爷看茶，又对富三说，算你能个儿，笼子也归你了。先说下，用不着搭我的人情，为了这鸟，这笼子，它用惯了。还有，我有做好的面食，待会儿一并拿走，够它吃十天半个月的了，那什么，你也不用净心鼓捣了，过些日子，我做好了在给你送过去。

达子说，事儿闹大了，富三爷，您还是把鸟给我们掌柜的送回来吧。

尚二爷抬手拦了，别介，我姓尚的就是一贱命，可自己个儿拿脸面金贵这呢，我说归你了，你心就踏踏儿拿着。喝茶吧。

喝了几口茶，富三要走的时候，尚二爷又嘱咐，红颏儿好干净，垫着的草纸勤换着点，每天给洗洗澡……

富三连声应着，心里酸不津儿的。

尚二爷午觉醒来，洗了把脸，出门抬头看鸟，这已经是他一年多养成的习惯，猛然间见到一条条暗红色的木椽子，鸟去笼空，空落落的像半个北京城都静了街，他估摸着此时伙计们正留心他的神态，转过身对达子说，去定桌吧，晚上请顺子哥儿几个吃饭。

达子仰着脸，要不，养足精神再说？

尚二爷知道他的意思，没事，就今儿吧，定规好了的。

酒桌上，顺子一再给尚二爷敬酒，被达子拦了。达子说，尚二爷的酒我替了。双手举杯，老少爷们辛苦了。顺子知道尚二爷的酒量，揣摩着还是为古爷离去伤心。说，我们哥儿几个宾服您跟古爷的交情，交上您这样的朋友，古爷这辈子没白活。杠房的弟兄们都举起酒杯，顺子说的是；古爷好运气。

尚二爷说，说起我跟古爷的交情，可说是一生的缘分。我小时候跟老家逛琉璃厂，古爷还在学徒，铁杆庄稼指不上了，也就没闲钱淘换玩意儿了，再见古爷也难了。后来老家走了，自己想挑买卖的时候，帮着张罗这事的，就是古爷。是古爷手把手帮我把“永聚合”的字号立起来的，这份交情无异于再生父母吧。

各位听出了神，啧啧叹服古爷的仁义。

古爷爱养百灵，常说，好汉子熬不过仨百灵。尚二爷接着说。

见各位不解的眼神，就解释说。从雏子到压叫，再顺成十三套，这功夫可就深了去了。百灵能活，一只百灵精心喂养着，活个十几年不算什么。三只百灵，三个十几年，那得多大造化。呵呵，眼面前古爷的百灵就是古爷第三只，刚有叫，就成了我那只红颏儿的先生，呵呵，一天为师，终生为父，鸟不尽孝人尽孝，是不是这理儿。

顺子听入了神，说，没想到，还有那么多的说道，为这份尊重，哥几个叫声好吧。

好——兄弟们齐声应和。

顺子又说，听说您那只红颏儿是只百年难遇的名禽，改日让侄子们开开眼呢。

尚二爷的脸一下子沉了下来。

怎么，不方便？顺子疑惑的问。

达子说，别提了，富三爷总惦记着要，掌柜的不给……，那什么，这事儿也怪我，闹大了。没想到富三爷，还真差点意思。



尚二爷狠道，别胡说，那也是位爷，是我说下的，想买，我不卖，是我说的，能“荣”走就归他，一不留神，……我说的，不怨富三爷。

顺子也知道尚二爷与富三爷的交情，就说，您老哥俩的事我还不能说，咱也一摩挲脸，就不认头，他能怎么着，要不，我给您说说。

呵呵，不必了。尚二爷只是恨自己眼力不够用，他不埋怨富三爷，说，人这一辈子，有时候这脸可禁不住摩挲。

夏景天，孩子脸。这一宿，雨下得紧一阵慢一阵。尚二爷厌烦伙计们劝慰、伺候，早早就让他们歇了。自己在灯下翻了会子账，很晚才躺在床上，又禁不住折饼，迷迷糊糊睡着了，天没亮，抽冷子醒了，再无睡意。

没有了鸟笼子，尚二爷脚底下发飘。响晴的天，水洗似的的蓝，麦子到了收获的时候了，鼓胀的麦穗子，散发着新麦的香气。空气清爽的让人悦动，几位票友在城墙根吊嗓子，那一位，有时候冒出两句唱，荒腔无板的让人听了起急。那时候尚二爷手里拎着鸟笼子，逢到听他唱，必要紧走几步，怎么呢，怕鸟儿学了去，那叫什么口啊，今天不怕了，没鸟，身上松快得没着没落。他想走近了看看这位吊嗓子的兄弟，一年多了，光听蹭了，还没叫声好呢。

老远他就见一个人提着鸟笼子悠搭，那鸟笼子看着眼熟，没错，就是自己那只，再看，还能是谁，富三爷。

三儿，这么早。

看您说的，您说的人勤鸟不懒，这不有制子吗。富三嬉笑着说。

尚二爷见了高兴，就示范着怎么拎鸟笼子。说，中指勾住挂钩，如此钩的结实，还说，笼子用不着大亮底儿，红颏儿是文鸟，贴着草皮走就行。

富三说，是嘞。见尚二爷已经平静，一边给尚二爷领着道，一边献勤儿的说，

让您说着了，亏了没换笼子，到我那儿，就跟到亲戚家串门似的，一点也不认生。

尚二爷无可奈何，苦笑说道，经点心兄弟，不是哥哥不让着你，再金贵的东西哥哥什么时候含糊过？养鸟可不比斗蛐蛐，好歹一百天就完了。这鸟弄好了能活十来年，想养出玩意儿，不下大功夫不行。心里还得干净，什么名利“荤腥”的，躲远着点。为什么，养鸟是养人的心性，那些玩意儿跟鸟不沾边。

富三接茬儿说，是嘞，我听您的。蓦然有了醒悟，说道，不对，哥哥，我最近可没沾荤腥。

尚二爷说，不打自招了吧。呵呵，你瞒得了别人瞒不了我，店里的大姑娘住多少日子了，还没要店钱吧？切！他见富三低头不语，就撇嘴说，你小子一撅屁股……懒得说你？

富三儿委屈的说，是我屋里说的吧。她知道什么？富三不情愿说这事，可如今不能不说了，姑娘没给钱是真的，孩子不是花光了吗？要不这么着，我回去就给她轰走，什么东北逃亡的，抗日救亡，这是买卖，住店拿钱，没钱走人，别的咱犯不上捻攒，是不是您说。

尚二爷听出话里有话，怎么，那姑娘哪儿来的？

东北呀，小日本把东北占了，这不，跑北京投亲戚来了。

亲戚呢?

没找着不是。

尚二爷点头说，得，算我没说，缺钱了柜上拿去。

富三儿说，免了吧，我怕达子找人凿我一顿。又说，二哥，待会儿茶馆喝茶呀，我带着呢，龙井，明前的。

尚二爷溜鸟回来吃早点，往常，一碗豆浆两个糖油饼；要不就是两个烧饼，一碗炒肝，吃完早点进茶馆。在茶馆里，红颏儿笼子挨着古爷的百灵，听着吱吱喳喳的叫。那时候，茶馆里飘着茉莉花的茶香，阳光徐徐射进玻璃窗，外边吱吱扭扭的小推车的声音，汪汪叫的犬吠声，都是鸟的学口。古爷逢到这时候，常会闭着眼听鸟儿顿挫有序的鸣叫，那神情像是跟着鸟儿们飞进广阔的天宇，湛蓝、开阔、无拘无束。后来，红颏儿揭开半个笼罩子，听红颏儿学叫，古爷会情不自禁的说，真好，名角儿呀，模样、身段、嗓子都绝了。

您是说谁呢。



红颏儿呀！宽、囔、隆、勤、多，鸟经上的要求咱占全了。难怪会有这么多人惦记上了。

转瞬间，人走了，鸟没了，尚二爷懒得进茶馆子，不是富三爷叫洋车接，尚二爷真想缓缓这别扭劲儿。

茶馆里出奇的热闹，几十双眼睛，巴巴接着尚二爷进门。富三迎过来，伸手搀扶尚二爷坐在上座。尚二爷面前是张八仙桌，桌子擦拭得一尘不染，老红木包浆莹润，阳光一照，那颜色让人想到刚出锅的糖炒栗子。桌上盖着块红布，猜不出盖着什么，尚二爷知道富三爷爱显摆，能在众人眼皮底下把鸟偷到手，这份能为还小吗？尚二爷知道富三还会变什么戏法，稳稳坐定，静等着他开口。

富三等茶馆的人坐稳了，起身，抱拳，说道，各位街坊朋友，我昨天把尚二爷的鸟给拎走了，呵呵，尚二爷出鼓了（生气）。转身给尚二爷作揖，尚二爷，恕富三鲁莽，兄弟给您赔罪了。

尚二爷欠身，摆手说，得便宜卖乖是吧，免了。

富三接着显摆。那年我跟尚二爷要了条蛐蛐，斗了三盆，那蛐蛐儿厉害，勇闯三关，挣下一兜银子，您问那钱呢？有一说，来的容易去的也快，香了嘴臭了屁股，爷儿们的那点乐子也就不一一细表了……呵呵，你想听？哪天鸿宾楼我伺候您一段，今儿这场面咱就是清茶。他嘻嘻哈哈的往下说，再想拿这蛐蛐挣钱，尚二爷不让了。尚二爷仁义，往日里，尚二爷手里有的，我喜欢什么要什么，再心爱的玩意儿，只要我张嘴，没有不允的。尚二爷，当着诸位街坊朋友的面，我得埋怨您一句，我这撒泼耍赖的毛病，是不是您给惯的，嗯？

尚二爷身子往椅背上靠靠，也打着哈哈说，呵呵，这辈子摊上这么一兄弟，我认头。

茶馆里有不少知道他们是父一辈子一辈的交情，说，弟兄情意，没比的。

富三说，红颏儿让尚二爷侍弄的有叫了，我见别人喜欢我也跟着喜欢，想要，尚二爷这回咬牙了，出多少钱就是不让。二爷磨不过我，就说，除非我偷走。我就想了，干脆就跟尚二爷下作一回，哥哥要是生气，我再哄呗，呵呵。



众人跟着笑。

今儿早晨遛鸟，看着尚二爷五脊六兽的沿着护城河边游荡，我真怕把尚二爷气出个好歹来。得说尚二爷的肚量，一早清儿，跟我说了不少侍弄鸟的道道，从挦了鸟笼子遛鸟，到换毛时候的喂食，絮絮叨叨也不怕我烦。我知道了，二爷不是不愿意把鸟给我，而是怕我贪图名利，亏待了二爷精心调教出来的玩意儿。转身对尚二爷说，哥哥的话我记着了，话又说回来，让我立马修练出道行，还得些日子不是。那什么，这鸟还是您的，原本也是想弄点乐子，乐子玩大了，哥哥别生气，这是名禽，就我这主儿，有空您淘换只好黄鸟，兄弟也就知足了。

尚二爷睨了富三一眼，怎么着，富三爷，想当着大伙的面掘我？



富三连忙说，瞧您说的，我哪儿敢呢。

尚二爷起身说，话是我说的，说话算数是祖上教给的德行。鸟叫差了音儿就脏口，那鸟就要不得了。人要是说话不算数，那还活个什么劲？

茶馆里的人们有叫好的，有鼓掌欢呼的，茶馆爆棚的还不多见，街面上走道的人，还以为茶馆里添了评书呢。

富三爷说，要这么着，我富三说的哥哥您也得应。

尚二爷坐下，不知道又出什么幺蛾子，你说。

富三走近八仙桌，刷拉掀开红布，一桌子耀眼的银元，整齐的摆在桌上。他说，这个归您，红颏儿您放心，打今儿起智化寺里又多了一位俗家弟子，我远离红尘，精心侍弄咱这鸟……

尚二爷起身，叫声，达子，叫车，咱赶紧躲开这儿，富三爷要买前门楼子呢。

富三爷连忙拦住，别介尚二爷，您这是骂我。

尚二爷起身，说，是把大车店压上了吧？这不明摆着置我于不仁义吗，得嘞，打今儿起，我没富三这兄弟。

富三双膝跪地，叫声，二爷，没什么不能没您，哥哥。



## 扁担没有板凳宽

尚二爷不再追问鸟怎么丢的，富三儿的脸大，门子多，越是这样越唔得严实，尚二爷觉得他不该让富三为难。

早清儿遛弯儿，回头进茶馆子，时不常能见到提着鸟笼子的富三爷。蓝细布鸟笼罩子洗得渐渐捎了色。见了尚二爷，富三会把鸟笼子递过去，二爷，那口喜鹊叫真就压上了，待会儿咱到茶馆听听。尚二爷掀开罩子瞜一眼，杠子、布垫干干净净，鸟儿羽顺油光，见了尚二爷又是歪着头请安。尚二爷就放下布罩子，说，天凉了，晚点遛，不碍事。

都说富三爷得了鸟后像换了个人，说话规矩了，办事秀气了。老话儿，江山易改本性难移，富三爷对鸟比侍弄买卖还上心。尚二爷信大伙说的，富三儿打小就有股子横劲，甭管干什么，只要自己认准的，一准儿能把它思摸清楚。这正是尚二爷能把心平和下来的原因。有时候见到富三还要嘱咐一句，别误了买卖，玩物丧志，玩人丧德，二哥我可没教你这个。

放心吧二爷，我还得混嚼谷呢不是。又说，最近逃难的人越来越多，都说关外来的，大炕恨不能起二层了，您说这小日本要干嘛？

尚二爷说，说不好，反正不像是向着康德（溥仪）皇上？

富三眨么眼，压低了声音说，他要是憋坏，咱就骗他几个。

尚二爷呵呵笑着，主意不错，就这么着了。

几天后，尚二爷见了富三冷冷的说，恭喜呀三爷，我尚二爷的眼没瞎吧。

富三抱拳，嘬着牙花作揖如捣蒜，叹气说，二爷寒碜我，都是被逼无奈，这不正想跟您说呢嘛。

尚二爷嘴上说着客气话，脸上可没好色。不敢，三爷，老牛吃嫩草，除非是您这身份，多大的福气！没累着吧？好日子别紧着一天过。

富三知道已经是让尚二爷看不上眼了，一劲儿摇头，不是您想的那么回事儿，二爷。富三想原原本本说出事情的根由，眼珠一转，不对，尚二爷不会是惦记那只鸟吧，我娶不娶二房，不至于让二爷脸上挂色儿。就说，即便我娶了三宫六院，我也忘不了您那只鸟，真要是不放心，那您就屈驾瞜瞜，那小的，就您说的二房，伺候爷似的伺候着呢。

二爷说，照你这么说，我是非见见我这弟妹不可了。

三爷嬉笑着，等您定规矩呢不是。

大车店里人欢马叫，尚二爷进门，就让伙计引进后院。

新人儿长得说不上多俊，眉眼还算周正，尤其水灵灵的一双眼，忽闪着，看去很是清澈透亮；脑后盘着大丽花般的发纂，油黑明亮，见了尚二爷，落落大方的鞠躬，说道，问尚二爷安！举手投足显然是位见过些世面的新派女子。尚二爷再仔细端详那女子，常说，一白遮三丑，这位新弟妹，白白嫩嫩的一张脸，一身碎花蓝布旗袍，不扭捏，不做作，透出几分的灵秀。尚二爷等新人递过茶，就把红包放到桌上，欠身说，恭喜了。见女子抿着嘴，含笑远远站在了一边，又说，你嫂子在昌平乡下呢，等她忙过了这阵子，你们姐俩说话。

女子应声，是。转而似乎对昌平有些兴趣，说，嫂子是在昌平呀？多咱过去捎上我，我可喜欢在乡村玩了。

富三听了，不住的皱眉头，见女子还要说话，就说，行了，忙你的吧。翻了女子一眼。

尚二爷就笑了，端起盖碗喝茶，不碍事，不碍事，本来岁数就不大，正是喜欢玩的时候。转过脸对富三爷说，正经说，我也喜欢乡下，水甜，出气儿都舒坦，这时候新棒子刚下来，贴锅饼子，焦黄酥脆的饹馇，我干嚼能招呼它俩。又突然转过来问女子，还上学呢吧？

女子觉得尚二爷是向着她说话，高兴了，说，是，尚二爷，我是随请愿团来的。

什么团？

女子说，请愿抗日呀，眼瞅着就要亡国了，不抗日？能行？

富三儿真急了，说，能不能消停会儿，左一出右一出的，就你能，再浑说，干脆给你送局子，国家大事用你操心。那口气哪里是对小妾说的，倒像是对自己的亲闺女。

女子说，您也不愿意当亡国奴不是，中国人得有骨气，是吧二爷。



尚二爷真看明白了，这女子不简单，说不定，这婚还是为女子结的呢。他听着富三跟女子你一句我一句的说话，闷头捻了锅烟，女子麻利过来，划根洋火，点了。说，我爸爸也抽烟，每次我都抢着点，现如今，没机会了。

尚二爷见姑娘眼里噙着泪，就抽了两口，磕了。说，三爷跟我说了，有三爷疼你呢，就别难受了。又说，听说你在这儿找人？

女子点头，这话正触在痛处，无奈的说，是，二爷。

是个什么样的人。

女子平复了一下说，老家儿定的娃娃亲，没见过，只知道姓顾，小名柱子。还有，亲家的老家是蓟县的，听说他爸爸在北京开了买卖，一家人就跟着来北京了。

尚二爷说，没问是什么买卖？

女子摇摇头，家里人说，就在闹市口这块儿，一打听就知道了。谁承想，问遍了，这儿就没有姓顾的买卖家。

尚二爷说，北京有好几个闹市口，慢慢打听着吧。还想再仔细问问，转眼工夫，女子提着鸟笼子进屋了。女子说，尚二爷，您看看我把鸟伺候的怎么样？

尚二爷说，进门的时候我就看了，好着呢。待会儿得跟您告个假，让富三爷陪我出去一趟，还没喝你们喜酒呢。

女子应声说，嘻，跟我告假？这可是我们家掌柜的。剪手站在一旁。尚二爷走过她身边的时候，似乎听见女子在抿嘴乐呢。

普普通通的二荤馆子，尚二爷得意这里的溜肥肠，老哥俩时常来这里喝两盅。掌柜的见他们来了，亲自下厨掂勺，上菜的时候，饭馆掌柜的说，富三爷，大喜日子，您这是糊弄二爷。尚二爷连忙说道，辛苦您呐，我挑的地方，几天没吃着这口，还真想。

掌柜的带手抹着桌子，笑道，二位爷是照顾我，呵呵，二位爷慢用。

富三爷有点抹不开面。说，邪性了，愣是没捂住，这是怎么话说的。

尚二爷也猜到了富三的心思，别看富三平日里楞个腔的，见到别人落难，还真能伸把手，也就打趣说，那女人不错，这么挺好的，你有人解闷了，女人也找到根枝儿落下了，两全其美不是。



富三听了，苦着脸摇头，二爷，要不把她匀给你得了，嫂子不在跟前，正好让她给你捂脚。真佛面前不说假话，我根毛没动过她，这孩子新派，原意是怕她闹出事来，这回她没事了，我瞎了。

尚二爷黑着脸，浑说！多大岁数了还这么不着调。

没有啊。富三拦住尚二爷的话茬，全是假的，不冤您。他低声说，您没留神街面上这屯乱吗，好歹给那孩子个身份不是。

尚二爷嗯了声，我明白了，你是找了个不花钱的使唤丫头，卖身还债呀。

哎——明白了吧，呵呵，无利不起早不是。

我明白什么了。尚二爷说，想过没有，以后姑娘还怎么嫁人？

富三对此早有打算，说，是不忒地道，我给自己定规下了，保管姑娘出阁的时候全须全尾儿，别的……他嬉笑着看二爷，那什么，二爷是高人，您给指条明道。



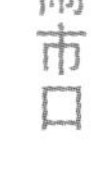

尚二爷真拿不出上好的主意，时局这么乱，给姑娘盘缠回家？哪儿

是她的家？姑娘的家被日本人毁了，逃亡无路，投亲无门，把姑娘轰走？十有八九去不了好地方。左思右想，尚二爷还是拿不出比富三儿更好的办法。

姑娘是个灵透人，几次来往，她就看出尚二爷与富三爷不一般的交情。有时候她会到“永聚合”的柜上串串，跟伙计们扯扯闲篇。这帮伙计也喜欢这位快人快语的年轻女人，见面了，就会说，来了您，二奶奶，您是看看鼻烟壶呀还是烟袋嘴呀？

女人也不客气，先上茶呀！找地方坐稳了，才说，知道我什么也不看，就别假眉三道了，我是来叫你们去卸货的。缓了口气又说，跟你们说多少遍了，怎么就是记不住，我叫玉书，宝玉的玉，书本的书，玉书。愿意呢，叫我一声姐姐，本来就比你们大，我可没占你们便宜。不愿意呢，就直呼其名，只要不叫什么二奶奶，随你们。

伙计们连忙说，是了，玉书姐。那什么，我这就给您沏茶去。



达子听了，狠声道，玉书姐是你们叫的，一点规矩没有。之后，细着声跟玉书说，玉书奶奶，别生气，小的们不懂规矩，您多担待。

玉书绣眼圆睁，滚一边去，奴颜婢膝，没有一点男人的骨气。

达子听了，更是呵呵地笑，骨气？顶饭吃还是顶钱花？

玉书骂道，鬼子来了，你头一个当汉奸。

达子说，这是买卖道儿不是。二奶奶是女中豪杰，我们服，真轮的上我杀敌报国的时候，咱爷们也不含糊，咱也杀他个七进七出。

玉书乐了，你赵子龙啊，就你这小身板，呵呵，当你的伙计吧。

柜上有玉书截长补短的光顾，伙计们话透着多了。

这天玉书问，尚二爷呢，是不是又上鸟市儿了。

没有。达子像是有意在玉书面前诉苦。自从那鸟被富三爷偷走，尚二爷伤透心了，没见过富三爷这么不讲理的。

玉书说，不就是一只鸟嘛，男人要小气起来，看什么都金贵。

达子连忙拦住说，您慢点说，二奶奶，这鸟跟鸟可差远了。他指指玉书又指指伙计们，人跟人不能比，您落难了，还是二奶奶，这叫贵人贵命。

二爷的红颏儿在四九城独一份，按过去说，只有王爷的身份才配得上养那鸟，您琢磨，被人偷去，能不伤心吗？

玉书点头沉思，怪不得常有人到大车店去看鸟呢，去的时候大包小包的礼品，比串亲戚还隆重，我以为是跟三爷的交情，敢情是为了看鸟啊。

达子说，可不是嘛。

冬至这天，富三爷身穿灰色棉袍，头戴黑色棉帽，手里提着鸟笼子，来到“永聚合”柜上。伙计们连忙给富三爷看座、上茶。没等富三爷说话，跟着进来的玉书两眼迅速的在客厅一扫，先张嘴了，尚二爷呢？

达子说，回二奶奶话，掌柜的去天桥了。

玉书穿着枣红缎子棉袍，两手揣在手焐子里，黑亮的发纂，脸色红润，真如戏出里说的，好一个面如挑花的娇娘。达子只顾想得出神，玉书问话也没听清。

富三爷说，达子，问你话呢，你怎么没跟着掌柜的。

达子说，掌柜的说，想自己转转，心里闷得慌不是。

富三呵呵地笑了，他看了玉书一眼，对达子说，我就知道是你们这帮崽子们撺掇的，这回好了，鸟这不是送回来了，打今儿起，尚二爷就不闷了。

说着，就听见屋外掸子拂尘的声音，达子连忙打帘子，尚二爷脸冻红了，搓着手在火炉子边烤火，说，二位坐吧，今儿这么闲在，请我吃饺子呀。

玉书抢在头里说，怎么敢跟您比，大冷天的还有闲心绕世界逛玩意儿。

尚二爷呵呵地笑，比不了你们年幼的，老胳膊老腿的，不活动就抽抽了。

富三爷瞪了玉书一眼，说，能不能消停会儿。见玉书噘嘴，就哄着说，哎，对了，你嫂子来了，后边看看去。

玉书笑了，好啊，尚二爷，嫂子来了也不言语声，我今儿不走了，让嫂子给我包饺子吃。

尚二爷说声好，还有月盛斋的酱肉，再拌个白菜心儿，饺子酒……





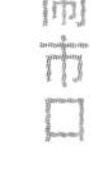

富三爷拦住话头，二爷，跟您说个事儿，鸟，给您送过来了，今儿冬至，该您玩儿些日子了。

尚二爷一惊，心说，富三儿今儿是玩的那一出呢？不过瞬间他就明白了，鸟是尚二爷的，归谁玩儿富三说了算。尚二爷咧嘴笑了，那咱就一对一年着，明年这时候，我给你拿过去。

富三说，要不您是爷呢，我听您的。

尚二爷呵呵一笑。转身叫，达子，温酒吧。

## 板凳没有扁担长

茶馆。

尚二爷看着“莫谈国事”的标语别扭，就把目光集中在鸟笼子上。没有了古爷的百灵，就显得黄鸟的队伍越发庞大，尚二爷留神听了听了听黄鸟的叫口，说不上多好，倒也没有“啦——喳喳”的脏口，尚二爷挂上鸟笼子，就算默许了。尚二爷心里明白，这几只黄鸟都是冲着红颏儿来的，他们来的多比尚二爷早，等尚二爷拎着鸟来了，几位养鸟的朋友都站起来，众星捧月般请尚二爷上座，笼子有人接过去，挂好，茶点也已经预备下，尚二爷自己带茶叶，沏好的香片香气四溢，尚二爷起身，请朋友来品，朋友们纷纷起身，谢了。

黄鸟有三大叫：喜鹊、红子、油葫芦，三大叫凑齐了，这黄鸟也算是上品了。京城人喜欢养黄鸟，一是黄鸟多，赶上过黄鸟的时候，城外树多草密的地方，呼啦啦如飘过一片云彩。黄鸟没钱人养，铁丝竹条编个笼子，放上个盛棒子面、清水的家什，几口本叫也不难听；有钱人也养，红子、油葫芦压叫，还不难，那口喜鹊怎么压，这就要看养鸟人下的功夫了。讲究的人家顾鸟把式，天不亮，鸟把式拎着黄鸟来到有喜鹊的大树底下，为了是听喜鹊叫早，喜鹊出去觅食、回来喂小鸟、遇到鹰雀来犯，喜鹊的叫声更是另有一番韵律；等小喜鹊慢慢羽翼丰满，到处乱飞的时候，天儿晚了，大喜鹊要招呼他们回来，喳喳叫声充满关爱，听去让人心酸。一个喜鹊的叫声，从早到晚各种情景的叫声都能学来，绝不是一天两天的付出。常言道，为了学口喜鹊叫，就得跟着喜鹊跑，说的是人情，也是养鸟人的实情。

老几位是奔着红颏儿的喜鹊叫来的，红颏儿有这口，这些日子天天到茶馆，还有了油葫芦叫、蝈蝈叫，红颏儿的灵性让养鸟的同行惊叹不已。一位问，二爷，您也教教我们，您这鸟是怎么调教的。

尚二爷抿口茶，准备使用平生所学，说说养鸟与做人之间的一些根由。这当口，达子风风火火地高挑着棉门帘子，叫，尚二爷！掌柜的，那两口子打起来了。

尚二爷摆手，示意赶紧把帘子撂下。说，哪两口子，说清楚。

按住了达子的火气，又说，好不容易攒的热乎气儿，转脸儿让你忽闪没了。多大的事儿？赶上八国联军进北京啦。

嘿，比那热闹，富三爷跟那位小姑奶奶，锵锵上了，跑到咱柜上生啊死啊的，您不出面，怕是没解了。

为什么呀？

听说是为了什么维持会……

尚二爷说声，得嘞！没让达子再说下去，缓缓起身，等伙计挑下鸟笼子，达子接过去，尚二爷抱拳拱手说，我这位兄弟不省心，嘿嘿，上辈子我欠他的。老哥儿几位，告个假。刚说什么来的？怎么调教鸟，这不样子来了，老琢磨添小的，还有精神伺候鸟啊，是这么个理儿不是。

几位也起身，呵呵地笑着。

路上尚二爷嘱咐达子，人多嘴杂，有些话要捂得住。达子连连应着，说，刚才一急，就把您嘱咐的话给忘了。

日本人发良民证，搞强化治安维持会，百姓们慑于日本人的淫威，捏着鼻子任日本人摆布。闹市口的人见识过大刀队的威风，威风凛凛如天兵一般，结果呢，还是没挡住日本人进城。从而尚二爷想到了，想骗几个日本兵绝非易事，他跟富三爷说，光靠大刀片儿不成，人家有飞机坦克，咱这血肉之躯不能犯傻，听好了，别惹事。并鼓励他说，咱中国就是个大熔炉，慢慢就把这帮兔崽子化了。

富三爷说，我听您的，我给丫来个怂蔫尖带溜边，装孙子还不会呀，切。

富三爷一定是把孙子要大了，一进门，就听见玉书说，门口插了一溜日本旗子，知道的是大车店，不知道的以为是卖膏药的呢？

我是维持会的会长，有这膏药幌子，咱这大车店就安稳不是。

安稳？玉书又把绣眼瞪圆了，说，皮之不存毛将焉附？就你点头哈腰的奴才样，亡国奴什么模样，你就是什么样。

二爷，您瞜瞜。富三爷指着玉书说，啊，我这不是养一狼吗？转脸对玉书说，你还甭跟爷玩什么人杰鬼雄这一套，有本事撂倒几个，你也就是嘴上的功夫，我上东直门保家卫国的时候，您还不知道在哪儿转筋呢。

尚二爷怕富三在说出什么不雅的话，拦住说，好汉子不提当年勇，也不能为一时安稳，就非要当什么会长，这可不给祖宗露脸。

富三说，谁想当王八会长谁他妈爬着走，那帮孙子贼上你了，能怎么着。他拉着尚二爷到书房，尚二爷怕玉书又闹，就让达子领着玉书跟她嫂子说话，玉书没执拗，跟着去了。富三坐下说，尚二爷，我倒想了，在维持会当差，不见得就是坏事，真赶上点什么事，咱也能有个周旋。再说，缺德的事儿咱不干，您说，咱还怕什么。



尚二爷说，越是德行不值钱的时候，咱越得有德行。是，德行当不了钱花，更不能说你有了德行就能给日本人当爷，那做不到。让你有德行，是让你不甘心情愿的给倭寇当孙子！记住了，听我的，你还是我兄弟，我什么都护着你，好玩意儿可劲儿让你玩；不听我的，别说我不认你，就是这话。

富三还想解释，尚二爷接着说，人有时候不能光顾眼面前，长只后眼吧。

富三沉默半晌，磨磨唧唧地说，硬生生回了，怕更没什么好。

两位爷思摸一阵子，一时想不出更好的般法，只觉得玉书才是铁骨铮铮的汉子，又想到玉书寻亲无果，这么好的姑娘，这么下去不是事，往后真找到他女婿，怕也无法交代。尚二爷又问找人的事有点头绪没有。富三想起，前几天跟古爷的儿子说过这事儿，他的老家是在蓟县，没听说有姓顾的。还说，娃娃亲这事儿不靠谱，他小名也叫柱子，叫柱子的多了，他大爷也定过娃娃亲，古爷压根就没拿他当过事儿。

尚二爷想起来，古爷说过，哥哥在东北遇难。生逢乱世，没凭没据的老章程越发软弱。想到玉书是挺好一孩子，别这么耽误了。就说，玉书这孩子不错，实实在在对你，你就圆房收了吧。

富三一听就急了，我这不是四下里找姓顾的呢吗，您得容工夫不是。

尚二爷说，真事儿，你别瞎劳神了，我看玉书是真心跟你。

富三显得十分为难，解释说，就算我有这贼心，我也不敢收玉书呀。就那位大奶奶，哎呦喂，日本人治不了我，我先让她治趴下了。退一万步说，至少也得给她找个年龄、学问、家境、人品知根知底的……慢慢踅摸着，不难。

尚二爷从玉书急赤白脸骂富三的神态，看出了她对富三的关心。富三已是五十大几的人了，按说年龄不甚相当，玉书这两年，出出进进大车店，甭管是什么境遇，富三没难为过玉书，一来二去玉书也不拿自己当外人。女人的心思说不清，开始，帮着富三拾掇家务，后来就拿大车店当成家，富三也成了世上唯一的亲人，直到街面上闲言碎语让富三熬不过了，怕坏了玉书的名声，才谎称是新收的二房太太。让人琢磨不透的是玉书，这种不伦不类的搭帮算什么呢？她不怪富三爷，甚至对自己的新身份还有几分得意。她的话多了，小脸儿也滋润了，身材鞭式、举止大方的俏模样，成了大车店的一道景致。富三呢，也从一个混不吝的主儿，成了一位有造化能人。尚二爷确信富三说的，他配不上玉书，帮忙找姓顾的是尽一份本分，实在不行，找个合适人家，也算了了一桩心事。尚二爷知道富三爷有个算计，这段时间屋里多个女人，多个帮手，多个人惦记，他不亏。

想到这一层，尚二爷对富三说，常言道旁观者清，当事者迷。你也省省心，你这儿给姑娘找婆家，费尽扒豁的找到了，到时候来个非你不嫁，哭着喊着寻死觅活，你不成了猪八戒照镜子——里外不是人。

富三吃惊的看这尚二爷，想知道尚二爷这话应该打多大的折扣。尚二爷没跟他打哈哈，倒像是对自己的判断有这十分的把握，富三自己先笑了，呵呵，您也别吓唬我，我俩不合适，真真儿的不合适。

这年，轮着富三喂红颏儿，刚过秋分，富三就把鸟送过来了。坐下，还没来得及说话，玉书也跟过来了。尚二爷见两口子一脸愤恨，知道又是跟日本人置气，就说，这帮兔崽子又招咱们了？我一猜就这事，摊上这倒霉差事，没好。

玉书气得咬牙，说，我就说了，与狼搭伴，早晚让狼咬了。不听啊，这回应验了吧。

富三更是一脸的无奈，摊这手，说，没见过这么亲善的。我说这鸟是别人的，我以为就过去了，今儿倒好，听见红颏儿叫的好，非要拿走，说是他们当官儿的也喜欢鸟。刚说不合适，哗啦哗啦的拉枪栓，那架势，不给就要玩黑的。我富三怕过谁？我说，要么容我跟本家商量，要么今儿你就打死我，打死我也别想从我手里拿走这只鸟。他们也许觉着这么友善不合适，气哼哼地走了，鬼子前脚一走，我这不赶紧过来，跟您要个主意。

尚二爷安慰说，没事儿，他要是真喜欢鸟，咱就按行家的道走。不就是想听叫吗，好啊，得有听叫的规矩吧。



玉书说，我的二爷哟，这帮人是讲规矩的主儿吗，我看还是去昌平躲些日子，过去这阵子再说。

富三也觉得玉书的主意不错，他可以托关系弄个通行证。

尚二爷不想躲，躲的了初一躲不了十五。日本人要是贼准了，直来直去肯定不行。尚二爷说，就按我说的告儿他，玩黑的，大不了把鸟放了，要切磋交流，那就按咱玩玩意儿的规矩办。

富三儿，就这蛮夷小国，哪懂规矩……

你教给他，让鬼子也长长见识。

这个区有个宪兵队长，五十来岁，名小岛，祖上曾在皇宫当差，见过许多珍稀名禽。儿时的记忆让他终生难忘，在珠光宝气的空间里，那些五彩斑斓的羽翼，争相炫耀的鸟鸣，成了他心中无法挣脱的纠结。参加圣战，或许是人生的不得已，或许认为马革裹尸远比侍卫皇权更像个男人。他踏上中国的土地，那一天，他感觉圣战中的人生，如同丢了灵魂的野兽，远比失去自由的鸟儿更加可怜。来到北平，时常望着城门楼子不住呱噪的昏鸦，更觉得活得浑浑噩噩，禁不住思亲心切，就把妻子女儿接来了。小岛相貌儒雅，西装笔挺，手持一把小扇，谦恭之态跃然。他听富三说了些规矩，不住点头称是。

富三说的一些规矩闻所未闻。凤凰你见过吗？富三说，没有吧，你们弹丸小国哪儿见凤凰去。富三仰着脸，鄙视的看着小岛。

小岛身边站着个十多岁的女孩，一张稚嫩的娃娃脸，白地儿兰道的童子装，看去越发可爱。她问富三爷，你见凤凰吗？

富三咳了声，小岛便把孩子揽到身边，嘱咐她认真听大人说话。小岛眼里充满慈爱。富三本来一肚子怒气，竟让小岛的这个举动卸掉了一半。

富三说，凤凰是天上的神物，我们肉眼凡胎哪儿就见到凤凰了，是不是小姑娘？小姑娘说，什么是肉眼凡胎？

富三说，我跟你爸爸都是肉眼凡胎。虽说胳膊根不那么均等，呵呵，不过也强不了哪儿去。又说到鸟。咱们要看的这只鸟，也算是人间极品了，早年间，老百姓见不到这个，怎么呢？不是老百姓玩的玩意儿不是。您想听叫，门儿也没有啊，死乞白咧，行啊，先要进得去皇宫大内，至少也得是王府豪宅。怎么进？得有见面礼儿吧？那时候，番邦来朝，见大清皇上是怎么着来的，想你也有所耳闻。得了，落帔的凤凰不如鸡，咱就不说这个了……他瞥了一眼门外全副武装的宪兵，说，你们枪炮厉害，横，为了见鸟不兴玩这个，是这理儿吧，不行咱就一拍两散……那鸟说不上多金贵，却也灵物，最是见不得这些杀人的家什，亵渎神灵不是。

小岛一直是谦恭的听富三说话，此时就说，先生说的是，我们只是民间拜访，朋友，没抢。

富三见了回应，更加放开了胆子，说，旗人礼儿多，你也听说了吧。您要是听我的呢，就到北新桥吴裕泰办两斤上好的香片，前门外月盛斋幺二斤酱羊肉，五尺高的蜜贡要两堂，时新水果要两篮子，这四样礼品必不可少。有道是礼多人不怪……小岛还是点头称是。富三给小岛画道儿，是想让小岛知难而退，谁知更激发了小岛对市井文化的兴趣，身边的女儿也是听得入神，父女俩跟着富三，坐着洋车，四九城采购礼品。

日本宪兵队长四九城办礼品，为的是偈见尚二爷的红颏儿。这消息，如九月的秋风，飒飒利利的在闹市口的街面上飘过，人们的心头美滋滋的。与日本开战以来，京城里能拿日本人一把儿的事情不多，像古北口把鬼子凿了，朝阳门外摺跤让鬼子吃了一跛脚了，这样的话茬只背后说笑。这日子口说鸟行，鸟儿是善良吉祥之物，敞开说笑不犯忌，于是“永聚合”门前，里三层外三层围满了人，卖糖葫芦、风车、吹糖人的小贩们也跟过来了，真不知道今儿是什么集。

尚二爷不含糊，从古爷铺子里请了张凤凰牡丹图，郑重其事地挂在中堂，下面是半人多高红木起肩条案，两盏烛台分放两侧，烛台上插着一尺多高的红蜡烛，手指头粗的烛光映透出红玛瑙似的光亮；靠里放的是两尊花瓶，取平平安安之意；中间一大号的香炉，似圆实方，也有一讲，叫天圆地方，炉身是栗色紫铜，包浆莹润，香烟袅袅，气氛神秘肃穆。几位十多岁的伙计，雁翅排开，衣着齐整垂手肃立，尚二爷端坐在太师椅上，隔窗看去，犹如要开坛口。



## 扁担要绑到了板凳上

宪兵队的汽车停在“永聚合”的门口，达子门前打帘子，让进小岛父女，还有跟在后边的富三爷。有宪兵队的日本兵守着店门，人群便远远的站了，此时人们方才意识到，这不是什么鸟语花香的太平年月，要是为了看热闹搭条命，忒不值了，想到性命攸关这一层，街面上也就渐渐冷清了。

伙计擎着托盘给客人上茶。小岛打开盖碗，贴着闻，连声说，好清香。小岛的中国话说的很地道，带有很浓的东北味儿。他的言行举止就像他喝茶的姿势，让人看了，很容易想到怯勺这个词。富三爷听着他的口音耳熟，几次想学着玉书那样问，你是东北哪嘎嗒的？蓦然想到不对，他们家跟玉书家不挨着，便把这话咽了。富三爷说，门口要是没那几位戳着，嘿，还真以为您是东北来的老客呢。

富三爷的话有点愣，却也是实情，几位听了笑。尚二爷说，战争年月，又是远道而来，招待不周啊。小岛客气的欠身，说声打扰了。又听说尚二爷去过日本，而且曾经营过日本的商品，无形中又多了几分亲切。

小姑娘睁大眼看着陌生的男人，拘谨的依偎在父亲的身边，尚二爷见了，就嘱咐人去请玉书。玉书就在后边运气呢，突见小岛，两眼发狠，心里愤然道，说什么冒昧打扰，说的好听，干的事却是冒昧得没边了。待见了小姑娘，立即又表现出难见的温柔，她哄这小姑娘说，等等啊，姑姑给你买糖葫芦，又酸又甜嘎嘣脆。

尚二爷通过小岛的行为判断，小岛是在政府当差的，而且是文职，闲着没事弄只鸟玩玩，也未可知。小岛来访不像有恶意，他也许要在紧张的战争中寻找一份散淡的生活情怀，切磋养鸟心得也说不定，如果说鸟呢，那就更拿分了。玩玩意儿是人，战事来了也挡不住。遗憾的是尚二爷想错了，小岛说来许多的买卖道儿，问伙计们在柜上学徒将来的出路；问东问西，点头哈腰的说友好，说王道，没有一样跟红颏儿挨着。这让尚二爷很是失望，因为尚二爷最露脸的是他的红颏儿，若真能跟日本人交流一下养鸟的经验，不仅会拓展他侍弄鸟的思路，闲暇时，尤其到了茶馆里也是一份谈资。谈资可以烘托某人在一个领域的地位，玩意儿傻练不行，还需要好口才，能说能练才是好把式，这是追求。



尚二爷要炫耀他的成就，寒暄过后就掀开笼罩，红颏儿似乎受到环境的刺激，闪动这翅膀欢叫起来。尚二爷一边指点着，听出来了吗、小水车兹纽兹纽的声，狗叫，还有……

小岛皱着眉头，它怎么学猫叫狗叫，不是鸟吗，强迫症的不要。

尚二爷解释说，这叫压叫、灵性、天地音儿懂吗？见小岛还是皱着眉头，脸上强挂着笑，就接着解释说，你们的汽车声，枪炮声，我的鸟学不来，哎，你要是督着它学，呵呵，按我们养鸟的话说，那就是脏口。鸟是善良圣洁之物，不能教它欺负谁。强迫症？心说，怎么琢磨的，跟外行打架都难，任嘛不懂啊！于是呵呵地干笑，不是一回事，呵呵，喝茶。

重新坐下，小岛看着供桌和五尺高的两堂蜜贡，笑道，养鸟的规矩很多吗？

尚二爷猜想，小岛对养鸟的玩意儿不感兴趣，一定不是探讨这些规矩的来由，就说，是，看鸟送礼，表现的是对养鸟人下的功夫的认可。任事都有规矩，比如咱俩要是撂跤，那就非得穿上褡裢才能比试；我有



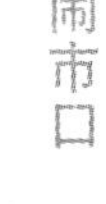

好东西，你想要，怎么样？生抢不行，夺人所爱不是丈夫行径；所谓多行不义必自毙，这也是规矩，世道轮回的规矩；多了，中国人最得讲究规矩。

衰败沦落、战火硝烟的还有心思讲规矩？小岛说。

尚二爷像是想到了他会问这个，巍然说道，小岛先生有学问，十年河东十年河西！听说过吧，还也是规矩。所谓天道轮回，不分什么时候，不管你心里有没有，这规矩是老天爷定规下的。

小岛不侍弄鸟，两人的话语很快就枯竭了。小岛以一个养鸟爱好者的身份，会见一位养鸟名家，讨教的不再是养鸟的经验。倒是尚二爷身上那种生活的欲望，战乱中的淡定，莫名的旺盛的人间烟火气，让他感到自己就像随波逐流的浮萍，威武得没着没落。转眼看着中堂摇曳的烛光，不禁神魂摇曳。与他会谈的是位爷，不仅仅人们称呼他爷，而是他骨子里透出的做派，他是位普普通通的买卖人，更是六朝古都的市民，不靠近身边，极难体会到，这些人身上流淌的几百年星火传承的情怀。恰如这片皇城，威严内敛，平实中又让人够不着底，言谈举止迫使你不得不宾服。



小岛的女儿跟玉书玩熟了，像是很喜欢这位比她大不了几岁的姑姑，走的时候竟然有些恋恋不舍。

尚二爷像是很喜欢这位有礼貌的小姑娘，送给她一个料器的鼻烟壶做见面礼，水晶般剔透的器身，珊瑚红包银顶盖，内画一只鲜红羽毛的绶带鸟，笔触细如毛发，甚是灵动，这份功力，显然是出自名家之手。小岛又让女儿给尚二爷行礼，说，由子，你一直想在中国交朋友，他们就是，记住啦。

小姑娘真就点点头，尚二爷看的出来，小姑娘的眼神很真诚。

小岛哈腰鞠躬的走了，前脚走，桌上的茶碗还没撤，一个粗粗大大的巡警，晃着膀子撞上门来。达子刚要上前询问，谁知这人二话不说，朝着丹凤朝阳的中堂跪下就磕头，脑袋磕得方砖地面砰砰作响。尚二爷上前，不知道怎么还礼，问道，这位警爷，您这是……

这人磕过头，没急着回答问话，抄起桌上的茶碗就往嘴里送，一咧嘴，险些把茶碗咬下半边，说，达子，再给哥哥蓄点水。见屋里的人一脸疑惑，就又说，不认识我姚夯哥了，嘿，您跟宪兵队长聊天，我得外边伺候着不是。

达子仔细一看，可不是杠房缺调少教的姚夯吗。问，怎么茬儿？杠房多会子改班房了？

姚夯嘿嘿一笑，哪儿能呢，不过也差不了哪儿去，都是扛活，对吧。现如今让鬼子一闹，那些个娶媳妇出殡的，谁还有心思大操大办，没有了大爷大奶奶的赏钱，我这等着杂合面下锅的穷小子，得变法儿混嚼谷不是。

你这心眼不少啊？尚二爷说，见小岛进门，是不是闻着什么味儿了？我可告诉你，这小岛可是私闯民宅，现如今是他的天下，我惹不起。你小子要是跟着充大尾巴狼，别看我是六十多岁的人了，几招擒拿手还没撂瓷实呢。

见尚二爷瞪眼，姚夯立即垂手站了，嘴上不闲着，您要是赏我口好的，那算心疼我。又朝富三说，三爷，咱自家的事，我姚夯什么时候含糊过……今后还靠二位爷提携呢不是。



富三说，别拿自己不当外人，有话说，有屁放！

尚二爷让达子掰了块蜜贡给姚夯，姚夯嘻嘻地笑着接了，嘴里叨念着，捞块蜜贡，没灾没病，嘻嘻。出门的时候说，尚二爷，小岛这一来，嘿，您这脸可露大了，往后街面上有事，听您一句话。

说不清为什么，尚二爷很烦这个叫姚夯的，他记起来，在古爷出殡的那天晚上，饭桌上说到鸟丢了，隔着桌，一个人高马大的汉子，扭着脸，正唧唧索索地窃笑。尚二爷没想让谁跟着别扭，这见人倒霉的坏笑，显然触怒了尚二爷，此时有人说，跟小人置气，不值当。这话也许是顺子的手下说富三，富三不是小人，尚二爷心里明镜似的，却也化解了尚二爷一时的怒火。那以后尚二爷跟姚夯对不上牙，没掰扯。不知道什么时候，这小子混成巡警了。胡同里常见这么一种人，明明一根筋，还就愿意在人面前抖机灵；遭人戏耍了，还咧着嘴跟着人笑；喜欢占便宜，这便宜可是不能忒大，怎么呢，忒大了能生生把他烧死……这次姚夯是闻

着味儿来的，尚二爷见了，胸口不舒服，朝他拽了一句，以后进我这门，先脱了这身黑皮，我看着闹的慌。

是了，尚二爷，我听您的，小岛都拜望您了，这片巡警，我敢说，您怎么说怎么是，是不是，您说。

达子送他出门，说，是不是都让你说了。回见吧您呐。

这年开春，达子带人卸货的时候，尚二爷跟着来了，他听说玉书这些日子经常早出晚归，心思早已不在红颏儿身上，就借着看货的机会，问问富三。富三像是知道尚二爷这几天会来找他，他几天没去茶馆了，街面上也显得惶惶的，富三见了尚二爷就领到后宅，说，小日本要完了，玉书跟学生们准备庆祝胜利呢。

尚二爷说，为这个，应该！嘿嘿儿地笑了阵子，身上的筋骨松快了，说，我就知道小鬼子长不了，应验了吧。中国啥地方，万方来朝，小鬼子弹丸之地就想灭中国，老喽！



富三知道尚二爷是极讲理，极豪横的主儿，什么时候判断出小鬼子长不了的，生许是大半辈子的经验，倒是玉书经常不断提醒他，这天下轮不上日本人。玉书从跟他有了夫妻名分，渐渐跟他有了些亲昵的举动，烫酒、送饭、打洗脚水甚至叠被子捂被窝的事，她也要干，人非草木，面对一个如花似玉的女子，富三一再告诫自己，千万别当真事。可架不住整天的是磕头碰脸，富三心里猫抓似的，日子过的让富三很不安。

玉书回来，脸上泛着红光，富三说，洗把脸吃饭，还有啊，尚二爷惦记着那鸟呢，别把正事耽误了。

玉书回屋把出门的棉袍换了，走出里屋门时候，换了件月白地的碎花夹袄，转着身对富三说，我就俩爷，哪个也忘不了。富三知道她说的是自己跟红颏儿，嘿嘿儿一乐。玉书说，哎，看，合身不？

玉书满面春风，夹袄做得掐腰可体，细高的身材跳荡着诱惑，惹得富三眯起眼，说，臭美吧，留神冻着。富三媳妇见了嘿嘿笑，她也许更能体会女人的心思，说，这又挺又撅的，呵呵，是生儿子的好料。玉书脸涨红了，说，姐，不带这样的。

富三媳妇愿意让富三收了玉书，原因很简单，富三无后，这是大事，富三媳妇什么时候想起来，什么时候就像犯下天大的罪孽，玉书模样好，跟富三对脾气，有见识，能娶玉书，不仅是富三的造化，更平复了富三媳妇心里的伤痛，更何况玉书流亡在外，没有挑唆多事的娘家人，富三摔一溜跟头，也没地儿捡这么可心的人儿了去。

只有一样富三媳妇闹不明白，富三的小买卖，也就是混个吃喝；脾气古怪，混账起来，简直就是没带笼套的倔驴，哪儿好呢？这么个花骨朵，怎么会看上一个混账老头子？女人的心思，自己不说，任谁都思挠不明白。

日本投降的喜兴劲儿没过，街面上像放了羊，一些泼皮无赖更是趁机偷抢，搅合的人心惶惶。尚二爷嘱咐达子，把门看紧了，没事别惹事，有事来了也别怕事，这么些年了，就一直没消停过，乱世呀，怎么好呢。

达子劝慰说，老掌柜，有谁还横过日本人，日本人都缴枪了，咱还怕谁？

尚二爷说，小子，这你就看不明白了，日本人横，只能耍胳膊根，想玩阴损坏就不成了，地面不熟哇，坏事的是窝里反，不信你等着瞧。

达子还真就糊涂了，有民国政府呢不是。

尚二爷嘿嘿一笑，小子，我活了一辈子了，还没见哪个政府是真真为老百姓办事的呢，这比写的都准。

达子说，西山上有八路军，那是咱老百姓的队伍。

尚二爷说，听说过，有那么一说，要真有为老百姓办事的，那就是菩萨睁眼了。小子，多咱，那梁山的好汉来了……

达子说，玉书姐说是西山！

甭管什么山吧，他们来的，我当街摆香案，跪迎啊。

正说着，玉书撩帘子进来了，身后还跟着一个大姑娘。玉书说。尚二爷，您快看看，这是谁？

## 板凳不让扁担绑到板凳上

玉书说，由子是在大街上捡来的，尚二爷听了，不禁打了激灵。他





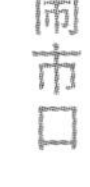

听说了，鬼子撤退的时候，扔下了岂止是车马辎重，连妻小也不要了。这些没人性的小鬼子！女人孩子人生地不熟的，怎么活？也有人看见，卖力气吃饭的光棍汉，偷摸领家去一个日本娘们。他想不到看似知书达理的小岛，也把家眷丢下了。玉书说的事更让尚二爷唏嘘不已……

玉书看着由子洗掉一脸的风尘，更觉得由子惹人爱怜，就把她拦在身边。一边给由子梳着头发，一边叙述见到由子时的情景。

路过齐化门的时候，见一帮半大小子正欺负一个小姑娘，那穿戴就能看的出来，是个日本女子，姑娘跪地上哇哇地叫着，像是求好心人帮忙。玉书心说，这真是报应，见这样的事儿多了，没法管，也懒得管。玉书见几个警察正朝那儿走，心里些许安慰。刚转过身，又听到女子嘶哑着声音大叫，原来警察过去了不但不管，还抢姑娘手里的东西，这警察不是别人，正是那天要蜜贡吃的姚夯，您说，这哪是人干的事儿。

尚二爷说，落井下石，他干的出来。

玉书说，我奇怪了，姑娘手里拿着什么宝贝呀，也至于警察跟着抢啊夺的？嘿，一看不得了，想不管都不行了。



达子说，玉书姐您想急死谁，她手里拿着什么。

什么？正是那天临走时，尚二爷送给由子的鼻烟壶。我一看，兔崽子是憋着抢东西换酒喝呢。玉书越说越来气，紧紧揽着由子说，二爷，给口吃的吧，这孩子是饿坏了，您瞅瞅，浑身一点力气也没有了。

尚二爷嘱咐达子拿吃的，达子说，在后头馏着呢，这就得。

尚二爷接过由子手里的鼻烟壶，说，你是想卖了换口吃的？

由子听懂了，她摇摇头。

那你是想拿他当嫁妆，寻个好人家。

由子还是摇头。

尚二爷说，你是。

由子操着生硬的京腔说，我是想找你们，你们是好人，会救我。

尚二爷鼻子一热，说，呵呵，好人？这年月好人不值钱，呵呵，我怎么是好人了，呵呵好人？

由子一句话又把尚二爷说乐了。您对鸟都那么好，对人，就一定好。

尚二爷说，也许说对了，也不全对，呵呵，就算是吧。

由子狼吞虎咽的吃了两个窝头，又和了一碗杂面汤，脸上有了红润，大家才知道她有两天没吃东西了。两天前，妈妈到街上去奔吃食，没想到一去不回，至今不知死活。今天要不是偶遇玉书，姑娘今夜还不知道睡在何处。尚二爷问玉书，准备怎么安置由子，玉书听了，又叹了口气。

富三爷这几天像根蔫黄瓜，买卖差劲那就别说了，谁愿意住汉奸的店呢。富三爷是哑巴吃黄连，当初给日本人干事，他不情愿，胜利了，再没人听他心里怎么想的。他想告诉别人，自家的媳妇——真的假的搁一边，玉书就是冒死抗战的。想想也不能说，弄不好，不知道又戳了谁的哪根筋，还是个娄子。他到茶馆的时候，总觉着别人指指点点，这滋味不好受，浑身刺挠扛不得，汉奸的名声不好听，白白摊上一个罪名，镚子儿好没捞着，冤死。

茶馆里一下子没了熟人，只能看鸟。一个人看着鸟笼子愣神，也许是岁数不饶人，看着看着眼就离挤了，揉揉眼，再看时，“莫谈国事”的标语撂着蹦往眼里钻，心说，谁想说国事谁他妈孙子，我想踏踏实实过日子，他他妈不让不是。回到家，街面上常有人挤兑他，汉奸来了，说说你丫干的坏事！那小媳妇是拐来的吧诱骗来的吧？他不申辩，这种事说不清楚。玉书仗义，站出来说，我是他媳妇，说不上三媒六证也是心甘情愿跟他的！我们当家的要是汉奸，你们，有一个算一个，没一个比汉奸强的。

第二天，门口白纸黑字的大标语，铲除汉奸！玉书见了气得浑身发抖，嘟囔着，我就不信了，天下就找不到说理的地方？富三爷说，我的姑奶奶，要有说理的地方，还至于有这一步吗？认命吧！他把玉书按到凳子上，这回要是能过去呢，咱照样踅摸太平日子，过不去呢，伸腿瞪眼也没什么冤的，够本了。玉书拽这他的马褂说，说的轻巧，那我呢，我呢？

你？富三爷心说，嘴角一歪，碍你什么了？就说，嫁人呢！切，这还用商量。

玉书一听，脸呼啦一下，紫了，说了一句话，让富三爷的汗都下来了。

我生是你的人，死是你的鬼，甭想图省事的。

那一夜，玉书去敲富三爷的房门，富三装睡，不想开。

尚二爷多少也知道些富三爷的情况，断定由子是没法跟玉书走了，就说，这么着吧，今夜你跟由子就住你嫂子房里，明天咱再想辙。放心吧，没有过不去的火焰山。

玉书说，二爷您可想好了，为个日本孩子，不值当吃瓜落。

正这时候，富三爷拎着鸟笼子进门了，几天没见，一脸白胡子茬，不知道的，还以为是富二爷进门了呢。两眼一扫，见瑟缩在角落里的由子，就跟玉书说，您是菩萨，这日子口还有心行善呢？

玉书说，我不能见死不救。

富三说，那是，要不您是菩萨呢，可惜了，是位泥菩萨，正过江呢不是。您就给我这汉奸添作料吧。他把鸟笼子交给达子，见达子要挂到房檐下，富三爷拦住说，这回改改吧，后头，谁都见不着最好。

尚二爷见他煞有介事的样子，说，怎么了，又惹娄子啦。



呵呵，富三爷笑道，没那精神了。趁火打劫知道吧，那个傻姚夯，刚才说我窝藏日本人，还说他亲眼得见。他看着由子，呼呼运气。

尚二爷说，要窝藏也是我窝藏的，没你什么事。

富三说，您缺孙女？

尚二爷说，孙女干嘛，他是我干闺女，这是给达子找的媳妇，这要是太平日子，想攀这门亲戚还不一定行呢。达子你也说句话，大不了跟我乡下种地去。看了看又羞又怕的由子，就说，达子你别急着乐，还没问问闺女乐不乐意呢。

由子像是听懂了尚二爷的意思，娇羞的点头。

达子呢？

达子不知道是喜是忧，说不上日本媳妇有什么不好，可即根就没打算跟日本人有什么纠葛。此时老掌柜的说话，又见由子可怜巴巴。他看着玉书想从她那儿淘换个主意，见玉书两眼茫然。达子知道这个时候该扛一把的时候，就说，我听您的，先这么说着，过阵子，说不定小岛还要找闺女来呢，这时候的事儿，哪说的准。

富三儿嘿嘿地乐，拍着达子的肩膀说，咱爷们也不知道做的什么孽，这假招儿的媳妇怎么都让咱爷们赶上了。

又说到鸟，富三爷说，这鸟还得搁您这儿，还有赵子玉的蛐蛐罐、三河刘的葫芦，小时候跟你抢的兔儿爷……一箱子呢，让达子搬过来吧。

不玩儿啦？尚二爷问道。

富三爷一脸无奈，说，这不是明摆着吗，不让玩儿了。叹气道，真让那帮混混趁机抄了，砸了，可惜了的不是。

说完，把一对核桃塞到达子手里，得嘞，达子，三爷我这儿给你道喜了！这对核桃是僧大帅……尚二爷不让他再说下去，抢先说，那什么，就让达子先给揉着吧，他年轻气血足，正是盘核桃的好时候。

富三挺胸抬头的走在闹市口的大街上，若不是肩上扛着个铺盖卷，还以为他带着妻妾去逛灯呢。玉书挽着富三媳妇的胳膊，拢拢散乱的头发，一边若无其事的聊着什么，她知道人们的目光在她的身上扫，她冷冷的在心里笑，在她的眼里，街面上的店铺、花花绿绿的幌子、交头接耳的人群，如同一片毫无生机的荒漠。她不能给富三丢面子，脸面，这当口，她们的脸面也许一文不值，但在自己的心中却是无比珍贵。富三爷不是汉奸，没做过一档子伤害街坊四邻的昧心事；自己抛头舍面的奔波是民族大业，没必要向谁解释，窝里反，人要是无知就敢于无耻。她不愿意让一群无耻之徒看笑话。



富三爷挺胸抬头专拣热闹的地段走，闹事口儿家大店铺子，挨着个儿都转到了。有时候会有掌柜的出门问，三爷，这是去哪儿呀？

富三爷呵呵笑着，扫地出门了，兔崽子成精了，你说，什么世道，我汉奸？我砍八国联军的时候，臭丫的还不知道哪儿转筋呢。我汉奸，我操……

掌柜的说，是您呐，富三爷是汉子，闹市口谁不知道。别急，三爷，喝口水吧。

富三喝了说声，回见吧您，还得去前边看看，跟老街坊们道个别，我富三爷一辈子明来明去，别临了了跟他妈耗子似的，蔫溜了。

古掌柜早已见到了沿街走来的富三爷，他把富三爷三口让进屋里，说出的话让富三一愣，连忙说，不能添这乱，要说找地儿住，还真犯不上让古少爷费心。古掌柜让伙计把三人带的行李送进客房，又说出了一番道理。

古掌柜说，您知道玉书找的人是谁？今儿这份上了，就跟您说明了吧，他要找的人就是我。

要说富三爷没往这头琢磨过古少爷，也不是实情。古，顾，俩音儿差不多，古少爷跟玉书的年龄相仿，真能凑到一起，也该是天造地设，可每次往上说的时候，玉书就先拦了，您省省吧，人家有家有室的，我见过少奶奶，好着呢，横插一杠子，叫什么？

富三爷说我也有家有室，看我富三软柿子是不是？刚想瞪眼，玉书就说，慢慢踅摸，不急。

古掌柜见富三爷愣神，想是中间会有误解，就说，您听我慢慢说，不是我不想认，有两个原因，一呢，我一直认为自己姓古，前些天东北大爷家来人了，说起有个叫玉书的姑娘，九一八后来投亲，问我见到没有。我才才知道，我原本姓顾，是老掌柜学徒的时候，账房先生把文书误写成了古。老掌柜那时候不识几个字，一贱民，名姓更没当回事。等创下这片家业，又是古玩一行，以讹传讹就这么传下来了。玉书也来过，说东北家乡正是我大爷的那地方，我觉着这里边有点蹊跷，想再问详细，转念一想，别多事，娶媳妇的时候跟亲家定规好了的，不纳妾。真就这么认了，我这不是自己抽自己吗。后来我见玉书跟了您，算是有了着落，也就踏实了。后来听说富三爷还在为玉书寻找那门亲，富三爷真乃豪杰，不拘俗礼，通权达变，令人叹服。

富三恍然大悟，就说，我说你小子这阵子老闪着我呢，不过今儿说清楚也不算晚，得嘞，玉书总算找到本主了，我这儿完璧归赵，媳妇归你，我还得急着赶路呢。说完就叫玉书，快来嘿，见见你真正的夫婿！古掌柜连忙拦住说，太草率了不是，富三爷虽说是落了难，可也是闹市口有头有脸的人物。这么着，我鼓楼前边还有一处买卖，正愁着找个管事的呢，您先屈驾一阵子，带着玉书过去，从今儿起，那儿就是她的娘家，咱再掂对个黄道吉日，八抬大轿迎娶过来，也不枉玉书寻亲的苦心。

玉书在客房收拾完东西，听见客厅里说话热闹，就抻着耳朵听了几句，见古掌柜说道玉书找了亲人就是他，也没在意，实际上她早有谱了。又说八抬大轿迎娶，就迈步来到客厅，说道，不劳古掌柜费心了，一个女人许俩婆家，没这道理吧？我是富三的媳妇，他是好是歹，我认命。说完就冲富三说，三爷，尚二爷那儿还没言语声儿呢，歇够了，这就动弹着吧。

## 扁担偏要把这扁担绑到板凳上

茶馆里，伙计挂上鸟笼子，尚二爷拿出水晶琉璃瓶沏茶。红颏儿又到了尚二爷的手里，茶馆几位老茶客一点不奇怪，叽叽咕咕了一阵子，像是有意背着尚二爷。尚二爷见了不舒服，就说，老几位是说富三爷呢吧，他是把鸟送过来了，这怨不得富三爷，他那儿乱，怕惊着鸟不是。鸟被惊着了闷几天也就过去了，人的神儿要是乱了，嘿嘿，那不是一两个节气能扳过来的。

一位凑过来说，富三爷这回草鸡了吧。当初，啊，他拿着一把日本旗子，家家户户发，哎呦喂，您没见那神气，不插到显眼的地方就瞪眼骂街，弄得整个闹市口，全成他们卖膏药的了。

一位过来说，这怪不得富三爷，胳膊拧不过大腿不是，方巾巷那儿有家没挂，怎么样，就这顿臭揍，不值。

尚二爷说，挂了旗子，攥着良民证，你就是日本鬼子的良民啦？这虚招子连日本人都不信，日本人走了，怎么自己又撂上跤了。

一位说，人这嘴还不如屁股呢，想拉什么拉什么，一点谱没有。可话又说回来，富三爷一手拎着尚二爷价值连城的红颏儿，一手盘着僧大帅的核桃，最遭人恨的是身后跟着二十来岁的小媳妇，他不是汉奸，谁是。

哪位又插话了，还有，带着日本宪兵队长四九城的转，那股子王道劲儿，尚二爷这是跟您说，他即根就没长后眼。

尚二爷听人这么一说，知道富三爷这回已经是在劫难逃了，就说，

几位都是好友高邻，就别落井下石啦。呵呵，他要是汉奸，我尚字倒着写。

正说着，达子撩帘子撞进茶馆，哎呦喂，尚二爷，您快去劝劝吧，富三爷在十字街上，要剖腹明志呢。

闹市口围着一圈儿人，中间是富三儿老姑母俩，外搭这一位二十多岁的女人——玉书，俨然一个画场子撂地的场面。起哄架秧子是城市贫民的天性，平日里闲极无聊，看狗打架都能围个水泄不通。富三在街面上也算个人物，落难了，这气派跟出红差也差不了哪儿去，闹市口街面上，难得一见的热闹，这哈哈笑，人们不看白不看。

富三不想轰这帮人，没用，越轰越有玩意儿，就越招人，既然场子有了，索性就来个撂地儿献艺。落难一时这就别说了，借一方宝地混个盘缠，正符合此时的身份。富三拱手抱拳，对围观的街坊和四处聚来的商贩说，人来了不少。

玉书心说，真有心大的，还管人多人少啊。就接茬说，就等你要骨头呢。

富三说，要骨头也不简单。

玉书说，有说道？

富三想乐，这上一句下一句的，还真是撂地那意思呀。得嘞，都到这份上了，索性就接茬练。大声说道，那是穷家门叫太平鼓，上挂着十三个铃铛，坠着黄穗子，噼里啪啦一敲，保你吃十三个省，没人敢拦。

玉书说，那么邪性？

这叫江湖。富三说，江湖有江湖的规矩。我富三一夜之间穷困潦倒，已经到沿街乞讨份儿了，可不能坏了江湖的规矩，急着拜朱洪武容不得那工夫了。

玉书知道朱洪武是丐帮的祖师爷，就说，再者说了，朱洪武也是位势利眼，这日子口，也不见得收你。

围观的市民也纳闷，这老夫少妻说说道道，原以为他们会寻求怜悯，至少也要感叹世态炎凉民国政府办事不公，怎么还说起笑话来了。他们想错了，富三一家看透了世态炎凉，凡事漠然已出人意料，不知不觉跟着富三的情绪走，富三爷的心胸令人仰视。

富三说，谁都清楚我不是汉奸，那范儿太大，我就一贱民。

你发过日本旗子，发过良民证。玉书说。

我不想发，可是谁都清楚没有那张膏药，良民证，是什么罪过。

你领着日本人四九城的跑，办礼品看鸟。

富三乐了，那是，中国人的宝贝，不能白看是不是。

围观的人开始搭腔了，是这理儿，不能便宜了小鬼子。

突然有个人叫嚷，你还拐了一大姑娘呢，怎么不说了。

富三指着玉书说，你是说我拐她？我有这能耐？看来是光说不行了。

玉书说，干嘛，你还要练练呢？

富三本来一肚子委屈，话到嘴边了，听玉书这么一说，自己倒是先乐了，心说，玉书你要是不到天桥，真糟践了一身的才能，这小话接的，不撒汤漏水，拱着你使出绝活来。此时就说，我说内掌柜，把切菜刀拿出来。

玉书说，怎么着？

富三说，当着老街旧坊各位老少爷们的面，我干脆就把一肚子杂碎掏出来。



玉书也笑了，说，好主意。

达子正想把富三爷接到“永聚合”，见富三爷要动家伙，赶紧跑到茶馆叫尚二爷拿主意。尚二爷赶来的时候，富三爷正要往“永聚合”去，看见尚二爷风风火火的赶来，知道伙计们已经通了信儿，呵呵地坏笑。

尚二爷接他们进了屋，说，窝都让人家端了，还有心思打哈哈。

富三摊着两手说，穷欢乐，我不乐人家就看乐。您说能怎么着，生真气，那还不得气死。见尚二爷不似刚才那般着急，就说，是想告诉您，我这一走，我那大车店不知道便宜谁了，以后永聚合来货，又不知道还在不在那儿落脚，二爷您早拿主意吧。

这你就别惦记啦，先说你打算去哪儿吧。



富三早就想好了，毅然对尚二爷说，哪儿的黄土不埋人？我想先到老爷子坟上看看，告个别，这一走还不知道能不能回来。富三爷已是感伤。

正说着，古掌柜又赶了来，进门就说，富三爷慢行，容侄子问一句，

您有没有高就的地方？

富三说，您就别寒碜我了，高就？我蹦高吧，这不正说这事呢。

跟你回个事儿，您那店，我给盘过来了。见几位睁大了眼，就笑着说，您想啊，给富三爷栽赃，为什么？不就是想捞点钱吗，我找人一说和，结了。我看了，店里的东西还全着，我让伙计们收拾了一下，就等您打道回府呢。

富三说，得了，多少钱，我还。“谢”字，这时候说假了，什么也不说了，我这就回去。转脸对达子说，等我收拾利落，记住把红颏儿给我送过去，还没到冬至呢不是。

姚夯什么时候进的“永聚合”，谁也没注意到，他脖颈子耿耿着，哈腰对尚二爷说，尚二爷，这鸟能给日本人哨，今儿个也该伺候伺候咱爷们了吧。

没想到尚二爷怒目圆睁，喝道，换了身皮爷我就治不了你了，是吧？玩阴损坏你行，这鸟叫让不让你听，那得听我的。



姚夯也要瞪眼，耿耿着脖子想要横。富三正有气没处撒，上去照屁股给了一脚，姚夯仗着身大力不亏，翻身就要抓挠富三爷。

尚二爷说，别脏了咱的手，达子，叫街面上的人去，就说有个上赶着给日本人溜沟子的，这会子又跟老街坊耍骨头呢。

达子应声，就要往外走，姚夯拍着屁股说，你行，你们有一个算一个，别犯到我手里，嘿，等着的。

大军进城的时候，尚二爷真就是备了香案的，他跟达子说，有句话是这么说来的，叫做一福压百祸，毛主席坐北京，什么神啊鬼呀全镇住了，你小子赶上好时候了。

这年又轮到富三玩红颏儿的年份了，尚二爷趟在炕上，让达子把富三爷叫了过来。见了富三爷，就打发达子出去了，喘着气说，今年你把鸟拿了去，就别送过来了，多好的鸟啊，哄咱老哥俩玩了十几年。喘了会子，又说，好好的待玉书，菩萨一样的兵，在京城做了天下，往后就好了。记住，别亏待了咱家的红颏儿，好不容易过上好日子了，就让它痛快儿的叫几年。

富三爷听出尚二爷的意思了，这是要交代后事呀，心先就苦了。

尚二爷又说，还有个事呀，得让玉书跟达子说说，这小子如今是掌柜的了，是不是心大了，看不上日本女人了，怎么结了婚就不圆房呢，人家娘家不在跟前儿，就更不能亏待了姑娘不是。

富三应声，二爷，说不定到不了冬至，您就急着要鸟呢。达子懂事，我看他对由子姑娘不错呢，咱们都上了岁数，人家圆房的时候，也没让咱知道不是，呵呵。

老哥俩说着笑。约定着，努把劲儿，有好日子过了，就该净心舒坦几年。

富三跟玉书到了没圆房，多少年了，两人出出进进就那么拖着，盘算着想着水到渠成瓜熟蒂落，谁知道，越是这么着，亲近是亲近了，可离着圆房的状态越来远，再找那意思，没影了，什么事儿呀。

尚二爷最后那些日子都是达子伺候着，有一天，达子见尚掌柜精神好些，就问，掌柜的，富三爷偷走您的鸟，您真没生气？

尚掌柜咧嘴笑笑，呵呵，不生气是假的，生自己的气呀，话说满了，不怪别人，不怪。达子看着掌柜衰老了样子，鼻子一酸，泪水不自主的流了下来，您不问……

尚二爷拦住说，玩意儿是闲情，也是做人不是，慢慢品吧。

尚二爷是那年开春去世的，夏景天，富三爷坐在院子里喝茶，他叫过玉书说，尚二爷这一没，我就跟塌了半边膀子似的，老哥哥临走，没再问我是怎么把鸟“荣”来的，呵呵，尚二爷看重规矩，规矩真那么要紧吗？你说。玉书拿着蒲扇给富三爷呼扇着，说，二爷临了都没问，自有他的道理，有些事，要咂摸，不能说。

富三爷喝着茶，规矩呀，那是人活着的精神，是不是您说，没了这精神，人还是人吗？看着两眼出神的玉书，又说，还有，你也是，怎么就找不着一个合适的呢？看我死了，谁护着你……

玉书就依偎在富三爷的怀里，三爷，我是你的人，别的不说了。

那年没立秋，富三爷也跟着尚二爷去了。

那只鸟也是在那年的大雪后死的，它足足活了16个年头，死的时候依然有几声喜鹊叫，只是不甚真切。玉书说，它的两眼早已辨不清食罐还是水缸，只是勉强从这边挪到另一边……一根杠子，它坚守了一生。

上世纪70年代，由子回到了日本，不久又把达子带去了。在东京，由子以北京达子的名义开了一家琉璃商店，店名依旧叫“永聚合”。

# 世上最美的脸

薛 舒

## 一、阿兴

阿兴跨出门槛时，身体很重地撞上了左侧的门框，只觉得肩膀一烫，阿兴挪动的双脚马上立定。他站在门口，做了三次深呼吸，又轻轻地拍了拍左肩膀上可能蹭上的尘土抑或白灰，才抬脚开步，走上了每天必经的上班路。

阿兴走在去往心灯按摩中心的街路上，左肩膀上还留有余烫。阿兴下意识地摸了摸左肩上的那块肌肉，心里也不由得烫起来。然而，只是烫了一小会儿，阿兴就开始告诫自己：不要得意忘形，不要喜形于色，不要忘乎所以，不要……



阿兴用了一连串的成语，是为了强调克制自己有些亢奋的情绪。阿兴是一个低调的男人，他深知自己究竟有几斤几两重，所以，他对刚才出家门时发生撞到门框的情况，立即产生了戒心。往日里，这是不可能的，进出了近三十年的门，怎么会无端地撞到门框？好比做了三十年的裁缝，忽然有一天，把男式衣裳的扣眼开在了右衣襟上，这实在是太过严重的失误。所以，阿兴马上通过深呼吸，调整了一下情绪。眼下，他要去上班了。阿兴是一个很敬业的人，阿兴认为，此刻最重要的，是上班。



上午九点，是错开大部分人上班、上学的时间，街路上只有零星的脚踏车，多半是“老坦克”，不需要按铃的，踏脚板被踩着，发出吊儿郎当的“吱嘎”声。偶尔有一两记暗哑的喇叭鸣响，仿佛本来健康的声音，被很厚的口罩蒙住后，发出气闷到孱弱的叫唤，那是残疾人开的电动三

轮摩托在拉生意。退休的老阿姨们坐在沿街的家门口，打理超市或者早市上淘来的蔬菜。丝瓜皮用铁刨子刮，发出“沙拉拉”的声响，脆生生的，那丝瓜就是清晨从棚架上摘下来的，活蹦乱跳着就被送到市场里去卖了。剥毛豆的呢，把剥好的豆粒扔进搪瓷盆里，“丁零当啷”地蹦跳几下，像一群跳踢踏舞的野小子，三五个聚在一起跺一阵脚，停下，又来了三五个，继续跺脚，脚步是玲珑跳跃的。退休爷叔们，大多坐在门口喝茶、翻报纸。嘴巴吸气，便有茶水的涌动和摩擦声，并不是解渴的大口闷饮，而是唇舌间体验、品味、欣赏的响动。翻报纸呢，就是大大的纸张在空气里扇出风的“哗啦”声，大开面的《解放日报》和小开面的《新民晚报》，扇出的风声，也是不一样的。

就这样，在上午的大喧嚣过去之后，小嘈杂的时段里，阿兴几年如一日地走着去上班。他的脚下，是一条由绿色道板砖铺成的盲人专用路。这条路很窄，就一尺来宽，上面布满突出的几何花纹，显眼的绿色，镶嵌在三米宽的灰色人行道上，仿佛起到了一些美化道路的作用。当然，阿兴不知道他脚下的路是绿色的，他只知道，他的脚底心，已经数过了一百五十个方块，再过一百三十个圆圈，就是心灯按摩中心的大门了。可是今天，阿兴的脚底心数到第一百五十个方块后，他发现，接下去的，是一块“人”字形花纹的盲道石。阿兴就让两只脚的脚底心贴住凸出的人字，细细地碾了碾，仿佛是经过了周详的抚摸，他便知道，这块坏了好几日的道板砖，今天总算换新的了，大概是街道请人来修理过的。可是，为啥不找块原样花纹的补上去呢？踏上去怪怪的。



阿兴走进心灯按摩中心大门后，套上白大褂，进了属于他的03号按摩室。助理阿美晚到一步，一进门，阿兴就说："第一百五十一块盲道石换新的了。"

阿美说："你哪能晓得换新的了？"

阿兴说："我天天走这条路，这条路就像我身上的一根肚肠，我哪能会不晓得？"

阿美就说："那我天天和你一起上班，你晓得我今天穿的是啥衣裳？"

阿兴嘴角一咧，眼白往天上翻了三翻，说："你今天穿的是套装，下身是裙子，上身是掐腰身的。”

阿美就“咯咯”笑起来：“阿兴你说得一点也不错，我今天穿的就是套装裙，大红色，今年最流行的。阿兴，你怎么像看见了一样的呀？”

阿兴笑着指了指自己的胸口：“我当然能看见，我的眼睛，长在这里呢。”

阿美不是全盲，阿美小时候，眼睛是好的，还是双眼皮，很大的话梅眼，看人的时候，眼乌珠骨碌骨碌转，活络得很。十来岁的时候，有一回过年，不晓得哪家小孩偷放烟花，火星掉进阿美家的阁楼。阿美睡在阁楼里，被消防员救出来的时候，她身上厚厚的两条被子已经被烫得焦黑。还好救得及时，只有露出被子的脸部被烧坏了，人还活着，只可惜，眼睛坏掉了，坏到差不多半瞎。坏掉了也好，看镜子里自己被烧伤的面孔时，也是模模糊糊的，不管脸上是烂麻皮还是橘子皮，都不会嫌自己走不出门去。

阿美在大红套装裙外面穿上白大褂，开始在 03 号按摩室里做一些准备工作。阿兴就坐在自己的位子上看着阿美，对，阿兴一直认为，他是用心里的那只眼睛在看。他看着阿美在他面前走来走去，摸东摸西地干活。他看着她把毯子啊，毛巾啊，一条条铺好叠好，又把精油啊，润肤露啊，瓶瓶罐罐的东西摆放在多层格子推车里。有时候，阿兴会冷不丁地说：“蛋白霜放在第一层，生肌膏放在第二层，你放倒了。”

阿美就“嘻嘻”笑着调整位置，一阵瓶罐碰撞声后，阿兴的脸上就露出了笑容。

阿兴的眼睛看起来也是眼睛，但这双眼睛从来没有行使过眼睛的职责。好在，阿兴的耳朵很灵，他能听出阿美铺按摩床时没有把毯子拉得笔挺，还能听出阿美有没有把蛋白霜的盖子拧紧，当然，阿美穿掐腰身的套装裙和穿松弛轻便的家常衣服的不同之处，他也是聪耳可闻了。这些都是小意思，阿兴最厉害的地方，是能知道每天的阴晴。风啊，露水啊，雾气啊，这些自然现象，在阿兴的头脑里，全部变成各种声像和触觉，任何事物与他的耳朵和肌肤发生碰撞、摩擦、浸润，或者事物自身的流动、沉浮、暗涌，都是他感知这个世界的密码。总之，阿兴的灵敏度，简直

赛过普通人千百倍，所以，一生下来就是瞎子的阿兴，从来没有觉得看不见有什么坏处。

只有一个问题，就是每次提到颜色，阿兴理解起来就有些困难。阿美说她穿的套装裙是大红的，阿兴就感觉自己的胸腔里有一根线，悄悄地抽了抽他的心脏。大红？应该什么样的呢？阿兴就在肚子里找出了许多与“红”有关的记忆和词汇，“火红”“红太阳”“红肿”……阿兴的耳朵里，就发出一些柴草被点燃后“噼啪”的爆裂声，轻微的，偶尔有热量鼓涨到面孔上，熏得阿兴的耳根都热了起来。

阿美把准备工作全部做好了，就坐在一边，等待着客人的到来。阿兴发了好一会儿呆，忽然对阿美说：“今天你是不是很热？热得都有点痛了。”

阿美一听，就笑起来：“热是有点热的，不过倒没感觉痛。”

阿兴就摸了摸自己的左肩膀，他想：你不痛，我倒是有点痛的。

## 二、余曼丽



阿兴做了将近三十年瞎子，行动早已很是自如，从不会轻易发生撞人、跌交的事情。只是今天有些特殊，出门前，阿兴接到了严家好婆的电话。好婆说：“阿兴，我跟你说过，要给你介绍的那个陈家妹妹，人家答应今天夜里和你见个面。晚上换件好一点的衣裳，跟我去相亲。”

挂掉电话后，阿兴就准备出门上班去了。严家好婆电话里的声音还在阿兴的耳朵里回响，阿兴的肩膀就撞到了左边的门框。

阿兴毕业于职业学校的盲人推拿班，肚皮里的文化知识还是不少的。他待人接物、举手投足，就像个老派绅士。身板子是终年挺直的，不长不短的头颈上，支着一颗圆滚滚的脑袋。脑袋呢，也不会东扭西转，偶尔侧头作倾听状，也是一副认真专注的表情，作派很稳重的样子。

阿兴坐在按摩室里的椅子上，稍稍偏着头，这样的姿势，耳朵在整个面部就处于最靠前的位置了。上午十时刚过，一阵拖鞋轻擦水泥地面的脚步声，从走廊那头朝 03 号按摩室由远而近。阿兴一听，就知道是有客人来了。显然，客人已经换上了按摩中心的毛巾浴衣和塑料拖鞋。

心灯按摩中心，其实是街道办的，很小的店，总共才三个按摩室。按摩师呢，也只有三位。阿兴还未等客人进门，就站起来迎了上去。待这脚步声破门而入，阿兴已经候分掐数地站在了离门口一米的地方："小姐，您早！"

阿兴能从客人的脚步声里听出男女。客人漫不经心地"嗯"了一声，果然是小姐。阿美接过客人手里的单子，凑到面孔前，仿佛是用鼻子闻着单子上的字迹，而后，亮开嗓门，发出问候的朗读："余曼丽小姐，您早！您今天要做的是'开背'，请您躺到床上去吧。"

阿美说完，转身出去，给客人准备做热敷的开水。只听得"啪啪"两声，这位叫余曼丽的女客人，甩掉了脚上的塑料拖鞋，放平身躯，直坦坦地躺在了按摩床上。阿兴便坐在床头的高脚凳子上，面朝客人的头顶，仰着面孔，柔声问道："曼丽小姐，你有什么要求，可以跟我说。"

阿兴的服务总是这么贴心，他像家人一样，在称呼客人的时候去掉姓氏，这样就显得特别亲切，很多客人因此成了阿兴的固定客户。可是今日这位叫余曼丽的客人，却对此很是反感："喂，师傅，请你不要叫我小姐。"

阿兴连忙道歉："哦，对不起。你看，上次有一位女客人，年纪不小了，我叫她'大阿姐'，她听了就生气，说自己没那么老吧。我只好改口，叫她'小姐'，她才高兴起来。"

余曼丽仰面朝上的嘴巴里发出一记轻微的爆破气流，没有作答。阿兴听出来，客人大概是轻笑了一声。阿兴便搓了搓手，说："曼丽，你趴着睡吧，开背就是按摩背部，疏通脊椎周围的筋络血脉。"

阿兴去掉了"小姐"，直接叫客人"曼丽"，这多少令余曼丽感觉有些过于亲热，不太自然。然而这不自然里，又分明带着一丝温暖的甜味。余曼丽觉得，她还是很喜欢听到一个成熟男人的声音温柔地叫她"曼丽"的。况且，他是一个瞎子，他根本看不见面前的客人到底长着一副怎样的容貌，所以，余曼丽很快消除了心里的别扭感，按着阿兴的要求，翻了个身，面孔就埋在了床头铺着干燥毛巾的一个凹洞里。凹洞的大小正好容下鼻子和嘴巴，趴着睡也不会影响呼吸。阿美端着一盆热水进门，

放在推车上，转身轻轻带上门，出去了。

接下来，阿兴就开始给客人做背部热敷和按摩了。阿兴从滚烫的水里拧出一条热毛巾，展开，敷在余曼丽的脖子上，然后，手掌按住毛巾，用一两分力气压了几下。余曼丽对着凹洞吐出闷声闷气的一个字：“痛！”

阿兴咧开嘴巴笑起来，笑得露出了白牙齿：“我晓得你痛，你的颈椎问题很大。推拿么，就是治疗，你现在要熬一下痛的。一个疗程八次，八次以后，保证你不会再痛了。”

说着，阿兴把客人身上的毛巾浴衣轻轻拉下。余曼丽只觉背部一凉，稍有迟疑，但没有动弹。既是瞎子，又怕他看见什么呢？看见，也只是一个光溜溜的后背而已。

阿兴的敬业，就在于他把他的工作看成了生活中最重要的组成部分。他每天都要触摸不同人等的皮肤、肌肉、骨骼，甚至毛发。那些腰酸背痛、落枕扭伤的身躯，通过他的手的触摸，变得舒坦了、健康了，阿兴就会觉得很高兴。尽管他的手如同他的眼睛一样，能区分出男人抑或女人、年轻抑或年老，他也能区分出客人是消瘦抑或肥胖、体力劳动者抑或脑力劳动者。然而他的手，与他这个人一样，纯洁而敬业。不管手下的躯体是妙龄女性，还是五大三粗的男人，他是一视同仁的小心翼翼，从不越雷池一寸。他的手，与手下躯体的接触，时间结点总是恰到好处，短促或者长久，都让人觉得妥当、规范。这是一双安全的手，当然，拥有一双安全的手的按摩师，一定是一个安全的人。况且，一个双目失明的按摩师，更应该是十二万分的安全可靠。



现在，阿兴手下的躯体，是一个叫余曼丽的女人。对，是女人，不是女孩。因为，阿兴的手一经触摸到她的脖子，就感觉出了稍稍的松弛和扭结。松弛，是过了青春的肌肉和皮肤自然的老化状态；扭结，是她的颈椎长期劳损导致的筋脉紧张，年轻女孩的颈椎，不会劳损得这么厉害。阿兴的手势，就这样，顺着客人背部的肌理走向，做着开背按摩。余曼丽埋在凹洞里的嘴巴，不断地发出“咝、咝”的吸气声。是疼痛的呻吟，但也不全是疼痛，是带着宣泄的舒坦，仿佛阿兴的手掌在她肩头、后背揉搓出热量的当口，身体内的毒素正源源不断地排出。

一个半小时后，阿兴做完了余曼丽的开背按摩。他轻轻拍了拍客人裸露的肩膀，说："好了，曼丽，你活动活动，感觉是不是轻松一点？"

余曼丽拉上浴衣，翻身下床，穿上塑料拖鞋在屋里走了几步，扭了几下脖子，果然舒服了很多。她走到角落里的镜子前，理了理睡乱了的头发。忽然，她拉开浴衣的领口，摸了摸刚才被阿兴揉捏过的肩膀，说："哎呀，都被你捏红了，怪不得这么痛。"

阿兴正偏着头整理推车里的用具材料，余曼丽这么一说，他的头就偏向了屋角的镜子："红？还痛？你的颈椎扭结得很厉害，我用力大了些，不好意思啊！"

余曼丽把浴衣领口掩严，说："我喜欢有点痛的感觉。"

明明说的是喜欢，语气却是冷冰冰的。

余曼丽趿着塑料拖鞋出了门，阿兴偏着头，听着余曼丽的拖鞋由近而远，直到消失。他就坐在按摩床边，呆呆地想：女人都喜欢穿红颜色的衣服，是不是，她们都喜欢有点痛的感觉？

阿美进来，神秘兮兮地说："阿兴，小林说，那个余曼丽，长得可真是难看，难看得出奇，像北京猿人。"



小林是总台的收银员，心灯按摩中心里，只有她一个，眼睛是好的。阿美继续说："我小时候见过北京猿人的图片，龅牙，颌骨突出，没进化好的，像大猩猩，见过大猩猩吗……"

阿美说到这里，刹住了话题。她头脑里的一点点童年记忆，以及现在她可怜的视力看到的一切，在阿兴面前，已是奢侈之极的显摆。当然，阿美不是为了照顾阿兴的心情才停下话题的，她是找不到形容北京猿人和大猩猩的词语了。

阿兴却想：刚才给余曼丽做的是开背，触摸不到脸部。北京猿人？北京猿人很丑吗？



## 三、陈家妹妹

整个白天，阿兴给五位客人做了按摩。除了余曼丽，剩下的四位都是男人。这符合正常规律，来按摩中心的，百分之八十是男人。下午四

点，阿兴向经理请假一个晚班。晚上客人更多，阿兴请假，等于放弃了更多的收入提成。可是，严家好婆介绍的陈家妹妹，今晚要和他见面呢。好婆说陈家妹妹看了阿兴的照片，很欢喜呢。

那张交给严家好婆的照片，是阿兴进按摩中心工作时拍的证件照，两寸。现在他上班时，胸口挂的上岗证，证上就是这张照片。阿兴不知道自己在照片上的样子究竟有多讨人欢喜，但既是陈家妹妹欢喜，他也就觉得蛮欢喜。

阿兴几乎没有心思给自己做一顿像样的晚饭了，他在昨日剩下的一碗冷饭里泡上开水，酱瓜过泡饭，“稀里呼噜”的，三口两口就吃掉了。草草吃完，就开始换衣服。阿兴找出去年过生日时阿哥阿嫂送的一件开领羊毛衫，当时，阿嫂把羊毛衫递给他的时候说，阿兴，给你买的是“开开”的，名牌，颜色呢，是烟灰色的，最大方了。

阿兴接过羊毛衫时，阿嫂的手松得慢了半拍，于是，阿兴就触到了阿嫂暖乎乎、肉嘟嘟的手。阿兴打开包羊毛衫的塑料袋，摸了摸，问:“烟灰色是啥样子的？”



阿哥在旁边说 :“烟灰色么，就是烟灰的颜色。烟灰你晓得吗？香烟的灰，颜色么……”

阿哥解释了半天，发现无法说清楚烟灰究竟是什么样的一种颜色。阿哥就自圆其说 :“反正，你摸着的感觉，就是烟灰色。”

阿兴的手，便在羊毛衫上仔细地摸了一遍，还用两根手指捏起一角，轻轻捻了捻。然后，阿兴就知道什么是烟灰色了。那是一种温暖的、柔软的、毛绒绒的颜色。像什么呢？阿兴找到了替代烟灰色的一种感觉，他认为，烟灰色，就是阿嫂暖乎乎、肉嘟嘟的手。阿嫂这个人，长得就是暖乎乎、肉嘟嘟的一小团，不是肥胖，是上海人说的那种“小结滚”，就是个子不大，但结实滚圆的意思。阿嫂嫁进来时，阿兴才十四岁。阿嫂高兴起来，会摸一下阿兴的脑袋，或者，搂一搂阿兴的肩膀。阿兴就知道，阿嫂的确是“小结滚”。

阿兴从未见识过颜色，所以，颜色在阿兴的脑子里，差不多是一种温度、一种声音、一种气味。现在，阿兴认为，大红色是阿美，烟灰色是阿嫂。

阿兴穿上烟灰色开领羊毛衫，内里是白衬衫，下身是西裤，很挺括，只是裤腿的膝盖处分别有一条明显的横向折痕，显然是折叠着放在抽屉里比较久了。当然，有折痕也是无关紧要的。关键是，现在，阿兴看起来很帅气，很出客。严家好婆来接他时，就情不自禁地赞叹起来："阿兴啊，你要是不瞎，真是一表人才了。"

严家好婆，是从小看着阿兴长大的街坊邻居，话里带"瞎"字，阿兴是不会介意的。

天色向晚，阿兴跟着严家好婆去了约好的地点。地点是就近的，居委会的活动室。活动室分两间，外间，摆着四五张方桌，这个刻点，正好是阿姨爷叔们吃好晚饭的活动时间。两桌麻将正此起彼伏地发出"哗啦啦"的响声，偶尔有一声"吃""碰"的吆喝，或者"胡啦"的欢呼，声音是苍老的，兴奋度，却不比年轻人差。还有两桌扑克牌，有人在理牌、弹牌，纸牌像扇子一样展开合拢，又把整副牌合在一起，"咚咚"地敲着桌面，就像一块小方砖。也有人在出牌，情绪高涨，意气用事地把牌狠劲儿甩在桌面上，纸牌就成了示威的武器，"啪啪"地响，赛过射击的气枪。这些声响里，还夹杂着几声大号象棋在木板棋盘上斟酌不定的挺进、收兵，或者亦步亦趋的追击、迂回，这声音，比之麻将和扑克牌，当属有几分城府了。总之，这是一个老年人的天地，这些接近暮年的老小孩儿聚在一起，没有小辈在跟前，便不需假装稳重，仿佛孩子脱离了大人的视线，玩到了近乎疯癫。平日间的病痛、体弱、家长威严，此刻，全不见了。

阿兴到得有些早，便在活动室的外间"看"了一会儿阿姨爷叔们的游戏，而后，只听得严家好婆凑近他耳朵，轻声说："来了来了。"

说完，阿兴就被拉进了活动室的内间。内间，是一个小小的阅览室。周围摆着一圈简易书架，架上靠着《健康》《家庭》或者《电视周刊》等五花八门的杂志。今日里，居委会给阿兴方便，阅读杂志的人都被请出去了。严家好婆刚把阿兴按在椅子里坐下，就有两个人的脚步声进了门。然后是一个陌生女人和严家好婆的招呼声，两人寒暄了几句，阿兴听出来，陌生女人叫"陈家姆妈"。又听得陈家姆妈说："哎呀，这就是阿兴啊！"

阿兴便从椅子里站了起来，朝声响的地方，点了点头，点完头之后，他想了想，对着陈家姆妈的左侧，发出“窸窸窣窣”声音的方向，又点了点头。这第二次点头，阿兴是和陈家妹妹打招呼。陈家姆妈就呵呵笑着说：“阿兴坐吧，坐坐坐。”

接下来，就是严家好婆的声音：“陈家妹妹，这就是阿兴，你见过照片的。”

阿兴的面孔热了一热，嘴角边就展开了一个笑容。这笑容，本该是很明媚的，可惜笑的时候，一对眼珠跟着乱翻了一气，两眶眼白在灯光下一闪一闪的，这笑里，就无端地添了几分狡黠。

那个叫陈家妹妹的小姑娘，依然只是发出一些“窸窸窣窣”的声音，并不搭腔。大约是穿得过于新，又因为是相亲，身姿是不自然的，硬挺的衣服便在她别扭的身形上，发出了持续的摩擦声。

接下来，便是严家好婆和陈家姆妈的对话了。内容，自然是严家好婆介绍阿兴的家庭职业、品质性格，陈家姆妈介绍自家女儿的天真活泼、善良懂事。阿兴这边厢，只偏着头，竖起耳朵听着。陈家妹妹也很安静，没有参与谈话。就这样，两个老女人谈了将近二十分钟，忽然就止住了话头，仿佛再这么谈下去，就要把家底全坦露出来了，便都觉得需要适可而止了。陈家姆妈毫无必要地发出三记干燥的咳嗽声，严家好婆跟着“呵呵”笑了两声，场面就冷下来了。外间的麻将和扑克牌声，显得格外的闹猛起来。

正当大家都有些尴尬时，陈家妹妹忽然发言了，并且，这发言是冲着阿兴来的：“哎，你认得刘德华吗？”

这是一个铃铛般的童音，像是还未发育好的少女，很清脆、很响亮，在沉寂的当口出现，有些突兀。阿兴怔了怔，意识到是在问自己，便慌忙说：“刘德华？认得倒是不认得，不过我晓得的，香港歌星。”

陈家妹妹忽然就变成了一只小鸟，一阵凳子移动声和脚步的“噼里啪啦”声，小鸟就飞到了阿兴身边：“我认识刘德华的，他到我家来过。我跟他说好，下午六点钟来。可他来早了，我还在洗澡。刘德华说，你开门，让我进去。我说，你等一歇，就一歇歇，我还没洗好呢……”

阿兴吓了一跳，陈家妹妹居然和刘德华关系这么好，转而一想，兴许，这个刘德华，不是香港歌星刘德华，是陈家的某个亲友，也叫刘德华。可是接下来，陈家妹妹的话，就让阿兴摸不着头脑了。陈家妹妹兴致勃勃地继续着有关刘德华的讲述："刘德华说，晚上我有演唱会的，在大舞台，我等不及你洗好澡了，你就去看我的演唱会吧，我送你一张票，放在信箱里。哎，对了，你看过刘德华的演唱会吗？"

阿兴被动地回答："没有。"

陈家妹妹得意地说："我看过的，刘德华送给我一张票子，第一排。"

陈家姆妈打断女儿："妹妹，我们回家去了好吧？"

陈家妹妹正说到兴头上："刘德华说，晚上你一定要来啊，说完他就走了。他很忙的，他要开演唱会。"

严家好婆想扯开话题："妹妹，你今天穿的这件衣裳，好看得来，哪里买的？下次我也给我外孙囡买一件。"

陈家妹妹果然被吸引了过去："阿拉爸爸带我到市百一店买的，市百一店里衣裳多得来，我挑了四件，阿拉爸爸只允许我买一件，我就挑了这件橘黄色的，好看吧？我最欢喜橘黄色，我就是穿这件衣裳去看刘德华的演唱会的。我跟刘德华说，我在洗澡，等一歇歇……"

陈家妹妹的话头，又转回到了刘德华身上。阿兴糊里糊涂地听着陈家妹妹滔滔不绝地说话，心里却在想着，橘黄色，就是橘子的颜色。橘子，他是晓得的，圆溜溜的一个，握在手里，凉凉的，剥掉皮，就是一瓣一瓣的，吃起来，酸甜，多汁水。现在，阿兴觉得，橘黄色不仅仅是凉凉的、酸甜、多汁水的一种颜色，而是，而是什么呢？陈家妹妹刘德华长、刘德华短的声音在耳边继续着，阿兴的脑子里，就想到，橘黄色，应该是一种热情的颜色，热情到不识场合，张狂的、疯癫的、自说自话的颜色。这个陈家妹妹，就是一个橘子，她一定长着像橘子一样圆圆的脸蛋，而且，她这个人，也是橘黄色的。

陈家姆妈终于把意犹未尽的陈家妹妹带走了，走的时候，她是一边唱歌一边出去的："啊！给我一杯忘情水，换我一夜不流泪……给我一杯忘情水，换我一生不伤悲……"



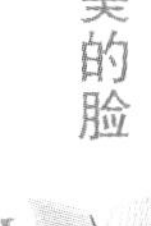

陈家妹妹唱得很响，铃铛般的童音在居委会外的走廊里逐渐远去。阿兴听到，玩牌的阿姨爷叔们，发出了一阵哄然的笑声。

## 四、马头琴

这一晚，阿兴闭着眼睛躺在床上，却翻来覆去睡不着。其实，闭不闭眼都是一样的，这个世界的嘈杂喧腾、声色犬马，都在他的脑子里。所以，一个瞎子，要是失眠起来，是很难受的。阿兴睡不着，是在想一个问题。是不是，瞎子就必须找一个缺胳膊断腿，或者白痴傻瓜来做老婆？他从未感觉自己的瞎，是一种残缺。甚至他觉得，他对事物的感知和反应，要比明眼人更敏锐。他的耳朵和皮肤，就是他的眼睛。可是，亲朋好友们给他介绍的对象，都是有问题的。首先，他们认为瞎子找瞎子，那是顶不合适了，不说将来他们的孩子是否会增加失明的遗传概率，就说两个瞎子在一起过日子吧，究竟谁照顾谁？可是，阿兴认为，他是不需要别人来照顾的。阿兴活了近三十岁，父母照顾到他八岁，相继去世了，阿哥照顾到他十四岁，结婚了，接下来的日子，都是他自己照顾自己。



陈家妹妹是人家介绍的第三个对象，第一个，是个聋子，阿兴讲了半天，那个女人一句也听不见。在阿兴看来，耳朵是多么重要的器官啊！阿兴哪能容忍一个没有听觉的人与他一辈子生活在一起？第二个呢，是个小儿麻痹症，介绍人说，就是腰部以下的身体，有些萎缩，两条腿是佝偻的，但不影响生活，也不影响生育。结果，人家小儿麻痹症还看不上阿兴，说聋子哑子都可以将就，就不能是瞎子。原因呢，因为瞎子看不见她那张漂亮脸蛋。阿兴就觉得很好笑，要是能看见她漂亮的脸蛋，岂不是也能看见她丑陋的双腿了？

这一回，严家好婆说，陈家妹妹什么也不缺，就是缺点脑子。也不是傻，就是天真，小孩脾气。阿兴就想，天真才好呢，天真就是纯洁，纯洁的女孩子，不势利，不会嫌他是瞎子。阿兴万没有料到，陈家妹妹竟“天真”到这个地步。

陈家妹妹九岁时，生了一场病，抽筋，昏厥，高烧不退。病好后，看起来一切都还正常，饭照旧吃，学照旧上。可是直到她的身量体型一路发育到成年女人样，智力却并未跟着长大。不开口是看不出的，一开口，说的就全是小孩话了。父母带她看了好多有名的医院，最后结论是，九岁的一场病，让她的大脑几乎停止了发育。

阿兴觉得很为难，陈家妹妹的确不是很傻，世间的信息、新闻，新的知识、学问，她也都有好奇心，并且乐于接受。她也晓得穿漂亮衣服，一心一意地把刘德华当偶像，歌唱得一点也不难听，就是脑子里多了一些小孩子的梦想。其实，成年人也有梦想，只不过，小孩子会把梦想说出来。陈家妹妹就是一个小孩子，她看待一切，用的是儿童的思维，若说她只有九岁,那么这个九岁的孩子,还是比较聪明的。好比早熟的孩子，言谈举止学着大人样，却不由得要露出不谙世事的儿童心。和这样一个长不大的女孩子一起生活，不等于领养了一个女儿吗？可是，连小儿麻痹症都不肯嫁给他阿兴，哪个正常的女人愿意嫁给一个瞎子呢？

这段日子,阿兴上班老走神。没有客人的空闲段里,他就直挺着背脊,坐在按摩室的高脚凳上,身姿十分的端正,脑子,却在沉默的思索中。那天,阿美说："阿兴，你要结婚啦？"



阿兴吓了一跳，挺直的背脊一抽，像一只静静埋伏在水中的虾，忽然有一只手，伸进水来侵犯它，它便猛地弹跳了一下："啥人讲的？乱话三七。"

阿美"嘿嘿"笑着说："是陈家妹妹，对不对？你还瞒我？"

阿兴连忙解释："只见了一次面，没有确定呢。"

阿美就对阿兴的不诚实很有意见了："陈家妹妹自己在外面说，她的男朋友叫许士兴，你还有什么好赖的？你对我也要隐瞒啊？"

阿美是把自己当成了阿兴的知心朋友，视力几乎是零的年轻女人，因一叶障目而简单自信。阿兴呢，好像也找不到合适的托词，只是诺诺地反对："不是的，不是的……"



阿美就佯装生气地"哼"了一声，迟钝的眼珠朝阿兴的方向白了白。自然，阿兴是看不见阿美在用眼睛白他的。他只是有些气恼，陈家妹妹实在是不知轻重，只见了一次面，就在外面宣布她的男朋友叫许士兴，

仿佛，阿兴连选择的自由都被剥夺了。

门外的走廊里响起一阵喧喧嚷嚷的说话声，有客人来了，阿兴从高脚凳上站起来，阿美也不再追究女朋友的问题，开门出去了。片刻，阿美折回来，神秘兮兮地说："北京猿人来了，在总台开票呢。"

阿兴"哦——"了一声，就想起，被阿美叫作"北京猿人"的，就是那个余曼丽。走廊里，由远而近地响起一阵塑料拖鞋的脚步声，从轻重、速度、节奏上听出来，客人正走向03号按摩室。阿兴刚站到门口，余曼丽就推门进来了。阿美照旧收单子，招呼客人，然后出去打水。这边，阿兴让客人躺在按摩床上，喘了口气，才开口说："曼丽，你好！今天应该是第二次开背……"

余曼丽仰躺在按摩床上，打断阿兴："不要开背，给我敲敲脑袋，头痛。"

阿兴便接口说："好的。要是头痛，做完头部按摩，再做一个耳烛，效果会更好一些。"



"随便，只要头不痛。"余曼丽的说话声，听起来精神很差，是一种对万事厌烦倦怠、却又听之任之的懒散和无奈。

阿兴就在工作车里捡起一块毛巾，一只手没有任何犹豫地探到了余曼丽的额头上，另一只手把毛巾抖开，围住额头上部，双手三下两下一绕一收，余曼丽的头发，就被毛巾裹了起来，一丝刘海都不漏。余曼丽的整个脸部都裸露在外了，额头、鼻梁、两颊、颌骨、下巴、脖子……阿美及时把一盆热水摆在了阿兴的右手边。好了，现在，阿兴要开始工作了。一旦进入工作状态，阿兴立即收住了心猿意马，变得专心致志起来。

阿兴拧了一块浸过热水的毛巾，拧得不是特别干，带着很多水分的热毛巾捂在了余曼丽的脸上，然后，他一手端着余曼丽的下巴，一手轻轻地把脸面擦拭了一遍。擦完脸，阿兴又在手心里，滴了两滴精油。接下来，阿兴的双手，就直接地、完全地覆盖在仰面朝他展示着的这张脸上了。阿兴的心，便随着他的手，慢慢地进入了勾画中，一副面部轮廓图，慢慢地就出来了。而后，他的手和他的心，一起发出了奇异的感叹：这是一张什么样的脸啊！

阿兴的手，多多少少接触过一些面孔，鹅蛋型的、瓜子型的、国字型的、钻石型的……然而，余曼丽的脸，是多么与众不同啊！她称不上是什么型，五官位置没有安错，可每一处，似乎都犯下了长得不够或者过了头的问题。额头，是刀削一样的，过于低浅，从突出的眉骨，一路斜切成陡坡。眉楞就显格外的高突，仿佛战时的土壕，坑道两边堆垒起来的壁，高而陡峭，却并不光滑。鼻梁呢，仿同低矮的山脉，因鼻翼的过分宽大，这鼻梁，明明是高过两颊的，感觉却是山沟一样，豁开着，凹陷于眼睛和鼻翼之间。牙床是暴突的，整个面部的下盘，如同嘴里咬着一块巨大的磐石，坚硬而扭曲。两颊上的颧骨，拉得特别开，就好比两座遥遥相望的山包。这就使这张脸显得宽敞起来，又因为颧骨还是高的，宽敞里，就带着些许凄凉和荒蛮，是那种没有秩序的广阔。所有的器官、骨骼，合拢在一张脸上，这张脸，就显得如此陌生而新奇了。

阿兴细心地探索着，手指在这张脸上按压、轻揉、抚弄，手掌心里有山高水低，有冷暖起伏。轻重缓急、快慢恰当的触摸之间，他心里，就对手下的这张脸和脸上的景致，画出了详细的分布。阿兴一边按摩，一边默默地回忆自己抚摸过的所有人的脸。他确信，他在心里为余曼丽画出的脸，是世上独一无二的脸。这张被明眼人看来是“北京猿人”或者“大猩猩”似的脸，在阿兴脑中的图画里，却是一张美妙的脸。美妙在哪里呢？阿兴想来想去，最后，他认为，余曼丽的脸之所以美妙，是因为，他还没遇到过像她这样的脸。

阿兴的手掌、手指，几十遍地在余曼丽的脸上匍匐、跳跃。这双手，就成了垦荒的农民。垦荒者找到了一片土地，便勤勉而细致地在上面耕耘。因是他发现的，自然，他就认为这是一块特殊的、美丽的土地，于是，便要加倍地热爱这片土地了。这片土地的任何一处突出或者凹陷，任何一个角落，甚至任何一点瑕疵，都成了区别于其他土地的个性。比如倾斜的额头、突出的眉楞、凹陷的眼眶、宽阔的鼻翼、坚韧的牙床、棱角的颌骨，所有的，都是那么鲜明，大开大合，便有了音乐般的抑扬顿挫，却不是江南丝竹的民乐，而是，而是什么呢？阿兴想了好久，他想到了马头琴。对，差不多，就是马头琴奏出的音乐，高低错落相当的巨大，如果只是听一两个小节，会以为是风沙的呜咽，或者是胡琴的弦没有调准，一出手，走音了。然而再听下去，就不是了，就是在大漠或者荒原上才有的，丢弃了传统节律和音律的、奇异的那种美。对，余曼丽的脸，就是马头琴奏出来的音乐。

于是，阿兴就情不自禁地对他手下的这张脸说："曼丽，你的脸，很美！"

阿兴说完，发现自己的脸有些发烫，他想，他的脸大概接近红颜色了，因为烫，而产生了轻微的疼痛。于是，阿兴站起来，走到角落里的壁橱边，并不需要什么，但他还是摸索了半天，摸出一瓶晚霜，然后，又坐回高脚凳子。这一来一回，阿兴发烫的脸，就恢复了温和平静，于是，他伸出手，继续给客人做头部和脸部按摩。

阿兴再次触摸到余曼丽的脸时，他摸到了一脸温热的水，湿漉漉的，沾了他一手。



## 五、香面孔

余曼丽走出 03 号按摩室时，眼睛红肿着，显然是眼泪所致。结账走人后，小林就问阿美："北京猿人哭了，阿兴是不是冒犯她了？"

阿美当然不知原委。店里有不成文的规定，按摩师在给客人推拿时，旁边尽量不要有第三者。阿美的任务，就是做好准备，迎接客人，一切就绪，就走开了。所以，阿兴在给客人按摩时，究竟说了什么，做了什么，阿美是不知道的。倘若按摩师对客人有什么造次的举动，客人是可以投诉的，可余曼丽并未投诉阿兴。

按摩中心唯一的明眼人——收银员小林，把客人余曼丽哭着从阿兴的按摩室里出来的事情，汇报了经理。经理，是由居委会主任兼任的。街道开的店，福利性质的，解决残疾人的基本生活。所以，"心灯"按摩中心，也可算是市面上这一类服务行业中最正经的、完全靠推拿治疗生存的店。居委会主任听完小林的汇报，说："阿兴不会对客人动手动脚的，他做了两三年，从来没有发生过这样的事情。况且，你不是说，这个余曼丽，长得很难看吗？"

小林想想也对，来按摩的漂亮女人多得是，阿兴从没出过格，一个“北京猿人”，他就更不可能对她做什么了。便说：“我只是汇报一下，店里的情况，就我看得最清楚。没事最好。”

小林走后，居委会主任忽然就想到，他们的思维，都是明眼人的思维。客人的美丑，阿兴是看不见的。也许，是余曼丽的身材特别好，皮肤特别细腻，惹得阿兴动了心？然而，客人没有投诉，那就不好治罪了。兴许，这位客人从此也就不来了，这事，就不用再提了。毕竟，阿兴是成年男人，有什么非分之想，当属正常。要催一下严家好婆，给他介绍的女朋友，抓紧落实，这样，他才不会在客人身上动脑筋。

两天以后，严家好婆给阿兴送来了一张电影票，说是陈家妹妹请客看电影，刘德华演的《投名状》。阿兴不想去，他认为，第一，他去，只能叫听电影。要是请他去听音乐会，他倒是乐意的。第二，陈家妹妹喜欢刘德华，他不喜欢。他喜欢音乐，古典的，现代的，都喜欢。流行歌手，他喜欢赵传，喜欢《我很丑，可是我很温柔》。可严家好婆说：“阿兴你就去吧，人家特意排队才买到的票，开演前，还有什么仪式，电影的导演，还有演员，都到场的。”

阿兴知道，这叫首映式，也许，刘德华今天要到场的吧。陈家妹妹，就是冲着刘德华去的，也难为她还给他买了票子，不去，太扫人家兴了。阿兴考虑了一下，就答应陪陈家妹妹去看电影了。严家好婆关照说：去影城叫“差头”（沪俚语：出租车），坐公交车不方便，陈家妹妹不认识路，你又看不见。

晚饭后，阿兴捏着电影票，在居委会门口等到了陈家妹妹。陈家妹妹一听要坐“差头”，就亮开铃铛般的嗓子欢呼起来：“噢！坐‘差头’喽！看电影去喽！阿兴，我会叫‘差头’的，等一歇我来招手哦。”

阿兴笑着说：“好，我不会叫‘差头’，你来叫吧。”

陈家妹妹就很不屑地说：“你连叫‘差头’都不会啊？我教你，‘差头’的玻璃窗上有一块红牌子，上面写着‘空车’，就可以招手了。要是没有牌子，就是已经被人家叫掉了。晓得了吗？”

阿兴点头说：“晓得了。”





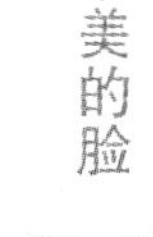

说话间，陈家妹妹忽然大叫起来："差头，差头！"

只听得一声尖锐的刹车声，阿兴知道，"差头"停在他们面前了。陈家妹妹像只小老鼠一样"哧溜"一下就钻进了车门，也不管阿兴能不能顺利上车。当然，阿兴坐进"差头"，那是没有问题的。路上，陈家妹妹又提到了刘德华与她的那次"约会"，惹得出租车司机不住地看后视镜。阿兴觉得很难为情，与这个看上去是大姑娘，其实是小孩子的女朋友一起出去，真是有些丢脸的。可他又不能捂住她的嘴不让她说话，所以，阿兴只能捂住自己的嘴，一路沉默到底了。

到了影城，坐进黑洞洞的影院，直到电影开场，才晓得，并不是什么首映式，只是这家影城为了造势，请了几位电影里的小角色，又请了几位本地明星来助兴。有一位歌手，唱了一首刘德华的歌，唱得倒很像。陈家妹妹几乎认为他就是刘德华了，激动得拉住阿兴的手臂直摇："是不是刘德华啊？是不是啊？"

阿兴听到，旁边有一位观众说："这么胖，冒充刘欢还差不多。"



消磨了差不多半个小时，首映式结束，开始放映电影。大约是刘德华终于露面了，陈家妹妹安静了下来。可是，没过十分钟，她又坐不住了，对阿兴说，要吃冰激凌。阿兴就带她出去，买了"梦龙"雪糕，一路吃着回到座位。刚坐定下来一会儿，雪糕就吃完了，陈家妹妹屁股扭来扭去的，又坐不住了，说，刚才买雪糕时，看到有卖爆米花的。阿兴再带她出去，买爆米花。这一排的观众，已经两次起立给他们让路了，阿兴听到有人说："进进出出的，忙煞了！"

买完爆米花，阿兴就不想进去了，他劝陈家妹妹："刘德华不会来了，我们回家吧。"

陈家妹妹很不情愿地说："阿拉姆妈说过的，买了东西不用完就扔掉，很浪费的。买了电影票不看完，也是浪费。"

阿兴就说："那要是病人买了药，吃了一半，毛病就好了，剩下的药，也要吃光啊？"

陈家妹妹就不知道怎么回答了，阿兴话题一转，说："走吧，我们叫'差头'回去，到小区门口，我给你买烤羊肉串。"

陈家妹妹一声欢呼，乖乖地跟着阿兴走了。

阿兴带着陈家妹妹又回到了他们居住的街道，烤羊肉串的摊位就在小区门口，生意从早上做到半夜。阿兴要了十串烤羊肉串，陈家妹妹欢天喜地地吃起来，边吃边说："阿兴，我要回家了，姆妈会等我的。"

阿兴说："我送你到家吧，你自己回去我不放心。"

陈家妹妹也不拒绝，一路吃着羊肉串往家走。阿兴跟在她身旁，说："以后，你不要跟外人讲，你的男朋友叫许士兴。"

陈家妹妹嘴里嚼着肉，口齿含混地说："为啥？"

阿兴说："不为啥。到处讲来讲去的，总不大好。"

陈家妹妹就"咯咯"地笑起来："我晓得了，你是难为情对吧？以后人家要是问起我，我就说，许士兴不是我男朋友。"

阿兴哭笑不得，又解释不清楚。陈家妹妹说："阿兴，你不要告诉阿拉姆妈，你给我买雪糕、爆米花和羊肉串，姆妈不让我吃别人的东西，她晓得了要骂我的。"

阿兴说："好，我不告诉。"

陈家妹妹说："阿兴，你对我真好，你给我买梦龙雪糕，一支要五块，阿拉姆妈只给我买过一块五的伊利。你还给我买爆米花，姆妈讲，吃好冷饮再吃油腻的东西，要肚皮痛的。其实我晓得，她是不舍得买给我吃。还有，姆妈不让我吃摊头上的东西，她要是晓得你买羊肉串给我吃，肯定连你也骂进去了。阿兴，你对我真好。以后，你还会买给我吃的，是吧？"

阿兴耳朵里听着，心里却想："大概，这是第一次，也是最后一次买给你吃了。"

陈家妹妹继续说："阿兴，我在电视里看到，人家谈朋友，男朋友女朋友要香面孔的。阿拉姆妈关照我，要好好和阿兴谈朋友。那我们，要不要香面孔啊？"

阿兴吓了一跳："啊？面孔？面孔就不要香了吧。"

陈家妹妹站住，说："阿兴，到家了，我要进去了。我在电视里看到，男朋友女朋友说再见，是要香香面孔的，来，我们香一个吧。"

说完，张开手臂，一把搂住阿兴的脖子，阿兴推都来不及，只感觉

一张油腻腻、热烘烘、带着羊膻味的嘴贴上了脸，随即，发出很响亮的一声“叭”，是嘴唇在面孔上一记狠狠的吮吸。然后，陈家妹妹放开阿兴，高高兴兴地说了声：“阿兴再会。”

一阵弹性十足的脚步声，由低至高，发出隐隐的“空、空”回声。陈家妹妹上楼梯了，阿兴站在楼下，默送着这脚步声，直到听见门铃响，陈家妹妹欢叫“姆妈，我回来啦”，然后，是开门和关门的声音。阿兴这才放下心来，转身回家。一路上，阿兴闻到，面孔的一侧，持续地焕发着一些肉食的膻和孜然的香。他伸手摸了摸脸颊上的一嘴油腻，不由得咧开嘴角，在夜色下无声地笑起来。

## 六、紫玫瑰

余曼丽来了，在总台开票时，小林特意给她安排了02号按摩室的杨大姐。这是经理关照过的，万一阿兴真和客人出点什么事，会砸掉“心灯”牌子的。虽说“心灯”不是什么大牌名牌，但终归，坏名誉的事情，能避免最好。可是，余曼丽拿着开好的票看了看，对小林说：我要上次给我做推拿的那个师傅，03号房的。



小林一脸惊讶：“你是说阿兴？你要叫他做？”

余曼丽说：“我不晓得他叫什么名字，反正就是03号按摩室的那个师傅。”

小林只好收回单子，把杨大姐的工号改成了阿兴的。余曼丽接过改好的单子，抿了抿嘴，居然，嘴角边荡漾出一波笑容。余曼丽微笑着说了声“谢谢”，去更衣室了。

这个余曼丽，来过“心灯”两次，因为长得出奇的丑，所以，小林第一次就记住了她。余曼丽不仅丑，脾气还不好，说话冷冰冰，态度凶巴巴，从没见她露过笑容。好像人人都欠了她钱，一副又傲慢又不耐烦的样子。也许是因为，从小到大，她从来没有体会过受宠的感觉，甚至，还要抵挡陌生人好奇和嘲笑的眼光。于是，她就学会了自我保护。大凡天底下的美女，为了不让自己的肉体受伤害，便以傲慢、冷漠来作为自我保护的武器。而一个丑女，恰恰也需用这样的武器来自我保护，只是，她要保护的，不是她的肉体。相比美女而言，丑女更容易受伤害的，是她的心。大概，余曼丽，就成了这样一个傲慢、冷漠、不笑的女人。

然而今天，余曼丽微笑着说了声“谢谢”。虽然，这张仿同北京猿人的脸，并未因为笑而变得好看一些，相反，本是紧绷的三角区，因为笑而多出了几道涟漪似的法令纹，一圈一圈荡漾开去，本是竭力抿紧的嘴唇，止不住地裂开了缝，于是，两排龅牙，就这么见了光。这笑，就近乎比哭还难看了。怪不得，余曼丽从来不笑。可今天，她笑了，那必定，她是有着抑制不住的想笑的原因。是什么样的快乐，能让她按捺不住、情不自禁地要笑出来？

五分钟后，换了毛巾浴衣和塑料拖鞋的余曼丽，从更衣室里出来，由走廊口向03号按摩室走去。阿兴得了阿美的预报，就听到了走廊里由远而近的脚步声。可这脚步声，不像余曼丽的。余曼丽走路，总是带着倦意，抬脚绝不肯高半个分毫，所以，拖鞋的硬塑料底基本是擦着地面的，有些拖泥带水的意思。可她就是这种性子，对万事提不起兴致，哪怕是气愤，或者恼怒，都懒得。阿兴听过几回余曼丽的脚步，自然能轻车熟路地辨别。然而，正在靠近的脚步声，听来，却是轻盈跃动的，不是速度，不是宽度，而是高度，是有着弹性的，一步是一步，每一步，仿佛都走出了款型，不急不躁、不紧不慢，像是小步舞曲的节奏。

早些年，阿兴在盲人学校念书时，有一门课，叫《音乐欣赏》，老师在课上播放各种世界名曲。阿兴最喜欢这堂课，失去了感知光明能力的人，也许，可以在音乐里找到他的春天、他的晴空、他的花开花落。工作以后，阿兴拿到第一个月的工资，就为自己买了一台音响和一套名曲碟片。这些年，阿兴的娱乐生活，就是听音乐。所以，阿兴对音乐，还是很有一些欣赏能力的。现在，他觉得，门外款款而来的脚步声，确是一首小步舞曲。小步舞曲有很多首，都很经典。这一首，肯定不是贝多芬的，贝多芬那个，是在自家的厅室里随心所欲地走动；也不是比才的小步舞曲，那是在充满鸟雀鸣叫的田野里散步；更不是莫扎特的那个，那是贵族们聚集在宫庭里，梗着脖子，装模作样地走来走去。那么，是什么呢？阿兴的脑子里，就跳出了巴赫的G大调小步舞曲。那是一种什么感觉呢？不是

厅室，不是田野，不是宫庭，而是，而是一间充满阳光的小屋。因为小，所以没有几步可走，可就是这么几米见方的空间，因有了阳光，每一步的走动，都是暖融融、轻灵灵的。这个走路的人，她是淹没在阳光里了，带着一丝慵懒气息，心情，却是明朗到几乎雀跃起来的。只有好心情的人，才会穿着一双塑料拖鞋，走出这种小步舞曲的效果来。

巴赫G大调小步舞曲由远及近，破门而入。余曼丽先开口了："你好！"

就如一道阳光长驱直入，照到了阿兴的脸上，这张脸，顿时变得明媚起来。

余曼丽是来继续做开背疗程的。比起前两次，她的情绪好多了，话也明显多起来。她趴在按摩床上，面部埋在床头的凹洞里，闷声闷气地问："你叫阿兴？"

阿兴笑笑说："我大名叫许士兴，大家欢喜叫我阿兴。"

余曼丽："那以后，我也叫你阿兴吧。"

阿兴爽朗应诺，手里一边做着推拿，一边说："刚才，我差一点以为不是你。你的脚步声，和以前不一样。听起来，就像在跳舞，真美！"



余曼丽没有答话，嗓子眼里，却叹出几声舒坦的呻吟。阿兴正给她捏脖子，只觉得手里的肌肤，霎时间提高了几分温度。阿兴就知道，余曼丽有些羞涩。但是，肯定，她是喜欢阿兴这么说的，因为，他是在赞美她。他能感觉到，只有心里藏着隐隐的快乐的女人，她的皮肤里，才会迸发出这样一股暗暗的热情，一种被悄悄抑制着的兴奋。仿佛是刚开的鲜花，花瓣上带着些微露水，润泽、细腻、光滑，自然而然地散发着花瓣的体香。然而，又是被控制的挥发，并不是随心所欲地开放，于是，就变得自尊、孤独、微妙起来。阿兴竭尽细致地按揉着余曼丽背部的肌肤，这具躯体的温度、湿度、沁泌而出的水分，在他的手掌里，就仿佛是某种花了。什么花呢？就像，就像玫瑰，对，含苞的玫瑰。

阿兴记得，去年劳动节那天，区领导来探望战斗在工作岗位上的、像阿兴这样的身残志不残的劳动者。领导在按摩中心里兜了一圈，送给每位按摩师一朵玫瑰花，又说了一些鼓励的话，就拍拍屁股走了。阿美几乎把鼻子挤到了花瓣中才辨认出，领导送给阿兴的那朵玫瑰，是紫色的。她告诉阿兴，她的玫瑰是粉红的，比阿兴那朵好看。阿兴就想，紫色，是什么样的颜色呢？阿兴轻轻地抚摸那朵被一张玻璃纸包着的玫瑰，他摸到了细长的花枝上，端端独立着一朵花。这朵花的形状，是并未完全开放的，花瓣上，没有水，却又分明充满水分的质感，且每一片花瓣都收拢着，花朵，就显得心事重重的样子，沉甸甸的。然而，又不失姿态，保持着优雅的端立姿势。那时候，阿兴就想，原来，紫色，就是一种半开半闭的颜色，是一种有些孤独、有些优雅的颜色；紫色，还是有香气的，只是，这香气很微弱，微弱到进入人群，就会融化掉。

现在，阿兴觉得，紫色，就是余曼丽。而且，是一朵没有完全开放的、紫色的玫瑰。于是，阿兴脱口说道："曼丽，你的皮肤，就像玫瑰花瓣，而且，还是紫色的那种。"

余曼丽的皮肤，果然如花瓣一样，又散发出一丝隐隐的香气。随即，她却发出了疑问："紫色的玫瑰？你见过？"

余曼丽说话可真是不注意，怎么能对一个瞎子发出这样的质疑呢？那分明是嘲笑人家看不见。可阿兴却并无恼怒和不快，只微仰着脸，眼眶里填着两抹茫然的白，头颅偏向一侧，一张国字方脸上，是平静安详的表情。要是不瞎，这个人，可真算是英俊。只是，他若能看见，还会对余曼丽说"你的脸，很美"吗？好就好在，他是个瞎子。

许是想到了这一层，余曼丽有些伤感，便不再说话。于余曼丽而言，任何一双健康的眼睛，都具备残酷的杀伤力。但是，你不能巴望别人的眼睛都瞎掉，那是不可能的。那么，只能巴望自己的眼睛瞎掉了，这样，就看不见自己究竟有多丑了。可是哪怕是丑女的内心，也是有着美女的向往的。比如受宠，比如赞美，比如爱情的降临。哪怕，就是去美容院里做一做脸部按摩，也是一种自我的肯定，即便不是出众的美丽，即便只是长着一张最普通的脸。

余曼丽一定也是有梦想的，而且，梦想很渺小，也许她只是希望，她能坦然自如地出现在美容院这样的地方。盲人按摩店，可算是她的福音。这种店里，服务人员都是瞎子，瞎子看不见客人的容貌。多好的去处啊！这正是余曼丽需要的。

然而，市面上的大多数盲人按摩店，只是打着盲人的旗帜，为得到福利企业的优惠政策。那些店里，不是没有盲人，就是没有按摩师。余曼丽找到“心灯”按摩中心，才遇到了真正的盲人按摩师。并且，第二次来做头部按摩，03 号按摩师就对她说了那句话：曼丽，你的脸，很美！

余曼丽禁不住泪流满面。

如果这赞美的话，是由一个拥有健康的双眼的人说出来的，也许余曼丽会认为，他是在讽刺她、讥笑她。但阿兴是个盲人，他看不见她，这“美”的判断，就不是明眼人的标准了。阿兴的判断，是借助听觉和触觉。显然，这不是大众认可的标准，然而，这也不失为一种标准。如果，世界上所有的人都是盲人，那么，是否，余曼丽就是世人公认的美女了？

那天，余曼丽仰面躺在按摩床上，痛痛快快地哭了一场。想必，她是为丑陋的自己得到了美丽的赞美而哭，为一个女人一直埋藏着不敢示人的爱美之心而哭。也许，还为很多很多说不清楚的原因。阿兴呢，也并未问她为什么哭，他知道，绝不是他无意中伤害了她，不是的。她的眼泪，也不是受伤的眼泪，应该是激动，是内心的巨大喜悦，催生了表面的哭泣，乐极生悲似的。



阿兴什么也不说，只是用毛巾，默默地给余曼丽擦拭着不断淌下的眼泪，直到她收住啜泣，很不好意思地说“对不起”，他才笑笑：“没事，流泪可以美容的。”

余曼丽就“噗哧”一声，笑了出来。随后，她问：“下次，我来的话，可以点名让你给我做推拿吗？”

阿兴说：“那当然，没问题。”

那天，余曼丽走的时候，眼睛是红肿着的，心情，却是前所未有的明朗。

## 七、皮肤的感情

现在，阿兴对女人的感受，已经有了相当丰富的积累。最早的印象，自然是母亲。只是，那是八岁之前的记忆，只隐约记得，母亲的头发，柔软稀薄；母亲的手脚，冰凉坚硬；母亲的声音、呼吸、睡着后的梦呓，无一例外的气短。后来证实，这些特征，多是她贫血病灶的反应。阿兴对母亲，并无多少依恋。她是一个虚弱的女人，身体的虚弱，情感的虚弱，对任何事物缺乏热情的虚弱，她是一个因为疾病而自顾不周的女人。果然，早早地，她就离开了人世。如果用阿兴想象中的颜色来形容，母亲，是一个无色的女人。也许那时候，阿兴的大脑，还没有生成对颜色的认知细胞。相比而言，阿嫂，反而是有颜色的。温和的、柔暖的阿嫂，有着一双小巧多肉的手的、烟灰色的阿嫂。然后，是热情的、开朗的、喜欢穿漂亮衣服的、红色的阿美。还有，张扬的、没有节制的、一不小心就会变成别的颜色的、橘黄色的陈家妹妹。还有余曼丽，寂寞的、端庄的、有些冷漠的、紫色的余曼丽……

很奇怪，他总是把颜色与女人归于一类。一种颜色，对应一个女人。或者说，一个女人，总有一种可对应的颜色。阿兴的头脑里是没有颜色的，有的，只是颜色的抽象概念。任何一种代表颜色的名词一经进入他的耳朵，他便需要找到某种可触摸或者可听见的事物去替代这种颜色。最后，阿兴找到的最可代表各种颜色的，是不同的女人。可见得，女人之于阿兴，也是抽象的。虽然，阿兴听见过女人说话，触摸过女人的肌肤、骨骼。但是，女人究竟为什么称其为女人，阿兴依然不得要领。就像他知道，红色是痛的，橘黄色是热的，烟灰色是暖的，紫色是冷的，可他还是不知道，这些颜色究竟是什么样的。于是，阿兴便把女人和颜色这两种抽象的、他无法知其本质的东西，一一对应了起来。

丁阿兴而言，任何女人出现在"心灯"，那她就从一个女人，变成了一名顾客。阿兴对这个女人的所有感觉，便完全基于一名按摩师对他的顾客的用心。阿兴向来用心，哪怕是一丝微妙的触感，或者一丁点微弱的声音，都可成为他了解顾客、分析顾客的元素。如果他是一名健康的按摩师，也许，更多的信息，他会靠眼睛去观察。不能否认，哪怕是一个最正直的男人，也会在观察女人的时候，带着男性对女性的特殊眼光。

阿兴当然是一个正常的男人，所以，阿兴对女顾客，又显然要比对男顾客更加用心。更因为他没有视觉，女顾客对他的戒备，便降到了最低程度。然而，大部分女顾客，又纯粹是来享受阿兴的推拿手艺的。她们既对他放心，又在内心里鄙夷他。尽管阿兴的行为举止，都已竭尽所

能地像个健康人，如果他真的是个健康人，那他就是一位绅士，应该，还是一位相貌堂堂的绅士。然而终究，他是个瞎子，所以，女人们一边享受着他的双手在她们身上周到细致地推拿按摩，一边在心里可怜着他，同情着他，归根结底，又是鄙视着他——一个瞎子哪！所以，阿兴的女顾客，一旦躺在按摩床上，一个个，都成了缄默的哑巴。她们不屑于和他交流，她们只顾得自己躯体的感受，舒坦地呻吟，哼哼唧唧。她们根本当他不存在，有哪个女人，会在一个健康的男人面前，发出那种只有在打哈欠、打喷嚏、伸懒腰，甚至排泄的时候才会发出的宣泄快感的声音呢？她们根本不会在意自己在这个男人面前是美的，还是不美的。她们，是为有良好视觉的男人而美丽的。只有余曼丽，与别的女人不一样。当然，现在还有一个陈家妹妹。只不过，陈家妹妹是“心灯”之外的女人，不，不是女人，陈家妹妹，只能叫女孩。

那夜，陈家妹妹很隆重地在阿兴脸上亲了一口，一种被她谓之“香面孔”的告别仪式。就是这个带着浓烈的羊膻味和孜然味的亲吻，把阿兴本想与她就此停止来往的想法，忽然打住了。仿佛，这个亲吻，激发了阿兴的皮肤饥渴症。这个世界上，有多少人的皮肤被阿兴抚摸过啊！数不胜数。然而，阿兴的皮肤，却从未被谁抚摸过。哦，有还是有的，小时候，母亲肯定抚摸过他，只是，早已忘了。阿嫂也摸过他的脑袋，还搂过他的肩膀。长大以后，就没有了。只有那次，接过羊毛衫时，触到了阿嫂柔软多肉的手。可那是一触即放的、无意的触碰。倘若阿兴的皮肤是有感情的，那么成年以后的他，真是入不敷出了。可是，谁说阿兴的皮肤没有感情？阿兴身上，最有感情的器官，就是耳朵和皮肤了。并且，相比而言，耳朵感受事物，毕竟还是有着空间距离的。只有皮肤，那是贴身的触觉。贴身的，无阻隔的，怎么可能没有感情？哪怕对空气、阳光、雨水、雾露，阿兴的皮肤，也是有感情的。所以，陈家妹妹的一个告别亲吻，就这样，触发了阿兴皮肤内长年积累的、从未得到释放的感情。

严家好婆又来传递信息了：“阿兴啊，陈家妹妹对你很满意，陈家姆妈说，阿兴脑子很聪明，眼睛看不见不要紧，阿拉妹妹的眼睛好得很，正好互补。”

阿兴笑笑，没有说话。严家好婆继续说：“以后，你们结婚了，再养个小囡，脑子也好，眼睛也好，真是天大的好事。那样，我也就功德圆满了。”

阿兴心想：还用养个小囡吗？陈家妹妹自己就是一个小囡。

严家好婆又说：“阿兴啊，要是你对这门亲事没意见，下个礼拜，你就上一次陈家的门。”

阿兴问：“上门做什么？”

严家好婆笑起来：“上门做什么？上门以后，你就是陈家的毛脚女婿了。”

接下去，阿兴的耳朵里，就充满了严家好婆的关照，毛脚女婿上门要带的礼品，毛脚女婿的着装，毛脚女婿应该说什么话……阿兴耳朵里听着，心里却在回忆陈家妹妹在他脸上的狠狠一吻，那种感觉，怎么形容呢？突如其来的、从天而降的、麻酥酥的、甜甜的……这真是一种奇异的体验，如果，仅凭这一吻，就确定要做陈家的毛脚女婿，是否太不慎重了？阿兴矛盾极了，可内心里，又分明是喜欢，或者说渴望这种感觉的。或者，他也并不真的对陈家妹妹寄予爱情的希望，只是，那一个亲吻，实在是让阿兴意犹未尽啊！



阿兴犹豫着不肯表态，严家好婆就问：“阿兴，你跟我说老实话，你到底欢喜陈家妹妹吗？”

阿兴回答不出。要说喜欢，他不甘心，要说不喜欢，又有些舍不得，就支支吾吾说不清楚。严家好婆就说：“明天，我去找你阿哥阿嫂，叫他们来做你工作。”

很快，毛脚女婿首次上门的日子到了。阿嫂替阿兴操办了所有的礼品，一早送到阿兴的住处。高级水果篮一个、脑白金两盒、雀巢咖啡礼盒一个、鲜花一束。阿嫂还关照说：“晚上去陈家，人家要是请你留下吃饭，你不要老实不客气就坐下来吃了。第一次上门，主要是看看人家的门风、教养。上门后有啥想法，就告诉阿嫂，晓得了吗？”



阿兴嘴里说晓得了，心里却想：是阿哥阿嫂要我去的，不是我自己要去的。

阿兴有些自欺欺人，他是想否认某种想法，他不愿意承认自己喜欢

陈家妹妹。确切地说，他的确不喜欢这个嘴上一天到晚挂着刘德华的长不大的女孩子。他喜欢的，是一种触觉，一个女性的皮肤触碰他的皮肤的奇异感觉。

## 八、暧昧之手

餐桌上堆着水果鲜花，阿兴的呼吸里，就带了几种混合的香气。他一样样礼品摸过去，摸到包扎着鲜花的塑料纸，就把鼻子凑上去，用力闻了闻。阿兴一闻，就知道这束花里，肯定有玫瑰。他轻轻地触摸过每一朵花，果然摸到了那种含苞欲放、端端立在枝头的玫瑰。他便抽出一支，小心翼翼地放进夹克衫内袋，然后，仔细地扣好衣襟。

阿兴怀揣着玫瑰花，走上了去“心灯”的路。今天是礼拜三，是余曼丽预约来做开背的日子，八次的疗程，她已经做了四次，今天，是第五次。一般，余曼丽会在上午十点多到达，很守时。阿兴呢，一到这天，就等着余曼丽了，其他顾客叫他做，他会婉言谢绝，请人家改天来，或者，让 01 号的毛师傅或者 02 号的杨大姐做。



每个按摩师，都有自己最铁的顾客。阿兴的铁顾客很不少，比如水产批发商王老板、房产公司业务员小李、棋牌室女老板刘阿姐……比起这些长期光顾 03 号按摩室的常客，余曼丽只能算新面孔，可她是后来者居上，短短一个月，阿兴已经把她当成了他最铁的顾客。当然，主顾之间的和谐默契，完全是靠配合的。阿兴喜欢给余曼丽做按摩，因为这个女人长着一副与众不同的容貌，阿兴用双手的触摸来判断，这就是一张美丽的脸。又因为，余曼丽的肌肤，如同紫色的玫瑰花瓣一样质感细腻、悄然留香。当然，这还不是最主要的原因，关键是，他感觉到了余曼丽的变化。从第一次的冷漠、第二次的哭泣，一直到第三、第四次，她变得越来越快乐，越来越温柔，也越来越愿意与他交流。阿兴有理由相信，余曼丽的变化，是因为他这个按摩师在起作用，如果不是，那他也是愿意看到她的这种变化的。最最关键的是，余曼丽是唯一一个，在他面前流露过真情的顾客。那一回，余曼丽的眼泪，让阿兴在不明所以中陡生怜意。从那以后，这个被小林和阿美叫作“北京猿人”的顾客，就成了阿兴的特别关照对象。

十点一刻，余曼丽准时到达。小步舞的脚步声，一定是她。阿兴在心里微笑，脸上的肌肉便也舒展开来。阿美听出来了：北京猿人来了。

阿兴就呵斥道："不要给顾客起绰号。"

阿美"嘻嘻"笑说："我又不会当面这样叫她。"

阿兴说："背后也不要叫，让人晓得了，觉得我们'心灯'的人没有素质。"

阿美就有些不高兴了："你干吗对她这么好？她又不是你女朋友。"

余曼丽推门进来了，阿兴就来不及反驳阿美的话了。一切按部就班，招呼过后，余曼丽躺下，阿兴坐到按摩床头，开背治疗开始了。

今天，余曼丽好像格外高兴，她埋在床头凹洞里的说话声，不断传进阿兴的耳朵："阿兴，你欢喜听什么样的音乐？"

阿兴偏着头，眼白翻了两翻："我，好像都欢喜。"

余曼丽："那你欢喜《二泉映月》吗？"

阿兴："欢喜的，《二泉映月》我最欢喜了。这曲子是阿炳创作的，他和我一样，也是个瞎子。"



阿兴正说着，就感觉余曼丽抬起了脖子。他停下手，以为余曼丽要调整睡姿。可他听到，余曼丽坐了起来，然后，一个薄薄的小塑料盒子，塞进了他手里。阿兴一捏，就知道，这是一个碟片盒。余曼丽复又趴下，说："送给你的，中国民乐。"

阿兴捏着碟片说："谢谢你啊曼丽，不过，我们是不能收顾客送的东西的。"

余曼丽的声音明朗干净："那就不要把我当顾客，就算朋友送你的，总可以吧？"

阿兴笑了笑："朋友，那是可以的。"

阿兴说完，就想起了衣襟内袋里的玫瑰花。于是，他解开白大褂，从怀里抽出带着体温的暖烘烘的花，说："曼丽，我也送你样东西。"

余曼丽抬起头，只见阿兴捏着一支残破的紫红色玫瑰，递到她面前："给你。"

玫瑰花揣在衣襟内袋里半天，抽出来的时候又受了损伤，花瓣掉了好几片，剩下的，七零八落地挂在枝头，一副垂头丧气的样子。余曼丽就笑起来，一边笑，一边接过花。阿兴也跟着“呵呵”笑，他不知道余曼丽为什么笑，但是，笑，总是好的，所以，他觉得，自己也该和她一起笑。

余曼丽笑了一通，停下，问阿兴：“为什么送我玫瑰花？”

阿兴说：“我觉得，你就像玫瑰花。”

阿兴只是说他的感觉，说得很坦然。可他并不懂得，这样的话，会不会引起听者的微妙想法。余曼丽的脸，已变得红彤彤。人的肌肤，会因着情绪的变化，而把内心世界传递而出。余曼丽的脖子，真正有些发烫呢，那么，一定是红了。阿兴揉捏着她火辣辣的脖子，手心里，也跟着烫起来。

余曼丽沉默了片刻，说：“阿兴，玫瑰花，是你买的？”

阿兴不会撒谎，只会实话实说：“不是我买的，是我阿嫂买的。”



“你阿嫂？她为什么要买玫瑰花给你啊？”余曼丽很好奇。

阿兴支支吾吾了半天，虽是避重就轻的回答，还是让余曼丽靠着他流露出的零碎信息，加上她自己的想象，拼凑出了这朵玫瑰花的来历。

余曼丽没有再和阿兴继续这个话题，她把脸埋进床头的凹洞，静静地，任由阿兴的手在她背上全神贯注地揉搓推捏。做到大半程，阿美的脚步从走廊外头轻快地过来，推门进屋时，听见阿兴正对余曼丽说：“你送我音乐碟片，我怎么谢你呢？这样吧，给你加一项服务。头部按摩，或者耳烛，你选一种。”

余曼丽拢了拢毛巾浴衣的领口，翻过身，仰面朝上躺好，说：“就头部按摩吧，阿兴，谢谢你。”

阿美连忙插嘴说：“阿兴，装潢公司牛老板来了，他说和你约好的。”

阿兴没有回头，只把脑袋偏向阿美的方向，说：“跟牛老板打个招呼，毛师傅和杨大姐，啥人空，叫啥人做一下。”

阿美不太满意，茫然分散的眼光里，泛出两斑灰白。她转过身，硬生生地碰上门，出去了。接下来，03号按摩室里，只剩下了阿兴和余曼丽的呼吸声。他们谁也没有说话，一个是端端正正闭目仰躺着，另一个，手里不停地忙活，从工作车里摸出蛋白霜、杏仁蜜、薄荷精油、面膜，瓶瓶罐罐的，一阵“叮当”响动，然后，伸出双手，停顿片刻，仿佛是深深地吸了口气，才准确而轻巧地探向余曼丽的面额。

阿兴的手，一旦以职业化的姿势触摸到某块肌肤，任何杂乱不安的情绪，都会很快镇定下来。况且，余曼丽的头部、面额，绝不是枯燥乏味的。大凡男女,无非是粗糙和细腻、庞大和娇小的区别。余曼丽的面容，却是不同寻常的。阿兴给她做过一次头部按摩,那一回,他第一次认识到，人的脸，也有山高水低、峰回路转。很难说清这究竟是一种什么样的丰富多姿，阿兴第一次，遇到了这样一张特殊的脸。好比数学家遇到有挑战性的题目；或者是登山运动员，准备攀登珠穆朗玛峰。解题或者登顶，都是有难度的，而难度，又使他对此充满了好奇心和征服欲。

阿兴的手势，可说是竭尽温柔，推进得也相当缓慢。从下颌到额头的竖线，从眉心到耳廓的横线，沿鼻翼至颧骨的弧线，从天灵盖扩散至头盖骨的圆周，一路地，沿着肌理和骨骼的走向，覆到了头部与面部的每一寸。余曼丽的面孔，便在他手下，被反复、精细地描摹着。阿兴甚至觉得，如果他所接触过的那些普通的脸，是一首首单曲，那么余曼丽的脸，就是一部交响曲。繁复多样的乐器组合，演奏出跌宕起伏的旋律。应该，还是有情节的，每一与众不同之处，便是一个小高潮的乐段。是隐约带着哀伤气息的田园诗，不是平原地带的田园，而是群山环绕的、带着锋芒的、严峻的美丽。这乐曲，走的是非传统的路线、创造性的作曲。不是所有人都能听懂的，粗听，会误以为是噪音。细细地欣赏，便发现，妙处仿佛就在冲突与矛盾的节点上。阿兴知道，他能听懂这部交响曲。现在，他正欣赏着她，他的手，踏准了节奏，便也领略到了每一个音符的跃动。就这样，从头至尾，无数遍地欣赏着。阿兴几乎陶醉于这样的欣赏中，陶醉的人情不自禁地发出赞叹：“真是美妙啊！”

仰躺着的余曼丽问：“什么美妙？”

阿兴恍然作答：“曼丽，你的脸，像一部交响乐一样美妙。”

余曼丽自嘲地笑笑，说：“阿兴，如果你能看见我，就不会说我美了。”

阿兴也笑笑："谁说我看不见？我面孔上的两只眼睛是坏的，但我心里，长着第三只眼睛呢。我的第三只眼睛看出来，你的脸，很美。"

这么说着，阿兴却想，人的眼睛，能看见的，只是表面，而人们又总是过于相信眼睛。其实，没有眼睛，才更容易抵达美的本质呢。于是，阿兴就对余曼丽说："其实，人是很容易被眼睛欺骗的。"

阿兴能说出这么有意思的话，简直就像一个哲学家了。然而，他却听到，余曼丽的嘴里，发出了一声长长的叹息。阿兴正按揉到余曼丽的耳垂，一路揉捏至脖子两侧，骨节与筋脉间，仿佛相互咬住的、生锈的齿轮，因加了润滑油，便发出启动的轻微脆响。然而，女人的叹息，却并不是因生锈的骨节筋脉得到舒展而发出享受的呻吟。这叹息里，带着一丝失落的忧伤。阿兴刚想问"哪里不舒服吗？"，话还没说出口，就感觉到余曼丽的一只手探过来，轻轻地抓住了阿兴正行走在她下巴与脖子之间的手。

余曼丽潮暖而湿润的手，就这么握着阿兴的一只手，长时间地握着，没有放掉。起初，阿兴像是被吓着了，只是任由余曼丽抓着他。片刻后，他忽然醒悟过来，于是，试图挣脱。然而，想法却并未落实于行动。阿兴分明感觉，女人那只柔软的手，有些微微的颤抖，仿佛一股电流，从她身上传导到他的身上，涌动着，一阵又一阵。很快，阿兴的手，感染上了那种潮暖、湿润和竭力抑制着的兴奋。身上的肌肤，便也跟着麻酥酥地，张开了毛孔，似是贪婪地吸取着女人通过皮肤传递给他的营养。



阿兴没有从余曼丽手里挣脱掉自己的手，相反，他的手，正变得越来越暧昧起来，并且，与另一只女性之手的亲密触摸，亦是欲罢而不能。就这样，阿兴的手，被余曼丽的手长时间地俘虏着。三秒、五秒、八秒……然后，阿兴感觉，腹腔内悠悠然升起一股气流，一路地顶冲而上，渐渐地蔓延开来，掩住了先前似是而非、恍若隔世的感觉。而后，两腮被这股气流冲得霎时间一酸，随即，阿兴那双空茫的眼睛里，渗出了两汪浓涩的眼泪。

## 九、苏醒

这一日，余曼丽的开背疗程，足足做了两个半小时。阿兴错过了午饭时间，店里订的盒饭已经凉掉。阿美说："阿兴，你的饭，放在微波炉里热一下吧？"

阿兴说："不用了，下午，我请假，家里有点事。"

阿兴离开的时候，向坐在总台里正修指甲的小林道了声"再见"。小林一眼瞥见这个方头阔脸的男人，眼皮居然是红肿的。阿兴当然不知道自己那双流过泪的盲眼，与平时有何差别。他只是无心继续上班，他要回家，他要一个人，静静地想一想。

午后时段，从"心灯"到家的路上，显得格外安静。街路两边的住家，大多闭着门，退休爷叔阿姨们，未必是在睡午觉。那几家洞开着的屋门里，很清晰地传出麻将牌与桌面的摩擦声，还有苍老的、尖锐的、关于出牌的对错，或者几毛几块输赢的争论。阿兴知道，闭门的那几家老人，都集中在另一家，凑成四人组合，玩麻将呢。这个城市的老年居民，很乐于开展这种有少量金钱来往的游戏，并且，开展得大明大方。仿佛，他们已经把前半生奉献给了这个城市，后半生，就有权利用任何方式享受城市给予他们的空间和时间。这种大张旗鼓的游戏，是他们在前半辈子里没有机会或者没有能力参与和体会的，所以，他们大多仿佛忽然意识到自己蹉跎了岁月，便要抓住最后的时光，用超乎常规的热情投入其中了。

歇午的时候，走街串巷的摊贩也不再吆喝，开残疾人三轮车的，倒是要睡午觉，所以，这会儿，也没有沙哑的喇叭声此起彼伏。偶尔，一辆大马力的摩托车轰鸣着呼啸而过。骑摩托车的，肯定是年轻人，赶着出去玩，或者约会，是急切的被等待者。因着午后的寂静，又因着摩托车的形单影只，这轰鸣，便显格外的悲怆，仿佛抒情男高音在歌剧中的悲情咏叹，展示完剧烈而短暂的辉煌人生，留下一街呛鼻的尾气，便迅速隐匿于幕后了。

阿兴走在盲人专用道上，脚下的回家之路稔熟之极，方块和圆圈的连接处，夹着一个"人"字型。这唯一一块突兀的盲道石，现在成了阿

兴的驿站。犹如途中安设的某个自助补给点，旅行者可以在这里加油、吃饭、喝水，或者撒尿。往日上下班，阿兴几乎是保持匀速步行，经过这块“人”字型盲道石时，脚步的节奏，出现了一个小小的停顿。如同钢琴手在弹奏一段琶音时，开了一个不易察觉的小差，半个节拍的休止，如同水滴落进茶杯的瞬间。就是这么一个瞬间，阿兴的心里，会涌出种种非同凡常的遐思。只是，这些遐思，总是在他的脚很快踏上紧接着的路面时，自行消解了。

然而，今天，阿兴却在走到“人”字型道板砖时，干脆停住了。他把双脚一并立在这块砖上，然后，面朝大街，任由午后的阳光直射在他的肩头，心里想着，今晚，还要不要上陈家的门？他本不可能把这种事情想得十分成熟，只是，水到渠成、瓜熟蒂落，所有的，到了眼前，不讨厌的，就接纳而已。阿兴活了将近三十岁，所有的关节口，都有现成的安排，上学、毕业、工作，他从不需要自己去做毫无经验的决断。这是他生于这个城市的幸运，富足的生活让健康的人们有闲暇顾及他这样的残疾人。也是由于他的天资，好过别的残疾人，便总是成为健康的人们拿来做施善对象的典型。况且，阿兴除了父母早亡，该有的爱和关心，他并不十分缺乏。或许，是因为他向来感受到的，只是泛泛的、但也是真诚的关爱。他从未体验过超乎寻常的、热烈的情感，所以，他便如同未曾开蒙的孩子，也从未有过于深层的、强烈的、对爱的渴望。



然而今天，情况有些不同。今天，可算是阿兴二十多年人生中的一个特殊日子，他必须要停顿下来，想想清楚了。倘若人生就是一条路，那么一个女人的际遇，就应该是这样一个停顿。

如果说，那天陈家妹妹在他脸上的一记亲吻，引发了阿兴的皮肤饥渴症。那么适才，余曼丽抓住他手的那八秒或者十秒，却把阿兴内心深处长期隐藏着的，他自己都未曾发觉的对爱的渴望，挖掘了出来。虽然，亲吻和握手，相比而言，显见前者更属于爱情的表达。然而，陈家妹妹亲吻他的脸，他只是感觉欢喜、快乐、意犹未尽。余曼丽抓住他的手，却让他慌乱、悸动、欲罢不能，最后，竟是悲伤。这已经不是皮肤的表症，而是内脏器官的疾病。

阿兴想了半天，觉得今天晚上，他是无法平静地充当一名毛脚女婿，去上陈家的门了。他忽然意识到，原来，他把上门这件事情，想成了一种无关爱情的行为，只是以后，他将多一门亲戚而已。他也不认为，他在即将送给陈家的一束鲜花里抽出一支玫瑰送给余曼丽，会产生什么后果。如同区领导在过节时送给他们这些劳动者玫瑰花一样，他只是把这花，当作他对某人、某事、某物的赞赏和交流的工具。他喜欢感受余曼丽因他的工作而日渐快乐的变化，她之于他，是一种能力得到体现的成就，于是，他便觉得要感谢她。玫瑰，只是用来感谢，以及印证他对她的一种借喻的想象。他不是觉得余曼丽是一朵紫色的玫瑰吗？他对任何女人，都有借喻的想象，同事、亲人，以及像余曼丽这样的顾客。

然而今天，余曼丽这个顾客，忽然从顾客的身份壳子里脱颖而出，以女人的姿态把阿兴激醒了。或者，是他的玫瑰先触她苏醒，转而，她又触醒了他？不管是谁触醒了谁，总之，现在，阿兴从蒙昧中恍然醒来，自是还未醒悟到参透，但终究是进入了非常态。就这样，他站在盲人专用道的一块道板砖上，长久地呆立着。他发现他的头脑，复杂得如同一锅加入了过多营养素的汤，他的身体，几乎无法正常消化和吸收了。



阿兴在午后的街头足足站了一个多小时，直到街头的喧哗渐渐恢复：摊贩的吆喝；残疾人三轮车的喇叭；三三两两的退休爷叔阿姨讨论着股市行情，去往证卷交易所……阿兴这才移动脚步，沿着人行道回家了。

下午四点，严家好婆打来电话："阿兴，你有没有墨镜？要是没有，我给你带一副过去，等一歇去陈家的时候戴上。"

阿兴迟疑着说："严家好婆，我想，我还是不去了吧。"

严家好婆在电话里呵斥道："瞎话三七，为啥讲得好好的，忽然不想去了？"

阿兴搜肠刮肚，找出一个理由："陈家姆妈和陈家爸爸，肯定会嫌贬我眼睛看不见的。"



严家好婆笑起来："阿兴啊，陈家姆妈又不是没见过你？人家对你满意，才叫你上门的，你要对自己有信心。"

阿兴连忙补充说明："陈家妹妹，就是一个小孩，我觉得，不合适。"

严家好婆就生气了："阿兴，做事情不可以出尔反尔，你答应过人家的，忽然反悔，你叫我这个介绍人哪能做人？今天一定要去，今天以后，我就不管你了。你给我等在家里，我马上过去接你。"

严家好婆说完，就挂了电话，阿兴申辩都来不及。二十分钟后，严家好婆风风火火赶到了。接下来，就逼着阿兴换衣服，梳头发，又拿出一副墨镜，让阿兴戴上。然后，严家好婆退后两步，把阿兴上下审视了一番，才松了一口气，说："阿兴，你戴上墨镜，就是一表人才啊！你也不要胡思乱想了，不是我说你，你这样的条件，寻对象不容易。"

阿兴点了点头，他真心同意严家好婆的意见。

## 十、上门

阿兴提着四样礼物，跟着严家好婆，出了门。很快，陈家那幢楼就到了。上楼，按门铃，门内传出脚步声，然后，是陈家姆妈热情的招呼声："哎呀，严家好婆，阿兴，你们来啦！快进来。"



紧跟着，陈家妹妹铃铛般的童音跳出来："阿兴，阿兴你戴墨镜啦，真帅！"

陈家姆妈和严家好婆就窃窃地笑，然后，一个喉咙里带着痰气的沙哑的男声说话了："严家好婆，你辛苦了，请坐请坐。"

严家好婆就对阿兴说："阿兴，这是陈家爸爸。"

阿兴便朝着沙哑的男声，毕恭毕敬地叫了一声："陈家爸爸，您好！"

陈家妹妹已经等不及了，她拉住阿兴，朝里面拖："阿兴，到我房间里去，给你看刘德华的照片。"

阿兴的脚底下仿佛生了根，任凭陈家妹妹用力拖，他钉在原地，一动也不动。陈家姆妈就说："阿兴，进去吧，没关系的。以后，这里就是你的家，随便一点好了。"

陈家妹妹得了母亲的支持，更加用力拉，阿兴的脚步终于移动了。陈家姆妈关照："妹妹，阿兴看不见照片，你要耐心给阿兴讲解，晓得了吗？"

陈家妹妹朗声答应："晓得了。"

进了陈家妹妹的房间，她把阿兴按在一把椅子上，然后，从抽屉里拿出一大堆图片，说："阿兴，我给你讲哦！你听好了。"

果然，陈家妹妹很耐心地，一张张图片给阿兴讲过去。这是刘德华在某年某月的演唱会上，这是刘德华的哪部电影里的什么角色，这是刘德华参加慈善捐赠义演……阿兴听得心不在焉，但本是别别扭扭的情绪，明显松弛下来。陈家妹妹讲完图片，又把一只玩具娃娃塞进阿兴怀里："阿兴，这只丑娃，我最欢喜了，给你抱抱。"

阿兴摸了摸，发现是一只光屁股塑料娃娃。大脑门、塌鼻子、小眼睛、鼓腮帮子，和一般的娃娃不一样，做得十分奇异。阿兴对丑娃饶有兴趣的抚摸让陈家妹妹很高兴："阿兴，丑娃好玩吗？"

阿兴点了点头："嗯，好玩。"

"上趟，阿拉爸爸带我去八佰伴买玩具，我喜欢这只丑娃。爸爸说，这只娃娃长得难看得来吓死人，要买就买只漂亮的。可我就要这个，我就觉得这个好看。阿兴，你欢喜丑娃吗？"



阿兴又点了点头："欢喜的。"

"那我把丑娃送给你吧。"

阿兴赶紧摇头："不要不要，这是你的娃娃，你欢喜，你就自己玩好了。"

陈家妹妹忽然想起上次和阿兴的约定："阿兴，我没有对人家讲许士兴是我男朋友。我说话算数吧？"

阿兴忍不住扯了扯嘴角，露出一个笑意。陈家妹妹接着说："阿兴，你也没有告诉阿拉姆妈，你给我买冰激凌、爆米花、羊肉串，你说话也算数的，我们说话都算数的，对不对啊？"

阿兴很配合："是，都算数的。"

陈家妹妹又想起什么，说："阿拉姆妈说，要让我好好向阿兴学习，做一个自食其力的人。阿拉姆妈还说，阿兴很聪明的，眼睛看不见，比看得见的人还灵。"



阿兴就有些不好意思了，心里却陡然产生了一些成就感。但他摇摇头，谦虚地说："我不聪明的，你比我聪明，你肯定能自食其力的。"

阿兴说的不是实话，可也并不是言不由衷。他这么说，是真心诚意的。和陈家妹妹说话，等于是在和一个小孩子说话。这种忽然退缩到童年时代的对话，让阿兴觉得很轻松，很好玩。在陈家妹妹眼里，除了刘德华，阿兴可算是她的第二个崇拜对象。虽然，崇拜的理由，也许只是来自陈家姆妈的刻意教诲，以及阿兴给她买冰激凌、爆米花和羊肉串的效果。但是，这种感觉，还是让阿兴心里暖暖的。他觉得，陈家姆妈对他真好。陈家妹妹，对他也很好。其实，这家人家，真的是不错的。

在陈家妹妹的房间里待了大约一个小时，就听见陈家姆妈要留他们吃晚饭，严家好婆说下次吧，今天就不麻烦了。阿兴就知道，这是要回去了，就站起来，准备出去。陈家妹妹抓紧时间，在阿兴耳根边悄悄地说："阿兴，下次，你带我去锦江乐园玩好吗？我还想吃羊肉串，不要告诉阿拉姆妈哦！"

说完，陈家妹妹一把搂住阿兴的脖子，在他左脸上很重地"叭"了一下，不及阿兴反应过来，又在他右脸上落下了一记很重的"叭"。紧接而至的，是一串"咯咯"的笑声。阿兴不知道说什么好，只晕头转向地被陈家妹妹拉出了房间。



告别陈家，下楼梯时，陈家妹妹冲出房间，把那个丑娃塞进了阿兴手里，然后转身奔进家门，只听到她在家门口大声喊着："阿兴再会！"

陈家姆妈和严家好婆都笑起来，说："妹妹把最欢喜的娃娃送给阿兴了，对阿兴真好。"

阿兴抱着丑娃，回过头，朝陈家妹妹发出声音的方向笑了笑，轻轻地回了一声："再会！"

一出陈家的楼，严家好婆就说："阿兴，你就不要两头三兼（沪语：三心二意）了，陈家对你是诚心诚意的。这门亲事，打灯笼也找不到的，就这么定下吧！"

阿兴嘴巴动了动，发出的，是一些不明所以的声音。

这一夜，阿兴又失眠了。他平躺在床上，努力回忆着上午在按摩室里，余曼丽握住他的手的感觉。只是发生在半天之前的情形，忽然遥远得仿佛是童年往事。他甚至开始怀疑，和余曼丽手握手的那十秒，是他的幻觉。

为了说服自己，阿兴一遍遍地回忆上午给余曼丽按摩的整个过程，他细细地把两个半小时的每一分钟、每一个细节，以及那种令他激动不安又欲罢不能的感觉，一寸一寸地想过去。他的心脏，便也跟随着回忆，一遍遍地酥麻、跳跃、热腾腾地撞击每一根神经。对，就是这种感觉，随着回忆，渐渐地清晰起来。下午，他甚至为此企图放弃上陈家的门，了断与陈家妹妹的关系，这怎么可能是幻觉呢？现在，他终于又把这种感觉摆到了心头，他确信这不是幻觉，那么，这是一种什么感觉呢？阿兴不敢把“爱情”这两个字说出来，哪怕在脑子里说一下，也不敢。他只是怀疑，或者说揣测，一种特殊的感情，悄悄地降临到他的身上了。否则，他为什么如此不舍遗忘？

可是，下午之前，阿兴还沉浸在余曼丽给他的那份激动中，晚上，他就掉进陈家温暖的气氛中乐此不疲了。阿兴发现，他真的是很喜欢陈家的那种家庭气氛的。哪怕陈家妹妹只是一个小女孩，她永远都不懂什么是真正的恋爱，阿兴也不会责怪她、嫌弃她。他喜欢被她依赖，被她需要，被她当作一个聪明的、能自食其力的榜样人物。即便她对他的依赖和需求，只是基于冰激凌、羊肉串，以及刘德华。陈家妹妹让他觉得自己是一个健康人，让他忘记自己的眼疾，让他从头至尾不会产生一点自卑感。

“那么，你究竟想要什么？”阿兴不断地自问，心里却完全迷茫了。迷茫了一阵，阿兴又觉得自己对余曼丽的留恋真正是不切实际。她只是他的顾客，哪怕她在他面前哭过，她握住他的手十秒钟，可他依然不知道她的来历、身份、职业、婚姻状况，她究竟是谁？他一概不知。

唉！余曼丽啊余曼丽，这个紫玫瑰一样的女人……阿兴徒劳地感慨着，终于，在窗外的第一声鸟鸣响起时，迷迷糊糊地睡过去了。看似平静的睡眠，却是挣扎一般，在清晨渐起的喧闹中，游离于半梦半醒之间。

## 十一、未知的惊喜

这些日子，阿兴上班明显不在状态。上午十点到十二点的时段，任何顾客他都不接待。没有人知道这是为什么，只有阿兴自己知道，他是

有些迫不及待了，仿佛，余曼丽会在某一天的上午十点多，出其不意地来到“心灯”。当然，这只是阿兴的想象，他想象着余曼丽踏着小步舞的节奏，走进03号按摩室。然后，余曼丽会如何表现？余曼丽会说什么？余曼丽除了捉住他的手，还会有什么别的举动？这么想着，阿兴的心里，便有隐隐的甜蜜泛滥而起，心潮涌动。随之，又生出隐隐的担忧，那是一种甜蜜和痛苦交织着的感觉。只是，一般情况下，甜蜜总是超过痛苦。阿兴想，大约，这就是人们说的三角恋爱吧。一想到自己脚踩两只船，心里的担忧，又超过了甜蜜。就这样，阿兴沉浸在自己的想象中，等来了又一个礼拜三。

然而，这一天，余曼丽却并未如同以往那样，准时出现在阿兴留给她的时段内。一直等到下午，她也没来，余曼丽失约了。阿兴的希望，一点点跌落到失望、绝望，最后，只剩下自责。他觉得，他真是太自作多情了，大约，余曼丽根本没把他放在心上，否则，怎会如此洒脱，说不来就不来了呢？或者，是不是，余曼丽为自己的冲动后悔了？觉得无地自容了？于是，要让自己在阿兴面前消失，从此，不再来“心灯”了？点火的是她，偃旗息鼓的也是她，这女人怎么是这样的呢？这么想着，阿兴就觉得受了侮辱一般，内心的傲骨忽然地就膨胀起来。于是，便恨恨地自告：不来就不来，没有人求你。



阿兴默默地说出这句话，努力压抑着心头的酸涩，仿佛一个遭遇抛弃的女子，为没有失身于男人而庆幸，不断地告诉自己：还好只握了一下手，顶多十秒钟，还好，没有别的事情。

可是，阿兴还是感到受了伤害，伤得并不十分严重，只是隐痛，便转而成了满肚子的委屈。这一晚，阿兴没有让自己吃晚饭，回家后，他就闭了门，独自思过。

陈家妹妹拎着一包刚煮出来的粽子，端着一锅鸡汤，用穿着塑料凉鞋的脚踢开阿兴的门时，看见阿兴正躺在黑暗中。陈家妹妹就大叫起来：“哎呀，阿兴，你哪能不开灯啊？快开灯，吃粽子，喝鸡汤，阿拉姆妈做的，很好吃的。”

开灯与否，对阿兴来说，那是毫无意义的，但他还是替陈家妹妹开了灯。接下来，光亮中的陈家妹妹便反客为主了。她把粽子和鸡汤放在桌上，又把阿兴拖到桌边让他坐下，然后，剥开一只粽子，塞到阿兴的嘴边："吃吧，肉粽子，很香的。"

飘着肉香的黏糊糊的糯米沾上了嘴唇，阿兴只好张开嘴巴，就着陈家妹妹的手，咬了一口。陈家妹妹问："阿兴，好吃吗？"

阿兴咀嚼了数下，点了点头，而后，鼻子里便有一股浓烈而热辣的气流直冲而上，差不多要掉下眼泪来。他赶紧接过那只咬了一口的粽子，闷头狼吞虎咽起来。陈家妹妹坐在一边看着，发出了惊讶的赞叹："阿兴，你吃起来像只大老虎，啊呜啊呜两口，一只粽子就没了，你胃口真好啊！"

阿兴是真饿了，他把自己扮演成一个以绝食来进行自我惩罚的失恋者。而事实上，这又怎么称得上是失恋呢？余曼丽只是中途放弃了开背治疗，她来不来"心灯"，那是她的自由。他却傻乎乎地为了她而绝食，这是多么荒唐的事情。阿兴的自责，便多了几分对陈家妹妹的愧疚。相比之下，负心者是多么绝情，而陈家妹妹，又是何等的善良。

阿兴吃完一个粽子，陈家妹妹就再给他剥一个。吃噎住了，陈家妹妹就把汤锅端到他跟前，把大汤勺塞在他手里。阿兴喝着浓酽的鸡汤，吃着香喷喷的粽子，心里就觉得，陈家妹妹对自己的好，才是实实在在的，所以，他也应该对她好一些才是。于是说："妹妹，等一歇我送你回家，到门口给你买十串烤羊肉好不好？"

陈家妹妹听了就高兴得蹦起来："好啊好啊，我们现在就去吧。"

说完，也不管阿兴喝了一半的鸡汤，拉起他的手，要去小区外面。

陈家妹妹的快乐，就是这么容易满足。

阿兴本就不是高调的人，个性里，亦从不拥有过分浪漫的血液。生活一旦进入常规，他的心思，也就落于了家常的巢臼。渐渐地，余曼丽，又从他脑海里的前台，隐退至似是而非的幻觉，偶尔想起，略觉失落罢了。

然而，两周过去后的又一个礼拜三，余曼丽却姗姗而来了。阿兴差不多要把她忘记了，她却迈着巴赫的小步舞曲，来到了"心灯"的 03 号按摩室。阿兴心头已然平息的潮水又暗暗涌来，只是，他按捺住狂跳的心脏，尽力地以一名按摩师的姿态，坦然面对他的顾客："曼丽，你好！"

余曼丽回应着阿兴的招呼，熟门熟路地踢掉拖鞋，趴在了按摩床上。阿兴伸出手，那面细腻滑润的背脊再一次进入他的触觉。一切，又重新开始了。

“阿兴，我有几个礼拜没来了？”余曼丽闷闷的声音从床头的凹洞里传来。

“几个礼拜？哦，大概，三个礼拜吧。”阿兴很想问她为什么连续三个礼拜没来，阿兴更想知道，余曼丽是不是已经忘了，上次她抓住他的手，连续十秒钟。阿兴不问，余曼丽自己提起了：“阿兴，你晓得我为啥三个礼拜没来吗？”

阿兴老老实实地回答：“不晓得。”

余曼丽发出一阵轻笑，而后，很突然地，一个翻身坐起来，抓住阿兴的手，说：“阿兴，现在，我还不能告诉你为什么。但我一定会告诉你的，我要给你一个惊喜，你等着，再过一个月，我会把一切都告诉你的。”

阿兴分明感觉到余曼丽的呼吸近在咫尺，仿佛身体稍稍前倾，他的面部就会碰上她的脸。可是，原本他能嗅到的她身上的玫瑰气息，现在却没有闻到，只有一种奇怪的药味。



余曼丽放开阿兴的手，复又趴下，凹洞里的声音继续喃喃而来：“阿兴，遇到你，是我这辈子最大的幸运……”

阿兴发现，余曼丽在他手上留下的余温，灼得他的心头火辣辣的痛，这痛，热烈到让他几乎要失却方寸。阿兴竭力稳了稳情绪，深呼吸，再深呼吸，然后，才把手再次伸到余曼丽的背上。阿兴继续着开背按摩，手下却有些不知轻重，分明是心不在焉。阿兴很少在给客人按摩推拿的时候开小差，可是现在，他情不自禁地就开小差了。他在逐字逐句地分析，适才余曼丽说的每一句话、每一个词语。她说，她要给他一个惊喜；她说，遇到他，是她这辈子最大的幸运。那么，她要给他一个什么样的惊喜呢？阿兴不敢往下想了，这个余曼丽，简直像精灵一样，要把他的魂魄摄走了。

阿兴就这么东一把、西一把地揉捏着余曼丽的背部，捏到接近脖子的地方，余曼丽反手抓住他的手：“阿兴，不要按脖子。”

“为什么？”

“摔了一跤，把下巴跌破了，缝了几针，刚拆线，一碰就痛。”余曼丽这么一说，阿兴就想通了，怪不得，她身上有一股药味，嘴里说：“怎么会摔跤的？这么不小心。”

余曼丽笑着说：“就是不小心嘛，没问题的。”

一个半小时后，阿兴做完了开背，余曼丽起身，跟阿兴告别：“阿兴，谢谢你！我走了，当中这几个礼拜我就不来了，下个月，老时间见。”

阿兴刚想回应，就觉右肩头被余曼丽拍了两下，很轻，如同抚摸：“阿兴，你的白大褂，肩膀上裂口了。”

说完，就和阿兴道了再见，出了 03 号按摩室。阿兴听着余曼丽小步舞曲的拖鞋声渐渐远去，他伸出手，摸了摸自己肩膀上余曼丽摸过的地方，果然，布缝间脱了线，豁开了一个大约一厘米的小口子。想必是每天做推拿按摩，手臂和肩胛处受力多，衣服就容易坏。

阿兴左手端着右肩，站在按摩室里，肩头，一阵阵火热的感觉直抵心脏。他想，现在，余曼丽已经在他身上留下多处触摸了。只是，今天的触摸，与上次有些不同，究竟不同在哪里？似乎，又说不清楚。阿兴毕竟已经历过一番内心的跌宕，所以，这一次，就自觉老练了许多。只是，有些问题还是令他疑惑不解：余曼丽，她究竟要给他一个什么惊喜？



## 十二、美丽丑娃

余曼丽走后，阿美就来向阿兴汇报新情况了：“小林说，今天余曼丽戴了一副大墨镜，头上用一块纱巾包得严严实实，刚进店门，小林没认出她，开了单子，才晓得是余曼丽。她干吗要这样打扮啊？”

阿兴说：“我哪能晓得？”

阿美想了想，说：“她是不是听到我们叫她北京猿人，不好意思把面孔露出来了？”

阿兴说：“不会吧？刚才我给她开背，她不让碰脖子，说跌了一跤，下巴跌坏了，缝了几针。”

阿美恍然大悟：“哦，破相了，怪不得要包住头脸。不过，她破不破相有什么关系呢？她不破相，卖相（沪语：容貌）也好不了啊！”



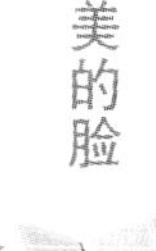

阿美这么说的时候，完全忘了她自己烧伤的脸，就像橘子皮一样疙疙瘩瘩的。大约，阿美一直觉得，自己是个美女呢。

这段日子，阿兴内心的矛盾已经到了无以复加的严重。他未曾体验过这么复杂的生活，便觉得人生于他而言，就像大部头的书，他阅读过的，只是其中的几页。如果，要把整部书读下来，阿兴觉得，至少大半条命要搭上了。然而，这部书，其中就是有那么一些吸引人的地方，让你忍不住地要搭上时间和精力去阅读，哪怕读着读着，就忧伤了，犹豫了，痛苦了，落泪了。阿兴还觉得，他所认识的每一个人，都可在这部书里找到。阿哥、阿嫂、阿美、小林、严家好婆，街道主任……当然，每个人的分量是不同的，比如陈家妹妹，大约，也就占据几页，读这几页，是绝无难度的，或许，还是满含着愉悦的阅读，只是，毕竟浅显，便不容易深刻在心。余曼丽呢？读起来难度就大了。因为有难度，所以，便是加倍地用心，加倍地有探究的好奇心。凡事用了心，就是投入了感情。所以，余曼丽在这部书里，就是几个章节了。



阿兴好不容易归复平静的心，因了余曼丽的再次来到，重新泛起了涟漪。这一个月，可真是折磨人。这一个月，阿兴发现自己的皮肤和耳朵，没有了以往的灵敏。过去，他自是有着明眼人无法做到的专注。走路，可以摸出走路的门道；上班，可以做到绝对的敬业；吃饭，是充分地享受美食；音乐的旋律，也会变成他自己的语言。然而现在，他经常被一些琐屑的小心思左右了注意力。甚至有一次，他没有感觉出即刻就要下雨的天，没带伞，就去上班了。还有一次，他在盲人专用道上走着，竟不小心走到人行道内侧的自行车棚里去了。最离谱的是，有一次，他给一位顾客按摩，做到手指关节时，他竟长时间地捏住顾客的手，足足停顿了十多秒钟，直到客人抗议性地甩脱他的手，他才发现他走神了。幸好，客人是一位老年男性。

陈家妹妹差不多每天都要到阿兴家里来报到，每次来，总要给阿兴带些陈家姆妈做的吃食。陈家妹妹说："平常，姆妈是不允许我出来玩的。我就讲，我去看阿兴，她就让我出来了。"

原来，陈家妹妹是借着阿兴的因头出来玩，这个二十多岁的小孩子，并没有把谈恋爱当作谈恋爱，只因可以得到诸如外出放风、额外的零食等等好处，她便兴致勃勃地参与着。阿兴呢，好似对她有着愧疚，便也格外地纵容着她。只要他还对余曼丽有着一丝幻想，他就觉得，要对陈家妹妹更加好上几分。可是，任凭他对她再是娇宠，甚至听任她在他脸上“吧唧”一两下，反过来，他却没有一点点要去触碰一下她的欲望，哪怕是搂一下、抱一下、抚摸一下、反吻她一下，没有，一点都没有。他觉得，如果他去碰她，就像非礼一个儿童，心里就会有负罪感。好在，陈家妹妹对阿兴的要求，也只限于给她提供零食和听她说刘德华，仅此而已。甚至，阿兴发现，自己竟是带着一些功利心了，仿佛，他对陈家妹妹这么好，是为了等待余曼丽的惊喜，那样，即便要和陈家妹妹分手，也可以少一些内疚。想到这一层，阿兴心里就一阵激灵，这样，陈家妹妹，岂不就成了这桩事件里的牺牲品了？这么想着，阿兴便发誓，不管什么结果，将来，他都会对陈家妹妹好，哪怕，只是把她当妹妹。

一个月，说快不快，说慢不慢。阿兴数着日子过，一过就过到余曼丽要给他带来惊喜的这一天。上午十点刚过，走廊里就响起了小步舞的脚步声。阿兴的心，跟着脚步声狂跳起来。脚步声越来越近，03 号按摩室的门被推开了，阿美朗声招呼：“曼丽，您好！”



阿美带上门，出去了。然后，然后……阿兴站在原地，仿佛不知道此刻他的岗位是按摩床头的那张高脚凳子，他就这么站着发呆，直到他忽然感觉，肩膀被重重地捶了几下。他听到，余曼丽几近欢呼的声音在耳边响起：“阿兴！我跟你说过的，要给你一个惊喜！阿兴，我来啦！”

阿兴笔直地站着，僵硬的身躯有些颤抖。余曼丽几乎是攀在了阿兴的肩头，她继续说：“阿兴，来，你伸手，伸手摸摸我的脸。”

阿兴疑惑：“你的脸？我摸过的，很美。”

余曼丽笑起来，她笑着说：“对，阿兴，这个世界上，你是第一个说我美的人。你让我有了信心，有了勇气。过去，我从不敢想象自己是美的，甚至，我连美容院都不敢去。可是现在，阿兴，来啊，你摸摸我的脸啊！”



阿兴的双手被余曼丽捉住，慢慢地往上移，移到了那张并非因平躺而仰面朝天的脸上。阿兴的手，就把余曼丽的整张脸覆盖住了。

这是谁的脸？阿兴的手，一经触摸到那片肌肤，便停住了。然后，他听到余曼丽离他很近的声音，带着按捺不住的兴奋、快乐、幸福的声音："阿兴，如果你的眼睛能看见，现在，你也一样会说我是美的。"

阿兴的手，迟疑着，慢慢移动，手下的肌肤、骨骼，却并不是记忆中的余曼丽的，不属于那张马头琴奏出的草原音乐般的脸，而是，而是一张如此普通、如此平凡、如此没有特点的，大多数人拥有的最最一般的脸。这，怎么是余曼丽的脸呢？阿兴只觉耳里发出一片轰鸣，余曼丽在说话，他听着，却似乎并没有听进去。他的感觉器官失灵了，他只知道，他的手，正抚摸着一个陌生女人的脸，并且，这个女人还在不断追问："阿兴，你说，我的脸，美不美？你说啊！"

阿兴的手，停留在这张脸上，嘴里，却无论如何说不出脸的主人期待的话——曼丽，你的脸，很美！就是这句话，这么简单的一句话，他却说不出口。

不知道过了多久，也许只是片刻，也许很漫长，渐渐地，阿兴清醒过来，他清醒地感觉到了心脏里的疼痛。他想起来，那个像紫玫瑰一样的女人，已经走了。刚才，她是来向他告别的。他记起来，她在他耳边喋喋不休的诉说，好像，说的是一个爱情故事，是一只丑小鸭爱上一只白天鹅的故事。那个自称丑小鸭的女人，因为被另一只瞎眼天鹅赞美、鼓励，便认定了自己会变得像白天鹅一样美丽。于是，丑小鸭开始了让自己变美的行动。丑小鸭变美的这一天终于到来了，丑小鸭为了感谢瞎眼天鹅，便把自己的惊喜，当作礼物送给瞎眼天鹅，让他第一个感受她变美了的容貌。然后，她就带着她已然美丽的脸，去找她要找的那只白天鹅了。

阿兴没有说那句他曾经对余曼丽说过的话，阿兴的手，其实已经把他要说的话说了出来，只是，余曼丽并不懂得。也许，她是有些失望的，但她要的结果，并不是阿兴的认可，而是，她现在有信心、有勇气去追寻另一只白天鹅了。阿兴，只是她的一味药引子。

阿兴坐在03号按摩室里，呆了半天，依然神思恍惚。现在，他觉得，余曼丽不再是紫色的玫瑰了，她是什么颜色的？变幻莫测，无以确定。

阿美推门进来，兴奋地说："阿兴，余曼丽整过容了。小林说，北京猿人变漂亮了。”

阿兴只觉牙根发酸，腮帮子跟着一起酸起来。阿美继续说：“小林说了，现在外面做整形手术，可以垫高额头、鼻子，还可以磨颧骨、颌骨，还可以拉皮、隆鼻……”

阿美还在唠叨，阿兴却站起来：“下午我请假。”

说完，径直走出03号按摩室，走出“心灯”大门，一头撞进阳光里。那时刻，阿兴感觉浑身上下滚过一阵强烈的颤簌，而后，心头的疼痛，如碎成粉末的冰渣，从他的一双盲眼里，纷纷扬扬地洒落而下。

回家后，阿兴昏沉沉睡了半天，似睡非睡中，他一直在想一个问题，为什么他觉得美的，别人却不觉得美？哪怕是余曼丽，都用整容的方式，否定了他发自内心的真诚赞美。最后，阿兴惊异地发现，他对自己的手、皮肤、听觉，以及其他感官的判断，前所未有地产生了怀疑。

阿兴感到伤心极了，他伸手摸过躺在床边的那个丑娃，陈家妹妹送给他，他带回家后，扔在那里，一直没有动过。阿兴郑重地抱起丑娃，抚摸着丑娃奇怪而又可爱的胖脸蛋。不知道为什么，他觉得，他想陈家妹妹了，很想很想。

傍晚，陈家妹妹送来银耳莲子羹。阿兴从床上爬起来，开了门。等不及陈家妹妹放下手里的保温瓶，阿兴就伸出手，迫不及待地说：“妹妹，过来。”

然后，阿兴一把拉过陈家妹妹，连着保温瓶，团团地把她抱在了怀里。

他想，只有长不大的陈家妹妹才会和他一样，把一只丑娃的面孔当作世上最美的脸。

# 太阳宫

叶广芩

## 一

太阳宫是北京过去、现在都不太有名的地方。

有时候母亲会领我到太阳宫住两天，太阳宫是乡下，出东直门坐三轮车得走半天。

去太阳宫的季节多是夏末秋初，早晚天气渐渐转凉，各种瓜果开始下市，气候不冷也不热，是个敞开了玩、敞开了吃的季节。



我喜欢这样的季节。

太阳宫也是我和农村接触的初始，从这里我知道了什么是沤粪、浇地、除草、打尖，以至我“文革”后到农村插队，望着异地的河沟水渠、黄狗白杨才并不觉得生疏。

当年，我和母亲在胡同口雇三轮车，母亲得跟蹬车的讲半天价，因为人家不愿意去，嫌太阳宫偏远，回来拉空，挣不着钱。原本东直门有驴可雇，因打仗，驴主怕兵们拉差征用牲口，有去无还，都把驴处置了，这使得东城的焖驴肉、驴霜肠一类驴制品货源很充足，驴却不见了踪影。

出东直门是个大粪场，东城一片茅房的粪便都在这里集中晾晒，这里永远的臭气熏天，永远的苍蝇成群蚊子打蛋，但是这里的土地相当肥沃。过了粪场往北拐，路渐渐不好走，两边都是乱葬岗子，坟头起起伏伏，道路坑坑洼洼，有的棺木腐朽破烂，露出地面，里边的内容一览无余地暴露在阳光下。逢到这情况，我都要扭过脸使劲儿看，看那里头除了骷髅以外还有什么新奇。母亲不让我看，我偏看，母亲说我是贼大胆，不像闺女，像小子。蹬车的开始抱怨路坏，作后悔状，母亲就一大枚一大枚地慢慢往上加钱。对母亲来说，这都是计划内的，并没有超出预算。蹬车的说这样的地界以后他说什么也不来了，他回去大半会遇到鬼打墙，他的内弟晚上路过东直门坟地，转了一宿也没转出去，天亮一看，一地的脚印，全是他自己的，敢情净是原地转圈儿了。母亲说他回城里，太阳还老高，让他放心，有太阳什么鬼也不敢出来。我说我就是鬼，我就出来了，说着朝前头做了个斗鸡眼。蹬车的回头看了我一眼，扑哧笑了。

太阳刚当头顶，我们就到太阳宫了。车夫在村口停住，再不往前蹬，说村里的路太烂，他心疼他的车。我们雇车的时候只说是到太阳宫，并没说到哪一家。我和母亲只好下了三轮，大包小包地拎着东西往村里走。

我们去的那家姓曹，我管女主人叫二姨，管男主人叫二姨父。我母亲没有姐妹，这个二姨用现在的话说是她在朝阳门外南营房做姑娘时的闺密，她们俩都是给作坊做补活的，各自凭着手艺养家糊口，是患难的姐妹。后来，二姨嫁了种菜的曹大大，我母亲嫁了教书的父亲，姐妹俩的环境由此而大相径庭。



母亲是父亲的填房，成了教授夫人，二姨成了种地养羊的村妇。夫人与村妇在文化程度上都是文盲，不分彼此，不同的是我母亲会歪歪扭扭地写陈美珍三个字，那是她的大名，是我父亲教的。二姨到死也不知道她的名字怎么写，逢有必要场合，她只有按手印，那比一笔一画写名字方便多了。

二姨有个儿子，在太阳宫村生的，给取了名字叫曹太阳，二姨父嫌这个名字太大、太满、太正式，顺了个小名叫日头。全村人都日头、日头地叫，叫得挺顺嘴，知道他大名曹太阳的反而没几个了。日头爱画画，我把他画的鸡冠花拿给我父亲看，父亲说，曹太阳长在太阳宫可惜了。

我说，太阳可不就得住在太阳宫里么！

父亲却说太阳住在东海，歇在一棵大树上，那棵树叫扶桑。



我说，落在树上的太阳会把大树烧死。

父亲说，歇下来的太阳是只三条腿的乌鸦。

我总是不能理解。

我们还没进村，曹家的大黄狗就从旁边的菜地里钻了出来，绕过母亲，照直奔我，立起身子把前腿搭在我的胸口上，要不是我个儿长得高，非被它扑倒了不行。我说，去！

黄狗摇着尾巴不去，我摸摸它的脑袋，它脑袋上顶着许多草籽。

到底是秋天了。

母亲说，一年了，黄狗还认识你。

我说，当然，我跟它是姐儿俩，就跟您跟二姨似的。

母亲说，把自个儿降到了畜生档次，不嫌寒碜。

我说，王阿玛家的太太还管狗叫儿子呢，我这算什么！

黄狗在前头屁颠屁颠地跑，不时地回头看我们。我和母亲在后头跟着。母亲说，这狗通人性。

我说，跟我一样。

母亲说，黄狗怎知道咱们今天来了呢？

我说，它会闻味儿。



黄狗回家报了信儿，曹家的人迎出来了。

我和母亲的到来让他们惊喜，也让他们措手不及，本来一家人正在葫芦架下吃饭，都丢下饭碗赶到了门口。二姨矮胖敦实，眼小嘴大，属于不好看的老娘们儿系列。二姨父身板直溜，眼大嘴小，应该划入英俊老爷们儿的行列。他们说话的腔调带有滚动滑溜、一带而过的东城味儿，听着亲切自然，哪怕是初次见面，也让你有八百年前就认得的感觉。

大人们没完没了地寒暄，我掺和不进去，就来到小饭桌前，探索桌上的午饭，我对吃向来比较钟情，从小到老不能更改，禀性使然。曹家的饭桌上是几碗豇豆、棒子稠粥，当间有一瓦盆爆腌老洋瓜，饭食简单、清素，是平时的吃食。

日头笑眯眯地端来两个小板凳，又盛了两碗粥，添了两双筷子，摸出两个咸鸭蛋，算是待客了。看得出，我的到来他很高兴，嘴里一对小虎牙朝外龇着，用手把小板凳抹了一遍又一遍。

这里所有的农户都种菜，有人早上专门来收菜，用挑子挑进城里去卖，城里人都知道，太阳宫是北京城有名的老菜乡。太阳宫鼎鼎有名的菜是韭菜和青韭。韭菜在春秋之际上市，一拃多长，紫根，叫野鸡脖。我知道造反的黄巢有首诗说，冲天香阵透长安，老黄说的是菊花，我爱拿这句代替野鸡脖，冲天香阵透燕京。在城里，一家吃野鸡脖，一条胡同都能闻见，味道那叫蹿！青韭是冬天过年出现的鲜货，产自太阳宫的暖棚，细嫩的青韭比头发丝粗不了多少，黄绿黄绿的，包馄饨吃，那是冬天无可替代的一口。年根二姨父进城办年货,顺便会给我们家捎去一小捆青韭，青韭是用二姨的棉坎肩包着进城的，怕冻了。我们家的青韭馄饨都尽着父母亲吃，孩子们只有尝尝的份儿，这东西太稀少太珍贵了。厨子老王说给我们吃，那是糟蹋。

瓦盆里的老洋瓜肯定是曹家自产，才从地里摘下来的。爆腌，是临吃之前抓把大粒儿海盐突击性的腌制，既有咸味也不损食物原本的鲜嫩，用现在时髦的说法是保留了食物原生态的滋味。当然，只有新鲜的菜蔬才能爆腌，蔫了的，走了水的，只能腌咸菜！

盆里的老洋瓜夹杂着星点红辣椒和青蒜，颇引人食欲。

我捏了一片仰着脑袋搁进嘴里，嚓嚓地脆，好吃！母亲远远地瞄了我一眼，我不怕，进了太阳宫，她的一切规矩都不管用了，在这里，我行我素，每个人都是王爷！

看大人还没有往饭桌前坐的意思，我又捏了一片瓜，很夸张地嚼着。

现在想，老洋瓜是个很有意思的东西，在今天的菜市上已经绝迹，但在那个时代却是繁盛得要命，推车卖菜的，车上都有一筐老洋瓜，老洋瓜比西葫芦细，比黄瓜粗，白皮白瓤，皮厚子硬，没有任何味道，最大特点是便宜好存放，老百姓拿它当主打菜。

那个时候，北京胡同的孩子，把老洋瓜基本都吃伤了，夏天，顿顿是老洋瓜，没别的菜。话说回来，现在的孩子，哪个又见过老洋瓜呢，那些下里巴的老洋瓜都跑哪儿去了？想念老洋瓜！

我和母亲的到来使饭桌上多了天福号的酱肘子和芝麻烧饼，农家的饭桌立刻变得奢华而热闹。烧饼夹肉，我一顿能吃俩，可是现在母亲暗示我只能喝粥，烧饼省下给日头吃。二姨和二姨父在吃上不吝，也不客气，把肉大块大块地往嘴里填，顺嘴顺手往下流油，看他们的样子，简

直舒展极了，幸福极了。日头的筷子长了眼，专挑肥的往自个儿跟前夹，真正是吃着碗里的，看着盘里的。二姨父说，过年也吃不上这么地道的酱肘子，真解馋哪！

二姨说，他大姨想着日头缺嘴，回回来了带东西，不是酱肘子就是烧羊肉，什么是亲姨啊，这就是亲姨。

在曹家人的攻击下，一个大酱肘子，顷刻就少了大半拉。

知了们在头顶毫无倦意地歌唱，撒尿，细细的知了尿洒在粥碗里也没人介意。头顶上的小葫芦长得有茶碗大了，生着细细的茸毛，在风里轻轻摇晃，好像也要参与到吃的队伍中来。

黄狗不知什么时候悄悄凑了过来，拿嘴使劲儿拱我的腿，尾巴扑棱扑棱摇得很欢。

黄狗心里想的什么我知道，我心里想的什么黄狗也知道，不顾母亲的眼神，我夹过一块肥瘦相间的肉，不敢立即兑现，偷偷攥在手里。黄狗当然心知肚明，在桌底下用嘴拱开我的手，悄没声儿地把肉吃了，而后把我的手舔得精湿。最终，我的膝盖上枕着狗脑袋，黄狗也不看肉，黑眼睛不错眼珠地盯着我，等待赏赐。



二姨踢了一下狗说，这东西是人来疯，蹬着鼻子上脸！

我喜欢曹家的稠粥，大柴锅熬的，棒子很粗，有嚼头，还搁了豆子，红黄红黄的。这样的粥一开锅在院里都能闻见香味——粮食的香味，每每闻到这样的味道，我都觉得踏实和感动，它们才是生活的真谛，酱肘子毕竟是虚华的，浮在表面的东西，没有根基，十分靠不住。

我认识的老中医彭玉堂说过，肥腻生痰，肘子不能多吃，大人容易得紧痰厥，小孩容易痰迷心窍，都是不大好治的病。我们家有根老祖留下的拐棍，上头嵌着几个字，布衣暖菜根香诗书滋味长，对衣服和诗书我没有特别记忆，对菜却是念念不忘，牢记于心。人哪，什么时候也不能忘了吃！

这样美好的柴锅豆粥在太阳宫以外的地方，我没喝过。

酱肘子之外，母亲还带来一些哥哥们穿不着的旧衣裳给日头，日头在人前话语不多，一双大眼睛很亮，二姨说过，日头的精气神全在这双眼睛上，他的眼睛里树呀，人呀，云彩呀，装了不少东西，想要什么立马就能掏出来画在纸上。二姨一边夸日头的眼睛一边称赞那些旧衣裳，说日头穿上我哥哥们的衣裳一点不比城里人逊色，谁也看不出他是太阳宫种菜的。母亲说，那是，咱们的日头模样周正，长大了能干大事情，比如，当科员什么的。

在母亲眼里，科员是个很大很重要的职务，我父亲在受任美院之前当过几天建设总署科员，母亲认为科员是个很体面的职业，不是谁想当就能当的，这么一来，把我熏陶得从小立志要当科员。“文革”期间工厂到农村招工，我问人家，是招科员么？人家说是招工人，我说我想当科员。招工的说，工人好，工人阶级领导一切，进了工厂你就知道了，工人发工作服，有劳保，一个月还有两块肥皂，科员什么也没有。

后来清理阶级队伍，内查外调，当我知道父亲待过的建设总署是属于北平日伪时期的机构时，便再不提科员的话了。

日头对我哥哥们的衣裳不感兴趣，他感兴趣的是我带给他的一大沓子废纸，那些纸都是我平时的积攒，有包茶叶的、包药的、包雪花膏的，还有别人没使完的作业本，日头需要这些纸，纸的背面都是空白，他在上头可以画画，画葫芦，画小庙，画蛐蛐，什么都可以进入日头的画纸，连黄狗也可以。这些纸被日头很仔细地压在炕席底下，一张纸画得满满的再抽第二张，绝不浪费。



不用二姨吩咐，日头就知道下午该做什么，放下饭碗他摘下了墙上的鱼篓子，我一看他这举动，立刻说我也去，二姨说外头太阳太毒，留神中暑。

我说我不怕。

母亲说，让她去吧，哪回从这儿回去不晒得跟红虾米似的。

我跟着日头出了村向南直插下去，南边有个叫夏家园的地方，夏家园村边有个水泡子，长着大片大片的荷叶。水泡子当地人称之为窑坑，是过去挖土烧砖留下的深坑，积了水，长了水草，表面上清幽幽的，水波不兴，其实底下深浅无测，走着走着，刚到腿肚子的水一下子就没了顶。常听人说，谁谁家的孩子在东直门外窑坑玩水被淹死了，窑坑是个可怕的所在，没哪个孩子敢轻易下到窑坑里去扑腾。倘若哪家的妈听说孩子

上窑坑玩了，一顿臭揍是永远无法逃脱的，哪怕你躲到天涯海角也逃不过。

日头要到窑坑去摸鱼，这让我心里特别忐忑，跟在他后头，怕他下水又有点盼着他下水，不住嘴地说，你行吗，你行吗？

日头拍拍鱼篓子说，待会儿看这个你就知道我行不行了。

在坑边，日头脱了衣裳，钻到水里去，水很清，我能看到他的两条腿在水里蹬，日头说他是在踩水，窑坑这边水深够不着底。

他指指东边说，那边水浅，有太阳，暖和，鱼多。或许坑东边的水真不深，有时候他一个猛子扎下去，水面上蹬出一片泥花；有时候钻进去半天也不见露头，我怕他淹死，在岸上使劲儿喊，黄狗也跟着叫唤。

日头从水里伸出脑袋说，鱼都让你们吓跑了！别在这儿裹乱，哪儿凉快哪儿歇着去！

我说，我得看着你，你淹死了，我好回去报信。

日头说他淹不死，他是属龙的，是龙王爷的二大爷。

我摘了张荷叶顶在脑袋上遮太阳，在窑坑附近转悠。



夏家园也是种菜的地界儿。夏家园的菜长得比太阳宫的好，这里离东、西坝河更近，是元代通大都的漕河，因水源丰富，土地更肥，所有的菜都很水灵。太阳宫和夏家园的西北，有个叫芍药居的地方，我对那个地方很向往，曾经想让日头带我去看那盛开的芍药花。日头说芍药是春天开，现在秋天了，就剩了狗尾巴花。

二姨父说，芍药居还是种菜的地方，那儿并没有芍药花，不过是有个老菜农在自家院里种了几株芍药，文人们便附会成了芍药居。

二姨说，芍药居哪儿有太阳宫好，太阳宫多大气！

在窑坑东边，一块石碑旁边，我竟然发现了几棵西红柿！要知道，那时候的西红柿可是珍贵的东西，卖菜的挑着挑子沿街叫唤，香菜、芹菜、辣秦椒、茄子、扁豆、嫩蒜苗，其中没有西红柿，西红柿很晚才在老百姓的饭桌上出现。那时候的西红柿，只是偶尔才能在孩子们的眼前闪亮一下，通红的，圆润的，多汁的，昂贵的，当水果吃。

夏家园这几棵西红柿长得过了头，红得发紫了，充满着诱惑，充满着招摇，让人无法拒绝。我过去，毫不犹豫地拧下了一个，地里长的东西，难分是你的我的。四下张望，除了黄狗歪着脑袋欣赏我以外，周围并没有眼睛。我问黄狗，咱们还揪不揪？

黄狗高兴地摇尾巴，表示赞同，我不客气地又揪下个更大的，用衣裳兜着，四处踅摸弄个再辉煌点儿的。石碑横在眼前，挡住去路，看碑上的字，多不认识，只识得“夏……大人……”几个字，便对着墓碑说，夏大爷，吃您几个西红柿……没法子……馋啦！

自然没谁搭理我，只有草窠里的虫子在吟唱。

打过招呼，我心安理得地来到窑坑旁边，日头的篓子里已经装了不少鱼，都是小麦穗，也有不安生的小泥鳅。

日头看见我手里的西红柿说，你怎么动了夏二的洋柿子，这是夏家留子的柿子，夏二看见了得拿锹拍死你！

我说，夏二有什么可怕，我连雍和宫的鬼都不怕！

我知道，日头对雍和宫的鬼很向往，他不止一次地跟我说过，想到雍和宫看打鬼。雍和宫打鬼仪式在正月，除了送青韭，曹家人怵头上我们家，他们不愿意见我父亲，怕我父亲嫌弃他们。



猛然，日头指着我后头一声喊，夏二来了！

我撒腿就跑，日头后边紧跟，黄狗蹿得没了踪影。

蹦过河渠，过冬瓜地，穿过柳树林，绕过荆条丛，我一路狂奔，不敢回头。

跑回太阳宫才发现，哪儿有什么夏二，都是日头胡编的。我怪日头骗人，日头狡猾一笑，虎牙往外一龇说，你不是不怕夏二吗，不怕你跑什么？

我说，我不是偷了人家的西红柿嘛！

日头背着鱼篓朝家走，抬头看，西边天空一片晚霞，美丽动人，我说这景致能入画。日头说那是火烧云，明天准是个大晴天，秋老虎没几天了。

二姨在门口招呼日头，让他回去帮忙烧火做饭。

今天晚饭是曹家的精彩贴饼子熬小鱼儿。



鱼就是日头在夏家园摸来的小麦穗，大锅、柴火、风箱、小板凳，日头在灶下烧火添柴拉风箱，有条不紊，一会儿就把锅里的水烧开了。二姨把拾掇好了的鱼倒进去，从小缸里舀一铁勺自做的大酱，扔一把香

葱，丢两瓣小蒜，用勺子慢慢地搅。二姨父抓一把和好的棒子面，使劲儿地甩在热锅锅帮上，氤氲的蒸汽里，那些生面团像一圈手拉着手的娃娃，谁也不乱动，可爱极了。紧接着大锅盖严丝合缝地盖上，日头抽了硬柴，灶底的火变得平顺、温柔，由着小火慢慢地炖。一家人配合默契，像共同完成了一场演出，各有角色，各司其职，真好！

锅里冒出了喷香的鱼味和贴饼子的香气，撩拨得人心里发慌，我坐也不是，站也不是，光想往锅跟前走，想掀开锅盖瞅瞅，那里边变成了什么。晚饭的桌上还有顶花带刺的黄瓜，嫩得一咬流水的小水萝卜，甜而不辣的羊角葱，它们都是蘸酱用的。

酱是纯黄豆酱，晒了一夏，揭开酱缸，“噗噗”地冒泡，酵发得火候正好。

我摘来的西红柿被二姨切成瓜瓣模样，搁在糙碗里，摆在我跟前。西红柿的子硬了，吃在嘴里得吐核，肉也发干，不好吃。就这个吐核的东西还让我落了个偷的名声，想想真划不来。这晚上，我吃得不少，肚子里至少装进二十条小麦穗的身子，我不敢吃鱼脑袋，怕它们进到肚子里造反，咬我。真要那样，我怎能敌得过它们！饼子我只吃上头的焦嘎渣，嘎嘣嘎嘣，又香又脆，吃几块都丢不开手。至于被揭了嘎渣儿的饼子，日头很主动地接收了。

黄狗在远处趴着，不时拿眼睛往这边瞅，模样委屈极了。我问二姨怎不给黄狗吃饭，二姨说，乡下的狗从来不喂，它们会自己出去找食吃。我觉着黄狗挺可怜的，对曹家人这么忠心还得不到曹家一口饭，我要是狗呀，早就“不跟你们玩了”！

吃完饭，母亲和二姨坐在院子里聊天，她们总有说不完的话。二姨父不说话，坐在旁边一袋又一袋抽烟，烟笸箩就搁在他脚底下，他一边抽烟一边揉搓那些烟叶。二姨父装了一袋烟递给我母亲，母亲接了，很内行地就着二姨手里的火嘬了两口，吐出了悠悠的烟。我不知道母亲还会这个，在家里从没见母亲动过烟，到了太阳宫怎的连大烟袋都叼上了。我想，这事我回去一定得告诉我爸爸。

二姨问姨父，羊喂了没有。姨父说下晚往圈里扔进去两筐草，早晨日头拉出去拴村外了，回来时肚子吃得圆圆的。二姨对母亲说，太阳宫的羊只能圈养，方圆十几里都是菜地，啃了谁家的都不合适。他们家的羊是德胜门外羊店趸来的两只半大羊，估摸今年底就能杀了，到时候给我们送羊肉去。

我使劲儿吸了吸鼻子，果然闻到一股羊臊味儿。

日头拿着荆条在编筐，天渐渐黑了，乡下没有电灯，也不点油灯，借着微弱的星光也还模糊看得清楚。二姨父要到棚子里值夜，他种了半亩香瓜，马上要开园了，不是怕人偷，是防备地里的野物糟蹋。二姨父夹着衣裳走了，黄狗跟在后面，它是值夜的主要成员。我透过篱笆看外面，田野里黑洞洞的，有萤火虫在远处扎堆，黑暗里有一双绿眼倏忽闪过，我朝母亲身边挪了挪，尽管她身上有陌生的烟味儿，也不计较了。二姨说，刚蹿过去的是黄鼠狼，它惦记着屋后的鸡雏。

日头说他天黑前已经把鸡窝门顶上了石头，黄鼬那双小爪想扒也扒不开。一个乡间的小野物，二姨叫它的小名黄鼠狼，日头叫大名黄鼬，就像有人叫日头，有人叫曹太阳一样。日头告诉我说，有一天夜里他从瓜地回来，月亮照得地上明晃晃的，把一切都看得清清楚楚。突然，他看见一只黄鼬在路上直立着身子对着月亮手舞足蹈。日头问我，你知道它在干什么吗？

我说不知道，日头说它是在拜月亮。我问黄鼬为什么要拜月亮，日头说，黄鼬和狐狸一样，老到一定程度就成了精，它们不停地修炼，炼到一定水平就能随意变化，变成美女，变成老头什么的。不过，黄鼬的水平比狐狸低一个档次，狐狸会炼丹，黄鼬不行。

我问日头，那晚上怎没有把那只黄鼬像捉小鱼儿一样捉回来。日头说，哪能临到我捉，我还没靠近，那黄鼬就打了个喷嚏说，呸呸呸，晦气，今儿个不该出来！

我问为什么，日头说，我搅了它的好事，它还得再炼五百年。

可怜的黄鼬！

有股轻微的风从西边吹过来，夹带着丝丝凉意，树叶没动，但是我感觉到了。西边是燕山，北京人管它叫西山，西山横盘在天边，蜿蜒得

像条不老实的大龙。我朝西望，看不见西山，西边天上有光，那是城里的灯。看头顶，头顶是满天繁星，牛郎织女遥遥相望，包括牛郎担子里挑着的两个孩子，两颗忽闪忽闪的小星星都看得清清楚楚。又粗又壮的银河，恍恍惚惚，密密匝匝，横亘琼宇，想那浩荡大水隔断牛郎一家人，母亲和孩儿再不能相见，只是让人心酸。二姨说，丫儿看银河呢吧，教给丫儿个秘密，你记着，银河调角，棉裤棉袄，银河分叉，单裤单褂，将来丫儿当了妈妈，这是应该知道的。什么时候给孩子穿什么衣裳，得看天，银河会告诉你。

我问二姨，现在银河是调角了还是分叉了，二姨吭唧了半天说大半是正在调角。

其实二姨自己也说不清。

田野里的秋虫聒噪得振聋发聩，满世界似乎都成了它们的声响，每一只虫子都在努力张扬着自己的歌喉，宣告着自己的存在，包括那只想吃鸡，还得继续修炼的黄鼬，它们使得黑夜中的太阳宫田野充满了生机，充满了灵动，充满了神秘和未知。我对日头说，明天你领我去看看太阳宫。



日头说，太阳宫有什么好看的，小破庙，快塌了的。

我说，破庙也是宫啊，出东直门，称得上宫的也就是这儿。

日头说，雍和宫不算？

我说，雍和宫在城里，在安定门。

日头想了想说，我带你上太阳宫，你得带我上雍和宫，我要看打鬼。

我满口答应说，没问题。

去年、前年我跟着父亲连着看了两回打鬼，把细节给日头讲了，成了他的心病，害得他日日盼着能看一回。清朝的皇帝信奉密宗，雍和宫过去又是雍正的府邸，所以每年正月雍和宫打鬼就成为北京城的大事，为这个，庙里早早就提前准备了，届时皇上要派钦差来现场参与。后来皇上倒了，打鬼的仪式依旧热闹隆重，不因时局的变化而有所改变，老百姓祈福禳灾的心愿什么时候都是一样的，不管有没有皇上。我们家看门的老张，最信奉雍和宫的神灵，动辄就跑到雍和宫去烧香、打问，连他脸上长了个疖子要不要挤破了，也要去雍和宫问佛爷。好在雍和宫近，我们家住戏楼胡同，胡同口就是雍和宫，几步路的事，跑去又跑回来，锅里蒸的包子还没到火候。有一回他崴了脚，脚脖子肿得老高，做饭老王打趣他说，咱们是上医院呢还是上雍和宫呢？

打鬼这天，雍和宫天王殿前搭了台子，铺上红毡，台下人头攒动，密不透风，千万人鸦雀无声，静等仪式开始。时辰一到，锣鼓号声震天而起，先是有金盔金甲的四大天王上场，威武庄严，在四角站立，又上来几个活泼小儿和弥勒佛，欢快舞蹈，引人入胜。接着鼓声一转上来个白鬼，头戴骷髅面具，手握招人牌子，阴森可怕。白鬼走得离观众很近，边走边撒白色粉末，沾上白粉不是什么吉利的事，人群纷纷后退，把场子清扩出来。所以，有经验的看客一般都不往跟前挤，站在后头远远地观望。白鬼演毕金刚上场，还有鹿首、牛首的神，耍着各样法器，把妖魔团团围在当间，捉拿、清除，皆大欢喜。整个过程，无异于一部巨大舞剧，服装艳丽，造型特殊，充满神秘色彩。

去雍和宫，日头要跟我拉钩，说不能反悔。我不拉，说那是小孩子玩意。但是日头却拿笔认真记下："正月三十，雍和宫打鬼"的字样。 

第二天一大早，天还没大亮我就起来了，睡不着了。为什么呢，因为咬，蚊子整宿在耳边飞，嗡嗡嗡，你刚一迷糊它就来了，刚一迷糊它就来了，成心不让你睡觉。土炕上的跳蚤也很活跃，钻到我的裤腰上转圈咬，那些大红包连成了串，痒得钻心，乡下的一切也不是全好，比如这些大包，回去让我抓挠半个月怕也不能平复。母亲和二姨还在熟睡，她们昨天唧唧喳喳聊了大半宿，比蚊子还讨厌。

我这么早起床，不知干些什么。来到院外，外面天气有些凉，草上有了露水。

东边天空已经泛红，天边的云彩染上了胭脂的颜色，房子、大树、菜地、水塘，在云彩的渲染下好像画出来的一般，都映着红。树后头的天空最亮，我知道，呆会儿太阳就会从那里升起来。我不错眼珠地盯着那块地方，生怕错过了那个伟大庄严的时刻，这个时刻很难得。很快，树后冒出了一个通红的亮点，那应该是太阳的脑门了，太阳的脑门一蹿一蹿的，蹿一下高一点儿，似乎不忍和大地分离。我的眼花了，只是感到一个大

鸡蛋黄在上上下下地抖动，跟大树若即若离。

日头从院里跑出来，黄狗也跑出来，日头问我在干什么，我说在看出太阳。

只这一转脸，没盯住，太阳顷刻跳出了树枝升上天衢。大地一片金光，连风吹动树叶也带了金属的声音。光明中，迎着太阳，沐浴着晨风，我的心里充满感动，低头看，连黄狗的表情也变得十分神圣。我觉得在这样重要的时刻，我得像我父亲一样作一首诗，才对得起这为我而升起的太阳。我父亲爱写诗，看月亮写诗，看菊花写诗，看卖小金鱼儿的写诗，看人家放风筝还写诗，他画的每幅画上几乎都配着他的诗。现在，我看到了太阳的升起，怎能没有诗歌相佐，而让太阳孤寂地上天呢？

我对日头说我要为太阳宫的太阳写诗。日头说，那你就和皇上一样了。

我问此话怎讲。日头说这事夏家园的夏二知道，夏二说乾隆有一天东巡，走到这里，正好看见出太阳，望着光芒万丈的大地，皇上跟我一样很感动，作了一首诗，说这里像是太阳宫！后来，村里人就在这儿盖了庙，叫太阳宫。



我说那个夏二怎什么都知道？日头说夏二念过半年私塾，他们家是书香门第。我说，他怕是连《千家诗》也没念过。

日头说，可能。

我让日头带我看太阳宫，日头说我身后就是，我回身看，哪里有什么红墙黄瓦的宫，不过是座颓废的小院罢了。院子门口有个看不出模样的影壁，露着土坯的内胆，残留的墙皮上画着一棵歪歪扭扭、没精打采的树，是不是父亲所说的太阳落脚的扶桑也未可知。院门口两棵老榆，房后一株病柳，三间歪斜的平房，一只半埋的破钟，无一不显露出破败残缺。我说皇上的庙应该有琉璃瓦，比如雍和宫，黄灿灿一大片屋顶，那才应该叫太阳宫。日头说他不知道什么叫琉璃瓦，他从来也没见过琉璃瓦。太阳宫不是皇上的庙，是他们村里自己盖的庙，每年二月初一太阳过生日，有人过来烧几炷香，仅此而已。我说，太阳比黄鼬还可怜，那么大的名声，住这么个小地方，委屈了。

日头说，比土地庙好多啦，我们村的土地庙还没有我膝盖高。

走进“宫”门，内里比外头还荒凉，草有半人高，堆着渣土、垃圾、粪屎，一条腐烂了的长虫横陈在台阶上，被一群蚂蚁包围着三间小屋的房顶露了天，北墙有二尺高的土台子，上头坐着四个缺胳膊少腿的神像，神像泥皮脱落，面部塌陷，粗糙拙劣，无法打眼。我问四个人是谁，日头说，夏二说过，是日月水火四老爷。

又是夏二！

我说，太阳宫一个太阳就够了，他们几个跑这儿凑什么热闹？

日头说，大概是怕太阳一个人闷得慌，来做伴的。

我对太阳的宫殿十分失望，它打破了我对宫的认知和憧憬。破烂的太阳宫坚定了我要让日头见识雍和宫的决心，我一定要他看看真正的宫是怎样的气派，怎样的不同凡响。

早饭后我和母亲就要回城了，日头搬来昨晚编的筐，里头装着金黄的倭瓜、黑紫的茄子、紫根野鸡脖韭菜，还有四个花皮香瓜。半口袋棒子，二十个柴鸡蛋……这些东西，真够我们拿的。

二姨父和日头将我和母亲送到东坝河，路上，日头还追问我作的太阳诗，我说下回来了带给他看。日头说等不到下回，他就会跟他爸爸去戏楼胡同，去雍和宫。



曹家爷儿俩看着我们上了三轮车才离开，黄狗追着车跑了很远。

## 二

正月底，二姨父带着日头来了，专门来看雍和宫的打鬼。母亲让日头和他爸爸住在南屋，南屋是一进大街门的倒坐房，平时不住人，没火，在京城滴水成冰的日子里，睡惯了太阳宫热炕的父子俩，其难熬程度可想而知。老王为曹家父子蒸了一锅发糕，做了熬白菜，虽然简单粗劣倒也热热乎乎，曹家父子很满足。我父亲领着学生到河北鸡鸣驿写生去了，二姨父松了一口气，说早知这样应该让日头妈也来雍和宫逛逛。但是二姨父看到我那些同父异母的大哥哥大姐姐们便不再说让日头妈来的话了。哥哥姐姐们哪个的派头都很大，哪个都不拿正眼看来自京郊种菜的二姨父，他们接纳青韭馄饨但是不能接纳种青韭的人，这让我好生奇怪。我

们家只有我和母亲视他们为亲戚，跑前跑后地张罗，陪着他们说话儿。

我觉着，人得将心比心，夏天我到太阳宫去，曹家倾着全家实打实地待承，让我挑不出一点儿不好。现在人家到了我这儿，我们就拿熬白菜对付人家，我都替我母亲害臊，下回还怎么去太阳宫呢！母亲有母亲的招数，我看见她偷偷塞给日头十块大洋，让日头想吃什么到外头买什么。十块大洋，真不少了，二姨父和二姨半年大概也挣不出这个数来。所以，二姨父和日头都很高兴，他们没挑礼儿，冷就冷呗，熬白菜就熬白菜呗，怀里揣着钱呢！

傍晚，曹家爷儿俩的饭是出去吃的，回来二姨父说日头吃了四碗卤煮火烧，把卖卤煮的吓怕了，第五碗说什么也不卖了。卤煮火烧是北京小吃，严格说它更应该属于河北范畴，把烙好的火烧放进带有猪肉和下水的卤汤里一块煮，吃的时候把火烧捞出来，横竖切四刀，再舀进卤汤，肉烂饼香，非常进味儿，是受欢迎的大众食品。可惜，我到现在也没吃过北京的卤煮火烧，每回从卤煮的小馆前走过，都为香味吸引，但是一见那眉目甚不清爽的大锅和锅里那些腾挪翻滚的莫名其妙的东西，立刻没了胃口，真难想象，日头连火烧带汤竟然吃进去四大碗，他的肚子总共才有多大地方啊！



比起我的二十条小麦穗鱼，日头真是吃多了，刚开始还没觉怎的，后来肚子胀得越来越厉害，老王叫他抠嗓子吐出去，日头舍不得，情愿撑着。后来我母亲采取了制我的办法，让老王沏了半碗起子（苏打）水，给日头灌下去了，日头才勉强躺下睡了。

第二天，母亲不让我去看打鬼，说喇嘛手里打鬼的鞭子胡抡，抽着人的事情年年都有，父亲不在，没人能管得住我。不让我去，母亲也不去，让老张带着曹家爷俩去雍和宫，还特别嘱咐，看看就回来，别看到底，工夫太大，把人冻坏了。我为不能陪日头看打鬼遗憾了一早晨，巴不得把那些喇嘛冻翻了，打不成鬼才好。

老张和曹家爷儿俩出门的时候天上飘起了雪花，刮起了灌脖子北风，气温降得厉害。我坐在南炕玻璃窗前看下雪，不到一个时辰，房上、树上、院子里就全白了。院里没人走动，一片寂静，只有母亲的猫黄黄儿从雪地上跑过，留下一串好看的梅花印儿。母亲给我点了个手炉让我抱着，得意地说，不去好吧？在家暖暖和和的多好，大下雪的跑雍和宫看什么打鬼，闹不好把鬼再带回家来。

锣鼓声还有大铜号沉闷的呜咽声从西边借着风雪传过来，号声低沉却富有穿透力，颇具煽动意味，仿佛这漫天大雪就是借助号声从高天翩翩而来。母亲的想法太简单，太直接，她哪能理解雍和宫那些色彩艳丽、造型怪诞、动作夸张的傩舞对小孩子是一种多么大的诱惑啊！

自鸣钟刚转了两圈，老张就领着曹家爷儿俩回来了，老张说再不回家日头的小命就没了！母亲急着问怎么了，二姨父说日头的魂让白鬼勾走了。

再看老张身后的日头，顶着一脑袋一身的白粉，牙关紧咬，眼睛发直，簌簌地哆嗦。母亲问话他也不回答，把牙磨得咔咔响。母亲说，这还真是中魔了，合算喇嘛把鬼赶日头这儿来了！

老张说，他使劲儿往前挤，站到台跟前儿了，这要命的粉末子不扬（念 ráng）他身上扬谁身上。

母亲赶紧过去拍打日头身上的白，老张让母亲别拍，说这白落到哪儿哪儿倒霉。母亲说这怎么好，老张说拍到大街门外头去，让过路的踩了带走。

我说，这是以邻为壑，有点缺德。

老张说，到了这份儿上也别说什么德不德的了，谁让咱们摊上了呢？

日头像街头耍呜丢丢的小木偶一样，被老张和二姨父提溜到当街，在雪地里好一通拍打。被拍打的日头眯着眼睛，像睡着了一样，有点儿魂不守舍。二姨父说，日头，日头，你说句话呀！

日头自始至终一声不吭。

没想到日头看打鬼看成了这种效果，我心里觉着怪对不住日头的。老张说，小门小户的日头属草芥之命，太薄，扛不住这轰轰烈烈的场面，在场子上被追赶得团团乱转的邪气、孽障自然是奔他而来。

母亲让老张不要说了，越说越邪乎，她让老王烧了滚烫一锅姜汤，逼着那爷儿俩喝了。半夜，日头开始发高烧，嘴唇起了一圈燎泡，不停说胡话。母亲说日头头晚卤煮火烧吃多了，停食着凉，到胡同口药铺买

了一大包焦三仙。煎了，给日头灌下去了。

焦三仙没起作用，下午日头起了一身密匝匝的红疙瘩，整个人都变成了红的。

老张说这是鬼风疙瘩，日头真是让鬼扑了。

母亲让老张赶紧想驱邪的办法，老张顶着大雪和二姨父去了东边的柏林寺。

柏林寺是元代大庙，据说原有十里柏林的称谓，后来柏林逐渐消失，名字没变。在我记忆中，柏林寺很大，有大殿几重，高台阶，还有精美的砖雕影壁和老得说不出年龄的榆树，以及《万古柏林》的大匾。大匾的印嵌在正中，当是哪位皇上的作品。那天，老张找到庙里的负责人，请人家帮忙想想办法，救孩子一命。人家一听就拒绝了，说无能为力，另请高明。听老张回来学说，老王说，该着绝你，喇嘛惹的事你找和尚，人家不让你另请高明才怪。

还是我们家老七，我的七哥请来了大夫彭玉堂，给日头看了，大夫说是急性传染病猩红热。



猩红热是小孩子的病，母亲一听就害怕了，比听见鬼进了家门还害怕，胡同里年前死了一个叫二丫头的孩子，得的就是这病。二丫头死后，有穿着白大褂的人到各家往孩子身上喷药水，老七说都是瞎掰，猩红热是飞沫传染，喷孩子管什么用。母亲说喷总比不喷好。特意让人家把我前前后后都喷了个遍，不管怎么说，猩红热在那个年代是个可怕的病。

母亲前脚雇车把曹家爷儿俩送回太阳宫，后脚就把我隔离到小套间，不让出来了，她说日头留下的病菌还在屋里飞散活跃着，让我撞上哪个都会像二丫头一样，必死无疑。母亲天天看我的嗓子，量我的温度，风声鹤唳，我稍微咳嗽一嗓子，她都急着让老七去叫彭玉堂。我被封闭在小套间，想着法子吓唬母亲，今天说脑袋疼，明天说身上痒痒，后天说肚子胀，我喜欢看母亲着急的样子，喜欢看她因为我而无处抓挠、提心吊胆的紧张。一时，我成了家里的中心，仿佛我病得很重，没有几天活头了，为此我自己也觉得自己活不了几天了，所以尽着想象给母亲提要求，今天要吃鸡蛋羹，明天要吃核桃酪，后天要吃贴饼子熬小鱼……

老七对母亲说，把她放出来吧，都惯成什么了，没样了。

## 三

一晃大半年过去，又到了夏末初秋，给日头攒的废纸已经厚厚的一沓，跟着老七上东安市场逛旧书店，还给日头找了一本画画的书，上头有萝卜、白菜、蝈蝈、喇叭花什么的，想的是该跟着母亲上太阳宫了。

没想到，我们还没动身，日头自己来了，没坐车，是走来的，浑身的油汗浑身的土，最让人惊心的是那一身热孝，在夏日的热浪中，头上顶着的麻包片说明了曹家有重要的至亲过世了，披麻戴孝啊！日头进门就磕头，给老张磕，给老王磕，给我磕，母亲从屋里跑出来大声喊叫，日头啊，咱这是怎么啦？！

日头说，我爸爸殁了——

母亲说，正月不还好好儿的吗？

日头说，昨天夜里咽的气。

母亲一听，拽着日头就往门口跑，边跑边喊着让老张赶紧雇车。老七给母亲递了些钱，说这个是必须带着的。母亲接过钱，有些木然，带着日头上了三轮，让车夫快蹬，要多少钱都给。我追出大门，黄狗一样跟着三轮跑，叫着，妈！妈！还有我哪！

母亲回过头说，在家老实待着！

我哪儿跑得过三轮车，眼瞅着母亲和日头的背影到了胡同东口，往南一拐，没影了。

太阳宫那场丧事办得很简单，母亲第二天就回来了。曹家死了当家的，二姨成了寡妇，日头成了没爹的孩儿。原来正月日头那场猩红热没有传染给我，却传染给了他的父亲，敢情大人的猩红热麻烦程度远过于孩子，没多久，日头爸爸就转成了肾炎，全身浮肿，尿中带血。人说这个病是最怕累的，可是种菜的二姨父哪里歇得下来，一家人的嚼谷都在他身上啊。听说二姨父入殓的时候头膀得有斗大，看不清鼻子眼睛，脚肿得穿不上鞋和袜子，鞋和袜子是用纸糊的。

几十年后我成了一名医生，传染科的医生，这与曹家二姨父并没有

什么因果关系。我在西北的传染病院干了八年，在我的手下，处理过无数猩红热病人，有大人也有孩子，也有转化成肾小球肾炎的患者，基本都痊愈了，在医学科学发展的今天，这个病对人类已经构不成威胁。但是，面对病人，我常常想起太阳宫，想起那风光秀丽的乡村，想起穿着纸袜子纸鞋入殓的日头爸爸，想起他的烟袋和烟笸箩。

日头爸爸去世不到一年，是二姨大喜的日子，二姨为日头找了一个继父，母亲作为娘家人，婚礼是必须要参加的。母亲在路上教导我，到了太阳宫脸上要喜兴，嘴要甜，多说吉祥话，不能提死了的曹大大，最重要的是还得管那个新进门的男人叫二姨父，要叫得自然亲切，不能打磕绊，这样新二姨父才高兴，二姨才踏实，我们这趟才算没白来。

母亲问我听懂了没有。我说，没懂。

母亲说，你已经是小学生了，怎么还不懂人情世故，你二姨一个女的，带个孩子，在乡下活得下去吗？你得替她想想……

母亲说着哭了。



我问日头的新爸爸是谁，母亲说是夏家园的夏二。

我说，啊呸——

母亲说，你这是什么态度？夏二怎么得罪你了？

我一路没有说话。无话可说！

一切还是老样子，土房、篱笆墙，鸡窝、葫芦架，但不能说是曹家，现在得称夏家了。

夏家的喜事办得简单潦草，做了一锅打卤面，随到随吃。卤做得很咸，浇半勺能把人齁死。二姨穿着紫花夹袄，夏二穿了件蓝布长衫，以示自己有过半年私塾学历，出自书香门第。母亲给二姨请安道喜，背过身去却在偷偷抹眼泪，二姨的眼圈也红红的。夏二的身板很壮，秃顶，留着山羊胡子，眼睛有些斜视，这样你就看不出他的眼神到底在瞅谁，怪怪儿的。夏二夸张地招呼着我们，说我们是城里大宅门的亲戚，他说他到北小街炮局送过菜，路过我们家，广梁大门，高台阶，上马石，一看就是有身份的皇亲贵胄，这下好了，以后他再上炮局就有地方歇脚了。夏二一边说着一边递给我一个梨，梨太大，他切了一块给我，我接过来，偷偷搁在窗台上了。大喜的日子，吃梨，这个兆头可真不怎么地！我不喜欢眼前这个叫夏二的男人，他话太多，斜眼珠子太灵活。跟原来的二姨父比，我更喜欢先前的那个。所以，自始至终我也没管夏二叫一声“二姨父”，母亲暗示了我几回，我就是张不开嘴，奈何！

那天，我在太阳宫小庙里找到了日头，他抱着腿在四老爷脚底下坐着，目光呆滞，脸色苍白，全没了昔日的活泛和明朗。见我进来，他的第一句话是，我害死了我爸爸。

我说，你怎么这么想？不应该的。

日头说，以后不论遇到什么，我都罪有应得。

我说不是那么回事，老张嘴头常说，死生有命，富贵在天。日头说，我不知道那病会传染。

我说，老天爷就这么安排的，谁也不能不听老天爷的。

我让他以后好好待承他妈，他妈最可怜。日头说，她可怜什么，又有了新男人，她高兴着呢！

半天日头说，你知道么，我现在不叫曹太阳，叫夏太阳了。

我说，我以后还叫你曹太阳，叫你日头。

日头摇了摇头说，嘁，一个贱名儿，怎么叫都行。

我说，咱们一点儿也不贱，光芒万丈的太阳，能贱吗？

日头说，我没了爸爸也没了妈，没爹没妈的孩子，比草还贱。

我说，说什么哪，你妈可是亲妈！

日头说，我爸坟上的草还没长圆她就朝前走了，我觉着好端端一个家，已经散了。

我说，日头，我也不能常来看你了，我上学了，以后逮着机会你来戏楼胡同找我吧。

日头苦笑了一下，没说话。

一直到我们走，日头也没回来。二姨说，日头太拗，心思太重。

母亲劝二姨说，时间长了慢慢就好了。

我说，乡下的孩子也不是没心倒肺的。

母亲让我不要火上浇油，二姨的心里现在够乱的了。

以后，我再没有到太阳宫去过，主要是身不由己，已不是儿时脱缰的野马，被戴上笼头了。其间母亲去过太阳宫，是为二姨去的。二姨死了，死得很突然，说是不留神滑进窑坑淹死了。母亲不解地说，她待得好好儿的，上窑坑干什么呢？

夏二说她是去找日头，很多时候她是满村喊着日头的名字，四处寻找，日头这孩子有点不合群，性格孤僻。母亲奇怪她的朋友怎会进了窑坑，夏二的解释是，窑坑是个没深浅的地方，里头有淹死鬼，每年都要拉替身，非此而不能托生。

我觉得是二姨活得没了意思，自己寻了短见。听母亲说，从坑里捞出二姨，她全身穿的都是新衣服。按老张的分析，雍和宫打鬼，日头被撒一身白即是被鬼跟上了，性情已然迷乱，厄运便接连不断，这都是冥冥中阎王爷的安排。

母亲说是。

我说老张迷信。



很快夏二再婚，又有了自己的儿子，叫夏晓阳。

日头真的没爹也没妈了。

1952年抗美援朝，日头当了志愿军。

出发前他特意到我们家来告别，穿了军装的日头威武英俊，再不像四老爷脚底下那个萎靡不振的半大小子。我摸着他的崭新衣服和大皮帽子十分羡慕，我告诉他，我们这些学生正给前线的志愿军做慰问袋，装上书签、毛巾、笔记本什么自己喜欢的东西交给学校，再由学校分配到朝鲜去，大家都希望自己做的袋子能送到英雄的手里，那该是多么幸运、多么有意义的事情呀！日头说他不要毛巾，他希望他的慰问袋里装一本美术书。我说打仗怎可能一心二用，你要保家卫国呢！

母亲在旁边插嘴，日头，你真要离开太阳宫呀？

日头说，姨，我真要离开。

母亲说，走了以后，你不想家？

日头说，不想。那里有什么需要我想的吗？

我觉得日头的参军带有些许逃离的成分在其中，这使得“抗美援朝，保家卫国”这个口号在日头这里多少打了些折扣，变得不太纯粹。接下来母亲的话更让我吃惊，母亲让日头到火线上要多长心眼，别低着脑袋傻冲，枪子儿是不长眼睛的。要孝敬长官，让长官高兴，在战场上得罪长官是人命关天的灾难。子弹尽量别往人致命地方打，无论谁都是一条人命。

日头说他懂，让母亲放心。

我母亲在当时是街道的积极分子、治保主任，主任对即将上战场的志愿军战士说出这样的话，这让我对她有了新的看法，母亲把她的另一面毫无保留地亮给了日头，她或许有了什么样的预感，但她对我，却一直都是硬铮铮的街道治保主任。那天日头离开我们家的时候，突然想起什么似的对我说，呃，太阳宫的庙现在改成小学校了。

我问，四位老爷呢？

日头说，扔窑坑，彻底化成泥了。

日头走了，到朝鲜去了。

时间过去一年、两年、三年，我没有收到他的音信。

回国的人一批、两批、三批，我没有看见他的踪影。



一直到1958年底，志愿军全部回国，我也没有得到日头的任何消息。

“文革”的时候遇见夏二，已经是个白发苍苍的老头子了，佝偻着腰，趿拉着鞋，邋遢不堪。他说还住在老地方，夏晓阳在城里当学徒，他是来看儿子的。我向他打听日头的消息，他说日头到朝鲜的当年就当了俘虏，后来去了台湾。

夏二说，日头给家里带来了麻烦，要不他兄弟不会连学也不能上。

停顿了一下夏二说，按说他姓曹，跟我们夏家没关系。

日头这是被连根拔了。

我说，曹太阳会回来的。

夏二说，不会回来喽，他回来干什么？

## 四



北京只几十年的工夫便已是沧海桑田。几个月不上街，识不出本真面目的情景常有。

因为拆迁，我们家从戏楼胡同搬到了城市东北角的望京，住在高高的21层楼之上。每天云里雾里地看着北京，看一片片高楼从远处、近处拔地而起，越看越模糊。我每天要坐三站公交车到早市买菜，菜场的名字叫夏家园市场，市场的旁边是地铁十号线太阳宫站。在人群熙攘的市场，窑坑、菜地、夏大爷的石碑已经幻化成鲜鱼水菜，幻化成玻璃钢大棚和忙碌的小贩，小贩们虽与夏二没有任何关系，但个个身上都有夏二的影子。一个留着山羊胡的男人在卖西红柿，价格比别家贵一倍，广告上注明是本地产传统沙地西红柿，见我在摊前流连，山羊胡子说，买斤回去尝尝，能吃出小时候的味道，保你明天还来！

花鸟市上有卖小仓鼠的，小鼠在笼子里无休止地蹬着转筒，坚韧不拔，我想起了日头说的，在月光下修炼的黄鼠狼，五百年时光，还很遥远，都是车水马龙的马路，堵车是经常，它到哪里去炼呢？改蹬转筒了么？太阳宫的精灵，让我在有意无意间碰撞，心被一次次触动。有些酸涩，有些温馨，更多的是只属于自己的怀念。



提着一兜菜我站在汽车站，周围林立的高楼让我不知身在何处。太阳从东边升起，懵懂模糊的一个红团，刚露头便闪在了楼房的身后，很有羞于见故人的模样。太阳宫，太阳的宫殿，如今又有谁还知道它曾经的模样？我想起了我要为太阳而写的诗，几十年了，一直没有完成它，关键是再没有看过那样动人的日出，没有过那样的心情和感动。不远处有南湖和南湖公园，它的前身大概和窑坑没有关系。西山已然不见，风景依然秀丽，草坪新铺，假山人造，没了野趣，少了自然。一只黄狗摇头摆尾地从马路对面跑过来，我惊喜地迎了过去，狗在我跟前停顿了一下，看那眼神，竟是似曾相识的熟悉。我问跟在它后头的主人，这是什么品种。主人说，拉布拉多。

哦，洋种的。

抬起头再看那太阳，太阳已隐入云层，再不肯露面。一群人从太阳宫地铁站拥出来，这个站或许就建在太阳宫的小庙上，对面那座玻璃墙的大超市，或许就是日头过去的家。

海峡对面的曹太阳，你是否还在人间？

# 英雄有知

孙丽生

到绿城参加“东交会”，黎阿八心里总有说不清的冲动和焦虑，觉得有些蹊跷，怀疑将发生什么意外。他谨遵潮汕俗话“吃饱穿暖，危险勿去”的警示，严格自我约束，时时处处小心。

“东交会”开了两天，黎阿八就谈成一单大生意，签下了两千万美金的出口合同，而且顺利得出奇。欣喜之余，他暗自猜想，那点怪感觉会不会是应在这上面？旋即又自我否定：这单生意相对于他的身家不过是“细节微目”,不值一谈！再说,他当过兵打过仗,差点被打掉父母给的“枪弹”，算是死过一回了，岂会为点钱财提前出现预感？

惴惴不安又过了一天，就在上午要进入会场的刹那间，黎阿八看见前面不远处晃着焦泰恭熟悉的身影。黎阿八和焦泰恭同年兵，同天分到“南下英雄团”九连九班，一见面就闹别扭。真是不打不相识，两人后来成了在连队最好的朋友，一起上战场出生入死。

黎阿八心里生疑：这家伙是搞人事的，跑到“东交会”来干什么？难道我的怪感觉是因他而起……最近因忙于“东交会”的事，少和焦泰恭“煲电话粥”，才不知道他来了绿城。两人见面寒暄，焦泰恭叫他“破三轮”，这是拿他下面被打过一枪的事开玩笑。当年黎阿八中弹，焦泰恭发现他裤裆血流如注，以为命根子保不住了，惊慌失措喊道：“班长下面的轮胎被打掉了！”此前一次战斗中，焦泰恭的小腿也被打了一枪，但轻伤不下火线，一瘸一瘸坚持出战，被记了二等功，黎阿八就用“跛公交”来回敬他。

焦泰恭说：厅里最近给了我个安慰奖，由副处长提为调研员，现在

同事都叫我“焦调”。

高升了，应该庆祝一下，择日不如撞日，就今天晚上，我做东！

安排晚餐的酒店，坐落在城东南湖边。城东是绿城的新区，近些年得益于西部大开发和举办“东交会”，城市建设日新月异，与黎阿八当兵时的情形已判若两样。

看看腕上“金劳”，离约定时间还有四五十分钟，黎阿八便信步到南湖边转转。南湖周围绿树成荫、鸟语花香，有些原生态的意思。走着走着，黎阿八神思恍惚，一下子就飞回群山环抱的军营，飞回硝烟弥漫的战场，仿佛敌人的子弹还在耳边飕飕作响。

九班奉命消灭盘踞右边山洞之敌，为全连夺回无名高地清除侧翼威胁。班长黎阿八身先士卒，奋勇向前，干掉了几个敌人，突然“砰”的一枪他被撂倒。战友们看他的伤势，都以为那一枪打得像是受了宫刑，七手八脚在他的关键部位敷了急救包，并连同下三角做了大包扎，马上送往后方救治。连长操着广西口音对护送他的人大吼：一定要让医生好好为他驳接修补，如果那玩意儿保不住，将来娶老婆就真的没卵用了！过后，黎阿八荣立一等功，但都传说他已成了公公。



黎阿八回到酒店房间，回味这些陈年趣事，忍不住感慨起来。

焦泰恭来了，身后跟着一个白白胖胖身长腿短的人。焦泰恭介绍说：这是黎阿八！老黎，这是程光明，也是我们九连出来的。

哦，你就是黎阿八啊？程光明兴奋地过来握手，在部队就知道你的大名，我当过文书，看过连史，上面有你受伤立功的事迹。

黎阿八热情地说，你好，很高兴又认识了一位战友，欢迎欢迎！

按说，到了这里就该放手了，可程光明并没有松开，盯着他的脸死看，因为矮他一个头，不得踮起脚来，就差没伸手去摸一摸，兀自喃喃自语：怎么有胡子？

这里面有误会！焦泰恭赶紧打圆场，对黎阿八说：当时看你的伤势，我和好多战友都以为你成了公公，消息在连队一茬一茬往下传，他是你离开两年后到连队的，肯定受了误导。又转向程光明说，你呢，只知其一不知其二，那一枪只是打到他的大腿根，关键部位完好未损，没被打成公公却被打出好事来，他治好伤没回连队就直接调到ES分部去，在那里提了干，后来转了业。我也是多年后见面问起，才知道他那玩意儿还能用,但已无法逐一更正澄清。几十年过去,因为他有“阿黎八八”外号，容易记住，老战友依然以讹传讹，常念叨他那点儿事。

程光明想当然说，起这个外号，是与发财有关吧？

黎阿八塞给他一个软钉子，我是发了点财，但那是后来的事。不过，“阿黎八八”这个外号跟我发财真的还有点儿关系。改革开放后，优先安排伤残军人转业，我转到潮州塑料厂。领导见我是ES分部的军需助理员，就让我去跑供销，后来被提为科长。但工厂越办越差，不断精简人员，我就主动出来，带一帮下岗同事倒卖塑料品，两年后我买下已倒闭的塑料厂，重新改造生产新产品。起厂名时我想，离开“南下英雄团”时没和战友们话别，后来又没联系，许多人都不知道我的情况，我也挺想念大家，既然“阿黎八八”在部队叫开了，就用它给工厂起名，希望产品销到什么地方能让那里的战友知道我在干什么。这个外号好像能带来好运，工厂愈办愈好，又创办了塑料机械等新厂，做大后改成了集团。再后来，我及时注册了商标，“阿黎八八”不再只是外号，而且还是我整个集团的商标了。现在，很多人好像忘了我的名字，打交道都习惯叫我“阿黎八八”。

焦泰恭感慨说：我们三人都在一个连队当兵，同样转业却大有差别。我一直在机关，现在混了个“焦调”；老黎一直搞企业，已搞成大局，吃喝嫖赌任自己；程光明呢，狡猾狡猾的，像铁道游击队吃两条线，先当领导后改经商，两种便宜都吃了，吃得像他自己养的猪一样，白白胖胖，身体不成比例。

上了菜，三人开始频频碰杯喝酒。

我们团前年已移防绿城管下的宁靖县，等“东交会”闭幕，一起去老部队看看。程光明喝到微醺时乘兴提议，重新体验体验连队加菜的场面，好好喝它一场！

黎阿八因离开“南下英雄团”太久了，担心老部队没人认识不会接待。

程光明说，团长是我老乡，从小学到中学都和我同班，一起出来参

军，他分到ES分部的勤务连，调了几个部队，两年前又调到我们团当团长。他敢不接待？

黎阿八问，团长真的是ES分部勤务连出来的？我到这个连提了排长、连长才调进机关，带过你们四川的兵，他叫什么名？程光明说了姓名，黎阿八怕没听清，加重语气说，是管子林，那个大嘴巴高鼻子的管子林？他是我的兵！真是世事难料，我只当了他的排长、连长，想不到他跑到我的老部队一下就当了团长！

程光明马上掏出手机拨通团长电话，告诉他正和他的老连长在喝酒。团长让程光明请黎阿八说话，他在电话里喊“老连长好”，说很久没见老连长了，挺想念老连长，老连长既然来到绿城了，一定要回老部队看看，我派车去接你们！

不用，不用。黎阿八忙不迭说，部队任务紧张，管理严格，专门派车影响不好！

话说到这个份上，已是却之不恭了。黎阿八格外高兴，以为那点怪感觉，可能就是应在去老部队看自己的兵怎样当团长这件事上。



过了两天，团参谋长奉命来接人。焦泰恭“临阵脱逃”，说厅里有急事，要他赶快回去。黎阿八依约和程光明上车赶路。

团长得到参谋长的电话报告，就率领一干人员迎到营区门口。大门上挂着“热烈欢迎老首长回部队传经送宝”的横幅，两旁是敲锣打鼓的警卫排和准备鲜花的卫生队女兵。

团长对黎阿巴和程光明说，先请你们参观一下营区，然后到九连和同志们见见面，中午就在那里包饺子加菜，晚上给全团作作报告。

“南下英雄团”是一支威名远播的部队，解放战争从东北打到南方，势如破竹屡建奇功。建国后曾驻扎岭东，几经移防才来到宁靖县。现在，营房多为气派的新楼，装备都已更新换代，有不少以前没见过的武器，部队全部摩托化，具有高强的机动作战能力。老部队焕发新风采，让两位老兵心花怒放，为国防力量发展强大骄傲自豪。

一行人最后来到两位老兵生活战斗过多年的九连，全连官兵列队夹道欢迎，把他们簇拥进饭堂。里面已摆好了十四桌饭菜。大家站到桌旁时，戴着红袖圈的值班员便指挥全体合唱了《我是一个兵》，接着一二三排和炮排轮流拉了歌，把气氛推向高潮。两位老兵热血沸腾，仿佛又回到当年的火红生活，和现在的官兵们一样意气风发。

那副团长是劝酒喝酒的好手，酒桌上搞得非常活跃，各桌的官兵又轮流来“老白干——老拿白开水代酒来干”，两个老兵尽管极力克制，每次都只是一点点舔一舔；但喝下来，两人全都醉眼迷离，程光明已经摇摇晃晃，大家便送他们去招待所休息。

走到半路，不远处出现一片绿树婆娑的山坡，似乎有股神秘力量要拉着黎阿八过去，他便问道，那是谁的营房？

团长的脸色凝重起来，说，是以前驻这里的部队留下的一个特别地方，我们习惯叫它 389 营房。

389？黎阿八想想，部队从来没有三位数代号，他疑惑地问，这是一支什么部队，番号叫什么？话说出口，左眼右眼频频跳将起来，他心里咯噔一下，右跳财左跳灾，两只眼一起跳又是什么？不由惊叹：这是怎么回事？

团长以为黎阿八在问为什么叫 389 营房，便做了解释：这是一座特别的陵园，以前驻在这里的部队，在保卫边境的战斗中牺牲了 389 位烈士，全集中安葬这里。我们团移防这里后，都不愿把它看作普通坟墓，而是把它当成烈士的住所，所以就叫它 389 营房。

黎阿八脑海随即浮现起烽火连天的战场，激动地说，我当年就是在保卫边境的战斗中受的伤，差点儿就和他们一样骨埋青山。这些烈士恐怕也只有家人才常惦记着，会不时来祭拜。团长接过话说，这些烈士中有三位，不知什么原因，几十年来都没有亲人来拜扫过，一位是黑龙江齐齐哈尔人，一位是山东临沂人，一位是广东潮安人。

哦，有一位是我的正宗老乡！黎阿八对团长说，我们潮汕人最重感情最讲仁义，亲人安葬再远也要去祭拜，他没人来扫墓，说不定有什么特殊的原因。你叫人安排程光明去休息，我要去看看烈士居住的地方。

进了陵园，黎阿八走近一座座坟茔去看每一块墓碑，发现一个个都

是风华正茂之年英勇捐躯，他百感交集，逐一向长眠地下的烈士鞠躬致敬。

潮安老乡那座坟茔，并不像想象中杂乱荒凉的样子，直如左邻右里一般整洁。碑文被新描过，十分简约：翁浩杰烈士，0498 部队连长，在保卫边境战斗中英勇牺牲，一等功臣，三十岁，广东省潮安县人。

黎阿八一看，心怀激荡：是我受伤那年牺牲的，同样立一等功，我头顶荣誉桂冠幸福活着，他却付出了生命！三十而立，很多人三十岁立家立业，我三十岁做过科长出来当老板，他三十岁却立了块碑，不知是否有立家留下后代？他想到这儿，犹如醍醐灌顶：哦，原来我参加“东交会”，不期邂逅焦泰恭，焦泰恭引见程光明，程光明牵出了管子林……环环相连紧扣，这都是英雄在天显灵，用他无形之手神秘操控，引我来这里看他，怪感觉肯定就应在这上面了！黎阿八骤时有了“天将降大任”的使命感。

见黎阿八沉默凝视，团长对他轻声说，虽然这些是兄弟部队的烈士，但团里决定，每到清明都组织官兵来扫墓。另外，翁连长牺牲那场战斗中有位受伤的老兵，一等功臣，享受荣军津贴，自从有了这个陵园，他就带着老婆几十年如一日守在这里，每天打理陵园，每隔一段时间就描一次碑文。



黎阿八真诚说，这样的人太难得了，能不能请来见上一面？

守墓人住在旁边的村里，很快就被人请过来。老两口都六十多岁，面容清癯，但精神蛮好。尤其那位老兵，坦坦荡荡目光炯炯，一看就知道是饱经血火洗礼，已万事想开无欲无求了。

黎阿八早已解甲经商，多年未着戎装，这时血液里却滚滚涌起军人的气概，两脚一碰，正正规规敬了一个庄严的军礼，热情过去握手：辛苦了！您和嫂子很伟大，尽了我们想尽的心，做了很多人做不到的事情！

这没什么，应该的。守墓人平静地说，这些烈士长眠在这里几十年了，我还好好活着过日子，与他们比起来我很幸运很知足，我要守护他们一直到死为止，然后到地下再跟他们做战友！

谢谢！谢谢！黎阿八抱拳致意，然后把现金全掏出来，数数一共 8300 块，拿 8000 块给守墓人，对方一个劲地想推回来。他诚恳地说，您拿着，听我说，这钱不是简单送您的，还想拜托您办一件事。这位翁连长，虽然我不认识，但他是功臣，是我的正宗老乡，几十年都没有亲人来过，让人想着难过，我们家乡清明、冬至都可以扫墓，以后每年这两个时间，请您帮烧三支香，替我祭奠他，直到他有亲人来扫墓为止。

我天天在这里，一定帮你办好！守墓人较真说，但这只是举手之劳，你不用给我钱！

他把钱塞还黎阿八，黎阿八又塞给他，我回去一定设法帮翁连长寻找亲人,不过能不能找到,他的亲人会不会来,我什么时候再来,都很难讲。我办企业有钱，本应多给一点，表达我对你们的敬意；但今天身上只有这么多现金，下次我来了一定再给。如果三年内还找不到翁连长的亲人，第四年我再忙也要来！

旁边刚好有人用剩的一些香，黎阿八拿来点上三支，扑通一声跪在墓前，拜了三拜：翁连长，今天我能到你墓前祭拜，是你的英魂在天显灵，也是因了老乡的缘分，我回到家乡一定尽心尽力帮你去找亲人，让他们尽快来拜祭你！说完又拜了九拜，磕了三个响头。当他抬头正要起身时，突然感到神思恍惚眼睛朦胧，隐约有个英姿飒爽的军人，像电影化入镜头，从坟里冉冉升起，热泪盈眶向他敬了军礼，转瞬即逝。他一个战栗，心里的怪感觉顿时烟消云散，浑身清爽怡然。



389 营房，特别是翁连长和守墓人一死一生的两位英雄，给黎阿八极大的震撼，他觉得有很多话要说。从陵园回招待所的路上，团长再次邀请给部队作报告时，他不再推辞了，吃过晚饭就和程光明到礼堂去。他让给程光明先讲，说有战斗力的应该冲锋在前，老残病弱只能殿后。他们的报告，主要是现身说法谈体会，很像过去的“讲用”。

程光明毕竟在部队当过场长，到地方当过站长，现在是总经理董事长，经常开会讲话，他又是四川人，有摆龙门阵专长，一上讲台，就口若悬河滔滔不绝，讲他如何管好公猪公牛和配种员，绘声绘色，讲他从包皮到皮包——由为人提供做包皮料发展成自做皮包，很会煽情，搞得满堂笑声不断。

黎阿八侧重讲了回老部队尤其是去陵园的感受，快结束时说，389营房的烈士们，就像有首歌唱的“战士上战场什么也不想”，只想着杀敌夺取胜利，生的伟大死的光荣，现在躺在坟里默默无闻，有三位至今还没有亲人来过，需要我们以行动来告慰他们。我已经不能像你们一样为保家卫国冲锋陷阵了，但我要去为那三位烈士寻找亲人，首先是回家乡去帮翁连长找到家属！

对翁连长发了誓，对全团表了决心，黎阿八虽然有了动力，但也感到压力和困难。告别老部队直至回到家乡，他满脑子都在想如何兑现诺言，竟一反常态郁郁寡欢。黎太以为他到绿城有外遇正害相思病，逮到机会就指桑骂槐。儿子黎江明白母亲在吃无名醋，便对父亲展开“火力侦察”。黎阿八见了黎江，没等他开口就先发话，我正想找你们，去把黎珊叫来，我有事要交代。黎江很快找到妹妹，一起来聆听训示。黎阿八说，你们都在公司当了多年高管，可以为我分担担子了，最近我要专心办件事，日常工作就交由你们来管，你们放手去干，遇事多商量，没大事不要找我。



黎阿八安排好公司事情，马上开始寻找烈属工作。

原以为翁不是大姓，在潮汕应属于“稀有品种”；可认真一查，竟发现，潮安县就有金石、铁铺、韩公等好几个镇有全姓翁的村庄，好几个镇又有村庄部分人家姓翁，而且比邻的市县区也有类似情况。

正当黎阿八有点儿老虎吃刺猬——无从下手的时候，在汕头当记者的朋友游大河打来电话。黎阿八灵光一现，这家伙也在绿城附近当过兵，或许会知道情况。游大河问明是要帮找人，爽快地说，找人，挖料，这是记者的强项，我来帮你。汕头到潮州三十公里左右，游大河走高速，没多一会儿就来到。得知是为翁浩杰找亲人，游大河说，翁浩杰我认识，他是我的连长！黎阿八喜形于色，我正愁踏破铁鞋无觅处，竟然得来全不费工夫，走，带我去他家！

事情却如黄河中途拐弯向西流，游大河根本不知道他连长家在哪个镇哪个村，他有点不好意思地说，我只当了两年兵，没有机会和连长细谈，只知道他是潮安人，别的不清楚。

黎阿八说，你要是方便，就和我一起去找。

游大河说，行，但时间不能长，我还要靠报社发工资过日子，只能偷溜几天。

他们高速度高效率，把潮安县全姓翁的和有姓翁的村庄都走访了一遍，翁浩杰倒是碰到几个，甚至有个姿娘仔（小姑娘）也叫翁浩杰，就是没有可以对号入座的，几天时间无功而返。

黎江、黎珊见父亲弄得这么辛苦，就让事业拓展部经理梅孜孜搞了个堪称“有奖征集情报”活动，发动集团上下提供有益信息，帮助寻找烈士亲属。

一天游大河来了灵感：翁姓在潮汕最出名的是汕头大学旁边的“所内翁”。那里曾经是潮安、揭阳、澄海三县的交界点，翁浩杰会不会就是那里的人，他当兵时刚好是潮安县管的，因而自称潮安人。听游大河这么分析，黎阿八觉得有道理，便决定先到“所内翁”去找，如果没找到，再顺路到揭阳去。

他们到了“所内翁”，几乎问遍了全村人，都没找到可对号入座的翁浩杰。黎阿八不禁长叹，一个一等功臣居然这么难找，如果让英雄继续孤寂长眠地下，我真是不甘心啊！游大河说，这村后山岩有个天然石屋，是翁万达年轻苦读兵书的地方，干脆乘便去看看。说罢，不容分说，把黎阿八连推带拉过去。不料，竟在门口遇到与游大河熟悉的“所内翁”所在街道的解书记，攀谈中解书记说：其实，韩公镇有两个翁村，大的在镇政府旁边，小的在隔了两三里路的山边，都与“所内翁”来往密切。

经解书记这么一说，他们明白前次去的是大翁村，黎阿八决定第二天就去小翁村。游大河说他已经出来几天，不能再奉陪了。黎阿八只好孤身独行。

小翁村没多少户人家，都分布在公路两旁的山坡。路边有个“丽香商店”，店主自称丽香婶。黎阿八寒暄几句，便向她打听。丽香婶说，你是要找乾伯吧？他大儿子就是打仗牺牲的。说完走出店来，手搭凉棚向路对面的坡上望了望，指着左前方不远处，喏，他就在那边做工课（干活）。她见眼前这个人开奔驰，西装笔挺，“势头激激”（气宇轩昂），知道不是

领导就是大老板，便抓住时机推销生意：你来做客，应该给乾伯买点手信。黎阿八很理解，这么偏僻的地方有外人来，是天赐做买卖良机；再说，给人家添麻烦了，也应该帮衬她。就说，有道理，给他买什么好呢？丽香婶说，乾伯烟茶酒都会，就买烟茶酒嘛。黎阿八按她的指点，买了一条烟两斤茶两瓶酒，提着走过去。

乾伯腰上扎着浴布（多种颜色相间的大格子薄布，是潮汕男人必备的劳动用品），躬身挥动锄头在挖番薯。黎阿八见了不由鼻子发酸：按翁连长的年龄来推算，他父亲应该八十好几了，这么大年纪还要这样干活，估计家里没什么人，日子不怎么好过。

他亲切喊道，乾伯，乾伯！

乾伯听到有人喊便转过身来，一副慈眉善眼，头发眉毛胡子都白了。

黎阿八试探着说，乾伯，您认识翁浩杰吧？见老人没反应，觉得是自己说的不对头，哪有父亲不认识儿子的？便换了个说法：家里有人叫翁浩杰吗？老人还是默不作声，又另换个说法：翁浩杰是不是您的儿子？我刚去祭拜过他，现在来为他寻找亲属。



已经三十多年没提翁浩杰了，突然来了个陌生人再三说起这个名字，乾伯手中锄头“哐”的一声掉在地上，忍不住恸哭不已。浑厚沧桑的哭声，犹如闷雷翻滚而来，让人痛彻肝肠！黎阿八头发梢都麻了，吁嘘不迭，怪不得有句潮汕俗话叫作“惨过老人哭子”，却不知道如何劝慰。

过了一会儿，乾伯就像火车进站那样喘气哽咽停了下来，双手在身上口袋抠抠摸摸，却没掏出什么东西来，连连吞咽口水。黎阿八赶紧把买的烟拆出一包送到他手上。乾伯深深连吸几口，情绪放松下来，解下腰上的浴布擦擦脸和脖子，长叹一声说，浩杰是我大儿子，三十岁就走了，已经三十多年了。

舐犊情深，完全可以想象出他当年老来丧子的情形。但黎阿八不明白，他如此爱惜这个儿子，却为何几十年都没去看看，即使自己年迈走不动，难道就没有别的人可以去，抑或另有难言恻隐？他想了想说，为什么不去看看翁连长？话一出口，他又为该不该这么说忐忑不安。

乾伯并没责怪黎阿八，而是默默把挖出来的番薯捡到箩里，用锄头挑在肩上，向他招招手，不要在这里站了，请到我家里去坐坐，喝杯茶，我再慢慢给你讲。

乾伯家是一座俗称“下山虎”的潮汕民居，看样子刚建好不久，日子应该过得不错。

乾伯请客人到厅堂坐下，用小沙壶在炭炉上煮水，摆开功夫茶具，水一开，马上烫壶洗杯冲茶，给客人端了一杯，自己也端上一杯喝了，问明客人姓名身份，做了自我介绍。

黎总，我们不是不想去看，而是不敢去看啊！乾伯点上一支烟，这才回答黎阿八在地里提的问题，但只说了这两句，眼泪又流下来，他用浴布擦了擦，泣不成声说出了不堪回首的往事，一出刚遭不幸又添新惨的连环悲剧。

那年，部队通过县武装部，来报知翁浩杰英勇牺牲的消息。乾伯虽然知道当兵打仗要死人，但从没想到这种厄运会落在自己头上，而且一个五十来岁的人怎能经得起老来丧子的沉重打击。他一下子就晕了过去，倒下时头磕到一把椅子，流血不止，被送到公社卫生院救治。老伴乾姆只好请来族内老大，商议处置对策。

大家认为，翁浩杰妻子李美卿已怀孕七个多月，说生就生，绝不能让她长途跋涉去部队，要是把孩子生在半路上可就麻烦了，在生产之前不能让她知道噩耗，以免悲哀过度危及胎儿；乾姆要留下来，照顾儿媳妇和乾伯；小妹翁如珊才十来岁，不好出远门办事，留下来给乾姆当帮手；弟弟翁杰辉和大妹翁杰珊年轻力壮，就由他们结伴去部队料理大哥的后事。这是当时特殊情况下，最合理的通盘安排。

翁杰辉带着翁杰珊，第二天坐汽车到广州，再转车到湛江，接着转车经绿城去部队。可客车刚进入广西境内，就“轰”的一声翻落山沟。翁杰珊受了轻伤，慌张失措，看见翁杰辉身受重伤，脑里一闪念，只想背着二哥尽快回家。以为回到家，有父母亲、嫂子和妹妹，二哥就有救了。翁杰辉回到家有气无力喊了“爸——孃——”，就魂飞天外，随大哥而去。对乾姆来说，两个儿子走了一个，已经天塌了；现在剩下这一个也撒手

而去，等于地也陷了，似乎乾坤之间已没有她容身之所！乾姆含悲逝世。乾伯可说是悲极而醒，大痛不痛，认为乾姆这么走了，人世间繁务不用再牵挂，不用再受厄运折磨，不失是一种解脱；但自己无论如何也不能倒下去，否则，这个家就彻底散了。正因有了使命信念，乾伯反而越活越硬朗，坚强撑起这个曾经天塌地陷的家。

乾姆走后不久，李美卿生了一个男孩，家里有了新喜气，现出新生机，燃起新希望；但也多了琐事负担，给乾伯增添了抚育孙子的重任。乾伯想，死的已成定局，应把心思用在照顾活着的。那时，生产队按工分计算分配口粮，他是家里剩下的唯一劳力，必须多挣工分多搞粮食，让全家吃饱饭。他起早贪黑参加生产队劳动，收工后又去种自留地，整天累得四脚朝天，根本没有时间精力顾及其他事情，而且分身乏术，更无法山长水远到部队去。不时还有人劝告乾伯，你大儿子死得太凶，已搭上两死两伤，家运正在衰落，不能再去看他，要看也必须家运好转再说。乾伯对连遭不幸心有余悸，自然宁信其有不信其无，不敢再提去看大儿子之事，以免再遇不测。



乾伯抽泣着，再次用浴布抹眼泪，抖抖索索给客人冲了茶，接着说，一晃几十年过去了，这件事一直像块大石压在我心肝头，总觉得亏欠了俺浩杰，所以，我每年坚持种两季“长冬番薯”。他指指刚才挑回来的竹箩，喏，就是这一种。以前我们把番薯放在稀饭里一起煮熟，俺浩杰最爱吃，经常一手拿个番薯一手端碗饭浆，咬口番薯喝口饭浆，说这是面包加牛奶。自他走后，每到他的生辰和忌日，我都煮四个番薯和两碗饭浆来祭他，让他在天上能吃到喜好的东西，弥补我的内疚。

黎阿八跟着一路抹泪，正想请乾伯到镇上吃午饭，手机响了，黎太在电话那边着，说有急事，急叫他回去。

黎阿八千不怕万不怕，就怕老婆河东狮吼打电话，只好抱歉说，乾伯，不好意思，我先回市里处理点急事，您哪天方便时把家里人叫齐，我再来听您说说后面的，并和他们讲点事。乾伯满口应承：后天是浩杰的忌日，我挖那些番薯就是准备给他做忌（纪念逝世）用的，他们都会回来，你后天来吧。乾伯送黎阿八上车，丽香婶见了说，下次再来，还是把车停在我店前，我再帮你看。然后，随同乾伯频频摆手说，款款行，款款行！

听说“阿黎八八”的老板到过家里，准备再来和大家见面，乾伯家里人纷纷从各自工作生活的地方赶回小翁村。黎阿八赶到时，厅堂里多了三位中老年妇女，乾伯已生了炭炉煮好水，待客人坐定，马上冲好功夫茶递过去。

乾伯介绍那三位中老年妇女是他儿媳妇和女儿，然后切入话题：我八九十岁了，经历多感受深，当今社会确实好，过去就不一样。记得1943年饥荒，病和死的人很多，我被饿得脚水肿，头昏目晕。但附近的富人枭情绝义，家里米谷堆成山，钱银压塌楼，硬是不甘对人施舍。现在好人还是多,我家接连遭遇不幸的时候,要不是有那么多好人出手相帮，早就散了。

乾姆去世后，剩下老的老，小的小，病的病，伤的伤，周围多认为这个家算是完了。尽管当时是“文革”期间，但公社“革委会”了解情况后，还是及时报告了县里，县里很快派了两个同志到乾伯家走访看望，过几天又派人送来一百块钱、一百斤米和五斤油，说是慰问救济特困烈属。不久，公社恢复党委，来了个部队转业的王书记，到乾伯家看过后，非常同情，对同来的干部说，如果让一等功臣的家还穷下去，就对不起流血牺牲的英雄了，我这个书记“做支大浪”（当个鸟）啊！王书记话糙理不糙，心更不糙。他专门开会研究，又亲自到县里去找领导，很快安排翁杰珊到大翁村信用社工作，接着安排李美卿到公社信用社工作，翁如珊一到龄又帮送去当兵。信用社划归农业银行时，翁杰珊和李美卿都调到县农行。翁如珊在部队提了干，去年转业安排在海关。

帮我们家的人中，王书记做得最多，功劳最大！乾伯动情地说，好人有好报，后来他升到县里再升到市里。我这个儿媳妇也有功，是全家人的功臣！

李美卿年近花甲，看得出是个重担压顶不弯腰、多干活少说话的人，饱经磨难使她变得更加坚强。她被家公夸得有些不好意思。

李美卿生完孩子，才知道丈夫牺牲了。有人不忍看她这么守寡，好

心劝她去改嫁，还为她牵线搭桥介绍对象，她都坚决谢绝。她很想带着儿子到丈夫坟前哭诉一场，家公和两个小姑怕她母子出意外，死活拦住不让去。思前想后，她把对丈夫的思念和所有的痛苦都化作精神力量，集中时间精力抚养孩子。认为这才是对丈夫表达爱的最好方式，才是对这个家最好的贡献！

守寡的辛酸经历，只有自己知其真味，对鳏居的家公怎能谈及，对其他人又何以说起？

黎阿八不时摇头叹气，心里又好生纳闷：怎么只有这姑嫂三人，那棵独苗呢，究竟是否已娶妻生子？这些都还没说到，是不是他们不愿说，我该怎么问起？

黎阿八正在踟蹰间，一个十来岁的姿娘仔领着两个八九岁的男孩从大门欢声雀跃进来，异口同声喊道：老公（曾祖父），阿嫲（祖母），老姑（祖姑母）！后面跟着一对三十多岁的夫妇，也边走边叫：阿公，阿嬢，大姑，二姑！



看到这群人，黎阿八马上露出了庆幸的欢笑。他明白，英雄的种子已开枝发叶，二代生三代，传续了喜人的血脉！

翁存！乾伯对孙子说，这是黎总，“阿黎八八”的老板。

您好您好，电视上见过！翁存过来握手，您是著名英模。他对爷爷说，阿公，黎总立过战功，是全国优秀军转干部，中央台播过他巡回报告的实况，省台报道过他的事迹。

怪不得我一见到他就觉得脸熟熟！乾伯笑笑说，哦，想起来了，几月前“630”扶贫捐款，你拿了张大支票，一下子捐了800万，电视播了好几次。乾伯向黎阿八表达了敬意，又对孙子说，翁存，黎总刚去看过你爸的墓，现在专门来说知情况，他是好人啊！接着招呼三个孩子：来来，过来叫老叔（叔祖父）！三个孩子很懂事，叫了老叔又鞠躬道谢。

黎阿八眼前一亮，两个男孩身上有翁存的影子，而翁存又很像幻觉中那个身影，这就叫一脉相传吧？他自言自语：翁存！翁存？

这个名是我给他起的！乾伯自豪地说，当时我想，短短时间，两个儿子都给老天收去了，俗话说天无绝人之路，总得给我留个种吧，就特意把他叫作“翁存”。

乾伯的用意是祈求老天恩赐，保佑孙子平安成长，为这个家传续香火，幸好事实恰恰天随人愿。黎阿八羡慕地说，乾伯，你家现在人丁兴旺了，孙子一下子就生了三个小孩！

乾伯赶紧解释：三个都是计划内，全不违反政策！翁存和他老婆都是独生子女，按规定可以生两胎。第一胎姿娘仔，我们紧张死了。谁知，老天开眼，这小子争气，第二胎一炮双响生了两个男的，让我欢喜到几夜睡不着！

黎阿八仔细看看翁存，又问，翁存长得像他爸吗？

李美卿和翁浩杰只同床共枕一个月，头年冬天翁浩杰请假回家和她相亲，翌年春天又请假回来结婚，一个月后回部队就上前线，就是那一个月的夫妻生活让她幸运做了母亲。她深情地说，像，太像了，几乎是一个模子印出来的，那年他爸走的时候，就是翁存现在这个样子！

猜测得到印证，黎阿八反而更疑惑：我从未见过翁连长，为什么幻觉会有他的身影，难道人真的有第六感官，那是有缘人之间的特殊感应？



李美卿说，他高考时挺卖力，差几分入重点线；但那年国家有个政策，烈士子女可加20分，一加分他就顺利读上了重点大学。毕业后进了市建行，最近当了信贷科长。儿媳妇在发展银行，连我和他大姑，一家四人在银行。

真为你们全家高兴！黎阿八说，我在翁连长墓前发过誓，一定想方设法帮他找到家属，让亲人去祭拜他；现在找到了，我想请你们派人去看看他。说着，打开皮包拿出两万现金，交给翁存，这点钱就给你们做路费。

四个老人都叫翁存不能拿。李美卿说，我们现在不比过去，一家四个在银行，有钱了，去拜祭亲人是天经地义的分内事，怎能让别人出钱？



我相信你们一定能出得起这个钱，但我也要对翁连长表示一点敬意！黎阿八说，而且你们能去也是帮我兑现许下的诺言，一定要拿，否则我心里不安。

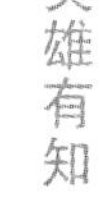

已说到这份上，再推就是不领情了。翁存是个聪明仔，而且当了科长已有社交经验，就灵机一动说，恭敬不如从命，不过我们要去也用不了这么多，就拿一半吧。

黎阿八乘势向他们讲了守墓人的事，感慨地说：这是一对值得敬重的老人，我也不知什么时候能再去看他们，这样吧，你们去了就在这两万中拿五千给他们，并替我向他们问好！

黎阿八和他们一起为翁浩杰做了忌，吃了乾伯煮的番薯和饭浆，看着一家香火又烧旺起来，由衷为翁连长感到欣慰。

事情终于有了一个好的交代，黎阿八很开心。他觉得人的一生要做成这么有意义的事，机会不多，而且给人的成就感是其他事情所没法比的。他想自己是退出江湖的时候了，再下去自己还只是一具赚钱的机器，应该把事业交给孩子，趁着身体好还走得动，去为另外两位没有亲人拜扫的烈士寻找家属，别让 389 营房还有遗憾。



一天翁存打来电话，说他们已去祭扫回来了，按黎阿八事先的嘱咐拍了照片和录像，想送来。黎阿八让他马上过来，直接拿到办公室。

镜头中，乾伯、李美卿、翁如珊和翁存同行，四人一到陵园就围着抱定翁浩杰的墓碑，哭得死去活来，久久不愿放开。李美卿泪如雨下，这一抔黄土就是三十多年前同床共枕的丈夫，英俊潇洒的丈夫已化成这一抔黄土，怎能不叫她痛苦、悲愁、哀伤、怨恨、惆怅满怀？她犹如拥抱丈夫那样匍匐在墓上，如歌抽泣，向长眠于地下的丈夫纵情倾诉！翁存点了香烛，烧化纸钱，这就是从未谋面的父亲，多少年魂牵梦绕的父亲就在这地下，他拜了又跪，跪了又拜，把头磕得咚咚响，他不知对父亲从何说起，也不知该向父亲诉说什么？乾伯对儿子不能跪不能拜，颤颤巍巍站着，老泪纵横，痛苦哽咽。翁如珊忙得团团转，恨不得多长几只手来应付今天的特殊场面，她自己要烧香化纸跪拜，还要搀扶照顾父亲，怕他悲伤过度出现意外；又要宽慰大嫂，减轻这个守寡几十年苦命人的悲伤，让她顺利挺过这一关。

看了这一幕幕感人的场面，黎阿八禁不住思绪翻腾，长舒一口气，对翁存说，能有这样的结果，是你爸在天有知，总算可以告慰你爸的英灵了！没有辜负英雄的特殊托付，我问心无愧。

全仰仗您重情好义，热情帮忙，大力支持，我们全家万分感激您！翁存说着毕恭毕敬给黎阿八鞠了躬，接着说，经过这件事，我感触至深，这世界还是好人多，管团长他们接到您的电话，知道我们要去，就指定专人和我们联系，还派车去接站，安排我们住到团招待所，为我们提供扫墓工具，真是无微不至。那个守墓人仍坚守在那里，我们按您的吩咐，把五千钱交给他，并转达了您的问候，他叫我替他谢谢您。

黎阿八拿起有守墓人的照片再看了看，发现上面标的日期是04/04/2012，便若有所思说：你们已回来好长时间了？

翁存像被触动哪根敏感神经，眼眶立刻红起来，我们是今年清明前三天出发，清明后三天回到，本来早就应该来感谢您，但是……他说不下去了，呜呜哭起来。

扫墓回来，乾伯整个人变了，饭越吃越少，每天老昏沉入睡。全家人被吓得不得了，半步也不敢离开。到了第二十一天傍晚，乾伯起来吃了晚饭，和大家喝了一会儿茶，然后洗了澡上床睡觉。全家人以为，他是年纪大，一星期的旅途颠簸，加上触景伤情，身心经受不了，经过三星期的休整，终于挺过来了。谁知，翌日起来，翁存去请他吃早餐，却发现他已经溘然长逝，而且自己穿好早准备在家里的寿衣，全家人痛哭不已。

翁存抹抹眼泪说，真没想到，阿公身体那么好，八九十岁还经常去做工课，已经闯过那么多的大灾大难了，怎么就跨不过这个坎儿呢？

黎阿八劝他节哀：你阿公八九十岁去世，属于白喜事。他走得安然淡定，没受病痛折磨，或许是已尽心尽责完成人生使命，预先知道命理定数，寿终正寝，是多少人修不到的善果，你们可能感到事出突然难以接受，但对他却不失为是一种福分。当时你们应该告诉我，我会去送送他，至少送点纸礼。按潮汕风俗，白事过期不补，我只好在此祈祷他到天堂多多享福！

送走翁存，黎阿八大发感慨：小品演员说，世上最大的悲哀，人在天堂，

钱在银行，亲人上公堂。对我来说，是最怕心愿还没有完！现在多赚少赚，对我们都只是在数字上做加减，丝毫不影响生活；如果利用拥有的力量多办一件善事，可能就会改变别人的生活。他对子女说，我一定要去为另外两位烈士寻找家属，就是追到天边也要找到！

黎江黎珊觉得父亲这些话，有点“风萧萧兮易水寒，壮士一去不复还”的味道，一时紧张起来，极力找出理由试图劝阻他。黎阿八却挥手向下一砍说，不用再说了，就这么定了！过了两天，就踏上了北去寻人的漫漫旅程。

# 加加林的脸

赵　雁

## 1

张丹阳的梦境常常重复的一个场景，便是眼花缭乱的游乐场。

张丹阳对只有三站公交车远的游乐场如同家一样熟悉。什么摩天轮、海盗船、原子滑车、激流勇进、空中飞舞、大摩天轮、旋转木马、碰碰车，火箭升空……哪一项都耳熟能详到没有一点惊喜和刺激，每一个游戏都像一个过程，他只是个参与者而已。

梦中的他在疾速而下的翻滚列车厢座中，紧紧抱着黑色的防护栏，伴着列车的呼啸和乘客观者的惊呼，从高处奔腾而来，脸上被风吹得针刺般微微疼痛，随着耳压的变化，声音变得飘荡。他闭着眼睛大声呼叫着，是一种酣畅淋漓的呐喊，把肺腑中所有的不洁净和不痛快都随着声音扬出，变得通透轻快……

从八岁起，爸爸张连奎几乎每个月都要带着小丹阳来游乐场。一直到他十八岁考上大学。即便工作以后回家，爸爸高兴了，还会指点着儿子带他的朋友去游乐场。仿佛那里是天底下男人招待朋友最美好最盛情的地点。

在游乐场的过程，通常是父子俩最亲密的时候。每到游乐场，平时只要碰见排队的场合就躲的张连奎，突然就焕发了最大的耐心。他给儿子买点小零食，把孩子安顿在视线可及的范围，便心甘情愿地去接排那些弯弯曲曲的长龙。当年，这是这座城市唯一的一座游乐场，是孩子们和年轻人快乐的源泉。每到周末，火爆的程度可想而知。张连奎在如此

火爆的情形下一边排队，一边听着头顶此起彼伏的尖叫，好似悠扬的伴乐，令他更加淡定悠然。

游乐场是张连奎送给八岁儿子的生日礼物。因为此时儿子的身高已经可以获准玩一些稍小危险的项目。从最初的摩天轮、旋转木马、海盗船到后来的翻滚列车、火箭升空、原子滑车。

无论是游戏的项目还是游戏的经历，都是一个循序渐进的过程。开始，他示范。孩子看他轻松无所谓的表情，听他夸张快乐的表述，便极为向往。接着便是陪伴，即便是下来后，儿子鼻涕眼泪的像狼一样哭嚎，抱着张连奎的腿大叫不玩了的时候，这位父亲也不为所动。他耐心地描述着游戏的快乐，表情越发无畏，甚至藐视。他让小家伙明白，这是男人的游戏，更是勇敢者的游戏，即便害怕也不能让人知道，更不能表现出来。

尽管小丹阳的妈妈与丈夫的这套理论存在严重分歧，和丈夫的争吵许多因此而起，但还是不能阻止越长越大的儿子终于变得和父亲一样，痴迷高空游戏，变得越来越享受。无论是压力最大最烦躁的时候，还是失恋悲伤的时候，他总会把自己安放在游乐场，从这里回归平静。



在高速旋转的上升和下落中，一忽儿超重一忽儿失重的更替，他能感觉到眼睛发抖，头皮发麻，脚下突然踏空一般，没着没落，接着身体被巨人拎起来在空中甩了又甩，心里却痒痒的，听得到自己的心跳声，温热的血液一会儿涌向头颅，一会儿又迅速散落，漂浮在身体各处……

## 2

当我仰望星空的时候，我告诉自己有一天我要俯视大地。

这一天真的来了！

我想，我已做好准备。

笔记本上的字迹力透纸背，一个个字奔腾而过，重重砸向心房，血脉偾张过后，心却一点点静下来。当王霆钧合上笔记本时，已是晚上十点过了，却没有半点倦意。

明天就要出发到塔门发射中心，王霆钧再一次在脑海里一一搜索着此次任务需要注意的事项，大脑像一台最精密的计算机，将飞行程序重新完整“走”了一遍。都是烂熟于心的老朋友，随意剪切一节，马上精准定位。这是多年练出的真功夫。

手表的指针即将指向九点半，躺在床上的王霆钧越来越清醒。他想把身边的每个地方、每个物件都像过程序一样，再看看，再摸摸。老朋友一般有了不舍。

熟悉也可能带来疏离。桌上的调光台灯换了第三个了，银色的旋钮上的漆色被手指摩挲得已经斑驳，每天晚上八点准时亮起，一直到十二点，十多年从没间断。他仿佛又听见大队长的敲门声：霆钧，早点睡，明天还有训练！

笔盒上是俄罗斯“航天之父”齐奥尔科夫斯基的一句话：“地球是人类的摇篮，但是人类不会永远生活在摇篮里。”蓝底烫金的字，是大队专门定制的。它曾经鼓舞了一代又一代航天人。

写字台墙上的飞船每个舱段和骄阳号空间站的布局图，一比一操作面板图，分两排挂着。当年为了追求逼真的图片效果，爱好摄影的他在飞船和空间站的模拟器里爬上爬下，角角落落拍了个遍，最后在电脑上 PS 了一张环形效果图，关上灯，用投影仪打在墙上，身临其境，即便在公寓也能进行操作训练。而后，他将此“成果”拿出来和航天员弟兄们分享，被大家兴奋“追捧”。航天员教员也将此列为学习方法进行推广。现在技术更先进了，航天员已经有了三维动画式的模拟软件，只需在电脑上就可以操作。但他还是保留习惯，每次任务，都会做一张新的纸质效果图，被图纸包围在这个房间，每天相伴着入睡，他想找的踏实全齐了。

王霆钧一边仔细打量多年来一直陪伴他的这间公寓里的一切，一边嘲笑着自己：又不是不回来，干吗那么多离愁别绪？

是的，他一下子也说不好放不下什么。

肤色黝黑，总是一脸平淡表情的王霆钧此时觉得心里堵得满满的，很多东西一起涌到了胸口。站起身，走在窗前。感到一阵微风浮动。他将食指横在鼻孔下，深深吸了一口。当航天员之前，他吸烟很厉害。为了当航天员，戒了，但这个动作保留下来。从前那根横着的食指，曾是

一支烟。

他知道，此时在家中的妻子也一定没睡。

王霆钧在当战斗机飞行员时，曾遇险情无数。空中发动机停车、遭遇冻雨、飞鸟撞击的事儿，他都经历过。因为经历突发事件多，还被战友评为“冒险王”。他不会忘记，在一个飞行学院学习过的战友就牺牲了两个，有一个还是上下铺一个屋的住了几年，曾经亲如兄弟。不过即便是遇到、听到这些事，他求飞求战的决心坚若磐石，从未有过动摇。记得战友牺牲的消息，深深刺激到了妻子。妻子若琳曾哭着威胁他换岗，甚至发动多条社会关系，偷偷帮他联系好了接收单位。

飞行员的老婆不好当。空军飞行员都知道这样一句话：“巧克力好吃，寡妇难当。”这就是针对飞行员的妻子讲的。困难时期，空军飞行员照样能够保证特殊食品的供应，羡慕死周边人，可飞行的风险也是高危的。

飞行员的老婆个个被训练成了一等一的气象预报员，耳朵更灵敏似雷达，神得能分辨出自己丈夫驾驶飞机的声音。一到丈夫们集中飞行训练，女人们总想方设法聚在一起，或保持紧密联系。天气晴好，飞机轰鸣，她们就踏实安心，如同听着动听鸽哨悠扬。仿佛是伴奏，脚上踩着点儿，干啥都有劲儿。如果哪天安排了飞行，却没有适时听到飞机穿越蓝天的啸响，又看不到他们退场，心里就会紧张。焦灼不安的女人会聚在一起，互相打听消息。什么也没心思做，饭也吃不下，只有看到丈夫毫发无损站在面前，才会重新灿烂鲜活起来。要是某天听说哪里发生等级事故，有飞行员牺牲的消息，她们会感同身受，难过叹息，噩梦不断，甚至以泪洗面。只要丈夫在天上飞行，她们的担心和恐惧永远都在，心就提在嗓子眼儿。



飞行部队一般都离城市很远、条件艰苦、前不着村后不着店的地方。若琳是干部子弟，家在市里，条件优越，有份好工作。可为了丈夫，每周骑摩托两三个钟头，再坐三蹦子到营区和丈夫团聚。几年颠簸下来，原来个子高挑、丰润可爱的她，体重降到不足一百斤，脸黑了，皮肤粗了。王霆钧心疼得很，也不知怎么表达。放假跑到市里最大的商场买了一口袋化妆品回来，全是最贵的。以后半年一次，回回一大包，根本用不完。

无奈，一堆护肤霜、精华霜，过期后成了擦手油，昂贵的擦手油。用得若琳实在心疼，反复恳求下，王霆钧才没坚持。

后来，有了孩子，若琳也没和家里商量，索性做主把工作换了，调到营区旁边的一所农校当了实验员。要知道，她可是生化专业的研究生。为此，一向疼爱女儿的岳父几个月没理若琳。

在一般人眼里，若琳和王霆钧就是两个世界的人，怎么看怎么不挨着。外貌上一白一黑，性格上一热一冷，一个看着就亲切随和，一个看着冷冰冰，还死倔。职业一天一地，一动一静，家庭出身更没有门当户对。一句话，若琳找王霆钧，就是“下嫁”。

可若琳才不管别人说什么，对王霆钧是绝对的忠贞不二。王霆钧要是高兴，她肯定笑颜如花；王霆钧如果头疼，她一定脑热。为了丈夫，她什么委屈都可以忍受。

飞行员的生活集体管理多，大部分的时间不着家。飞行待命时，就算所住的空勤楼和家相距不过几百米，也不能回家。若琳有时会溜去操场边看上一眼，开玩笑说简直像是探监。他在家休息的时候简直就是过节，像个老太爷，被伺候得自己都不好意思。一搞飞行训练，几个月半年不着家，家里老老小小的照顾，一日三餐，洗买淘烧全靠老婆一人担起来。



那份辛苦和钟情，王霆钧心里最有数。他是个不会表达的人，生活简单甚至刻板。什么浪漫，什么玫瑰香槟蛋糕，都离他们的生活很远。但在心里，这个家和妻子的分量是最重的。这两口子就是在心里头热乎乎地爱着，好着，用各自的方式。

其实，大部分的飞行员家庭生活都是如此，妻子是大后方的稳固保证，付出总是最多的。所以不知哪里进行过非官方的调查，结果表明：飞行员对老婆大都不错，属模范丈夫范畴，因为他们更珍惜。

正是有这份心，王霆钧虽然和牺牲的战友不在一个部队，但此后，每年他只要有假，一定绕道战友家看望战友的妻女。他还一直坚持寄钱资助战友的女儿读书，如今孩子都高一了。



王霆钧可能对那些飞行数据张口即来，却从不了解柴米油盐的价格。但只要在家，他就有心为家里做些事。妻子包揽了家务，不让他插手。

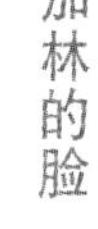

他就琢磨着，成了家里的水电工、木匠、泥瓦匠、修理工。孩子小时候弹的小钢琴，妻子最喜欢顺手的“厨房宝”“清洁箱”，都是他的杰作和发明，带给妻子在那帮家属跟前很长时间的荣耀。

一般情况，他都顺着妻子，家里的大事小情，他也统统放权。可在干不干飞行员这件大事上，他倔倔的劲头就回来了，丝毫不让。虽然他知道，妻子担心的都是他的安危。所以，无论面对的是妻子的哭泣还是火气，王霆钧都采取怀柔政策，永远是一副笑脸，在家更模范，但就是不与妻子讨论争辩，该干什么就干什么。一来二去，妻子没了脾气，也就认了。

但让王霆钧没想到的是，为了当航天员，妻子差点儿和自己离婚。他更没有想到，日后，妻子又变成自己在航天员职业中最大的支持者。只是，明天一出发，又会让她寝食不安担心了。

想到这里，王霆钧脸上刚有的一丝笑意，顷刻间不见了踪影。尽管若琳的强韧屡屡令他咋舌，他还是在想明天出发的告别，该怎样让妻子宽心。



桌上响起的电话铃打断了他的遐思。

电话是张丹阳打来的。

## 3

这个夜晚，对张丹阳来说，同样心绪难平。桌上的电脑开着。他怔怔盯着屏保上一张张掠过的照片。那上面是他整理出来的，自己从童年到少年到青年到现在各个阶段的照片。每当看到照片，他就感觉像电影快放镜头，那么短的时间便冲走了一遍人生。

这张照片的时间是三岁生日，在照相馆。他坐在母亲的腿上，手上拿着的是个直升机玩具，脸上的表情好像刚哭过，一只手还在摸着耳朵，那是对精益求精的照相师傅在抗议。父亲站在他们身后，身子前倾，用手臂把他们母子护在胸前，扬着头，宽厚地笑。母亲笑得好美，是那种最朴素满足的笑容。

那个时候，自己好像并没有特别的喜欢飞机这些玩具，但是父亲喜欢。印象里，他收到的父亲给的礼物，几乎全是飞机、汽车、枪啊炮的，飞机最多，父亲总说男孩子要从小培养男子汉气概，别总是玩什么花花绿绿的。当别的小朋友羡慕自己有遥控飞机的时候，他还为自己没有橡皮泥跳棋和父亲怄气。但是，渐渐他和父亲的步调口味一致起来。父亲的那个所谓书房也好，仓库也罢的小屋子，成为他一直想探究、最欲罢不能的地方。

那里有各种各样的缩小比例的飞机模型，各种材质：有木头的，有铝的，还有铁皮绞的，实打实沉甸甸的铜铸的，有用蜡光画报纸叠起，插装精美的飞机，甚至还有用子弹壳一个个粘起来的……最小的是衣服上可别的徽章，最大的就是放在写字台下，在固定台架上高昂头颅，像要直冲云端的模型。模型清一色的战机，美式苏式德式日式……从父亲嘴里娓娓道来，每个模型都被赋予了鲜活的生命，有历史，有故事。

在这个拥挤得似乎无处下脚的屋子里，还有很多叫得上或者叫不上的工具仪器，全部摊开来，比修理铺不差。甚至还有一个小巧秀气的节拍器，嘀嗒嘀嗒的，洞穿着小屋的秘密。



房间里吸引张丹阳的还有一堆堆放在书架上的，或是垒在地上的各种画报杂志，多是军事的。张丹阳在这里看到了《孙子兵法》，刻苦钻研了一个暑假。还有一些全是外文的画报，虽然看不懂，但张丹阳真心觉得图上的那些飞机神气漂亮。父亲很爱惜它们，通通包了塑料纸。

正是在那里，他发现了那几张特殊的照片。

照片夹在一个很有质感的皮面本子里，模糊泛黄，但是还是看出是翻拍杂志或报纸的。这并不是主要的。关键是照片里的人。

照片里的人面部和身体看起来似乎是拼合在一起的。里面的人只有一位，衣服都很神气。有呢子长大衣配皮靴的，有挂满勋章的军装的，还有戴着头盔的。看着并非中国的服装。可那张脸却是最东方最亚洲人的脸。那是父亲的脸：微微突起的颧骨，眉梢上挑，斜侧过的下巴有道弯月形的弧线，整个造型透着一股英气。他确定，照片上的这张脸是父亲照得最帅的样子。他也因为酷似父亲的骨风神色而感到自豪。



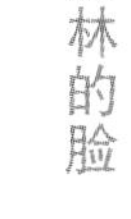

可为什么要把自己的照片和这些图片做拼接呢？原来照片上的那张

脸呢？

小时候的他，已觉得照片背后必有秘密。跑去问父亲，父亲居然表现得很紧张，甚至有些羞涩，像是被儿子戳穿了。张丹阳注意到父亲的耳朵红了。他更紧张了。

父亲想发火，却在出口的最后一秒，克制住了。只草草地把儿子扯到跟前，看着儿子的眼睛，一板一眼地说，那是资料，不能乱翻。以后，没有自己在场，张丹阳不得随便进那个小屋。

果真，很快小屋就被钉上门鼻儿，挂上了锁。但那几张照片，却印在了张丹阳的脑子里。

直到上了初中，他在兴趣课外小组的书架上，看到一本书。书里的照片看起来非常熟悉，照片和他脑子里的照片渐渐重合，唯有那张脸不同。那是张外国人的脸。那本书的名字叫《永远的加加林》。

张丹阳的心跳开始加速，一个在脑子里盘旋已久的谜团，突然就敞亮在眼前，他激动得如获至宝。那本书，他反复看了几遍。在少年张丹阳眼里，这个遥远国度的、有着迷人微笑的小个子男人，应该是这个世界最帅的男人。当这个人穿着军呢大衣，伴着两侧欢迎的人群，独自穿过红场地毯向主席台走去，他棕灰色的瞳仁中照亮的该是天与地的辉映，比别人更深邃寥廓。那是拥有整个世界的骄傲。

有一群人，来自地球，却超越地球；有一群人，不在你的视角内，却在你的梦想中；有一群人，不为个人而活，却为太空而存在。几乎在一瞬间，他便迷上了照片中那个男人。他反复翻看着那几张照片，珍爱地反复摩挲。他在想，父亲的感觉也一定如此。

于是，他反而将好奇心平复下来。他认为已无须再去询问父亲。他甚至觉得，就让这个秘密留存在他们父子之间，也许可以让他们的关系更紧密。

## 4

犹豫了好一会儿，张丹阳还是抓起了电话。

霆钧，还没睡吧？

没有。你也睡不着？

是啊，估计今天晚上会有很多人和我们一样难以入眠。

王霆钧无声地笑了。此时，尽管内心非常希望和张丹阳坐在一起聊聊，如同以往那些激动难寐的夜晚一样。但他没有说。任务前的医学隔离已经开始，尽管同处一层楼，他和丹阳也会严格遵照规定。谁都希望这次任务完美，无任何一点小小瑕疵。

不要有任何负担，更别操心家里，到时我会让惠萍陪着嫂子。你放心吧！早点休息，后面会很忙的。

几句之后，两人简短收线。类似的话，这些天战友和领导们已经说了很多回，饱尝战友情谊。但今晚听丹阳在这个时候讲，王霆钧不仅仅是感动，简单的几句话里包含很多无法言说的内容。

王霆钧和张丹阳不仅是同一批入选航天员，还曾是飞行学院的战友。从百里挑一成为飞行员，到过关斩将，千里挑一成为航天员，算算，都快二十年的老相识了，感情不可谓不深厚。尤其在航天员大队，每天同一口锅吃饭，同一座房子住着，一同训练，一同上课，和老婆家人待的时间都远远不如他们在一起的时间多。说亲如兄弟一点也不过分。

之前不说，就是从他们进入航天员队伍，有资格飞上太空起，就已经历过三次飞行任务。每一次任务飞行乘组选拔，对于航天员来讲都是一次人生最大的考验。

在这个部门，从领导连篇累牍的报告，到门口站岗士兵严峻的表情上，王霆钧都知航天员这个职业是崇高的。在王霆钧看来，这个崇高不仅是人类探索未知宇宙空间的勇气，也意味着无数的过五关斩六将的过程。这挑战着生理的极限。超重失重、低压和前庭功能训练、头低位训练、不休不眠的外界隔绝训练、水下失重训练、沙漠和海上野外生存训练，更有日复一日的各种模拟器训练……每一项都足以把一个平常人“折腾”得翻江倒海，每一个科目都如在太上老君的火炉里练丹。对航天员训练挑战的新闻报道，近年因报道透明度不断见诸报端。但都是表面化浅层次的。对航天员来说，训练要求怎样的脱胎换骨都不在话下，割舍多少常人所能享受的亲情友情也一横心就过去了，有多少限制忍受、多少寂

寞也都能熬过去。最大的挑战也不仅在于航天员冒着多么大的风险去执行任务。执行航天飞行任务，应该说是一名航天员最高的职业追求，是航天员价值的体现。无论付出再多，经历了多少艰辛，没有上过天的航天员都会有深深的遗憾和失落。而每一次选拔之后，就是从零开始着眼下一次飞行任务的日复一日、年复一年的训练和随时随地的考核，就如西西弗斯那样循环往返永无止境。永不松懈，永不言弃，永远锲而不舍地摸爬滚打。十多年的准备，是怎样的概念？要在任何时候都要把自己最亮丽、最光鲜、最精神的精神面貌，时时刻刻地体现在训练场上展现给大众。这不是《星球大战》里的怪物，有七情六欲，有血肉之躯，有唉声叹气的烦恼，也会有情绪失控的时候。选拔时的忐忑不安，超过常人的心理压力，张丹阳与王霆钧都似过火焰山般地浴焰而出。这化蛹成蝶的锤炼包含着多少难以示人的痛苦呢？这是离开地球，一念之差的放飞，可能生，也可能魂洒太空。王霆钧和张丹阳非常明白这一切要靠信念的支撑，当电视广播中不停地称道这个职业和人类理想、国家荣誉紧紧联系在一起的时候，两人常会不由自主地握紧拳头。烦恼、痛苦，不想忍受的忍受，所有的一切都化解了。只有在跃上太空的那一刻，才感到灵魂出窍，解放了。



在这次飞行任务定选中，王霆钧将作为三人飞行乘组的指令长出征太空。而张丹阳是备份乘组指令长。一切都将随着发射前一天，等待工程指挥部的最后确认。“备份”意味着什么？如果任务一切顺利，张丹阳就会又一次和太空失之交臂。对于备份，张丹阳毫不陌生。以往的三次飞行，张丹阳都入选任务梯队，都与太空失之交臂。这一次，又显然与以往不同，按照最高服役年限，这一次飞行任务过后，张丹阳和王霆钧都将退出航天员队伍。

其实，每一次航天飞行任务航天员乘组选拔，都是一个排除量的过程。张丹阳和王霆钧这些活生生的人，在考核专家的眼中，不再是一个具体的血肉之躯，而是抹去名字后一项项成绩的数字，一串串生命染色体的编码。举足轻重的成绩，差异甚至微小到小数点后三位的差异，也就是说这是选状元、举人的过程。王霆钧们已被异化成了如若琳进行人体解剖医学实验中，一具任人切割的实验标本。你的心理评价在日常生活、训练考核中不经意的表现这一漫长的过程中完成，没有机会给你去掩饰弥补。谁让你干航天了呢？张丹阳这些塔尖上的骄子，底下有多少默默无闻的男女在比肩继踵。王霆钧在封闭训练中，隔十天半月才能见到若琳的眼神中都渗透了某种冥冥的期待。若琳常会伏在他肩上喃喃道：老天保佑你吧！这么多人的苦熬苦干。

## 5

代号“擎天柱”的任务，将由航天员出舱执行对骄阳号太空站外的观测小卫星的维修。这颗“探天”小卫星肩负着宇宙观测的科学使命，已给地面回传了很多珍贵赤橙黄绿纵横阡陌的影像，那深邃的太空，一览无余的红色地球，都微妙而又横阔地展现在眼前。现在这观测的眼睛，却因视力受损，要将它的眼镜再次配好、调准。一旦卫星报废，重新安装，将难以找准瞳孔反射的反光板。

这是张丹阳、王霆钧将进行的有史以来进行难度最大、风险最高的一次太空行走活动。

维修过程中最大的威胁来自太空垃圾，在“探天”小卫星上进行观测不同于在骄阳空间站的太空工作轨道上进行观测，太空垃圾不计其数。按照科学家的精密测算，其中有几百个直径超过10厘米的太空垃圾可能对航天器造成威胁。飞速运行的太空垃圾不是浮在地球上空的，而是以比子弹快数倍的速度运行着，难以捉摸。如若撞击到卫星，卫星便千疮百孔，失效报废。碰上执行维修任务的航天员，他们赖以生存的舱外航天服便会被击穿。而一旦失去舱外航天服的防护，在太空真空、微重力、高辐射、高低温交变、微流星体的撞击等恶劣环境中，航天员便不再有生存的可能性。地面专家测算，太空垃圾的碰撞概率为二百分之一。尽管有多种防护措施，但是否真能避开危险，谁也说不好，命悬一线的死亡是两人必须要面对的。

这次维修将分多步进行。不仅在外部修理，还要深入卫星内部更换设备。也是因为任务险重，王霆钧他们的训练也是历史上最艰巨的。在

这样狭小的空间进行维修，王霆钧深知自己的工作需要极其小心谨慎。要学会插花绣针、百密无一疏的硬功，还要对太空环境下的工作驾轻就熟。这不仅是一场智慧和勇气的对决，更是一次体力极限的博弈。

早在一年前，王霆钧他们这些航天员就开始了大量的砥砺磨练。为了模拟太空失重的环境，在航天员训练中心的模拟失重水槽中，他们进行了数百小时的水下训练。在水中，穿着数百公斤的训练服真实地体验了太空维修的情形。目的就是锻炼他们之间的协作配合能力。

在水下模拟失重的状态如同在同仪器舱体捉迷藏，地面上看着很简单的一个动作，在水中需要盲人摸象般地凭感觉、凭手触去解决问题。第一步手的位置在哪里，左手放在哪里，右手搁在何处合适，眼睛要看向哪个方位，脚的位置，在密密麻麻的仪器设备中哪些地方是可以攀的，哪些地方是可以用劲的，因为如果考虑不周，舱外航天服的背包是最怕磕碰的，一个个小金属细管，一个不大的电台，哪个把手磕碰坏了，都会功亏一篑。



每次这类魔鬼式的训练都让活人生生变成了卡尔·艾尔（超人）。在王霆钧、张丹阳和他们的航天员战友看来，这些历练不算什么，甚至还有一丝甜蜜。因为能够代表一份崇高，代表那么多翘首仰盼的人来摘月亮，使命感油然而生。

在这次任务选拔中，王霆钧和张丹阳成绩不分伯仲。差别在于王霆钧曾经执行过出舱任务。工程指挥部在反复权衡、综合评定后，认为经验对于艰险的任务可能更有帮助。于是，张丹阳成为备份。但此“备份”不同于以往。

在飞往发射场的专机上，张丹阳除了与同机飞行警卫和医监医保工作人员聊了几句天，便反反复复看着一张中国地图。这里是喜马拉雅山脉，那儿是腾格里沙漠，再那边就是南海……一座座山脉，一条条河流，那些带有“中国”标志，红的黄的蓝的褐色的图示，被他一个个记在心底。他又记起，飞行员训练时，有个叫失速和螺旋改出训练，教员之前要求他们要反复拿着小飞机模型做姿态和跑线。他常常举着模型，边跑边念叨这些熟悉的名字，它们好像停在嘴边，下意识地脱口而出。也是隔了很久以后，他才恍悟，父亲曾说，要是能到太空看看这些地方，会有怎样的不同。

父亲张连奎是试飞员。试飞员说起来也是飞行，但职业外延和飞行员已有了很大区别。他们的工作是驾驶尚未定型，需要在各种条件下，对极限飞行数据进行全面考核的飞机。换言之，他们是给飞机寻找安全边界的人，还被称作“和平时期距离死亡最近的人”。当然，不怕死绝不是这个职业里的人的唯一特质，他们更需要头脑敏锐而冷静，技术过硬。

关于父亲的职业，张丹阳并不十分清楚，只晓得父亲是飞行员。一直到快从飞行学院毕业，学员队风传成绩优异的他有可能分到列装最好的飞行部队，飞“枭龙”战机。不久，他果真如愿。去部队报到前，因为什么他有了几天假期——原因他忘了——便回家看看父母。此时的张连奎刚退休没多久。听到儿子颇有些得意地宣布这个消息，久不沾酒的张连奎破天荒拉着儿子碰了杯，曾号称“千杯不倒”的张连奎居然喝了半斤不到便有了醉意。他说的一句话，让儿子对从小到大严肃有余、亲切不足的父亲开始有了前所未有的亲近感。

儿子，你知道吗？枭龙飞机就是我第一个飞出来的！

他当飞行员到后来当航天员，父亲送他的话都很简单：敢摸天的人是真汉子！

每一次执行飞行任务前，航天员中心常会把执行和可能执行任务的航天员的亲属接到一起，为航天员壮行。无论对哪一方，都是个安慰。多年来，似乎已约定俗成。在前三次任务中，张丹阳的父亲都会来。每一回，不论儿子是失落还是坦然，他都会陪着儿子在航天城里一圈一圈散步。这对久未谋面的父子俩来说是绝对难得的聚合，两个男人的脚步把航天城踱成了圆，柏油路面也被脚印刻下难忘。张丹阳无数次渴望父亲的一句话：别放弃，你能行！因为你离太空就一步之遥。

父亲始终没说。张丹阳也觉出这渴望背后的浅陋。多年的追求，何以这句话便能慰藉和抚平？十多年了，张丹阳眼见父亲的头发从花白、灰白，到几乎全白。唯一不变的是父亲的告别。临走时，父亲还是没有

多余的话，交到儿子手上的，都是一张新版中国地图。在儿子的肩头，一捏一握，便回身上了送行的车。仿佛所有的期盼都在这一捏一握里了。张丹阳不甘心，便去迎接父亲的眼神。不闪烁，唯有清淡。他绷紧的心，此后便能舒坦下来。下面的路该怎样就怎样。

这一回，张丹阳的父母都没有来。打电话回家，得知父亲不小心摔了，腓骨骨折。年轻人都要养上一阵，何况花甲年的老人。母亲在电话里语气肯定，没大事，就是需要个过程。你好好训练，不碍事！想和父亲说两句，母亲说，骨折后，老头烦闷，成天翻他那些书，不愿理人。母亲说得埋怨中透着无奈。将信将疑的张丹阳查了医书，还真是那回事，便放心了。封闭训练紧张，为免干扰，张丹阳的手机总不开。妻子惠萍便充当了他和家里的联系人。隔几天，惠萍便会通报父亲的情况，有时还会特别告诉张丹阳，父亲今天聊了两句，问你怎样，注意身体，心态放松！还说，给你电话，没开。想想你忙，电话就少打吧！

这像父亲的风格，话少。张丹阳便放心了。这次出征，开始张丹阳得知父母不来，心里还一阵轻松。他实在不愿意父亲再陪着自己围着航天城绕圈圈，他甚至怕了父亲的沉默。而这一刻，他突然很想看看父亲，听听父亲会对此时的自己说些什么。



## 6

位于西部的塔门发射场从三个月前，便被打破了往日的宁静。火箭、飞船、空间站、科学院等系统的试验队已分批驻扎发射中心，开始了紧张忙碌的工作。组装、测试、联试合练等等，无论是分解动作单兵作战，还是统一行动联合作战，都在有条不紊地进行。仿佛一双大手排兵布阵，永远忙而不乱。

如今任务进入倒计时，最后一次发射场合练已经结束。火箭已矗立在发射塔架上，加注完毕。只见它箭指苍穹，威风凛凛地期待着它的太空新旅。

工程指挥部发射前的最后一次会议刚刚结束。会议投票通过了执行“擎天柱”任务的飞行乘组人选。王霆钧乘组被确认执行任务。

走出会议室，科学院系统的一位总师对身旁的同事说，不知怎么，今年夏天，发射场好像格外热些。房间的冷气开足了，我还是在出汗！

老张啊，我看不是天气的原因。六月份此前发射多次了，每次的天气差距都不大。要不气象局的同志该抱屈了！关键是你的心里在着火！

老总没有接话。

一语中的。谁说不是呢？在如此严峻的任务面前，谁的心里也不释然。

此时，几十公里外的备用发射场，另一枚火箭也已组装测试完毕，进入待发状态。它的任务是，万一任务出现险情，它要带着另一艘飞船出发，准备太空营救。而这艘船的飞行乘组就是张丹阳乘组。

出发前，摄影师为两个飞行乘组分别留影，最后还照了一张合影。王霆钧、张丹阳都笑得很自在。两人的肤色一黑一白相互映衬，就连最不爱笑的王霆钧也露出了标准的八颗齿。六个人齐刷刷地身着乳白色航天服、灰色的太空套靴，意气风发的样子，把老练的摄影师也感染了。按快门前，他看了又看，镜头突然不能让他自信，手心也潮润了起来。

那天的气氛很温馨，大家还一一到摄影师的镜头里去欣赏，一起和摄影师招呼，留好啊，每人放个大个的！王霆钧和张丹阳两位指令长单独照了合影，两人的手紧紧相握。

就在前一天晚饭后，王霆钧趁着和张丹阳在小院散步聊天的空当，交给张丹阳一个小包。

等发射后帮我带回北京，交给我老婆。哦，皮套里装的手表是给你的。

王霆钧看了一眼正疑惑看着自己的张丹阳，轻松地笑了。

嗨！从飞行员到航天员，这么多年，老规矩了，你还大惊小怪啥！

张丹阳也笑了，再低头看看小包，没有说话。是的，对高风险的两个职业，这都是一种不成文的规矩。大家都回避谈，但心里都有。不会明说，更不会过分渲染。那块表，他也知道。是王霆钧上次执行任务后参加国际宇航大会纪念人类首次太空飞行五十年，主席先生代表大会赠予他的一块纪念版太空飞行手表。刻有加加林的名字和飞行标志，很珍贵。张丹阳看过两次，每次都戴着白手套，喜欢地反复摩挲把玩，半晌不落手。

这次任务选拔前，俩人开玩笑，说要一起摸摸这块表，一定会顺利入选。记得俩人还搞了个小仪式。

看你每次抚摸它的样子，简直眼里放光。想想还是你保管它合适。本来想在那个仪式后给你的，后来琢磨，现在最是时候！

张丹阳知道，王霆钧嘴里的“那个仪式”是指退出航天员行列。这也是一个大家回避的问题。

东西一定带到！这块表我先替你保管着。你在太空这段日子，有这表在我这里坐镇，我就很满足了！而且一定会一切顺利圆满！

说送你就是送你，不开谎腔。你比我更值得拥有！

兄弟从不夺人所爱！我一定保管好，等着你回来验收！

随着一声“点火”的口令，运载火箭在震天的轰鸣声中腾空而起，箭体上五星红旗图案鲜艳夺目，“中国航天”4个大字熠熠生辉。“撼天号”飞船准时在塔门航天中心发射升空。



就在口令发出的那一刻，坐在飞船返回舱中的王霆钧举起右手，通过摄像头向地面敬了一个标准的军礼。

**7**

此时，在北京的航天控制指挥中心。身着蓝色防静电工作大褂的若琳目不转睛盯着前方的大屏幕。她看起来端庄大气，脸上做了淡淡的修饰，一扫几日来的倦色，唯一掩不住的是下巴上冒出的几颗火痘痘。当三名航天员敬军礼的身影出现，大厅里响起一片掌声。她仿佛隔空接住了丈夫沉着的眼神，心头一热，赶忙也跟着鼓掌，仰脸镇定了一下，眼睛里的湿意才渐渐平息。她知道周围有很多双关切的眼睛。

耳边传来各种调度口令，数十个显示工作站和显示工作台，构成了网络系统。工作台上的显示屏不断刷新着，闪烁跳跃着各种飞行控制数据。台上专线电话即便响铃也很低调，会被迅速接起，工作人员核对着数据曲线，低声回应。不时，有技术人员拿着数据文件交给调度，分批汇总再交给现场指挥。大厅紧张而有序地忙碌着。

一天后，飞船与空间站对接成功的消息传来。这个消息令所有人信心大增。

这次任务将持续 14 天，航天员除了与“骄阳号”对接，开展相关的空间科学实验，最为重要的一个任务就是出舱维修，维修分两次进行。4 天后便要进行第一次出舱维修。

作为这次空间生化实验项目的设计师，若琳整整忙碌了两年。从实验论证设计，到模型设计、实验准备、设计平台、装舱，若琳全程参加。两年里，若琳自觉练成了“铁人”。“铁人”和女工作强人是有区别的。之所以成为“铁人”，在若琳看来，完全是因为爱。爱丈夫，让她全心全意爱这个事业。而因为爱上了事业，自己更加爱丈夫。若琳觉得是这样的逻辑关系。说“铁人”，不是只顾工作，抛下家庭亲情。她既要工作，也要家庭，她要为王霆钧照顾、守护好这个家。为了搞好平衡，两年里，“贪心”的她像个最好的系统规划师，把时间切割成分秒计算，一天一计划报表，从来不落。充分挤压着自己的时间空间，挤压着“脑细胞”，做出完美的时间效率方案。



于是乎，她可以一边在实验室里做细胞培养，尽管隔一会儿就要补液、记录一回，忙得脚底板打后脑勺，忙得两眼冒金星；一边女儿可以在放学回家后，按图索骥，加上她电话遥控指挥，顺利从烤箱取出女儿最爱的、她定表掐时间计算、松香可口温度刚好的巧克力果仁蛋糕，大快朵颐；她可以一边陪着丈夫跑步，一边帮丈夫复习功课提问；即便是要工作到凌晨，她也会记得晚上十点半和丈夫通电话，聊聊天互相放松一下，并互致晚安。实在忙不过来，必须请保姆了，她也一定会每晚陪女儿做一小时功课并安抚孩子睡下；每周末，丈夫从航天员公寓回来，打开门一定会看见窗明几净的家、舒服干净的拖鞋、花瓶里新鲜的百合和康乃馨在迎接他。当然还有系着围裙，正在厨房全力以赴加工拿手菜，手还未来得及擦干，却一脸笑盈盈的妻子，再加上女儿娇嫩的一声爸爸。那一刻，王霆钧所有的紧张疲惫都烟消云散。



在王霆钧还有女儿心里，若琳像极了超级仙女，生活里一切麻烦好像都不在话下，都能在她的柔指下点石成金，重要时段从未缺席。除了

踏实心安，王霆钧自然也从妻子越来越深的黑眼圈和鬓角闪出越来越密的白光中，找出了端倪。

当年当航天员，妻子差点儿离婚的话题，两口子现在几乎不提。其实完全是个误会。

当年王霆钧报名参选航天员，若琳确实不愿意，原因和劝丈夫脱下飞行服一样，担心丈夫的安危。但两人结婚时间长了，若琳非常了解丈夫，打定主意干的事，谁也挡不住。婚姻相处之道告诉自己，与其无力阻挡对方，闹个两败俱伤。不如适时顺应，付出努力，帮助对方更完美。当然，这也是经历了一段不长的痛苦挣扎后，得出的真理。

选拔航天员很重要的一个工作，就是对航天员家属和直系亲属的身体检查，以确保没有任何影响航天员健康的隐性和显性因素。然而，不知什么原因，若琳的身体检查报告比同批检查身体家属的到得都晚。这让带着孩子住在招待所等待消息的若琳忐忑不安。在父母眼里一向主意大、主意正的若琳那回颇不淡定。她去找了负责选拔的领导，说，要是我身体不过关，一定别瞒着我。要是因为我身体的原因，影响了王霆钧当航天员，我现在就敢向组织保证，我会和他离婚，决不当拖后腿的！



结果就不用说了。但是在王霆钧第一次执行航天任务回来，便成为热情的媒体关注的对象。有个记者听说了这件事，煞有介事地把新闻报道的标题整得很醒目：离婚也要当航天员。大小报纸网络纷纷转载，让很多标题党阅读者误解，这口“黑锅”就被若琳背上了。虽然若琳本人没有抱怨过，但对如愿当上了航天员，并且成长为一名优秀的航天员王霆钧来说，想前想后都觉得对不住妻子。

因为专业对口，若琳也调到航天员中心，成为一名航天医学生化学的科研人员。白昼黑夜地啃咬着那些数字与仪器的若琳，白大褂被酒精烧出过洞洞，记珍贵数据的电脑也出现过令她懊丧心悸的死机，标本失败让她重起炉灶，但她还是死命啃下了博士学位，几年后成为该领域的骨干。

对这次飞行任务的实验部分，若琳没有太多担心。这不仅源于对自己和众多实验项目的自信，还有对航天员的信心。围绕每一次飞行任务，都会开展很多科学实验，每一次取得的结果总比预想收获要大，这一次也不会有什么意外。

对于出舱维修，她确实无法做到平静。毕竟，不可预知的因素太多。

## 8

之所以安排在三天后出舱，是因为初入太空的三天，是太空运动病的高发期。而太空运动病如果发生，将是航天员完成任务的拦路虎。考虑到由于此次出舱时间长，对航天员体力消耗大，航天专家谨慎决定留给航天员充分适应太空环境的缓冲期。

太空飞行第四天。

早上六点，王霆钧和乘组便结束休息，开始着手做出舱前的准备。出舱需要的必要装备——舱外航天服已在昨天装配完成。舱外航天服的装配是一项费力耗时的工作。地面和太空的操作完全不同，地面上操作几个小时的工作，在太空就会有两倍、三倍的差异。经过十多小时的紧张工作，王霆钧和配合出舱的刘胜体力消耗很大，整个肩部和臂膀像加了铅块，酸痛坠胀。不过，这样的挑战对执行过出舱任务的王霆钧来说，已经不算什么。下面，他们要着手对服装进行检查，还要进行气闸舱泄压和吸氧排氮准备，哪一样都马虎不得。

为了缓解大家的紧张气氛，王霆钧甚至和刘胜开起了玩笑：现在咱们俩这二头肌估计跟健美运动员比都应该毫不逊色，等咱们回家，轻轻松松一次 500 个俯卧撑，当仁不让。

而此时，在地面航天控制中心却有几百名工作人员忙碌着，和两名航天员配合。偌大的指挥大厅内，操作员正目不转睛地监视着荧屏上一行行流动的数字，飞速地敲击着计算机键盘。各路信号齐备，他们在进行着出舱前的各项技术状态、生理参数确认。

时间一秒一秒地滑过。

“撼天号报告，01 感觉良好，出舱准备完毕！”

“ 02 感觉良好，出舱准备完毕！”

航天员的声音通过电波清晰地传来，击打着大厅内每个人的耳膜。

他们等待着飞控中心发出的出舱指令。

“打开舱门，开始出舱！”总调度向航天员发出了口令。

这一刻是如此的安静，安静得仿佛能听到彼此的呼吸声。决策席上、控制台前，每一个人的目光都极为专注，所有的心跳都凝结在数百公里之遥的太空。

大屏幕上，身着白色舱外航天服的王霆钧，慢慢旋拧头顶上方的舱门，舱门沉重而缓慢地慢慢开启，终于完全打开。

头探出，半个身子探出，第一个身影，第二个身影……

此刻的地球撞满两名航天员的视野，在黑天鹅绒般无垠伸展的太空中，这个饱满结实的球体突然给人以压迫，甚至有了窒息和害怕被砸在身上的恐慌。他们尽可能避免看这个猝不及防的庞然大物，却又忍不住接纳着这个星球的美丽和光芒。激动、兴奋传遍全身。向脚下眺望，好似站在大峡谷边缘，万丈深渊，深不见底。脚仿佛不是自己的，飘着，顿时无依无靠的慌乱揪住心脏。赶忙摸摸衣服上的挂钩，已安全挂在舱壁。



在地面人员的控制下，太空作业机械臂已启动，并停靠在指定位置。它要抓住小卫星，把它固定在专用的平台上。

王霆钧接过刘胜递来的工具，沿着空间站外壁缓缓移动，一步一步向卫星方向靠近并调整角度。根据事先安排，在接下来的近 4 个小时里，要把已损坏的隔热板拆除，再清理修补，然后把几个轴承拆下，换上电子数据处理装置和激光成像仪。

不远处的太阳能帆板的银光像涂了层雾，有一些难以判断的斑点散落，还有些坑坑洼洼的麻点，这是微小陨石和碎片撞击的结果。

两名航天员很快会合，简单的准备后，工作开始。此时太空带来的震撼和冲击，他们已无暇品味。王霆钧负责操作，刘胜辅助。王霆钧拿过电筒式红外摄像机，仔细对卫星表面扫描，将数据传到地面，以便发现故障处。而刘胜已将手腕上佩戴的温度传感器小心摘下，一件件测量卫星表面和各种材料的温度，只有在适宜的温度下才能使维修变得牢固。数据也会被传送到地面进行分析，所有结果经汇总处理过后，将按照地面指示进行维修更换。这些看起来琐碎的工作漫长而艰巨。

工作进展得并不顺利，一路磕磕绊绊，最后，一颗大螺丝找了大麻烦。由于一颗螺丝钉腐蚀被卡，非常顽固，他们尝试了多种工具都未能将其取出。而这个螺丝钉不顺利取出，下面的工作根本无法进行。而一旦螺丝钉断裂，新材料也将无法安装。

王霆钧和刘胜通过耳麦，紧张交换着意见，还不时用戴着航天手套的手指点着隔热板周围，两人配合找着力点。手中的控制棒在不停闪烁红色，证明点位没有找到。再试，再试，尝试换方向……

谢天谢地，终于联手拔掉了“作梗”的螺丝钉。还未来得及高兴，接着另外一个意外出现。拔出的螺丝钉脱落，瞬时变成致命利器，比一颗子弹飞行的速度还要快，差点击穿了王霆钧所穿航天服的面窗，面窗呈现一块裂纹。正专注工作的王霆钧顿感眼前一片模糊，面窗开始有了雾气，除雾器失灵。他抬手努力去看手腕上的服装压力表，压力表显示数值在一点点缓慢下降。

糟糕，舱外航天服漏气，很快便会失效。一瞬间，王霆钧和刘胜便意识到他们遇到出舱活动的大麻烦。因为一旦失去舱外航天服防护，暴露在真空环境下的航天员就会缺氧、血液沸腾致死。



面对这一突发事故，地面指挥中心的工作人员焦灼异常。电话铃声，调度口令骤起。

指挥部会商后紧急下达命令：结束本次出舱任务，航天员刘胜协助救援，争取时间，两名航天员需要返回“骄阳号”。

太空中的每一步行动都可谓小心翼翼，撤离同样需要时间。

收拾工具，确保无一遗漏。刘胜将救援绳绑在王霆钧身上将他拉回空间站。舱门关闭，检查其密封性。为气闸舱复压……

这是一个异常困难的时刻。

## 9



即便已回到空间站，王霆钧还沉浸在任务失利的无限自责中。即便知道，这只是个意外事件。

这一刻，他从舷窗望出去，他需要让自己的心沉静下来。俯瞰地球，

阳光照在蔚蓝色的海洋上，湖泊河流一道被点染成深深浅浅的蓝。地球的边缘永远笼罩着一层亮白的光晕，每次飞船从阴影区到阳照区，都可以看见地球黑色的边缘会慢慢变亮，一点点幻化成金色，再从金色渐渐淡出，慢慢明快，最后变成一片亮眼的白。白色的浮云浓淡相宜，淡如披上轻纱的仙女，浓时，则是投射向地面无数个影子，层层叠叠。透过云层看地球，褐色的陆地，脉络分明，像人的血脉，清晰绵长的海岸线，浑身散发出夺人心魄的彩色的、明亮的光芒，她披着浅蓝色的纱裙和白色的飘带，如同天上的仙女缓缓飞行。

即便是第二次执行任务，太空在王霆钧的眼里依旧新鲜而令人感动。虽然每 90 分钟就会经历一次日升日落，但王霆钧在夜晚中更远地去凝望地球，在太空之上所有的色彩都变得纯粹，纯粹的黑，纯粹的白，纯粹的蓝……他却时常在这样的真实里产生不真实的感觉，甚至在做着抵御。他怀着敬慕将视线投向太空深处，即便是化不开的漆黑，却依旧清透，星星在远处发出耀眼的光泽，却并不闪烁。好似近在咫尺，又似遥不可及，在如此透彻中，已无法判断距离。不知怎的，他就想到祖国南疆清透的水，无法探究她的深度。他似乎看不到任何国界，觉得地球就是一个美妙的整体，神秘的太空吸纳着天之精华，以她的博大、安详、包容，静静诉说着她所来自的星球的前世今缘。此时的自己静静地留在一隅，孤独着，却是幸福的。他的心不再空落。

他想到救援返回后，通过可视电话在空间站和妻子的对话。这是细心周到的地面人员留给他们夫妻的可贵的密话时间。

他可以清晰看到妻子脸上写着的担忧和极力在克制的努力。

你瘦了。

你也瘦了。

夫唱妇随，这样有夫妻相。若琳说完，望着他短促地笑了一下。突然眼圈便红了。她快快低下头。

别担心！你看，我哪儿哪儿都是好好的，没问题，就是航天服坏了，可惜。

王霆钧顿了顿，再次开口。

我让大家失望了。毕竟，一次飞行的成本代价很高。

听到这句话，若琳一下子冷静下来。

霆钧，我刚刚参加完系统会，会上传达了指挥部意见。太空探索中，我们都是学生。科学试验不会一直一帆风顺，否则便违背规律。问题在地面显现当然好，但出在天上，也不可怕，可以给研究提出更多完善改进的课题。有些代价是必须付出的。霆钧，魏总一定让我对你说，放下包袱，清空失利的影响。着手等待和下一乘组一道，继续将后续任务完成。这才是最重要的。你放心，对上级的意见我没有任何隐瞒。

我知道。我们已接到命令。请转告魏总他们，请大家放心，我们一定完成任务。我们正在整理昨天出舱操作和航天服的工作日志，总结找出避免的办法。

我希望你今天能睡个好觉，能梦到我们娘俩儿。

我一定争取！

等着你！

等着我！

穿过神秘的时空隧道，穿过无数的质子量子粒子的包围，天上地下的声音尽管有些闷闷的回音，却清晰，极具穿透感。王霆钧和若琳似乎忘记了他们的距离，又似乎听到对方的心跳和自己同频共振。结束通话，王霆钧对着已黑了的电话屏幕做了一个亲吻的动作。在茫茫太空，一切情感都变得不一般。情感在这里被无限放大，被重新考量，变得弥足珍贵。也是在这里，王霆钧开始更加珍惜。如果有机会，他愿意用更多的暖去回馈那些远在地球、爱他及他爱的人，不再去纠结于失去和得到，不再去怀疑拒绝。他从未像现在这样去认识和反省自己，从前的自己就像被冰封的岩浆，内里的炙热却总用冰冷来掩饰。

## 10

当张丹阳乘坐的“天神二号”飞船随着火箭呼啸着飞向那个生命中的无数次向往却又陌生的领地，他相信此刻，是他生命中最灿烂辉煌的时刻。他在心里默念着火箭的工作程序。仔细体味身体的感受。一个个

去验证地面无数次训练中经历的程序。

上升！上升！上升！

逃逸塔分离、助推器分离、一二级分离、整流罩分离……张丹阳感觉他被裹挟在一群恣意妄为的骏马群中，开始了一场疯狂而前途未卜的冒险之旅，那样剧烈的摆动和颠簸让他陌生，却又熟悉。身上好似压了千斤重物，他尽可能调整呼吸，让它平稳下来。一旦熟悉的感觉露出头，张丹阳就坦然了。

他尽力把手放在仪表台正确的操作按钮位置，然后等待伙伴的确认，再果断按下开关。

几分钟过后，他突然感到如释重负，一阵轻松。此刻座位上的约束装置齐齐地立起来，好像跳芭蕾的女子优雅地踮起足尖。舷窗一下子亮了，微尘也瞬间浮起。在阳光的照耀下，晶亮地眨着眼。铅笔也飘浮起来，似乎要挣脱系绳的束缚，把绳子拉得紧紧的，似乎所有的物体都被赐予了生命，都活了起来，从角落和裂缝中偷偷地钻出来，迫不及待想要奔向自由。



他看见，乘组的每个人脸上都洋溢着笑容，纯净的笑容。

一个崭新的轨道。失重的感觉真美。

张丹阳很自然地想起了父亲。他想和父亲说：爸爸，我来了！我一定多看看，也帮您看看太空。

张丹阳从未像今天这样深刻地理解父亲，和父亲的心离得那样近。就在地球之上，几百公里的轨道上。

不久前，航天员中心纪念成立六十周年活动，一批曾经在中心工作过的老专家被请回来。老专家们和航天员及科研人员座谈联欢。一位白发老者看到张丹阳，居然停下来，仔细打量。会后，他叫住了张丹阳。

你姓张？

在得到肯定答案后，进一步确认。

你父亲叫张连奎？

迎着张丹阳讶异的目光，结果再次得到确认后，老者握住他的手，戴着花镜的脸使劲往他跟前凑。

像，太像了！简直和张连奎一个模子刻下的。

在那天，张丹阳知道，父亲曾参加了第一批航天员的秘密选拔。无奈，因颈椎管略小于常值的微小的瑕疵，本来很有希望的入选者却成为落选者。老者便是当年负责选拔工作的老主任。他清楚地记得，父亲离开时非常遗憾，找到老主任，说，中国航天员飞上太空圆梦了，如果我告诉孩子说爸爸曾参加了中国首批航天员的选拔，会违反纪律吗？

主任觉得难以回答，因为选拔尚未公开，一切都是未知。他笑着作答：这个事业不会忘记你们这一批做过努力和贡献的人，历史更不会忘记！

那几张照片的谜底缠绕多年，就此打开。张丹阳突然明白了父亲的游乐场探险情结，也了解了从前家中那个神秘小屋里物件的由来。他几乎在几分钟内就做了决定，等到自己踏上太空，执行任务那天，再和父亲一起分享这个秘密。

飞行控制中心的休息大厅，摆上了各种饮品和茶点，供紧张工作的科研人员在繁忙间隙，来这里舒缓一下疲惫的神经。魏总走出指挥间，端着一杯特意让服务人员配制的浓浓的苦咖啡，悄悄坐在休息厅的角落。几天的连续工作，让他的脸似乎有些浮肿，他用力胡噜了几把脸，将手指插入花白的发中做了做头皮按摩，打在前额显出疲态的头发也被手指捋出型，重新焕发精神站立起来。他的脑子还沉浸在“天神二号”和骄阳号空间站刚刚对接成功的兴奋中。

航天员报告，“天神二号”“骄阳号”状态一切正常，等待对接。

变轨调相、远距离导引。

继续靠近，40 米、30 米……

精确控制、交会对接，咬合、锁紧……对接成功。

这是“天神二号”第一次和骄阳号空间站的拥抱。两个飞行乘组的6 名航天员在太空之上相聚在一起，王霆钧会对张丹阳说：太空欢迎你！

想着这一幕，魏总的脸上浮起一丝微笑。一个不错的开始。

## 11

在执行出舱任务前，还有许多工作要做。要进行太空物品的卸载转移安放。在失重环境下，每个人都成为名副其实的大力士。这次，张丹阳为王霆钧带去了新的舱外航天服。他们将一起执行出舱任务，共同完成对小卫星的维修。

关键的时刻到来了。

出舱前，穿戴完备舱外航天服的王霆钧和张丹阳同时伸出右手轻轻碰了碰，摆了摆。他们在用特殊的方式相互鼓劲加油。

舱门缓缓打开，他们依次向舱门飘浮过去，探出头，看到了一望无际的夜空和浩繁星光,太安静了,以至于张丹阳能听到自己的呼吸和心跳。他深深吸了口气，跃入那片黑丝绒。他感觉自己像一个精灵，与日月星辰一样，成为浩瀚宇宙的一部分，曾经的苦痛、挣扎全没有了，他满心愉悦地向着新的领域出发，感激，欣喜，就是感激、欣喜。

就在张丹阳翱翔太空的时候，家乡的医院正在展开一场生死相搏。



今天已是张连奎第三次昏迷后醒来，他是在老伴和媳妇的呼唤中醒来的。各种输液瓶输液袋插管导管包围着老人。脸色青灰的他已瘦得脱了形。他从被单里慢慢伸出手指，轻轻点了点他的正前方。循迹看去，是挂在墙上的一台电视。老伴和媳妇对望一眼，老伴冲媳妇点点头。媳妇忙走上前去把电视打开。顿时，张丹阳的镜头名字和照片图像就像潮水涌满了整个房间。几乎所有的电视频道都在报道这次太空救援任务的新闻。镜头上满是张丹阳乘组出征、日常训练和个人介绍的小片。

丹阳！张连奎奋力用手指着屏幕上的儿子。嘴里不停嘟囔着儿子的名字，一侧的泪水顺着脸颊滑下，老伴赶忙拿着纸巾去蘸干，生怕弄疼了他。

爸,您说得没错,那就是丹阳。他多年的梦想实现,终于飞上太空了！我知道您是为他高兴。

张丹阳的妻子惠萍在丈夫乘坐的飞船发射成功的当天，便坐飞机连夜赶回婆家,到医院陪护公公。她甚至在自责,应该再早点来。可是早来,丈夫一定会知道。半年多了，惠萍时时被自责、犹豫煎熬着。

张连奎不是骨折而是肝癌，已经骨转移。确诊时，正赶上张丹阳进入任务选拔。老头死活不让老伴告诉孩子。可儿子不是个粗枝大叶的人，又孝顺。思前想后，老伴把消息告诉媳妇，两个人同时“演”戏配合把张丹阳瞒着。谁都知道，这次任务选拔，对他意味着什么。

为了演戏，惠萍觉得每对丈夫撒一次谎，编造一通谎言，都是把自己放在火上烤，疼得想跳。一次次真相话到嘴边，又生生咽下。人说，世界上最痛苦的事，便是子欲养而亲不待。什么最重？人伦之情！未来该如何向丈夫交代？只有自己替丈夫好好尽孝，给丈夫安慰。

后期，张连奎饱受疼痛折磨，一天要用好几支高效止疼药。人已非常虚弱，只有一个习惯保留，看新闻联播。还有一个本子一直跟着他。里面夹着的就是儿子佩戴航天员徽章的军装照和那几张拼贴的老照片。没人的时候，他会悄悄取出来看看。但他从不主动打听儿子的选拔结果。老人越来越沉默，越来越虚弱。在乘组飞往发射场那天，老人看了新闻。一言不发。就在那天晚上，发生第一次昏迷。似乎和所有人的愿望一样，老人似乎也不甘心，他一直在等，一直在坚持。尽管他花了一辈子的时间去等，可他从来没有丧失过希望。

看到儿子在太空中的军礼，虚弱的老人也情不自禁把右手伸向额际，尽管为了这个动作，他累得又吸上了氧。看到儿子驾驶飞船和空间站对接成功，老人非要挣扎着坐起来，让儿媳妇把病床要到电视机跟前，和画面上的儿子照张合影。这些天，无论清醒还是不清醒，他总要求把电视开着。他是怕自己就此睡过去，他更希望，有关儿子的声音能把他从沉睡中叫醒。他需要儿子的坚持，儿子也需要他的坚持！

此刻，耳边传来儿子的声音。即便是从墙上那个机器里传出来，也还是让他觉得熟悉和振奋。

霄云，霄云，我是天神。我们已顺利完成出舱任务。

天神，检查探天状态，准备启动。

天神报告，信号发送完毕，探天已正常启动。

天神，准备撤离。

霄云，霄云，我是骄阳，准备完毕。

撤离。

当白色的身影在机械臂的帮助下慢慢靠近骄阳，冲着摄像头摆手，像在感谢宇宙的接纳。在蓝色星球和黑色天幕的映衬下，那白色非常醒目。他已发不出声音，只能从嘴型辨别出他说的是“儿子”，被单下伸出手，大拇指微微屈伸着。

他想说：儿子，你真棒！

张连奎仿佛听到张丹阳快乐的笑声，忽远忽近，清脆悦耳。还有他的笑声，爽朗舒心，原来是他和儿子在一起飘动，嚯，那是年轻的他和少年的儿子，斑驳的光影打在脸上，有了雕刻的感觉。冲上去，滑下来，笑着，笑着，享受着……

爸爸，我要飞起来了！

儿子，我们一起飞！

张连奎笑着沉入梦中，他累了。



一天后，着陆场上。几架直升机的螺旋桨飞转着，一阵红色烟尘飘过，飞机慢慢飞上蓝天。远处一道淡淡的彩虹横架空中。

张丹阳透过舷窗凝视着不远处另外一架被刚刚升起的太阳照得有些耀眼的直升机，那里坐着与他朝夕相处十多年的战友、太空中日夜相伴六天的兄弟王霆钧……此时，王霆钧也在那架直升机上凝望着这边的兄弟张丹阳……

# 后　记

2014年10月15日，习近平总书记在全国文艺工作座谈会上指出："广大文艺工作者要高扬社会主义核心价值观的旗帜，充会认识肩上的责任，把社会主义核心价值观生动活泼、活灵活现地体现在文艺创作之中，用栩栩如生的作品形象告诉人们什么是应该肯定和赞扬的，什么是必须反对和否定的，做到春风化雨、润物无声。"

古人说，以文化之，乃成于大。2015年，元旦后的第一次部长办公会，中共北京市西城区委常委、宣传部长王都伟提出，认真落实习近平总书记在文艺工作座谈会上的重要讲话，大力弘扬社会主义核心价值观是我们义不容辞的责任，作为首都功能核心区、文化大区，我们有丰富的人文资源，要充分挖掘和利用好这一资源，集中精力创作和精选一套传播当代中国价值观念、体现中华文化精神、反映中国人审美追求，思想性、艺术性有机统一的文学艺术丛书。

至此，由中共北京市西城区委宣传部和西城区精神文明建设委员会办公室及北京市西城区文学艺术界联合会主导策划，以弘扬社会主义核心价值观为主要内容的文学艺术丛书创作编辑工作正式拉开序幕。历经两百多个日日夜夜，集近百位文学艺术家和工作人员的辛勤劳作与汗水，约150万字的《社会主义核心价值观优秀文学读本》六卷本（以下简称《读本》）呼之欲出了。这些作品有原创的，有精选的，它们精美地展现在读者面前，等待着读者检阅——诗歌卷《温暖心河》、小说卷《最美的脸》、童话卷《快乐城堡》、散文卷《爱在爱中》、小小说卷《那人那事》、

报告文学卷《金城本色》，这里的每一卷都是一部动听的交响曲，这里的每一部作品都会叩动您的心弦，这里的每一位作家都已然是个体精神与品格内化和外化的总和，在他们的笔下，气质性格、美学情趣、文化素养都融汇为一体。

看着这一摞摞书稿，不禁使我们又回到了这套《读本》最初的研讨、策划、联络、采风、组稿工作中的风风雨雨和点点滴滴。

2015年2月9日，中共北京市西城区委宣传部和西城区精神文明建设委员会办公室召开创作编辑出版《读本》研讨会，与会人员对创作编辑出版以弘扬社会主义核心价值观主旋律为主要内容的文学艺术丛书在思想上达成了高度一致，认为出版这样一套《读本》是时代的需要，是人民的需要，也是作家们的需要，创作出版这样一套《读本》，西城区做了一件非常有意义的事情。

2015年2月24日，中共北京市西城区委宣传部和西城区精神文明建设委员会办公室就《读本》的创作编辑出版召开第二次会议，这次座谈会基本确定了主持《读本》编创的人员，同时研究了《读本》编创出版的基调、种类和形式。



4月初，由西城区精神文明建设委员会办公室发出了《社会主义核心价值观优秀文学读本》各卷本的征稿启事，同时紧锣密鼓地开始组织作家采风。

8月7日至8月8日，根据各卷本创作编辑情况，西城区委宣传部和西城区精神文明建设委员会办公室召开了《读本》定稿会，西城区委宣传部副部长、区文明办主任谢静，西城区委宣传部副部长、区文联党组副书记田玖龙，西城区文联副主席魏沁沁和《读本》的总策划黄殿琴，诗歌卷主编峭岩，散文卷主编李培禹，童话卷主编刘丙钧，报告文学卷主编林凯、许焕英，小说卷主编赵李红、吴晓辉，小小说卷主编张宁及北京联合出版公司的副总编和相关工作人员参加了会议，会议对各卷本创作与精选的内容进行了最终的审定，同时经过认真讨论选定了《读本》每一卷的卷名。

编撰这套《读本》是一次精神的旅程与洗礼，更是一场充满情感与激昂赞美的比赛，在这场唯美的比赛中，冠军永远跑在掌声之前。在这里，我们要特别感谢西城区作家协会副主席黄殿琴，没有她精心的策划与组织，就不可能有这套《读本》的面世，她不顾公务繁忙策划并参加了每一次会议及采风；要特别感谢诗歌卷主编峭岩，散文卷主编李培禹，童话卷主编刘丙钧，报告文学卷主编林凯、许焕英，小说卷主编赵李红、吴晓辉，小小说卷主编张宁，正是他们根据主办单位对全书的要求，组织作家进行创作并从浩翰的文章中精选了每一卷的作品，才让我们看到了充满温度与激情的作品。

我们还要特别感谢许焕英、高笑、王艳芳、张凌、熊紫含、陈晰、宋明晏、刘陆、易苏菲、黄硕、吕振亮、高盈、郭丽华、蔡芸、黄攀越、林晖、郭德艺、张迪、王云贺、殷澄、林学敏、陈强、李林谕、郭昊、魏铭晨、谢玲等同志，在全书的编辑过程中没有他（她）们的内外联络，没有他（她）们的后勤支持，《读本》也不可能如此高效地完成。

道不可坐论，德不能空谈。诸位作家深入生活，精心采访创作，用文学语言表达社会主义核心价值观内容，每一篇文章紧紧围绕社会主义核心价值观这个主题，读之令人振奋，给人以启迪和鼓舞，让我们觉得社会主义核心价值观不陌生也不遥远。由中共北京市西城区委宣传部和西城区精神文明建设委员会办公室主导和策划的《社会主义核心价值观优秀文学读本》就要出版了，此刻的心情是激动是感谢已经无以言表，一部充满时代气息、有道德、有温度、积极向上、催人奋进、格调高雅的作品诞生了，这已经是最好的回报。让我们团结一致，为祖国的美好明天而奋斗！

本书编委会